U0101403

淬火青春

大学生从军报告

傅宁军 著

华艺出版社
HUA YI PUBLISHING HOUSE

目录

强国梦，强军梦，激荡在中国人的心头。大学生军官、大学生士兵、大学生士官、大学生军嫂……这些人们耳熟能详的称谓，绝不是简单的常识性概念，分明镌刻着鲜亮的时代烙印，使这支军队的构成呈现出一种脱胎换骨的进步。

第一章 抉择

尽管三百六十行，行行出状元；尽管各有各的追求，别人管不着；尽管有人不从军，也允许有人不选择军营……但是，军人这一行必须有人干，选择一种并不安逸也不平静的另类生活，用热血和生命捍卫祖国的疆土与百姓的安宁。

改革开放后，大学生批量从军，从事实上中止了大学生的"缓征"之举。新世纪的大学生从军的法规，又从法理上强调了大学生的公民义务。大学的校园，已把从军这项公民义务接纳其中，列为大学生投身社会的一个方向。

不能不注意到，整个军队的简编整编的形势是严峻的，任务是艰巨的。一方面大幅度地裁减员数，一方面大批量征招地方大学生，这种既"消肿"又"输血"的战略构想，深刻地表现了人民军队吐故纳新的坚定决心。

新新英雄情结 / 026

唯有军人，仍然坚守着与发财致富绝缘的职业特征。对于军人来说，时间观念、效率意识、竞争原则，必须强化不可或缺，但这一切并不等于金钱。只不过，军人的金钱观更为宽广，保家卫国就是让老百姓增殖财富，舒心地过好日子。

人才接轨军营 / 037

和其他用人单位一样，到人才市场占一席之地。从80年代地方大学生"统一分配"，到90年代后期的"双向选择"，说明部队更重视自我宣传了，想方设法录取高质量的地方大学生，体现出军队迫切引进现代化人才的强烈意愿。

入学就是入伍 / 051

一个人们有些陌生的名词"依托培养"出现在红头文件上，一群与国防事业签约的年轻学子"亮相"在著名地方大学的校园里。所谓"依托培养"，是依托国民普通高等教育培养军官的简称，也就是今天的国防生培养模式。

不回头的利箭 / 061

在这个知识至上的名校，国防生是一个特殊的学生群体，别的同学课余放松了，他们却不能放松，课余时间仍然安排紧凑的训练。太阳炙烤让每个人的衣服被汗水浸湿，举手投足间流露着尚武的英气，它比任何豪言壮语更有力量。

第二章 砥砺

因为部队对高学历人才的渴望，很容易使大学生产生莫名的优越感；而理想与现实并不是一回事，又很容易让大学生产生难言的失落感。每一批甚至每一个人，都会遇到如何融入军营的严峻考验——大学生与军营的碰撞成为一个时代的特殊记忆。

"大笨"并不笨 / 070

所谓"大笨"，也就是大本的谐音。"大笨"并不笨，一旦调整到位，他们就能施展才华，迸发出十倍的热力、百倍的火花。假如调整不到位，他们也会萎靡不振，难逃被淘汰的命运。但是，如何调整到位，不是一句标语口号，而是一个系统工程。

跌倒了爬起来 / 083

在大学校园不算啥，愿意当宅男是你的自由，只要你的成绩好，一切可以忽略不计。而到了部队，你会发现，以前引以为自豪的资本暂且束之高阁，分数在这里基本不起作用，衡量你的是一个军人的标准，与是不是大学生无关。

坚持就是胜利 / 093

以大学生的眼光对自己高看一等，你就会觉得坚持是一种痛苦，与军营格格不入，周围全是陌生人。而当你钻出了自命不凡的牛角尖，只留下大学生的知识素质，就发现坚持也是一种成功，可以在坚持中汲取一个军人的所有元素。

军人没有例外 / 103

放弃安逸走入军营的地方大学生，无疑内心涌动着澎湃的激情。然而，在部队基层作战单元这个平台上，知彼知己的冷静者尤为可贵。如同任何一个职场那样，成为一个真正的军人，不会因为你是大学生，标准就降低一丝一毫。

无情却又有情 / 113

在高校里的大学生之间，可以近，也可以远。看得顺眼的，就多说两句；看不顺眼的，就不用理睬。而部队平时完成任务靠齐心协力，战时冲锋陷阵靠生死相依。说白了，你看得顺眼，要讲团结；你看不顺眼的，也要讲团结——战友高于一切。

缺什么补什么 / 122

某些校园里的自私与自我，时常受到人们的抨击，而他们最可贵的，是在国防生群体中的成长。懂得珍惜学习机会的同时，他们懂得了更多军人应有的品格：懂得合作而不是单干，懂得感恩而不是寡情，懂得欣赏而不是妒忌……

第三章 跨越

本科生、硕士生、博生士，这些曾经只是科研院所才能吸纳的高学历人才，而今在野战部队的基层单位并不罕见，他们已经成长为一代新型军人。战争不再是冷兵器时代，需要高技术的加入，他们希望把所学的最新知识，与作战单元接轨。

赶上变革潮头 / 136

这些高学历的军官，以自己的方式参与部队战斗力的提升。军队与社会一样在快速地进步，作战部队也提出了许多亟待解决的课题。知识如同一座桥梁，使国防战线的基层军官有了跟世界军事领域接轨的机遇，有了追赶时代潮头的勇气。

自信才有自我 / 145

校园里的青春激荡，能不能在军营里结出丰硕的果实，固然与他们所在的岗位有关，与他们自身的状态有关。总是一味怨天尤人，以为怀才不遇，时常就与机遇擦肩而过。而扎实肯干，把一个岗位当作一个挑战，也许就把机遇留在了身边。

战场没有第二 / 155

艺术虽然高于生活，但不在摄影机镜头内的真实的实战化训练，丝毫不亚于特种兵课目，比屏幕上表现得更艰苦卓绝、更难以承受，当然也更枯燥无味。对于军人来说，根本就没有第二，在战场上你的第二也就意味着你的死亡。

假如明天打仗 / 168

主战装备正向高技术跨越式发展，高学历军官到部队基层绝非做样子。今天在演兵场上"过不去"，就是为了未来战争"过得去"。什么样的官带什么样的兵。一头狮子带一群羊和一只羊带一群狮子，随便一想你就知道结果会怎么样吧！

心与心有多远 / 179

对于心理知识的理解，对于心理服务的认同，提升的是军队以人为本的文明程度。这些特招入伍的心理学特殊人才，用所学的知识与基层官兵沟通对话，作为新时代政治工作的补充形式，使部队对官兵心理健康的重视落到了实处。

只对战争负责 / 191

一套新装备系统牵涉到方方面面，单靠哪一个人都保障不了。无论地方大学生还是部队军校生，团队智慧胜于个人力量。历史给了中国人掌握命运的机遇，军人就得想着打仗，而且想要打赢。一个好军人该是一个勇敢者，毫不退缩，敢于担当。

第四章 重塑

大学生军嫂似乎有先见之明，随军条件已不再是团聚的障碍。嫁给军人的她们，无论在家或远行，注定要为军人的职责而有所舍弃，舍弃中有无奈，也有坚韧。似乎可以说，军人是一个勇敢的职业，军嫂也是一个勇敢的身份。

面。由于军人的职业特质，他们的婚恋与家庭总难尽如人意，如果说和平年代军人是默默的奉献，当军嫂也是不容忽视的一种奉献。

第五章 兵魂

这一张张年轻的履历，就是勇敢者的证明。他们走进军营所欠缺的，并不是学识，而是意志。青春激荡，似乎与同龄人迷恋的时尚元素无关，与买房买车实现物质需求的个人奋斗无关，与所有的浪漫、放任、轻狂、不羁等色彩无关。今天可以做一个坚强的对手，明天就能做一个生活的强者。

足以终生铭记／254

时隔多年，早已从某部队中的"唯一"到数以万计，大学生士兵的成倍增加不再稀奇。然而，许多大学毕业生走向社会"败走麦城"的原因，重要一条就是"自命不凡"。大学生士兵如果不脚踏实地从"零"起步，最终的结果只能是"零"。

当兵要当枪王／265

对于他这个大学生士兵，排长和班长的爱护就是不断地加压，给他定的训练指标，都比其他新兵要高。不是跟新兵比，直接跟老兵比。他最佩服老兵"枪王"的坚韧，原来"枪王"就是多付出，坚持别人不能坚持的，忍耐别人不能忍耐的。

岁月激情燃烧／275

一个优秀的士兵，不能没有激情！军人的生涯与职场的打拼有太多不同，但就激情而言却有相似之处。激情，意味着换一个视角看军营，主动而不是被动，积极而不是消极，向上而不是畏缩。是隔膜痛苦还是苦中有乐，就在于你的心态。

根深才能叶茂／285

大学生自我感觉良好，跟没读过大学的战友在一起，总有些自命清高。放低身段不该是表面的，而应该是真心实意的，这需要融入的努力也需要领悟的智慧。虽然军营里的琐琐碎碎不顺心，觉得到处长刺，但是顺眼了就接了军营的地气。

永远是一个兵／295

他当兵最大的收获，就三个字：不后悔。大学可以再念，当兵只有一回。老人家谈人生感悟，他们会说后悔当初没做哪件事。他想如果不当兵可能后悔一辈子，这样的后悔别发生在自己身上。当兵的机会来了就抓住它，不要给人生留下遗憾。

也许是独生子女的自我，也许是大学生的孤傲，入伍前他在一片赞扬中长大，很难看到别人的优点，也很难正视自己的缺点。当兵让他懂得珍惜集体的荣誉，懂得欣赏别人的优秀。他说得最多的就是勇敢的同龄战友，都是好样的，没一个是孬种。

要说采访的最大感悟，就是军人不是天生的。呼唤大学生走出温室，走出呵护，经受更多的挫折教育，事关民族的振兴与祖国的未来。大学生群体在军队的成长，从老百姓到军人的历程，那些属于个体的甘苦与体验，或许带给我们更多的深刻启示。

　　大学，崇尚思想开放、学术自由，海纳百川、胸怀古今的传承之地。理性解读，它应该是一个以聚集人才、提升科技、传播知识为己任的教育殿堂。尽管人们对当今大学有一些诟病，读大学仍是年轻人积极向上的求知之路。

　　军队，成天操枪弄炮、琢磨战争，紧绷着防犯之弦，无法高枕无忧。常识而言，它们是一个以捍卫国家的尊严与百姓的幸福为使命的铁血长城，随时准备面对炮火纷飞的战场。太平盛世并非太平，随时准备只能有所舍弃。

　　如果说，大学是人类文明与理性的一个标志，那么，军队则是提醒人们战争存在的一个标志。一文一武，一张一弛，两个具有不同职能的重要领域，都有其促进历史进步并受到大众尊敬的社会地位。在相当长的时间里，大学生与军人，尤其是基层作战部队的军人，似乎很少有交织，更多的时候是不一样的实体，不可替代而又自成体系。

　　然而今天，笔者采写大学生从军的报告文学，记录这些"象牙塔"出来的莘莘学子，如何融入亟待追赶世界军事潮流的勇猛之师！

　　中共中央总书记、中共中央军委主席习近平考察部队时，用直白的话语说出了一个深刻的道理："实现中华民族伟大复兴，是中华民族近代以来最伟大的梦想。可以说，这个梦想是强国梦，对军队来说，也是强军梦。我们要实现中华民族伟大复兴，必须坚持富国和强军相统一，努力建设巩固国防和强大军队。"

强国梦，强军梦，激荡在中国人的心头。

现实生活比作家的想象更为波澜壮阔。当改革开放的大潮汹涌澎湃，席卷这块国土上的陈旧观念的时候，军队也在悄然发生前所未有的深刻变迁，其中一个显著的特征，就是大学与军队前所未有的相互融合、彼此紧密。

大学生军官、大学生士兵、大学生士官、大学生军嫂……这些人们耳熟能详的称谓，没有任何人觉得生疏，但它们绝不是简单的常识性概念，分明镌刻着鲜亮的时代烙印，使这支军队的构成呈现出一种脱胎换骨的进步。

大学生从军，听起来叫人热血沸腾。相比于平淡庸常的地方生活，绿色军营似乎更有几分神秘传奇。大学生的浪漫、多情，富于幻想，军队的冷峻、阳刚，近于苛求，两者之间的水火迥异，也许会有太多的遐想空间。

走近从军的大学生，才知道，其实并没有那么富有诗意。任你才高八斗，踌躇满志，被校园氛围熏陶得心气十足，跟书本打交道早已得心应手，毕竟只是从家门到校门。而一旦穿上一式的军装，恍然领悟纸上得来终觉浅，校门到营门绝不轻松。艰难地适应，痛彻地打磨，坚韧地重生，昨天分数归零，一切从头再来！

一个军人的称谓象征着什么？它应该是永不言败的强者，象征着义不容辞的责任、不容背叛的忠诚和一往无前的勇气。

他们的目标，就是能打仗，打胜仗！

欣赏对手，和不畏对手一样，是一个军人的良好心态。我采访的大学生军人非常坦诚，他们知道美国西点军校的校训：荣誉，国家，责任。他们更熟悉中国军人的核心价值观，铭刻在心，引以为一个成功者必须具备的基本素质。

说到底，在军营里打拼的大学生，与普通民众息息相关，他们就是"穿军装的老百姓"，是我们整个社会不可或缺的一部分。

他们也是血肉之躯，也有喜怒哀乐。或许曾经是你的发小、你的同学、你的朋友，或许就是你的兄弟、你的姐妹、你的亲人。因此，熟悉他们，理解他们，才能尊重他们。当了解我们军队的时候，就是在了解我们自己。

大学生给军队增添了什么？

军队又给大学生带来了什么？

是军队改变着大学生，还是大学生改变着军队？

客观地说，在昔日大学校园，他们有些人并不出众，为什么站在猎猎的军旗下，就能够朝气蓬勃，焕发新的光彩，书写新的人生？

第1章

抉择

尽管三百六十行，行行出状元；

尽管各有各的追求，别人管不着；

尽管有人不从军，也允许有人不选择军营……

但是，军人这一行必须有人干，

选择一种并不安逸也不平静的另类生活，

用热血和生命捍卫祖国的疆土与百姓的安宁。

从缓征到应征

如果你是大学生，有人问你，愿意选择色彩单调的绿色军营，携笔从戎献身于国防事业吗？你愿意怎么回答，当然是你的自由。

经历过高考的拼杀换来的大学生身份，意味着今后的人生道路可以有更多选择。大则做一番骄人的事业，在优胜劣汰的疆场成为胜者；小则找一份安稳的工作，过上幸福庸常的小康日子。既然知识改变命运，一切似乎顺理成章。

然而，一个有十多亿人口的国家，不能没有一支军队。

尽管三百六十行，行行出状元；尽管各有各的追求，别人管不着；尽管有人不从军，也允许有人不选择军营……但是，军人这一行必须有人干，选择一种并不安逸也不平静的另类生活，用热血和生命捍卫祖国的疆土与百姓的安宁。

和平的岁月远离炮火硝烟，战争的话题在此时显得太突兀，如同一个有些残酷的不和谐音符，无奈在于，它恰恰是一个真相。

战争不在我们身边，不等于就应该彻底忘却。你可以淡漠，你可以回避，但战争并没有消失。第二次世界大战结束时万众欢腾，以为战争恶魔从此寿终正寝，事实证明，只是善良人们的良好愿望。60 多年来，世界各地发生的大小战争接连不断，已经超过 2 万次之多，枪炮的尖厉呼啸在我们这个星球仍然回响。

在人民网强国论坛上，一位资深军事专家的见解一针见血：一个国家出现和平思潮是非常危险的。和平思潮是有威胁的思潮，在当今世界中，容易使人麻痹，使人不清醒，甚至在某种意义上消磨我们进取的勇气。

这位资深军事专家告诫自己的同胞：任何一个主权国家，尤其是西方发达国家，特别强调危机意识、国防意识，到西方发达国家参观可以看到，人家的国防教育、国防训练都是全民性的。国家越发达，战备意识越强，美国都是这样，我们现在有什么资格搞和平主义呢？所以，领导层、理论界不能倡导这种和平主义。这种东西一旦蔓延开来，变成一种社会思潮，就会削弱人们的危机意识，削弱人们的奋斗精神。

著名军事家克劳塞维茨一句被无数人引用过无数次的名言，至今没有过时："如果你希望和平，那就准备战争吧！"

因为百年屈辱而渴望富强的中华民族，比世界上任何一个民族都渴望和平。无情的悖论说明，为了和平绝不能放松警惕之弦。确实，有军人存在才有和平，而军人存在就是为了防止战争，显然，现在还不到马放南山的时候。

也许有人会说，服兵役不是公民应尽的义务吗？凭什么高中生参军见怪不怪，大学生参军就值得称道？大学生从军的意义到底在哪里呢？

笔者也是揣着这个问题开始采访的，北上南下，刨根问底，一路追踪大学生从军的源头，一直追到战火纷飞的战争年代……

其实，中国共产党领导下的这支革命武装，自南昌起义与秋收起义的队伍在井冈山会师之时起，除了高级领导人和部分将领，部队的主体就是贫苦工农。识字不多，敢打敢拼，凭着小米加步枪，与装备精良的敌人浴血奋战，成就了一大批战功显赫的草根英雄。这般传奇的军队结构，贯穿了整个武装斗争的全过程。

即便如此，党与军队的领袖对于提高官兵的文化素质，仍然给予极大的重视。毛泽东的那句名言影响至今：没有文化的军队是愚蠢的军队，而愚蠢的军队是不能战胜敌人的。随着红色根据地的形成，先是有红军大学，后又有抗日军政大学，在作战间隙培养军队指挥人才，一页页学生花名册就是一部部璀璨的名将录。

我曾请教著名军制专家刘岩将军，他在改革开放初期就投入军队干部工作文献史料整理的浩大工程，主编过军队干部制度沿革的专著。他告诉我，当日本侵略者践踏着我半壁河山的时候，全国各地奔向延安的知识分子和青年学生多达 3 万多人，其中初中以上占 70%，其余也是初小毕业，这在文盲甚多、教育极不普及的旧中国，是一个相当惊人的数字。他们所体现的，是救亡图存的洪流中，青年学生对于民族独立理想的集体认同。他们用知识服务于党和军队，后来成为新中国各条战线的领导骨干。

1949 年 10 月 1 日，走过雪山草地、走遍大江南北、走过炮火硝烟的人民解放军官兵，头戴缴获的美式钢盔，身穿黄色棉粗布军装，手持卡宾枪和三八大盖，伴随着军乐队吹奏的嘹亮的雄壮旋律，挺胸大步走过天安门广场，接受新中国领导人的检阅。据统计，这支在八一军旗辉映下骁勇善战的军队，初小以下文化程度占 80%，有的连队找个写写画画的文书极难，高小或初中生绝对是宝贝疙瘩。

1952 年，抗美援朝的纷繁战事还没结束，迅速改变军队指战员文化知识结构的重大决策，已经在中央军委的办公会议上酝酿成熟。1952 年 6 月 1 日起，全军执行以文化教育为中心的训练任务，开展大规模的文化普及工作。随后，一大批战火中提拔的沾满泥土味的中高级军官，陆续进入军事院校深造补课。

新中国诞生后一段时间，大学生何以仍在军中难觅？

我采访了对于兵役法规颇有研究的王书峰博士，他毕业于北京大学教育学院，受益于北大"言之有理、言之有据"的严谨学风，在他的论文中就有对比悬殊的数字考证：新中国刚成立，军队总员额 550 万。1950 年 6 月，全军参谋会议推出精简整编方案，规定全军员额精简至 400 万，当年复员 23.9 万。不久抗美援朝战争爆发，精简整编工作终止。到1951年，全军员额627万，为解放军历史上兵力最多的时期。与之相比，1950年全国普通高校仅193所，在校学生仅13.7万。

显然，新中国在千疮百孔的战争废墟上崛起，各行各业都急需人才，大学生数量远远不够。随着建设蓝图的陆续展开，大学生"到祖国最需要的地方去"，首先是那些关系国计民生的重点工程，军队只能服从大局。

王书峰对我说，当时大学生真是"缓征"的。

我没听说过，缓征？哪一级规定的？

于是，我看到了王博士提供的文字依据。

1955年7月30日，第一届全国人大第二次会议通过《中华人民共和国兵役法》。公告称，从1956年开始，中国人民解放军由志愿兵役制改为义务兵役制。该法第二十五条规定："正在高级中学和相当于高级中学的学校就学的年满十八岁的学生，按照国务院的命令征集或者缓征，正在高等学校就学的学生缓征。"

原来，大学生"缓征"曾是国家的法令。

虽然法令规定对于大学生"缓征"，国防科研战线仍享受特殊政策，高级知识分子直接入伍，甚至直接担任高级职务，并不是个案。客观地说，在军队科研院所，大学生作为业务骨干是不能没有的，任何时候都需要高学历的知识分子。1963年9月，第二届全国人大常委会修正通过的《人民解放军军官服役条例》，明确将"个别征召高等学校毕业的学生"作为现役军官平时补充来源之一。

当时的大学是干部的摇篮，毕业后由国家统一分配，分配到哪里都是干部身份。国防尖端技术领域成为"个别征召"大学生的首选，至于军队主体的基层部队，由于国家培养大学生的数量所限，无法列入"统一分配"的去向。

因此，笔者理解大学生与军队的关系有了一个参照系。大学生的总体"缓征"，使得个别大学生入伍成为例外。可惜的是，知识分子的形象被极左岁月的偏见所裹挟，大老粗因为根正苗红时常受到肯定与赞扬，人们看到了许多放牛娃出身的一代英杰，而大学生这个受人瞩目的群体，似乎与基层官兵渐行渐远。

1977 年，一个振奋人心的消息传来，被"文革"十年中断的高考正式恢复。在那个汗流浃背而又充满希望的炎热夏季，570 万考生走进了全国各地的考场。既有生不逢时的"老三届"，也有刚毕业的高中生。同场大考的年龄之悬殊，竞争之激烈，可谓新中国之最。恢复高考是一个风向标，开启了尊重知识尊重人才的前奏。

当年高校录取人数为 27 万，录取率 4.73%。不难想见，一个大学生所赢得的荣耀，与一次高考淘汰率所意味的难度系数，是成正比的。

此后的中国逐步清理"文革"动乱的危害，改革开放的帷幕艰难地拉开。实践是检验真理的唯一标准，给各行各业以重新思考的活力。

高等教育是"文革"的重灾区，当新技术浪潮席卷世界的时候，中国的教育却陷于"政治挂帅"的泥淖不能自拔。恢复高考意味着高等教育不再停滞乃至倒退，饱受摧残后迎来蓬勃生长，它不只是改变了许多人的命运，而且给闭关锁国以最后一击。

毫不夸张地说，在"文革"思潮尚未彻底清理的特殊状态下，当时高校最先大胆引入先进的理念与知识，跨进高校大门的学生也确是一代人中的佼佼者，勤奋读书的校园氛围积聚着中国走向世界、走向现代化的巨大能量。

也就在 20 世纪 70 年代末，国内阶级斗争的硝烟散去，转向以经济建设为中心。然而，一场无法退却的南疆边境自卫反击作战，让多年没有实战经验的中国军人穿过炮火硝烟，用鲜血和生命捍卫了祖国尊严。打出了军威，打出了国威，同时也打出了差距，打出了教训，给此后中国军队的反思与变革提供了宝贵契机。

可以肯定的是，思想解放冲击着军事领域，陶醉于昔日辉煌已难以为继。与世界军事突飞猛进相比，陈旧落伍的战略战术、武器装备与编制体制，使军队高层感到了不容迟缓的压力。迎头赶上，中国军队经历了前所未有的阵痛。

随着南疆边境之战的落幕，外界对于中国军队的走向猜测不一。直到 1985 年，谜底揭开了一角，中国政府宣布裁军 100 万！

不是扩军而是裁军，而且一裁就是 100 万，这当然是一个震惊世界的大手笔。当时，世界主要几个国家的官兵比例是：苏联 1∶4.65，联邦德国为 1∶10，法国为 1∶17，而中国却是 1∶2.45。邓小平一针见血地说：现在不是"肿"在作战部队，而是在各级领导机关。因此，与其说是"精兵"，不如说是"精官"。他坦率地说：这是个得罪人的事情，我来得罪吧！不把这个矛盾留给新的军委主席。

这支军队每一个成员，无不面临进、退、去、留的考验，甚至波及每一个军人的家庭。精简方案一出，有 60 万干部被列为编外，陆军建制单位 1/4 要撤销，其中不乏战功显赫而历史辉煌的部队，"手术"之大前所未有。

1985 年前，人民解放军总员额超过 400 万。百万大裁军的"消肿"决策，将由重数量转向重质量，迈上军队现代化建设的快速道。

中国军队的改革大刀阔斧，目标在于精简整编以锤炼一支现代化军队。与裁军引起的轰动不同，另一项重要举措并不引人注目，那就是恢复和重建因"文革"而中断的各类军队院校，大胆地将士兵直接提干改为院校培养模式，即由地方高中生直接报考军校，优秀士兵提干须经军校深造——学历教育成为干部生长的必备途径。

从优秀士兵中直接提干，是解放军延续了数十年的军官生成模式。大凡有过当兵经历的人，都知道这个可以改变一个人命运的军队现实。在城乡差距无法回避的时候，以社会青年的身份参军入伍是一个台阶，两个兜的士兵到四个兜的军官又是一个台阶，这期间需要不惜力，需要肯吃苦，但与文化程度并无多大关系。文化不高却能成就当兵吃粮到提干进城的奋斗梦想，很久以来令一个社会青年心向往之。

然而，20 世纪 80 年代的军队改革，对于文化程度的门槛提高了，终结了没文凭也能提干的历史，成为今后军官培养途径的一个转折点。

80 年代是一个重塑知识形象的年代，从知识贬值到重视知识，社会的求知潮流也给军队以强烈的震荡。各类补习班纷纷设立，聘请地方高校教师讲课，在职学习的读书考试，成为当时现役军官改善知识结构的独特方式。

与此同时，一个新鲜的现实摆在熟悉军队的官兵的面前：作为军官起点的新排长，补充来源不再是兵营里提干的士兵，而是经过高等院校培养的青年学生，是没带过兵的新型基层指挥员，这是这支军队历史上前所未有的一种尝试。

1980年深秋，南昌陆军指挥学院迎来了地方高中毕业生。一个名叫金川的17岁小伙子，在浙江义乌最好的县中学毕业，以优异成绩考取了刚刚恢复招生的军校。这里以培养陆军指挥军官为己任，汇聚着许多像金川这样立志投身军营的年轻人。读完规范化的军校课程，1983年毕业，金川被分到野战某团警侦连担任排长。

在此之前，20岁的金川并没有真正带过兵。从高中校园到军队院校，金川在周围的连队官兵眼中，是一个纯粹的"学生官"。

2010年秋，我采访"临汾旅"旅长金川大校。金川所统领的，是一支战功卓著的英雄部队，长期担任"迎外"重任，被称为"中国陆军的窗口"。我听金川讲述他在这支部队的成长，当年的排长经历对他来说刻骨铭心。

军校生到部队的"头三脚"有备而来，我不再重复金川的奋斗故事，从排长到旅长的摸爬滚打，只是记住了他当排长时各级热烈讨论的焦点，是一个在今天来说不是问题的问题：该用什么样的眼光看待军校培养的"学生官"？

当报端为此争论得沸沸扬扬的时候，军队领导机关的重视带来了宽容的效果，军校生的优势也随之顽强地显现。金川当的是排长，以他在军校练就的训练基本功，很快让排里老兵高看一眼，而他又与老排长不同，一有空闲时间绝不混过，读军事学术杂志读上了瘾，琢磨军事训练改革课题，在全团排长中崭露头角……

请允许我对军校生的描述就此打住，因为军校就为军队而存在，军事化的氛围熏陶浓烈，早就是成熟的军官培训模式。如果说，青年学生报考军事院校，有过军事化校园生活的锤炼，那么，他们到部队的适应过程不会太困难。如今，顺应现代军事变革之需，只有军队技术类院校仍招收地方青年学生，初级指挥院

校已经停止招收高考本科生，改为士兵提干、国防生进修以及干部深造的培训基地。

部队军官的培养机制，正在探索中求新求变。

然而，另一种性质的"学生官"，也就是从地方高校特招入伍的大学生，没带过兵却来到部队直接肩负带兵重任，这样的大学生能被部队接受吗？换句话说，地方高校培养的是通才，不可能像军校以军官为培养中心，而部队长年累月形成一整套特有的军营文化，能为地方大学生的加入有所准备吗？

1979年调到总政干部部当干事的郭礼云将军，亲身参与了特招地方大学生入伍的政策制订过程，他告诉我，地方大学生成批入伍的背景，是20世纪80年代昂扬向上的精神导向，也是南疆战争不辱使命的召唤激励，整个社会拨乱反正、蓬勃兴起，国民高等教育逐步走上了轨道。军队接收地方大学生培养各级指挥干部，作为实现军队干部"四化"的重要途径，得到党中央、国务院、中央军委的批准。

郭礼云说，我们常说人民解放军是一个大熔炉，可以百炼成钢，吸纳地方大学生，尤其是其中的佼佼者，参加到军队转型的建设中来，就是要从源头上，提升军官队伍的整体文化素质。一块最优质的料，能炼出最优质的钢！

当时大学生分配还是国家包的，部队也就列为指令性的一个去向，每年地方高校必须分配一部分优秀毕业生到部队来。

就大学生本人而言，20世纪80年代初的吃香程度，是今天的大学生无法想象的。无论你来自哪里，无论你的出身贵贱，只要有一纸大学本科文凭，留在都市不成问题，大机关、大企业、大单位的门都会向你敞开，不是你找工作，而是工作找你，甚至几家单位抢一个大学生。如果你到一个单位报到，不是你最中意的岗位，你可以理直气壮地发出疑问，为什么专业不对口？为什么知识分子政策得不到落实？

我的笔记本上记着采访到这样一件事。刚分到某步兵团的地方大学生里，有一个长相英俊而自视甚高的年轻小伙子，他毕业于扬州医学院医学系，组织上安排他到机枪连当排长。那时机枪还是靠马驮的，马生了病，连里就找他，反正都是学医的，不都一样看吗？他恼火了，我学的不是兽医，给人看病和给马看病，根本不一样！连长指导员修理他，让他端正态度，他一气之下，给军区后勤部部长写了一封信，说自己是医学本科生，叫我治马是屈才。这下子，他在团、师、军各级都出了名。

按理说，当时到基层连队，还是他本人要求的，吃不了苦就想走，哪有这么简单啊！况且，你一个地方大学生，越级给首长说个人问题，犯了部队的大忌，非得给你上政治课不可。然而，他幸运的是躲过了"文革"的遗风，赶上了改革开放的年代。这位军区后勤部部长倒也开明，查清他的学历属实，发了话，把他调到某驻军医院当医生，得以人尽其才。各级领导也表现出一种宽容，让他如愿走上了医务岗位。

可以看出，那时的环境不是现在的环境，那时的烦恼也不是现在的烦恼。干部部门只要看到大学生，不管专业就安排，准备培养未来的指挥人才，这固然有些失误。而在个人服从组织的军队，大学生本人提出个人想法，很快就能得到回音，使自己所学能有所用，也说明各级领导对于大学生的接纳是满腔热忱的。

然而，入伍参军到部队基层，对于大多数地方大学生来说，确实很难做到对口安排。试想，这些地方高校的专业，哪一个是为部队需要设置的？也就是说，这些大学生在校园所攻读的专业，与部队基本沾不上边，而在毕业的时候，大的方面说是国防的需要，小的方面说是学校有分配指标，他们放弃其他选择，来到了非常陌生的部队。大学生不缺乏青春热情，不缺乏理想浪漫，却缺乏对于部队的深透了解。

毋庸讳言，当时特招大学生到部队也有违约的，就是签订协议以后，实在不能适应或者不愿意干下去的，只好做违约处理了。

因此，没有人怀疑，大学生在度过心理适应期之后，自身的优势越来越突出。关键在于，你能不能在从军之初就不被淘汰。

一 项 破 冰 之 举

20 世纪 80 年代，这个日后被许多经历者时常回味的年代，思想解放如冲开冰河的奔涌激流，开启了改革思潮的不竭源头。

作战部队成规模地吸收地方高校本科生，就始于 80 年代。这些大学生正逢高等教育重整旗鼓并且社会认知度极高的时期，经历"千军万马过独木桥"的高考拼杀，又经历珍惜时机埋头苦读的校园熏陶，能在大学毕业人气正旺的时节投身军营，无论是给这支军队，还是给他们自身，都刻下了不可磨灭的历史印痕。

这是恢复高考初期陆续毕业的大学生，他们是当时国家统一分配的宝贝疙瘩，军队和所有的行业一样向他们敞开大门，努力吸纳一大批经过科学文化熏陶的年轻学子，以适应中国军队与世界军事变革接轨的崭新时代。

不能不注意到，整个军队的简编整编的形势是严峻的，任务是艰巨的。一方面大幅度地裁减员数，一方面大批量征招地方大学生，这种既"消肿"又"输血"的战略构想，深刻地表现了人民军队吐故纳新的坚定决心。

我在某集团军采访一路绿灯，辗转多个旅团单位，结识了许多不同时期到部队的大学生军官。偶然听说，担任集团军政委的白吕也是20世纪80年代大学生，就属于改革开放后军队招收的第一批地方大学生。这太难得了，我赶紧请陪同我的赵干事联系，看看白吕政委是否有时间接受我的采访。赵干事很快告诉我，向白吕政委汇报，他爽快地答应了，只是他率工作组在部队调研，只能视情尽量安排。

我当时想，白吕政委掌管一个集团军，工作之忙、日程之满不难想象，他答应一个作家的约谈，十有八九就是一种客气托词吧！

出乎意料，在我到某旅采访结束，即将离开的那个傍晚，白吕政委在乘车赶往另一个部队的间隙，专门抽时间和我作了深入的长谈。

白吕一见我就说，你不要写我，以我现在的职务，没必要宣传自己。我之所以再忙也要跟你谈，就是支持你写这本书，因为人才是军队建设的关键。如果高校名校的百万毕业生遍布社会各个领域，唯独没有在作战部队的，你说，你将来怎么跟得上社会发展的潮流？你怎么能说我们的军人都是优秀的？

这是一次极为坦诚的对话。请白吕政委原谅，我在此大致地记下了他的谈话，尤其是他早年刚到部队的那段真实感受。白吕的敏锐话语，不时闪烁着思考的火花。乍一接触，他是一个温文尔雅、思路清晰、举止沉稳的将军，但是说到激动处，他也会提高声调，挥动手势，让我看到了一个性情中人的热血本性。

如果说，80年代有什么是最可贵的，那就是神圣的理想之光。曾经被玷污的传统理想，又回到了它们应有的位置。穿过时间长河，我仿佛看到大学生白吕穿上一身崭新的绿军装，像所有年轻人一样热血沸腾，跨入了士兵的行列。

1979年，18岁的白吕以优异成绩，考入山西大学哲学系。党的十一届三中全会刚刚开过，思想解放的春风最先从思想界吹起，打破"两个凡是"的禁锢，哲学与社会科学回归其认识世界与认识人生的本位。在天天爆满的学校图书馆，白吕如饥似渴地捧读史哲经典，重见天日的古代哲学史和西方哲学史，使他的思想日趋饱满。他时常和同学们探讨，一个人生命是有限的，什么样的人生最有意义？

此时南疆自卫反击的战火，使身在山西大学的白吕感到了震撼。和平校园里的青年学子同样血气方刚，无不为人民子弟兵的勇敢、无畏所牵动。他们在那些奋不顾身冲锋陷阵的军人的身上，看到了人生的意义所在。国家兴亡，匹夫有责，勤奋读书的白吕并没忘记强身健体，一大早就起床跑步锻炼。他知道大学毕业时会有入伍名额，很多同学不愿意去，学校不能勉强，他决定主动报名参军，上前线打仗去。

1983 年夏，22 岁的白吕临近大学毕业，就谢绝好几家招人的单位，毫不犹豫地报名入伍，成为当年哲学系唯一分配去部队的学生，引来同学们的一片惊叹和惋惜。他是山西大学哲学系的高才生，无论到党政机关，还是留在高校任校，前途的光明就在眼前。大学生分配到部队大多尊重个人的意愿，像白吕这样的成绩优异者主动报名，还是凤毛麟角。况且，一个大学生当一个排长，在很多人看来不可思议。

还是大学生的含金量当当响的时候，白吕就抱定一个信念，祖国的需要就是我的志愿。今天说起来似乎过于昂扬，而白吕当年就是这样想的，也是这样做的。人才济济的山西大学，那一届分到部队的，连白吕在内一共两个大学生，都被分到山西省军区，而且部队领导非常重视，开始就把这两个大学生的任职命令，下到了省军区机关，一个是教导队，一个是训练处，白吕的任职命令就下到了训练处。

一个啥也不懂的大学生，怎么能一下子就到大机关当参谋？原来，这是部队重视人才的迂回战术。省军区接受两个大学生，而且是恢复高考后培养的大学生，自然不敢马虎。要说有多重视还谈不上，至少大学生既然特招来了，起码给一个非常体面的好名声，这是可以做到的。于是，明明白吕被分到基层当排长，命令却留在大机关，让大学生脸上有光，给同学一个好印象，部队首长也是煞费苦心了。

其实，入伍就是把自己交给国家，白吕早已做好了奔赴前线的思想准备，没想到根本闻不到硝烟味，也听不到枪炮声，分到一个默默无闻的大山里的连队，任务是看仓库。白吕当排长的时候，看到东面一座山，西面一座山，南面一座山，晚上火车一从营房旁边经过，哐啷哐啷的声音传来，他的心里就难过。什么时候是个头啊，不要说有什么抱负，将来连个对象也难找啊。他当时接到同学来信，党政机关到处要大学生，其他同学都到地区以上的机关，自己却到了一个偏远山头站岗放哨，周围大山连着大山，一天三顿窝窝头。晚上睡不着，只能听着火车响，觉得跟同学比起来差距太大了。

一向非常自信的白吕，心里一下子空荡起来。凭着出色的学习成绩和思辨能力，他在大学期间就在《光明日报》、《中国青年报》等发表文章，如果大学毕业就到地方找工作，哪怕找十几个工作都可以，总以为到部队准能一展才干，可是理想与现实挂不上钩，也就怀疑自己到部队的选择，这一步棋是不是走错了。

在白吕最苦恼的时候，有一种英雄无用武之地的无奈，他开玩笑说，看仓库，狗都比人强。支撑他走出困惑的，不是带到部队的一堆书本，而是身边的一群战友。尤其是一个名叫白少文的班长，一个军事素质相当强的老兵。白少文脸黑身壮，喜欢动脑子，透着一股干练利落的劲儿，遇到再大的难事，他都不会皱眉头，而是很快就有了办法。不管多么单调，多么困苦，老兵的脸上总是挂着笑容，让白吕的心里逐渐地踏实。他发现，别看老兵不懂书本哲学，但对人生哲学的领悟比他更透彻。

白吕告诉我，当时省军区调一批骨干充实到铁道兵去，白少文被选中了，他临走前找我谈话，对我说，你好好干，将来我们中间能当连长的，也就是你了，其他的可能都没什么希望。我当时受到莫大的鼓舞，能当个连长那是多大一个官啊，那时的鼓励是不一样的。后来铁道兵集体转业了，老班长也应该退伍了。我一直在找他，也没有找到，我很想写一篇文章，叫作"老班长白少文，你在哪里？"

白吕亲自经历了大学生到部队的转折，当新兵，当排长，当干事，点点滴滴一辈子忘不了。他是过来的人，深知大学生到部队的感觉。毕竟初来乍到，领导哪怕进他的屋子看一看，他都会感到领导看得起，其实啥也没干，只是给他一个微笑，他就会感到是给了他尊重，甚至于给了他荣誉，使他有了自尊，看到了前途的光明。白吕对当兵初期的记忆刻骨铭心，特别能体会大学生干部，懂得善待他们。

白吕坦言，我为什么对大学生特别重视，不是说别的领导不懂大学生，只是因为我有这种感情，我经过那段相对苦恼的阶段。

我深入采访的一大收获，是对 20 世纪 80 年代地方大学生入伍的认知不再流于概念，具体地理解了一个解读他们的关键词，那就是理想。

20 世纪 80 年代的社会求新求变，军队首次大规模地吸收高校本科生，是军队在改革开放后的"破冰之举"。尝试从刚恢复高考后读完本科的佼佼者中选拔军官，军队对他们寄予厚望，大学生对军队的望期也很高，能报名从军的无不具有崇高的理想，有着以身报国的壮烈情怀。然而，这些称得上青年才俊的大学生，在理想与现实的对决中并不都是胜利者，绝大多数已告别军营，至今尚在军中的凤毛麟角。

也许担任高级军事主官的缘故，同样是 60 后将军的马成效，也是一个不愿多说自己的采访对象。得知这位足智多谋的集团军军长，也是 20 世纪 80 年代入伍的地方大学生，自然引起了我的兴趣。但是他军务在身，而我辗转多地，虽多次联系都错过，未能如愿采访。在整个采访中我发现，寻找同时代入伍的地方大学生不容易，我就觉得，属于马成效的从军经历，无疑是极有意义的一笔，应该设法补上。

巧的是，马成效母校青海民族大学加强学校与校友的联系，2012 年 6 月，校党委书记熊敦邦等校领导专程走访一批杰出校友，其中就有 1984 届数学专业毕业的校友马成效将军。随行校报记者的一篇采访，发表在校报头版上。

我知道，马成效一向低调，和白吕一样难得接受记者、作家的采访，即使是偶尔被采访，谈的话题也多是部队建设，至于个人经历一概"免谈"。来自母校的采访要求似乎是一个例外，这显然体现了一种对于母校的感恩之情。

　　记者：您的经历是一种传奇，在全校师生中广为流传，成为青年学子的榜样。能否请您简要谈谈您的工作经历，让青年学子有所启发？

　　马成效：我是1984年离开母校参军的。28年来，先后在2个战区4个集团军4级机关工作过，回顾自己28年的军旅生涯，从一个农民子弟入伍，成长为军队高级领导干部，母校是我成长的起点，对我影响至深……

　　这篇采访文章很长，我只摘录这一段，因为我注意到，马成效所说的"起点"，就是黄河岸边的这所西北名校，青海很多民族人才的摇篮。直到2012年深秋，我终于有机会采访马成效，话题也从这个"起点"开始切入的。

　　马成效出生在青海省民和县一个回族农家。湟水河谷虽然还保存着原始的农耕方式，但那片土地上广袤的山川、壮丽的景色与淳朴的民风，给了马成效最初的滋养和启迪。他从懂事的时候起，就爱听村里老人摆龙门阵，尤其是那些以不凡的身手除恶扬善、保护百姓的英雄故事。背着书包进学堂，他知道山外有山，天外有天，他要努力读书，长大做一个对社会有用的人，就像那些用一身本领精忠报国的铁骨英雄。

　　1980年麦收季节，马成效考入青海民族大学数学系，成为这个村子里的第一个大学生。他在省城西宁的这所高校读书期间，高校一扫"文革"动乱时知识贬值的谬误而清风扑面，在校大学生喊出"振兴中华"的响亮口号，每个人都激情澎湃。马成效入学第二年当了班长，他充沛的精力让同学佩服。数理化成绩突出，学习是班上的尖子，同时热心集体活动，乐于为大家做事。中国女排勇夺"五连冠"，他和同学一起看电视，一起欢呼歌唱，激动地敲着脸盆庆祝，为女排的拼搏精神彻夜难眠。

　　1984年，20岁的马成效大学毕业。无论到省里厅局或地市机关，他的文凭都能畅通无阻，而他却选择了全校最小概率的分配去向，当一名有知识的大学生军人。他交出的是出类拔萃的好成绩，还有超出一般的好身板。得益于高教领域与世界教育潮流接轨的兴旺时期，马成效打下了扎实的知识根底。同时他又有报效国家的远大志向，深信只有劳其筋骨，才能担当大任。少年马成效跟着邻村师傅练武术，报名的孩子一大堆，坚持下来的没几个，马成效在大学也不荒废武功，可见他的毅力非凡。

1985 年，在西安陆军学院进修一年后，马成效主动请缨，奔赴南疆自卫反击战的最前沿。亚热带丛林中那些闷热的夜晚，他裹着湿漉漉的绿色军装，手握冲锋枪倚在猫儿洞的土壁上，透过洞口垂挂的植物望满天星斗，他的耳畔响起了离校前夜同学聚会唱的歌《二十年后再相会》：但愿到那时我们再相会／那时的你噢那时的我／那时成就令人欣慰／／那时的你噢那时的我／那时我们再相会／跨世纪的新一辈……

他知道，同一片星空下，还有同学来信诉说的城市生活。从一个自视甚高的大学生到一个代理排长，守在炮火连绵的南疆，值得吗？

他和战友们生死相依冲锋陷阵的时候，他懂得了军人所不可推卸的责任感，那是国家与民族的殷殷重托，那是和平年代最无私的付出。

而今担任某集团军军长的马成效将军，仍清楚记得母校的校训："进德修业，自强不息"。他告诉我，一个人的成长，关键要有上进心，更要有责任感。如果没有责任感，本事再大，想法再好，口号再响，也是一事无成。他在给母亲青年学生的寄语中说：我们每一个学生都应该像校歌唱的那样，永远做"江河源头好儿女"，把"时代大任担在肩"，为"国家昌盛、民族繁荣"做贡献，"创造祖国美好的明天"。

与 20 世纪 80 年代入伍的地方大学生交谈，我有一个强烈的感觉，当时的社会恰逢改革开放的初期，格外珍惜高考的这些大学生，突出的特征就是学习勤奋、思想活跃，而且有自己的个性。尽管岁月流逝，他们由"军人新人"而被部队接纳，又成长为各级"带兵的人"，在打磨掉大学生书生意气的同时，他们并没有失去大学生所拥有的学习欲望和求知能力，一如既往地保持着敏锐的思路和充沛的激情。

踏着思想解放的春风跨进大学校园，这是张玉生回顾往事最深刻的印象。1979 年高考录取中榜，不满 16 岁的张玉生考入河北科技大学前身——河北机电学院。他生长在辽阔的冀东平原，少年时就对乡村的贫困有过许多困惑，明明村民能凭喂猪养牛过好日子，却被"割资本主义尾巴"的标语口号弄得手足无措，他极为反感那些不顾中国乡村实际的极左思潮，早早就感受到了思想混乱带来的深重灾难。

大学敞开了一扇面向世界的大门。张玉生带着一个年轻人强烈的求知欲，扎进了自己擅长的理工专业领域，他还时不时地抬起头，涉猎专业以外的知识，倾听时代行进的足音。最使他触动的，是那场关系到祖国和民族命运的真理标准的讨论。他到学校图书馆自习时，对报刊上的每一篇文章都仔细研读。不久，一场有关人生价值问题的讨论又引起了他的注意。中国青年杂志发表了署名潘晓的文章《人生的路为什么会越走越窄？》，随着不同观点的交锋，他也在思考人生价值与生命意义等问题。

我知道，围绕潘晓文章讨论人生的命题，这本身就是思想解放带来的一种气象。我问张玉生，这些跟你学的理工科不沾边，你有什么收获？

张玉生对我说，我们是从极左的思潮中解放出来的。1980 年以前主导的意识形态，宣传大公无私，完全否定个人价值。"文革"结束后也出现一种声音，人是自私的，完全自我的。这两个极端都在人生命题讨论中得到澄清：每个人有追求自我价值的权利，然而只有服务他人、服务社会，才能实现个人价值。也就是说，人可以是利他的，在利他的过程中才能利我。我的人生观从此定位，到今天也没有动摇过。

专业老师眼中的张玉生，是一个听课认真、提问积极的学生，时常还会有奇思异想。大学最后一学期做毕业设计答辩，面对指导老师的质询，张玉生从容不迫，显示出扎实的基础知识。两位教授刚表扬张玉生回答不错，张玉生就反过来提出问题，对这个领域的发展方向表示了看法，虽然不成熟，却有探索性。教授频频点头，笑说没见过这个阵势，这个学生蛮有特点的，从来没有学生在答辩时质疑过老师。

张玉生说，质疑和创新，是大学四年给我最大的财富。我是点子比较多的人，喜欢用与他人不同的思想方法，来思考和解决问题。

1983 年，20 岁的张玉生大学毕业，让家人没想到的是，这个全村最有出息的大学生，选择了参军到部队。疼爱他的奶奶一向夸他，这回说话可不好听：好男不当兵，好铁不打钉。殊不知，张玉生在高中就喜爱李清照两句诗，以此激励自己，"生当为人杰，死亦为鬼雄"。他高考的第一志愿就是军校，可惜发育晚，分数够了，身高不够。大学毕业已长成壮小伙子，赶上征招大学生，他再也不愿错过。

张玉生到部队的第一年，是在某步兵指挥学院度过的。他告诉我，我们这些思想很解放的大学生，像新兵一样被管理、教育、训练，毕竟是很痛苦的事情。但真正的痛苦不是体肤之苦，而是精神之苦。要知道，我们在地方大学读了四年，思想、习惯乃至语言的方式，都已经成形了，彻底的蜕变非常艰难。

他记得，他们是这所军校培训的首批地方大学生，学员队的区队长是从士兵提干的，基础教育当然比不上他们，但有一种土生土长的优越感。大学生喜欢辩论，区队长噎住了就面红耳赤，气不打一处来。论知识，区队长不是对手；论训练，大学生也不是对手。区队长自有他修理文弱书生的方法——你们听好了，动作不过关不准休息！踢正步、匍匐前进、俯卧撑，像对待新兵那样折腾，叫这些学员苦不堪言。

上级有没有道理都得服从，张玉生把区队长的惩罚，当作人生的一次挑战。他没有选择逃避，也没有怨天尤人，坦然地接受了所有训练课目的磨砺。脸上晒黑了，身子硬朗了，唯一不变的，是大学时代培育的独立思考的精神。他看到，区队长管理确实严格，但很多形式不必要。比如饭前唱歌，本来是提神的，可是学员唱得不齐，区队长就拉下脸，要大家重唱。学员训练一上午，又累又饿，对唱歌当然很抵触。他不再像学校那样，凡事非要争个高低，而是把区队长当作一种典型仔细地观察。

其实，无论是大学生，还是区队长，都是二十出头的年轻人，争强好强，不甘下风。后来他们在相处中逐步了解，冰释前嫌，冲破文化程度的藩篱而成为好兄弟。但是，张玉生对这段痛苦的经历有自己的咀嚼，在亲身体验的直感中领悟到充满理性的深刻启示。他对其他大学生说，区队长给我们上了另外一课，什么是简单粗暴的带兵方法，等我们有一天自己带兵了，就知道哪些带兵方法是需要改进的。

同样是学员队领导，当时的教导员孙大华很有威信，让张玉生感受到另一种带兵的风格。孙大华对大学生非常尊重，课余时间找他们谈心，天南地北，古今中外，以平等的姿态与他们交流。孙大华从不讲大而空的道理，他告诉张玉生，男子汉要自强，首先要战胜自我。只有战胜自我，才有可能战胜对手，说得张玉生心头暖乎乎的。大学生都是聪明人，一点就通，他由此懂得，以情带兵自有科学的依据。

正是正反两面的思考，让张玉生到部队任职时，有了自己的判断标准。一个大学生向一个军人的转变，该丢掉的坚决丢掉，该保留的依然保留。张玉生在每一个岗位上，都运用自己的知识结构，有不同以往的建树与突破。

曾经军区机关与师团军事主官的历练，张玉生而今任江西省军区后勤部部长，他坦率地说，当年我还不好意思说，我是个地方大学生，生怕人家会对我有看法，直到进入新千年，再说地方大学生干部，一点都不丢人，而且很自豪。我们这一代军人是幸运的，亲历了人民解放军的重大历史转折过程。

2012年深秋，我到某雷达仓库采访高级工程师刘茹。虽已人到中年，齐耳短发的刘茹仍然有着清秀的轮廓，一身迷彩服上缀着大校的领章。她以一个基层科技工作者先后夺得15项军队科技进步奖的不凡业绩，荣膺"全军装备技术基础工作先进个人"，成为军队装备保障信息化建设中当之无愧的女中豪杰。

20 世纪 70 年代末，作为恢复高考后的第一批考生，刘茹如愿考上了南京大学物理系，1981 年以优异成绩毕业。四年后，1984 年 1 月，刘茹被特招入伍，成为南京陆军学校后勤训练大队的物理教员。当时她 24 岁，已是国营大厂的技术骨干，风华正茂，备受重视，而献身国防的志向，使她改变了既定的生活轨迹。

刘茹出生在一个双军人家庭，却与一般军人家庭不同。她父母毕业于上海名牌医学院，都是 20 世纪 50 年代从军的资深医学专家。虽然刘茹有三个哥哥，她是家中唯一的女孩，但忙于工作的父母很少有空管她，她是保姆带大的。父母对孩子最多的教诲，就是将来好好读书，做一个对社会有用的人。然而，刘茹刚上小学，就赶上了"文革"的风暴，被人尊敬的父母一夜之间成了"臭老九"，她也结束了无忧无虑的童年。

幸运的是，军队毕竟与地方有别，胡乱的批斗被制止了，极为敬业的父母重新回到了工作岗位。不过，知识越多越反动的阴云并没有散去，刘茹在学校填写表格，填到家庭出身一栏就犯愁，是写革命军人，还是写知识分子？

1977 年，刘茹高中毕业后当了下乡知青，她并不知道，这是最后一批知青。分在林场的"铁姑娘队"，刘茹没有半点城市姑娘的娇气。植树造林的季节，深 1 米、宽 2 米的树坑，她挥汗如雨，和当地人一样挖得像模像样。伺弄水稻的时候，插秧、收割、挑泥肥，哪项农活她都肯出力。不在乎蚊虫与蚂蟥的叮咬，也不在乎女生的爱美之心，一张漂亮的圆脸晒得黑红，跟农村的同学相比丝毫不差。

此时，在北京军事医学院做研究的叔叔写信来，告诉刘茹就要恢复高考了，叮嘱她抓紧时间复习功课，还给刘茹寄来了复习材料。刘茹白天照常出工，晚上在被窝里打电筒看书。后来她夹个台灯在床头看，一看就看到半夜。虽然用报纸遮挡，灯光还是照到墙上，生怕影响人家休息，她一再对同屋表示歉意。

恢复高考的通知下来了，规定知青报考要单位同意。刘茹和一个女同学跑到场部报名，一看报名的人没几个。原来，已经可以招工回城了，"文革"中学校上课不正规，很多知青文化底子差，对高考并没多大兴趣。况且，读了大学又怎么样，知识分子挨批的记忆还没抹去。刘茹不愿意随大流，她相信知识总是有用的。

她说，一辈子从医的父母希望我学医，我却有自己的主张。就在"文革"中禁书最凶的时候，院子里的孩子偷偷传阅好看的书，其中《福尔摩斯侦探》叫我爱不释手，那种层层推理的严密感觉特别爽，我觉得很神奇。后来，我有一个表哥在研究所搞无线电，我大哥常跟在他后头，整天捣鼓收音机，架个小天线，就可以收听广播，挺好玩的。或许就是"福尔摩斯式"推理的诱惑，我选了物理专业。

最后的知青，首批的考生，刘茹被南京大学录取后，特别珍惜得之不易的学习机会。同班同学的年龄相差悬殊，但对于知识的渴望是相同的。晚上9点钟，教学主楼关门了，刘茹和同学就找其他楼里的教室，有灯亮的地方就有看书的学生。看门的阿姨都说，好些年了，都没见过学生这样子努力。在这期间，南疆边境自卫反击作战打响了，阶梯教室定期组织宣读《战报》，刘茹一次不落地赶去旁听。她和同学关注战况，议论着军人的勇敢与装备的落后，心中升腾起为国家富强而奋斗的理想。

1981年，刘茹从南京大学毕业，这个名校大学生当然吃香，很快就被电子仪表局看中，分到了局机关。没想到她坚决不干，坚决要求到厂里去。她告诉我，那时候，没这么多想法，只是觉得学了那么多，用不上太浪费了。到了国营大厂，厂长乐坏了，她是第一批恢复高考的大学生，而她以前都是工农兵大学生。厂里先派她到车间实习，然后就调到了研究所，交给她研制新品的牵头任务，对她寄予了厚望。

1984年，当刘茹在那家大厂挑起大梁的时候，军队开展在职干部的学历教育，各大军区成立了文化教研室，特招一批大学生担任文化教员，刘茹从小就萌生的军装梦又被唤醒了。一次是军区歌舞团招小演员，一次是空军招飞行员，都已经过了关，父母硬是没同意。而这一次，刘茹不愿意放弃。于是，她忐忑不安地找了厂长，厂长在惋惜的同时表示了理解，只是要她把手头的研究任务完成

再走。

要知道，当时国营大厂的工资福利，超出部队一大截，许多人托关系找门路要进厂，而刘茹此时却选择了离开。她在物理教员的岗位上尽心尽力，上课的录像成为学校的教学示范带。三年后，1987 年，刘茹所在的单位缩编，人员分流，她这个大学生最大的可能是分到机关。其他人都说刘茹幸运，她又不买账，从自己教过的学员那里，打听到了有一个雷达修理所，在皖东某山沟，就要求调到那里去。

现在还有这样的人？言外之意，不是有些傻吗？

这就是立志从军报国的刘茹。人家找关系调到机关，刘茹却找关系下基层。她觉得，从基层的技术岗位做起，最符合她穿上这套军装的初衷。当时她去报到的这个营级维修保障单位，地处偏远山区，离最近的小集市也有十几里地，跟省城的条件没法相比。有个领导善意提醒她：女同志整天跟铁疙瘩打交道，是不是合适，你得想清楚。刘茹说想清楚啦，我学的是物理专业，就该和铁疙瘩打交道嘛。

刘茹刚到山沟修理所，一位大学同窗从国外给她带来两瓶法国香水，专程进山来看她，鼓动她出国发展。刘茹没答应，同学大为不解，从省城跑到山沟沟，有啥意思？刘茹说，虽然我买不起法国香水，但金钱买不到我的快乐。刘茹的话其实没说完，让坏了的雷达重新工作，这就是她的快乐，这种感觉真的好极了。

跟刘茹相处的人都说，她是一个有理想的大学生。理想具有超越物质的精神力量，能使人抵御物欲的诱惑，能让人在艰苦的环境中甘之如饴。在物质化的今天，知识可以非常实用，理想似乎非常遥远。而刘茹告诉我们，理想并非空中楼阁，她坚守着一个军人的理想，把自己的学识贡献给军队，柔弱的肩头变得如此坚强。

刘茹所受益的 20 世纪 80 年代初的高校，刚从动乱中恢复元气，物质不如现在丰富，课程不如现在开放，还存在着与社会需求的明显差距。然而，重获尊重的老教授自己上讲台，重进校园的大学生勤奋读书。祖国高于一切的理想，振兴中华伟业的理想，就像擦去尘灰的钻石般的闪亮，一直地照亮着"刘茹"们的从军之路。

我盯上王鹏时，他的职务是某集团军摩步旅旅长。绝非由于他是著名的"蓝军司令"，时常被军内外媒体所包围，也不是他语出惊人，说什么都有独特的视角，而是因为他也是20世纪80年代的地方大学生，曾经是南京大学经济系高才生。

我了解到，80年代招征地方大学生，集中在1983年、1984年和1985年。王鹏说，我是那三年地方大学生入伍的最后一批，收尾了，而他也坦言：由于主观或客观的原因，现在留在部队不多，百分之一都没有。

1985年7月，21岁的王鹏从南京大学经济系毕业。王鹏从故乡湖南湘乡县，考入南大这个全国著名的高校，曾让他母校湘乡县中的同学好生羡慕。他大学专业是经济学，这是当时商品经济潮涌的环境中最实用的学科，但王鹏似乎并不在意它的热门，与立志在经济领域大展拳脚的同学不同，他对于军事特别有兴趣，天天关注南疆战事，关注武器装备的更新，他的毕业论文也别具一格，题为"中国军费研究"。

真的与军队有缘，王鹏的毕业去向被内定在军队，在南大经济系这一届学生中也是首开先例。有志于报效国家的王鹏，在征求意见时欣然从命。在大学师生的欢送会上，王鹏以诗言志："男儿何不带吴钩，收取关山五十州！"

当时像王鹏这样的高端人才，很自然受到部队的重视，给他分配去向是首都北京的军事科学院战略理论部。别人羡慕王鹏能到最高军事研究学府，他却不以为然：我不了解部队怎么搞研究，到部队就要到基层一线去。

王鹏请求重新分配，不到北京而要到作战部队任职，结果他被分到南京陆军指挥学院，接受为期两年的合成参谋专业培训，不过学历是大专。他笑说："大学同班同学毕业了，人家上研究生，我却上起了大专。"

大专就大专，只要能学到真本事。他在军校发奋学习，门门功课都不含糊。就在王鹏即将毕业之际，南疆边境的战火绵延不息，中央军委决定抽调野战部队到边境轮战，南京陆军指挥学院酝酿选拔人员随部队参战。消息传开，引爆了学员队。王鹏热血沸腾，连夜伏案疾书，写下 6000 多字的请战书：我要上前线！

在这份请战书的最后，王鹏签上自己名字，然后咬破大拇指，郑重地按下了鲜红指纹。打仗是军人的职责，请学校相信我，请军队考验我！王鹏的恳切语言感动了学院的老将军，他被批准奔赴前线，担任某步兵团作训参谋。

如果说，此前的王鹏只是纸上谈兵，那么，在南疆的 200 多个日日夜夜，王鹏亲身感受到了战争的残酷与血腥。王鹏说："赶到老山前线的那天已经很晚了，连夜上了高地。第二天一大早从猫儿洞钻出来刷牙，老山云海铺天盖地漫山遍野，我就站在高地上往下看，这老山比黄山还好看。突然一阵炮弹声呼啸传来，就听见轰隆隆爆炸声浪，脚下的山剧烈晃动。越军袭击天保农场，那是一个知青很多的橡胶种植基地。参谋长大声喊卧倒，我就没动，因为我对弹着点有自己的判断，参谋长说这小子有种，不怕死。

"和我一起分到同一个团的，有个石家庄陆军指挥学院的学员，叫王曙光，一米八的个头，长得魁梧健壮。他是去当见习排长的，团里派人当向导，我送他到他的连队，然后再看其他阵地。本来把他送到单位，我们就继续向前走，可是他想看看阵地，就跟我们继续走。走出 300 米不到，他踩到一颗地雷，轰地一响，他倒下了。右腿从膝盖以下没了，左脚的前脚掌炸没了。半截军裤空了，堑壕壁沿粘着模糊的血肉。他昏死过去，被抬走送救护所抢救，这是我上的课堂以外的战争课！"

经历战火考验的王鹏回到了军校。校方爱惜人才，问王鹏愿不愿意留校当教官，王鹏一口回绝：我不适合在院校，到部队更能发挥我的作用。就这样，年仅 24 岁却有实战经验的王鹏，被分到某步兵旅作训科当参谋。同学说他大才小用，他却对参谋的岗位热忱投入，把训练计划和训练指导做得火药味十足。理想的火炬，点亮在王鹏心头。在他看来，军事不是谋求生计的行业，而是值得投入的事业。

新新英雄情结

1991 年，海湾战争爆发，令世界为之震惊。普通民众看到的是战争破坏的残酷，军事专家却从中看到了战争形态的突变，不再是传统意义的战争，已经注入了高科技的诸多元素。它给所有的人上了一课：战争的现代化需要军队的信息化，军队的信息化需要官兵的知识化。正是日益强烈的忧患意识，吸引了大批地方大学生参军，增加基层官兵的知识含量，成为 20 世纪 90 年代军队干部队伍建设的着力点。

实际上，90 年代初号召地方大学生入伍，响应者的数量并不令人乐观。1992 年，56.4 万名本科生在夏季毕业，加上研究生共 59 万人，这一年全国各条战线需要大学生 90 万，毕业于高校的大学生总体数量远远不够。

据 1992 年某权威机构对中国的父母进行调查，有 32.6% 的家长希望孩子成为科学家，有 20% 希望孩子成为画家、音乐家和艺术家，有 17.8% 希望孩子成为医生，有 8.4% 希望孩子成为工程师，至于参军入伍，似乎在家长所有的希望之外。

1992 年邓小平南巡讲话被载入史册，它的核心是坚持解放思想、改革开放不动摇。中国人铲除穷根追逐财富的理念，从来没有如此明晰过。大江南北正在形成激流涌动的巨大市场，面对扑面而来的市场经济大潮而能搏击站立的，才是社会公认的英雄。"时间就是金钱，效率就是生命"，深圳街头的这条广告词激动人心。

唯有军人，仍然坚守着与发财致富绝缘的职业特征。对于军人来说，时间观念、效率意识、竞争原则，必须强化不可或缺，但这一切并不等于金钱。只不过，军人的金钱观更为宽广，保家卫国就是让老百姓增殖财富，舒心地过好日子。军人就得讲牺牲，讲奉献。不过，用牺牲与奉献的理想召唤能打动大学生的心吗？

笔者到曾经战功显赫的某摩步师采访，与 90 年代入伍的大学生军官有过深入交谈。2011 年被任命为某团团长的王海涛，就是集团军领导向我郑重推荐的。王海涛 1976 年出生，1994 年考取合肥工业大学机械工程系，毕业后参军。而今他是一个稳重而敏锐的军事主官，给我的感觉，既有英武之气，又有书卷之气。

王海涛在大学时成绩突出，入学第二年就入了党。他 1 米 78 的个头，为人正直，善解人意，在同学中人缘很好，包括本班的或外班的女生，也都把他看成哥们儿。1998 年大学毕业，这一届赶上国家包分配的末班车，国内机械行业大企业都来挑人，王海涛是系里重点推荐的优秀生，广州、上海和青岛等多家单位发来了意向函。当时一个女同学已经成了他的女友，他只有一个要求，同时接收我的女友。

因为国家分配有名额，有的企业对于同时接收两个人，表现出了犹豫，但希望王海涛能先去。他并不退让，要我必须也要她。也巧，毕业生洽谈会上，深圳海特天高公司前来招人，老总亲自出面，对王海涛非常满意。这是一家高科技公司，开出的待遇很不错，老总也是这个学校毕业的，承诺可以带上他的女友。王海涛如愿以偿，他和女友约定，在深圳那个领先全国的经济特区，先立业后成家，好好干。父母知道这个消息，也为他们高兴，大学到底没白念，深圳是大地方，肯定有出息！

此时，部队来地方高校招收大学生，一下子让他平静的心激动起来。他试探地问系领导，毕业生入伍要什么样的条件。系领导直率地说，当然要好中选优，像你这样的，个头高，身体壮，而且成绩好，又是学生党员，就很适合到部队嘛。系领导知道，王海涛毕业去向已定，而且同时解决了两个人的工作，也就随口一说，没想到，王海涛却听进去了。他回去跟女友商量，我想到部队去。女友一听急了，人家想方设法往一起调，你倒好，放弃在一起的机会，偏要当牛郎织女，你不是头脑发热吧！

王海涛难以取舍。90年代已是财富英雄走红的年代，邓小平南巡数年后深圳的加速崛起，给许多王海涛的同龄人以极大的向往。他知道，到深圳学有所用，而且两个人打拼，读大学生的成本很快会有成倍的回报。而穿上军装，则有太多的未知数，收入的锐减是明摆着的，与女友的分别也是一道艰难的坎……

然而，尽管身处于和平的岁月，但在王海涛内心深处，仍有颗不安的心在躁动。他爱看军事报道，关注国防建设，对于驰骋疆场的英雄特别崇拜。那时大学生不少是追星族，谈的是歌星、影星或大老板，王海涛却向往"梦回吹角连营"。他说，如果说我有偶像，也不是哪一个人，而是一个群体，那就是威武的军人。

其实，他父母都是职工，就希望他有个大学文凭，能找一份令人羡慕的好工作。父母劝他，冷静地想想，他反过来劝父母，尊重儿子的选择。他听从的，不是物质的量度，而是精神的召唤，是内心日益强大的声音。工作可以再找，当兵只有一次。王海涛告诉女友，这次部队特招大学生，我不去就是别人去。我希望到军营的是我，穿上军装的时间有限，无论是长是短，都是花多少钱也买不来的。

好男儿不图安逸，好男儿志在四方。22岁的王海涛是有主张的人，他说服了女友，说服了亲人，最重要的是说服了自己，这主张在几经周折后仍不改初衷。那一个雨后放晴的上午,他终于登上前往某集团军驻地的列车。临行前,他把入伍通知书压在大学毕业证书上,心中默默地许下诺言,知难而进,百折不挠。

那一个被理想的色彩涂抹的军营,只存在于王海涛的想象中,其实是一个完全陌生的领域,一个摒弃书生味儿的地方。王海涛出发时意气风发,究竟能在军中保留多久?他和一帮年轻大学生,都能一直意气风发吗?当然,能投身军营已属不易,至于连接"校园故事"的"军营故事",又是另一个话题了……

黄高峰,一个已经担任某团副政委的 70 后大学生。他人生履历中从军的那一页,也是 1998 年翻开的。当时他毕业于徐州师范大学体育教育系,就业前景不用发愁,政府体育局已经向他招手了。黄高峰与体育有缘,他有一副好身板,少年就苦练武术,篮球打得也不错,在大学期间考上了篮球二级裁判证。此外,他性格开朗活跃,还喜欢吹拉弹唱,是学校学生乐队的成员,组织学生晚会更是乐此不疲。

1998 年初夏,部队到大学征召应届毕业生,黄高峰向来就有阳刚之气,他觉得自己该尝尝当军人的味道,老师觉得他这个人挺适合部队的。个人报名与学校推荐一拍即合,部队干部干事看他成绩单,再看他挺有劲的样子,表示对他挺满意的。他说,参军是要舍弃许多东西,包括当时地方生活的种种舒适与安逸。我遵循的人生格言就是两个字:舍得。任何东西不舍弃是得不到的,既得之先舍之嘛。

舍弃了大学生在地方发展的前程,黄高峰来到了某野战军教导队报到,参加为期三个月的训练,之后到军校学了半年,回来分配到基层连队当排长。他没有到过连队,而这个连队也没来过大学生。他在连队感受到了雷厉风行的作风,与他想象中的男人气魄有些吻合,但有点粗鲁的连长却骂骂咧咧,动不动叫他难堪。他是聪明的人,当然能听出连长的弦外之音,不就是说,最讨厌书呆子的娘娘腔吗?

黄高峰有些郁闷,对自己到部队的初衷也产生了怀疑。原本他就是习武之人，向往的是电影中见到的英雄气概，以为到部队准能一展身手。偏偏，碰到这么个看扁大学生的连长，叫他心头憋了一股气，只等个机会露一手。

机会真的来了。黄高峰下连不久，部队接受了协拍一部战争电影的任务，驻扎在洪泽湖畔的一个村子里。当时大家住进了老百姓的家，和老百姓的关系相处挺融洽。有一天训练间隙，一个熟悉的老乡要跟当兵的比画拳脚。开始有个班长上去跟他比，班长也挺有蛮劲的，但是被人家摔倒了。怪不得敢挑战，那人的摔跤技巧不错，得胜后直嚷嚷，要比就要跟连长比。连长和黄高峰一样，也是结结实实的高个子，只是碍于身份有些犹豫。黄高峰想，连长肯定不能上，他是我们这边最大的官，要是输了肯定没面子，不如我来上吧，看架势连长不一定能赢，我一个排长要是输了也没啥。

黄高峰出场了，他对那个老乡说，我跟连长学了半年了，看看我能不能打得过你，如果不行，再请我们连长上。那人没把黄高峰放在眼里，可黄高峰在一旁，已把对方看了个明白，心里是有底的。哨音响起，黄高峰撸起袖子，走上前跟那人缠在一起，一阵较力把对方摔倒了，那人不服气，站起来又进攻。连续三次被摔倒了，那人只得抱拳认输。连长感觉到很有面子，你这个大学生，还有两下子嘛。黄高峰笑笑，心里说，大学里学的招数用上了，刀、剑、棍，还有太极，都是我的特长。

其实，习武之人大都藏而不露，黄高峰是被逼出来的，一下子在全连出了名。当地老乡也对他敬重三分，那个对手再三说，佩服，佩服。

此后的连长，对黄高峰刮目相看。虽然时不时还爆几句粗话，但他能听出，连长没有恶意。上训练课目的时候，连长特意分工黄高峰担任教练员，不懂专业没关系，派老士官和其他排长教，而他勤奋地学，很快就成了内行。至今，黄高峰对那个连长仍很感激，他说，我这个大学生到连队，碰到的连长是刀子嘴豆腐心。后来我当了连队主官，也和他一样讨厌娘娘腔，当兵就要有一股子英雄之气。

黄高峰学的是体育，练的是武术，他融入部队有他特殊的方式，似乎有些得天独厚，然而，也反衬出校园与军营的容易被忽略的现实差距。大学生要成为真正的军人，这其间需要一个补课的环节，就在于大学教育对学生性格培育的不足，尤其是有的大学生本应是不被打败的青年，却不愿意担当，可以说，阴柔有余，刚强不足。

考察 20 世纪 90 年代大学生，可以发现，当时大学的门槛还比较高，仍然是许多青年学生翘首以盼的神圣殿堂。通往大学的道路并不好走，与庞大的人口基数相比，高考中榜的概率还是较低的，需要勤奋也需要幸运。说知识改变命运，不如说高考改变命运，读大学被许多人视作"跳龙门"，而改革开放给大学生以广阔天地，可以大胆地追求个人的幸福，选择一份既体面又收入高的工作，都在人们没有异议的情理之中。至于军队，尽管制定了一些优惠政策，仍没法填平与地方之间存在的物质差距。

在某集团军装甲旅我采访唐云珍，这位中等个头、面色黝黑、举止干练的中校军官，看上去与部队生长干部没有两样，但他是一个地道的地方大学生干部，1998 年毕业于中南大学机电一体化专业，同年被特招入伍，曾被旅队表彰为"最安心部队工作、最能吃苦的地方大学生干部"。一个安心，一个吃苦，从这些极有基层特色的表彰内容里，就不难看出唐云珍穿上军装的人生是怎样一个状态。

唐云珍读小学正是 20 世纪 70 年代末，沿海改革开放的大潮汹涌澎湃，似乎离信息闭塞的湘西南山区还很遥远。邵阳是国家级贫困县，唐云珍家在白仓镇竹园村，离县城尚有 70 多公里。背靠海拔 4000 多米的大尖山，他祖辈三代没走出过大山。父亲粗通文字，连小学都没念完，母亲只会写自己名字，没进过一天学堂。满手老茧的父母有山里人的质朴，对儿子的殷切教诲很简单：好好读书，将来走出大山去！

山里人家挣钱太不容易，很多和唐云珍类似的家庭都叫孩子退学回家干活了，唐云珍至今感念父母，再难也要让儿子读下去。他小学毕业考上了镇上中学，去学校要翻越三座大山，一趟山路就有 20 多里。同时考上的还有他的堂兄，两个男孩做伴，天不亮就起床了，背起书包上路，家家户户还在睡梦中。遇到刮风下雨的天气，家里没有钱买雨衣，他不好意思穿蓑衣，就弄了块塑料薄膜披在身上，戴上尖斗笠夹紧书包一溜小跑。山路被雨水泡得松软，他一脚泥、一脚水，滑倒了爬起来再跑。

笔者的身边有许多家长为孩子不爱读书而头疼，唯一的办法就是找家教，哪怕工薪阶层也舍得花钱投入。唐云珍这个山里孩子，与所有成功学的理论毫不沾边，但是山里的贫困给了他另一种滋养，懂得珍惜父母的每一滴汗珠，懂得珍惜学校的每一节课时。夏夜他写作业，腿上被蚊虫咬得都是包。母亲叫会做木匠的父亲做了个竹桶，盛上水让他把脚踩在竹桶里，他却在蚊虫的嗡鸣里读得津津有味。

1994 年，唐云珍以超出一本线 70 分的成绩，考上长沙中南大学，那是第一批进入"211 工程"的重点高校。高中考到邵阳一中，他才到了县城，此前从没出过邵阳一步。接到大学录取通知书，父母激动地流下了热泪。亲友为他凑学费，在县城工作的表姐帮他买衬衣皮鞋，母亲用化肥袋缝了个包，他当旅行袋一路拎到学校去。

在竹园村，唐云珍是第一个不是以打工的方式，而是以考学的方式走出了大山。大一，他的成绩一直在班上领先；大二，他被同学推选当了班代表，学跳舞、学唱歌、学吉他、学二胡，还是足球队前卫。同学都佩服他，他无论干什么都兴致勃勃。中南大学党委书记是部队师政委转业的，对唐云珍说，像你这种性格应该到部队去。他问为什么？书记说，你踏实、肯干、能吃苦，部队就需要你这样的大学生。

唐云珍听听也就过去了。1998 年大四毕业在即，他有多个选择，其中最让他举棋不定的，一是去 TCL 集团驻广州办事处，二是留校当老师。前者可以在专业上大干一番，参与大企业的国际化竞争，还有机会被集团送出国深造；后者可以把自己交给高校，以后当个教授应该没有悬念。军队到中南大学招收地方大学生，学校就推荐了唐云珍。部队比其他招聘单位来得晚，他已经准备跟 TCL 集团签约了。军队虽是他的第三种选择，却使他欲罢不能纠结再三。一个声音提醒他，还是到南方挣钱吧，你能走进财富人生；另一个声音告诉他，干脆到部队锻炼，否则枉为一个男子汉。

唐云珍能从大山里考出来，父母为他感到骄傲，左邻右舍提到他的语气都是羡慕的。对于他毕业后的去向，父母没有具体的意见，只是希望他留在大城市，进个大企业，尽快挣大钱，而唐云珍考上大学，迈出了走出大山的第一步，接下去他像父母所期望的那样，赶上市场经济大潮的节奏，似乎也是一种成功的方式。

凡事自己做主的唐云珍，并没有选择最挣钱的行业，而是选择最不挣钱的行业，那就是成为一名军人。1998 年 7 月，应届毕业的大学生唐云珍入伍来到部队，但他却跟父母说自己分到了经济发达的沿海开放城市——厦门。其实，他对父母是报喜不报忧，他分到的那支部队驻扎的地方离厦门很远，坐落在闽南一个交通不便的偏远军营。不要说到城市，就是到一个集镇，还得走半天的路。他生怕父母知道他大学毕业了却当兵钻山沟，心里会很不好受。他当排长头一个月拿到的工资是 535 元，而他原先签约的 TCL 集团，起步工资就是 1500 元，这怎么比，差了一大截。

述说唐云珍求学之路的艰辛，只是说明，唐云珍本来更有理由，将大学生的牌子换作奋斗翻身的基石。因为他的优秀，也因为他的不易，优秀而不易的大学生，对自己对家庭都应该有交代，到军队不是太亏了吗？

唐云珍说，大家都算小账，谁来算大账？小账是个人的收入，大账是国家的国防建设。大学生也应该参军，这在发达国家都没有例外。

无疑，大学毕业是人生的一个拐点。精英教育固然层层筛选，保持了入学者好中选优的良好感觉，也让大学生今后的出路不用发愁，但是，一切只认分数，把学生变成学习机器，有意无意的优越感却是无情的杀手，淡化了理应不分文化层次的责任意识。对于出人头地的渴望，对于物质利益的权衡，对于卓尔不群的精明，成为大学生成长的双刃剑，可能是一种激励的基因，又可能是一种逃避的理由。

也是在 1998 年，21 岁的吴彦继大学毕业，也走到人生的十字路口。在西北工业大学，吴彦继读的是机械电子工程系，他的目光没有在本专业上停滞。这个享誉全国军工行业的著名高校，涌现出许多宁可默默无声也要为祖国的强盛忘我奉献的前辈科学工作者。一大批成为国防科研、生产单位的领军人物和栋梁之才的校友，写下了不为人知却彪炳史册的辉煌篇章。他从前辈和校友的榜样里看到了理想的力量。一个人不能没有理想，但个人命运只有与国家民族的命运相连，理想才会有真正的社会价值。

大学的生活很充实，吴彦继积聚的能量一下子迸发出来。1997 年 12 月，学校放寒假前夕，吴彦继尚在大四的上半学期末，破天荒的，学校举办了一场毕业生招聘会。这在当时属于新生事物，双向选择的概念刚刚出现。西北工业大学原本是部属高校，带有定向培养的性质，学生还没出校门，去向就不用费心了，肯定分到相关的研究院所。同一系统的重庆一所军工研究所，早就瞄上了学习成绩优异的吴彦继。

招聘会使吴彦继知道，什么叫双向选择。在这之前，只有学校分配，没有个人应聘。吴彦继惊喜地看到，一家又一家的单位在会场拉起了横幅，大学生的品牌在众多单位的"争抢"中显出了分量。吴彦继属于学习成绩拔尖的，自然属于被几家单位人事部关注的对象。刚出名的深圳华为公司急需人才，向吴彦继宣传高新科技企业的强劲势头。西安一所军校要成立新的教研室，也希望吴彦继能加盟。

这几家单位旗鼓相当，前景可观，对于大学生都有诱惑力。吴彦继和同学一时难以取舍，是当未来的专家，还是做未来的教授？

此时，又陆续有些单位到西北工业大学招人，吴彦继在某集团军的宣传栏前停了许久。当他向集团军派来的干部咨询，了解到这支部队就在海峡对岸，肩负着威慑台独势力的神圣职责，内心激起了一种热血男儿的使命感。

其他同学只是看看而已，吴彦继却真的动了心。他和同学探讨到部队干的可能性，人家说他太不现实了，读四年大学到部队，不是亏了吗？言下之意，市场经济使人生目标物质化了，到部队需要百倍的付出，哪儿来的回报呢？

吴彦继说，男儿志在四方，部队总要有人去吧。给自己算账，可能是亏的，给国家算账，就不亏了。我们既然是大学生，就不能只算小账！

许多同学在学校时激情澎湃，谁都不当真。要知道，这一步迈出去，可就事关自己一生了。吴彦继说到做到，真的选择到集团军，还是叫同学由衷地佩服。分手时他笑着告别，我们这个班，总得出一个扛枪弄炮的吧，我就代表啦。

某集团军对应征入伍的地方大学生集训后，吴彦继等 4 人被分到了炮兵旅。他们有 1 个到卫生队当军医，其余 3 个到连队当了排长。吴彦继早有思想准备，到任前就请教带队老兵，把怎么当排长当作一项课题琢磨再三。他白天在训练场上汗流浃背地苦干，傍晚在菜地赤着脚挑大粪。这个大学生排长不仅能说会道，吃苦受累的事做的不比其他人少。吴彦继带领全排完成任务出色，年底立了集体三等功。

可是，跟吴彦继一样下连的两个大学生，却是度日如年。他们问吴彦继，我们觉得没劲，你怎么成天乐呵呵的啊？吴彦继恳切地说，还是要摆正心态，拿出大学生的本事，放下大学生的架子，与你的兵交朋友，就会觉得有意思啦！

这两个当排长的大学生，只坚持了一年，后来觉得吃不消了，还是提出了退役的请求。吴彦继为他们送行，他们连声地说惭愧，因为他们想起了曾经的誓言、曾经的豪情。吴彦继对我说，作家老师，别写他们的名字了。虽然他们不适应，中途离开了，但是我谅解他们。他们的军旅生涯没走完，肯定也会影响他们一生的。

当我在炮兵旅的营地采访吴彦继时，他已是正团职上校军官。我从材料上看到，他在排、连、营、团的岗位上，都干得非常突出。他说，跟我的大学同学相比，挣钱我比他们少，物质享受我不如他们，但我有我的精神世界。勇敢、勤奋、安于清贫，是一个军人实现理想必须具备的基本品质。从军的路是我自己选择的，比我挣多少钱都更有意义，我过去不后悔，现在不后悔，将来也肯定不后悔。

每一个决定从军的大学生，都在体味着远离都市的寂寞，都在实践着校园很少见到的最朴素的理念：在祖国与民族需要的时候，一个年轻人应该有什么样的担当？在远离战争的和平年代，一个民族还需不需要崇尚英雄的精神？

随着改革开放进程的深入，宽松的社会环境给大学生前所未有的选择自由，以及更多更大的选择余地。整个民族奔小康，个体生存也奔小康，毕竟军队与地方物质生活有差距，这种担当就不是一句空话，而有着实实在在的内容。

人才接轨军营

世纪之交，地方高校由以往国家的统包分配，改为个人与单位的双向选择，顺应大学生就业改革趋势，军队招收大学生方式也有了变化。

时任连云港警备区干部科科长的秦新告诉我，那时部队招录的地方本科大学生，一穿军装就是副连职。开始到江苏省军区受领招收大学生干部的任务，我们警备区分到五个名额，我心里没底，不知道能不能招满。凡是部队驻地偏远的，就有完不成任务的先例。我们到南京的省人才市场，摆了一个摊位，有大红的横幅，有桌子和椅子，跟旁边的其他摊位一样。一个摊位一个单位，都是来抢大学生的。

时任舟山警备区干部科干事的陈国彪对我说，接到上级直接招收地方大学生的通知，我们赶到杭州丝绸工学院礼堂，参加整个浙江高校的大学生招聘会。我们被允许用浙江省军区名义，名额不限，专业不限。印了厚厚一大摞招收简章，没过一个多小时，就快被拿光了，我抓着最后一张，讲得口干舌燥。好些大学生留下电话号码，被安排到驻军医院体检有四五十个人，可签约也就十多个人，有的到了舟山，一看是海岛，掉头就回去了，只能做毁约处理，真正来舟山警备区只有 6 个人。

到人才市场占一席之地，说明了部队招收地方大学生的些许尴尬。从 20 世纪 80 年代地方大学生"统一分配"，部队只管上门挑人，高校也会给特殊礼遇。到 90 年代后期的"双向选择"，部队要重视自我宣传了，否则其他用人单位就抢在前面。部队开始动脑筋，想方设法录取高质量的地方大学生，干部部门不惜挤进招聘单位的行列，像其他单位一样张榜优惠条件，表达了军队迫切引进现代化人才的强烈意愿。90 年代仍然是地方大学生的黄金时期，大学生去向不用愁，才会有摆摊设点的人才招收方式。

表面上，招收方式改变了，实际上，标准并没有降低。问题在于，部队要求高质量的地方大学生，如何让高质量的地方大学生选择部队呢？

当时军人招收地方大学生的决策无疑是有远见的，然而，这些大学生在长达四年的本科学习阶段，对于职业生涯的规划，不可能把军人在内的普通岗位放在其中，直至临近毕业才考虑入伍，这就难免显示出了一种教育理念的缺憾。

我们不能不看到，恢复高考后的地方高校，确实起到了承前启后的重要作用，但是，在为社会的发展输送人才的同时，也日益暴露出了教育理念的滞后。西方现代教育更强调成人，认为成人比成才更重要，而中国有些高校一味分数挂帅，把社会责任感推到大学以外，似乎受过高等教育，准备挣钱发财和个人翻身才是正道，那么，作为成年人担当的意识淡薄了，参军入伍这样的公益性行业，自然难以得到认同。

2000 年 3 月 15 日，九届全国人民代表大会第三次会议通过《中国人民解放军现役军官服役条例》，明确指出"接收普通高等学校毕业生"，是部队军官的重要来源之一。这是用法令的形式，将地方大学生入伍规范化了。

其实，服兵役本身就是公民应尽的义务，对于符合条件的年轻人，每个人都应该有份儿，不论你是不是大学生。只是因为历史的原因，大学生入伍虽然稳步推进，军队与地方也出台了相关的政策，在此之前还算是特例。而这部军人服役法的颁布，就是在重申公民的义务，使得大学生入伍名正言顺，有了法律的依据。

研究兵役制度多年的王书峰博士，对于大学生入伍也有独到的见地，他用"剪刀差"来形容军队与大学生的员额数量的对比。

1985 年，中国政府决定裁减军队员额 100 万；1997 年，决定三年内再次裁减员额 50 万；2003 年，决定两年内再裁减 20 万人，使军队总员额降至 230 万。

军队员额逐步缩减的同时，高等教育规模却不断扩张，特别是 1998 年高校扩招后，在校生规模显著增加。普通高校在校生数 1998 年为 340 万，2003 年为 1100 万，2008 年超过 2000 万。可以看出，1998 年前后，军队总员额与高校学生总数大体持平；而两年之后，普通高校年度招生数就已经超过军队总员额了。

笔者看到，大学生与军队之间"剪刀差"的此消彼长，使天平开始向军队倾斜。在这个被称为知识经济时代，中国的教育一改以往的矜持步伐，与计划经济的诀别很是痛快，走上了急剧扩展的快车道，扩展的速度和数量都超出人们的预期。由精英教育到普及教育，曾经困扰军队的大学生来源不足的难题迎刃而解。

当大学生不再是"天之骄子"，也不再是稀缺资源，而要像其他求职者一样，带着自己制作的简历跑人才市场，主动向用人单位毛遂自荐的时候，到部队当干部不失为一个有保障的去向。然而，如果就此得出结论，说来部队的大学生只是考虑就业，而部队招收大学生不过是为解决大学生就业尽力，那也大错特错了。因为尽管大学生的数量在增加，军队招收大学生的标准也在提高，招收数量毕竟是有限的。

部队为什么要招收大学生？部队需要什么样的大学生？外界可能并不清楚。其实，不论是大学生紧俏的岁月，还是大学生过剩的年头，招收地方大学生都出于军队"强身固体"的需要，是对军队干部队伍源头的提升。坦率地说，并不是在社会上混不下去的人才能到部队，而是在社会上非常优秀的人才能被选到部队。

笔者在采访时，跟大学生军官探讨过义务这一话题。确实，在物欲横行而价值取向多元的时代，曾经神圣的教育也不再神圣，与产业化挂上了钩，选专业不得不考虑市场，无可厚非的转变中平添了些许无奈。然而，义务与理想并不空泛，它需要大学生具有清醒的公民意识，也由此激励过一代又一代的年轻学子。

2012年国庆长假前一天，我在舟山警备区采访王意东，他时任某海防团副政委，刚接到命令，调任舟山警备区政治部宣传科长。这是一个留着短发、举止干练的中年军人，站在海风扑面的阳光里，他给我一种昂扬向上的朝气，能依稀感觉到军营生活给他刻下的印记。他告诉我，临近国庆，部队战备值班不能松，他作为团领导从10月1日值班到4日，每天都要到连队检察指导，等过了长假才能到机关报到。

问起王意东的入伍时间，他说2000年7月。笔者算来，正是新军官服役条例颁布后的第一批地方大学生。王意东1977年出生，父母都是淳朴的农民，但思想很开化，家里有了这一个孩子，就没有再要孩子，他也就是全村少有的独生子女，而且成为村民非常羡慕的大学生，只是到部队并不在父母的预想之内。

说起来，王意东身上寄托着父母太多的希望。他爷爷早年当过县衙门的文书，土改时被划成地主；他外公家是富裕中农，父母都背着"出身不好"的包袱，只念到小学就辍学下地干活了，正是"成分问题"使他们找到了知己，但结婚后仍然抬不起头来。幸运的是，等王意东出生，阶级斗争连同黑白颠倒的"文革"已宣布结束。也许当年讲出身的阴影难以忘怀，当王意东挎上书包上学时，母亲摸着他的脑袋说，好好读，争口气。他似懂非懂地点点头，不知道好好读与争口气究竟有什么关系。

王意东以农家子弟特有的勤奋，上初中时考入县重点中学，不过，他的理想只是考上中专。那时中专毕业就由国家包分配，可以转城市户口。在父母看来，儿子能考上中专跳出农门，到城里去上班，就是给他们"争口气"了。

初三的时候，刚从师范毕业的王老师，一个见多识广、充满热情的大姐，分到王意东所在的班当班主任。她留意到，男孩子都贪玩，王意东也不例外，放学了不愿做作业，球场上少不了这孩子奔跑的身影，可是他有灵气，是一块读书的料。王老师鼓励他说，书到用时方恨少，中专不是你的目标，你一定要读大学！王老师的赏识打动了王意东。

父亲不舍得让儿子放弃中专，还是母亲有远见，她说，高中，学问高一些，今后肯定有好处。考大学的录取线比考中专要高一大截，比如中专的英语和数理化只是本科分数的一半。以前，王意东不用拼全力，放学回家打开电视就找篮球赛，像 NBA，他一看就是半夜。一旦把目标调整为本科，王意东便收了心，与电视告别，把所有的精力都花费在功课上。刻苦加上灵活，王意东很快就在班上脱颖而出，他顺利考上重点高中，又如愿以偿，考上了浙江工业大学机电系。

1999 年建国 50 周年国庆阅兵式，学校组织学生集体观看电视转播，已读大四的王意东看得如醉如痴。同样年轻的军人手持钢枪挺胸阔步，那份硬朗那份自信深深地感染了他。生为男人，就该站在这样的绿色方阵里！

然而，大学生王意东似乎离军营很远。已经是最后一个学期了，王意东和其他同学一样，与好几家知名企业签定了意向。没想到，临近毕业的时候，部队到大学来招大学生，一下子就把王意东的渴望点燃了。他在班上头一人报了名，体检时顺利过关，视力之好叫其他人羡慕不已。当时大学生入伍的视力标准已经放宽，可他读书的姿势不讲究，却一点也不近视，这在到处都是戴眼镜的校园，并不多见。

王意东兴奋地告诉家里，部队看中了他，父母给他的是一瓢凉水。他们说，我们就你这么一个儿子，虽然家里不富裕，可是什么累活都不让你干，你只会读书，能吃得了苦吗？他说，你们小看我，别人能，我也能！

看父母生气了，王意东换了一个说服的角度。他问父亲，你年轻的时候也想当兵吧？父亲说，想有什么用，不是出身不好嘛。他听父亲说过不能当兵的遗憾。是啊，那时参军要生产队推荐，谁敢推荐一下地主的孙子呢？他对父亲说，我们这一代比你们幸运，现在不讲家庭出身了，我能考进大学，是王家的第一个大学生；如果真的被部队录取，是王家第一个军人，你就让我尝尝这个第一的滋味吧。

父母从儿子的眼神中，看到了一种自己所没有的倔强。在儿子这个年纪的时候，父母小心谨慎，活得无奈，活得窝囊。而儿子赶上了改革开放，顺顺当当读了大学，而且想当兵就能报名参军，真的是世道变了。尽管家里经济不宽裕，本来指望儿子工作挣钱，但儿子执意到部队，父母毕竟明事理，就不再阻拦了。

王意东知道，农家供一个大学生不容易，他也知道，父母对他疼爱有加。但他就有一种强烈的冲动，要当一回真正的军人。当他被批准入伍的时候，他觉得，绿军装上承载着一个公民的义务，他要用最好的年华去履行它、承担它。

公民义务，这是一个非常理性的概念，跟大学追求自我的风潮截然不同。有的同学避之不及，似乎与己无关，而王意东却很在意，他能体味出这个词沉甸甸的分量。假如不是改革开放，他就是一个"地主的孙子"，或者是一个"富裕中农的外孙"，可能一辈子也走不出那个小村子。像任何一个普通公民那样，能带着大学毕业证书走进军营，能站在军人队列中大声地喊出名字，足以告慰九泉之下的爷爷和长辈们。

一个军人，一个公民，生而平等，保卫国家的光荣使命应该是相同的。王意东选择从军时充满了真诚的向往，也充满了那个时代的纯粹。然而，王意东在此后的从军路上并非一帆风顺，有欢笑、有痛苦、有眼泪，更有收获。最初的热切向往，是他在人生最低谷时的一个支点，也是他一路走来并走到今天的一种动力。

今天的高等教育有得有失，连教育界有识之士都提出，中国的教育缺乏理想。也许过于现实的未来，使许多学子失去了仰望天空的动因。问题在于，高校培养人才的方向不管多么宏大，即使是极具竞争力的栋梁之才，也不能忘却一个基点，就是为社会培养一个合格的公民，知道应该得到什么，还知道应该付出什么。

颜涛，某炮兵旅营教导员，2001 年大学毕业特招入伍。采访时他对我说，我的入伍动机非常简单，就是来尽一份公民的义务。

他告诉我，大学生该不该到部队，我在大学跟同学议论过。有的同学说，大学生到部队是浪费人才，我就跟他们争论，部队现代化不能没有人才，受过高等教育的适龄青年，就应该到部队去，承担更多的社会责任。等我真的报名参军，很多同学都没想到，说你的成绩这么好，以为你只是说说而已……

颜涛的家在湖北省大悟县，地处大别山脉的一个村庄。与村里其他孩子相比，因父母不擅农事，他的家在村里算是比较贫寒的。但他又比其他孩子幸运，父母都是识文断字的乡村文化人。早年父亲喜欢拉二胡，还会弹钢琴，母亲则生来一副好嗓子，他们曾在当地花鼓剧团挑大梁。后来剧团经营不善解散了，他们不得不回乡务农，就把希望寄托在儿女身上，教育颜涛好好读书，争一口气考上大学。

颜涛读到高中那一年，父亲出了车祸，留下的后遗症使他时常头晕，原本就不宽裕的家境雪上加霜。最要命的是，颜涛的妹妹也读书极好，供养两个孩子读书，家里拿不出钱。学校开饭的时候，别人用餐券打饭菜，他的钱只够买饭，吃菜就在好朋友那里蹭点儿。颜涛知道父母的难处，不愿给父母添麻烦，就对他们说，我不想读书了。一向慈眉善目的父亲生气了：儿子，你必须要读，而且要读好。

父亲到处借钱，请求老师免了一部分学费。高二上学期部队来招兵，颜涛心动了。本来就崇拜军人，不如早点去当兵。在学校报了名，复检也通过了，就等着结果了。父亲听说颜涛要当兵，赶到学校把他拉出来，对他说，你要当兵我和你妈都不反对，但是你记住，先要把书读好，书读不好，当兵也当不出什么出息。

高二下学期，住校的颜涛老是蹭同学菜，实在不好意思，又逃回家了。父母问他为什么，他说没钱吃饭，我不上了，我要去打工。平生第一次，他看到父亲流泪了，求你了，不能不读书啊。家里亲戚也劝他，别让你父母伤心啦。颜涛带了些家里的咸菜，又回学校了。高考前的冲刺阶段，颜涛是全班最刻苦的学生。

1997年，颜涛以文科569分的优异成绩，考上武汉华中师范大学英语系。当年，华中师范大学录取分数线为530分，颜涛的成绩超出39分，够得上南京大学那样的重点名校了，但是一想，读师范可以免交学费，颜涛退而求其次，填写了华中师范大学。他在高中就对英语特别喜爱，读大学选了英语专业发奋努力。

颜涛懂事得早，比同龄人显得老成。学校规定，大一平均成绩达到80以上的，可以辅修第二个专业，他又增加了教育学的系统课程。在紧张的学习之外，颜涛担任学生会干部，热心组织学生集体活动，其他时间就用来挣钱。学费虽然免了，但生活费还得出。颜涛没向家里伸手，骑着自行车到处奔忙。周六周日做家教，一个月挣800块；寒暑假送报纸，一个月挣800块。少量留给自己，大多寄给母亲。后来，比他小两岁的妹妹也考上大学，他不但挣自己的生活费，还给妹妹定期寄去生活费。

2001年颜涛大学毕业，他获得教育学学士、文学学士，是班上少有的双学士，英语考过了8级，他还入了党，是学生会主席。以他的成绩与条件，已有大学愿意接纳他当教师，他的工作与事业的前景不用愁，父母也为他感到高兴。然而，听了军队招收地方大学生的动员报告，他马上就报了名，这大大出乎父母的意料。

好在父母是开明的，尊重颜涛本人的意见。对花鼓戏中的忠义形象有研究的父亲，还送了颜涛两句话：从军之时忘其家，击鼓之时忘其身……

2001年，大学毕业的吴向阳也踏上了军旅生涯。我在某部采访他时，他已经是一个把自己彻底交给部队的炮兵营营长。无论是参与综合演练，还是上级年度考核，吴向阳都完成得毫不含糊，表现出了最本真的军人素质。

早在1997年吴向阳参加高考时，他就瞄准了心仪已久的著名军校。说起来，一身戎装是他从小萌生的男孩梦想。高中期间军训，有的同学叫苦不迭，吴向阳不仅不觉得苦，而且觉得汗流浃背很值得。可惜的是，虽然考出了高分，过了那一年军校的录取线，却在体检的门槛上摔倒了。吴向阳身体一向挺好，也许是备考那些日子太劳累，体检前他突然感冒发烧，猛吃一通感冒药，体检的指标才会不正常。

只能与军校说再见了，吴向阳带着些许遗憾，来到中国矿业大学读矿务加工专业。作为一个农家子弟，能被一本录取，也该是件庆幸的事。大学使他觉得新鲜，本专业课程似乎无法消耗他饱满的精力，他还参加了校内社团活动，打开胸襟接受来自八方信息。他虽然不确定将来做什么，但对未来充满了希望与憧憬。

20 世纪 90 年代的校园大门向社会打开了，不只飘荡着一以贯之的书香气围，也融入了改革开放的经济意识。念大二的时候，吴向阳就和同学商议，现在是鼓励个人创业的年代，坐而论道不够了，不如找个项目做做，迈开创业的第一步。他们做了一番调研，发现学生都跑到校外的网吧上网，学校管也管不住。就这样，他们看到了蕴涵的商机，不如我们开个网吧，把想上网的同学留在校内。

说干就干，吴向阳和同学跑遍全市的网吧，作了一份详尽的市场调查报告。不出吴向阳所料，学生自己开网吧的想法，得到了校方的支持。接下来，借用暂时不用的教室、买二手电脑、到电信局申请网路，吴向阳和同学忙得不亦乐乎。考虑学生的消费水平，当时他们定的学生上网包月优惠价是 10 块钱。

学校的第一家网吧如期开张了。吴向阳和同学相约，不耽误学业，用业余时间打理网吧。经营这个小小的网吧，开头也有亏损，后来他们发动同学发帖，试着打折优惠的营销，稳定了一批"粉丝"，才逐渐小有盈余。吴向阳是牵头人，初次尝到了创业的甘苦。想知道梨子的滋味，不如亲口尝一尝。吴向阳和同学盘点那家小网吧，虽然挣钱并不多，但自己可以免费上网，还能请大家撮几顿，更重要的是锻炼了挣钱的能力。

借助自己的网吧，吴向阳尽情驰骋在计算机的领域里。那时大多数人对计算机很陌生，他捣鼓计算机的硬件和软件都着了迷，成为同学中知名的"电脑专家"。大四的时候，当时上海一家计算机应用公司刚成立，来学校开过一次专题推介会。散会后，听会的吴向阳找到那家公司的计算机专家，就计算机的前沿问题求教，那个专家顿时觉得很新奇，看来这个同学对计算机蛮有研究的啊。告辞时，专家问他，你愿不愿意到上海来啊？就这样，吴向阳被这家公司看中签约，在全班最先有了毕业后的去向。

临近毕业，别的同学都在跑大学生招聘会，只有吴向阳稳坐泰山。到上海，到大公司，又是喜欢的计算机专业，吴向阳别无他求。当然，这是他迈向职场的第一步。以他开网吧积累的经验，说不定他还会自己创业呢！

也就在此时，在学校的应届毕业生招聘会上，出现了部队招收地方大学生的横幅。同学们都议论纷纷，有的犹豫不决，有的权衡再三。吴向阳一听这个消息，既兴奋又纠结。如果在读大学前，他会毫不犹豫地选择参军。可是四年大学读过，五彩缤纷的世界展现在他的眼前，尤其是他有过开网吧的经历，最爱读成功人士传记鼓励着他，他即将到中国最大的城市——上海打拼，还有必要到部队吃苦受累吗？

然而，一生中有当兵的经历，是吴向阳高考时就有的志向，一旦机会来了，他不打算放弃！吴向阳在激烈的思想交锋之后，还是来到招聘会上，在部队横幅下填写了报名的表格。写上了，才知道他是全班第一个。其他单位来招聘，吴向阳看都不看，怎么部队招大学生他就动了心？与吴向阳要好的同学当面问他，他说，军队有需要就是国家有需要，何况当兵报国是我的理想，这也是我最后一次机会。

创业不也是理想吗，同学为他感到惋惜，当时部队待遇比地方差这么多，而且与都市的环境完全不同，你虽有校园里树立的创业理想，但也许不可能成为现实了。你能成为一个 IT 行业的 CEO（总裁），也许就此无缘了。

以你的能力，为什么不去挣钱？

以我的能力，为什么不尽义务？

吴向阳至今记得，他和同学通宵达旦，彻夜长谈。当初他就认定，现代化的军队需要现代化的人才，大学生到部队大有可为。他所学的机械知识与计算机技能，后来在部队的新装备训练中，运用得淋漓尽致。只是他学的创业理念，暂时被束之高阁。他告诉我，我没创业，但我在保卫所有创业的人，这是军人的职责。

我到某集团军特种大队采访，大队领导推荐了郑锦梁，一个非常棒的军人，也是一个大学生军官的优秀代表。我与郑锦梁面谈，他曾参加南京军区首批"猎人"集训，又到国外"猎人学校"培训过，感觉确实不一般，虎虎生威。

1983 年出生的郑锦梁，安徽工业大学 2004 届本科生，是 80 后独生子女，却没有半点独生子女的娇气。父亲是当兵转业的老刑警，那些跟犯罪分子周旋的故事令郑锦梁着迷，更使他继承了嫉恶如仇的阳刚之气。高中已是高考的备战期，别的孩子请家教补课，他一放学就跑去练散打。在工科大学读了四年，专业学的是机电工程，课余继续练他的散打，身上青一块紫一块还乐此不疲。

在崇尚偶像的大学生时代，郑锦梁最崇拜的人，不是当大官的，也不是挣大钱的，而是他所熟悉的堂哥———一个海军陆战队军官。堂哥比他大几岁，在海军陆战队饱经捶打，曾经是"蛙人"训练的佼佼者。一身军装的堂哥很帅气，格斗过硬的堂哥很潇洒。每次堂哥回家探亲，他都逮住堂哥聊到半夜，特战队员敢打敢拼的硬劲儿叫他神往。他要像堂哥那样，读完大学也穿上军装为国效力。只是真到了部队才体会到：堂哥所展示的，是收获成功的喜悦；而堂哥所省略的，则是磨砺意志的痛苦。

2004 年 6 月，郑锦梁来到某集团军教导大队报到。侦察处参谋翻阅这批地方大学生的基本材料，一眼就相中了郑锦梁，说你这副身板，这套功夫，不当特种兵，可惜啦。郑锦梁乐了，我就想当特种兵。就这样，有的地方大学生还在为分到基层连队而苦恼，郑锦梁分到特种兵大队当排长，可以说正合他的心愿。

郑锦梁说，尽义务就要负责任，军人的责任是什么，不就是准备打仗嘛！谁都知道特种兵特别苦，但是离战争最近。我当排长是在一个英雄连队，是连队第一个大学生干部，我就要证明，地方大学生不是绵羊，而是猛士！

同样在2004年，清华硕士生贺霖也迈出了人生重要的一步，报名接受部队的选择，而且签约到最基层的一线作战部队。

当笔者走进闽南群山腹地的某部队军营时，已是闷热潮湿的夏天。与训练场上刚回来的贺霖相对而谈，望着他那黝黑的脸庞和坚毅的眼神，听他讲述一个年轻人为什么选择硕士到军人的理想。他有一句话让笔者铭刻在心，足以概括他的奋斗故事：你不要千方百计地把困难变弱小，你要千方百计地把自己变强大。

上清华是贺霖中学时代的梦想，这来自于贺霖的少有大志和勤奋努力。贺霖的故乡在湖南双峰，别看那个小县并不出名，可涌现的人物却了得，中共早期领导人蔡和森、著名的蔡氏三姐妹，以及历史人物晚清名臣曾国藩，都出生在这片土地上。志向远大而忠贞报国的渊源，给贺霖的少年个性打下坚韧底色，他曾在中学的学生证上写道："攀登之高险岂有崖巅，搏海之明辉何来彼岸？前进不止，奋斗不息！"

1997年8月，贺霖以616分的高分考取上海交通大学电力工程学院。在上海交大这所百年名校，贺霖是一个学习勤奋而又活跃开朗的阳光男孩。大一时他当选校学生会组织委员，大二时被学校评为"优异生"，光荣地加入了中国共产党。他在日记里记下入党宣誓的感受："党员，绝不是谋求个人利益的砝码。这个光荣的称号意味着使命，更意味着责任。奋发有为、建功报国，才是一名党员应有之作为！"

大四上学期，贺霖因为品学兼优，已经被列入保研的名单。也就是说，他可以在上海交大免考读研，这是许多人羡慕极了的机遇。羡慕归羡慕，并没有妒忌，因为贺霖不光学习拔尖，而且热心集体活动，在同学中间广受欢迎。

但是，叫所有的同学都没想到，贺霖竟然放弃了保研的资格，而要凭自己实力考研。同室好友都不理解，全国统一考研的人这么多、题这么难，你贺霖何必自找苦吃？贺霖笑而不答，逼急了，他才透露了考研的目标——清华！

2001 年，贺霖考取清华大学公共管理学院。这个学院享誉全国，蜚声海外。贺霖高考与清华失之交臂，读研重圆了清华梦。贺霖的研究生导师于安教授，是著名的行政法专家，很看好贺霖的潜质。贺霖如饥似渴地泡在图书馆，除了与本专业有关的书，还广泛涉猎历史的、政治的、军事的书。在清华众多学生社团中，他选中了"军事爱好者协会"。协会组织会员到解放军装甲兵工程学院参观，从机械化老式坦克到信息化新型坦克，看得他热血沸腾。后来他说，军队正在从机械化向信息化转型，急需高素质人才，也许那就是清华最强调的"祖国最需要的地方"。

2004 年，贺霖从清华毕业在即，父母劝他报名参考国家公务员，跨国公司和大型央企也开出了优厚的薪酬。当他在清华 BBS 上看到部队某部招聘的信息，藏在心底的愿望又冒了出来，马上投递个人简历，两天后他收到了面试的通知。11 月 22 日，既是国家公务员考试日，又是部队面试日，他放弃了前者，坐 10 小时火车赶到南京。面试、政审、体检之后，他成为清华大学公共管理学院第一个参军的硕士生。

清华硕士的理想应该在哪里？贺霖把目光投向军营。父亲因为当过兵而深知部队艰苦，母亲因为他三代单传而怕有闪失，女友因为想留学而希望他不要远行，贺霖用他的坚持换来了亲人们的理解。

贺霖读研的清华大学公共管理学院，毕业生大多是号称"金领"的高级企管人才。同届的同学签约第一年，平均年薪就达到近 20 万元，而贺霖当时到部队的收入就相形见绌了，每个月工资单上只有 2000 元多一点。

在微软中国区担任高管的一个同学，对贺霖一个劲地说，你参军太可惜了，就凭你的能力应该比我多拿一半的薪水。贺霖淡淡一笑，想发财我就不到部队了，我相信我在部队的收获是金钱买不来的。

年满 18 岁的公民，在拥有公民应有的基本权利的同时，理应承担起公民应尽的基本义务。从 20 世纪 80 年代开始，大学生批量从军，从事实上中止了大学生的"缓征"之举。新世纪大学生从军的法规，又从法理上强调了大学生的公民义务。大学的校园，早已把从军这项公民义务纳入其中，列为大学生投身社会的一个方向。

一种义务也是一种责任。越来越多的大学生接受军队的挑选，愿意把最好的青春时光交给军营。大学生不乏报国的热情，更渴望强壮的体魄、健全的人格与顽强的毅力，军队就是一块最粗砺也最坚韧的磨刀石。他们用行动表明，大学生的人生理想，不光与市场经济的职场有关，也可以与现代化的军队接轨！

入学就是入伍

　　1999 年，20 世纪最后一年，与国家高等教育法的颁布同样引人注目的，是大学生入伍这项军队人才建设举措又有新的尝试。解放军总政治部会同教育部，在清华、北大等 21 所知名高校开展依托普通高等教育培养军队干部的试点，从高考学生和在校大学生中选拔招收国防生，大学毕业后分配到部队担任军官。

　　此后，因为国防生成长有它的周期，招收毕业大学生的工作又延续了多年，直到本世纪第二个十年，国防生终于成为部队干部来源的主体。

　　2000 年 5 月，国务院、中央军委颁布《关于建立依托普通高等教育培养军队干部制度的决定》，标志着国防生的培养制度开始建立。

　　试想，一个在大学四年生活中从来没想过参军的学生，只是在毕业前决定参军，固然精神可嘉，但毕竟准备不足，更多地依赖于个体的适应。如果大学期间就能锤炼应有的军人素质，那么，对于将来的军人之路无疑是最好的准备，

　　一个人们有些陌生的名词"依托培养"出现在红头文件上，一群与国防事业签约的年轻学子"亮相"在著名地方大学的校园里。所谓"依托培养"，是依托

国民普通高等教育培养军官的简称，也就是今天的国防生培养模式。

如何准确地说明国防生与大学生的异同？笔者从"中国国防生"官方网站上，摘录了一段国防生的语义解释："国防生具有普通大学生和未来军官的双重身份。招收国防生的高校大多数是重点大学。这些地方院校的教学设施、师资水平高于军校，国防生可在此接受优质的教育。国防生与军队有关单位签订协议后，在校期间还可享受由军队提供的国防奖学金。国防生完成学业后将统一入伍成为军官。"

国防生在校园里究竟有哪些不一样？

以前叫站住，现在叫立定；以前叫罚站，现在叫站军姿；以前叫趴下，现在叫卧倒；以前叫放松一下，现在叫稍息；以前叫爬行，现在叫匍匐前进；以前叫玩单双杠，现在叫作器械操；以前叫开枪，现在叫射击；以前叫叠被子，现在叫整理内务；以前叫开小灶，现在叫单个教练；以前叫队列表演，现在叫会操；以前叫甩胳膊，现在叫摆臂；以前叫看着我，现在叫行注目礼；以前叫朝左（右）拐，现在叫左（右）转弯；以前叫（解放军）叔叔，现在叫教官；以前叫开幕式，现在叫阅兵式……

这段文字出自华东交通大学国防生简琳莉的笔记，她用 80 后的视角妙解常用军语，也用 80 后的幽默刻画了国防生的军政训练。

担任多年南京军区国防生选培办主任的吴晓源说：作为 80 后的新生代，像简琳莉这样的独生子女，在家享有"无比至上"的地位，在外以"我型我秀"为傲，从来没有吃过苦。一旦投身于国防生大熔炉，即使大学的学期已经过半，仍然不可能像普通大学生那样，过他们所谓的"大四了，我从床上爬起来"的"潇洒"生活，但小简和同学们，一起起床，一起出操，一起流汗，一起挨训，一起罚跑，一起吃饭。这样的生活，苦中有乐，苦尽甘来。它比任何一种生活、任何一种做人方式都显得多姿多彩，它会成为大学生活中最美好的回忆，也将会是国防生今后的一个不可估量的财富。

2002 年，18 岁的高中毕业生宋云华，以超出一本重点高校 57 分的优异成绩，考取了南京理工大学计算机科学技术系国防生。

18 岁的少女，18 岁的花季，可以放飞五彩缤纷的青春梦想，大概很少与冷酷无情的兵器装备有什么关系。宋云华却在高中时就对军人充满向往，从不把时间浪费在打扮上，对于物理数学等女孩子望而生畏的功课毫不退缩，希望有一天能到军队或与军队有关的领域去，投身于军事科技的探索与研究。

让笔者深感意外，宋云华高考时最向往的专业是核物理，最崇拜西方的居里夫人和中国的核物理专家。20 世纪 60 年代，中国科研水平还很落后，不就是因为"两弹一星"，一下子站起来了吗？西方人不敢小瞧的前沿课题，总要有人做啊！

高考结束，填写志愿，宋云华本来想填心仪已久的哈军工，后来她查阅高校招生资料，还是选择了南京理工大。因为她看到，南京理工大前身就是哈军工的炮兵工程系，许多著名兵器专家的摇篮。南京理工大的招生院系中并没有核物理，她便选择了计算机科学技术。这是她完全陌生的专业，而且当时很热门，她觉得具有挑战性，可以在国防战线有所作为。同时，国防生能圆她的军旅之梦，与她献身国防的理想最近。

南京理工大 2002 届有 100 个国防生，其中女生 8 个。宋云华的想法很简单，就是好好学理工科，毕业后到部队搞研究，设计武器。

宋云华说，我父母以前是跑运输的，我到六七岁上学了，就搬到外公家。我的学习父母从不操心，因为外公是校长，家就在学校里面，可以代父母管我。人家是隔代亲，我家是隔代严，外公从不娇惯我，家教非常严。外公以前的学生，学计算机的很有出息，也是我高考选择计算机专业的另一个动因。说到计算机我真的蛮惭愧的，我在高中期间，平时大门不出，二门不迈，只知道埋头读书，同学去网吧，我是不会去的。直到高中学校有计算机课，我才接触电脑，也只会打字，知道一些皮毛。

宋云华记得上大学后的第一堂课，讲的是计算机基础。当时老师问，班上有哪位同学没有上过网，请举手！我没上过，宋云华举起手，低声地说，脸红到了耳根。老师开始讲简单的基础知识，宋云华同班的南京学生，没几个认真听的。他们对电脑早就玩得顺手，有的已经着手编程了，而宋云华连基础都不知道，太丢脸了。

进了名牌大学的门，不再需要高考的鞭子，学生紧绷的弦陡然松弛了。宋云华发现，专业课只是混一个及格，并不复杂，但是要学到真本事，就不容易了。同学中两极分化愈加明显，尤其来自小城镇的，或更加刻苦执著，或六十分万岁。她想既然学了，就要真正学好它。问题是如何才能真正学好呢？以前从初中到高中，宋云华特别用功也特别要强，以班里前几名为目标，在大学她对成绩有了重新的审视。

宋云华入校成绩是靠前的，可是动手能力几乎为零，一到上机课就特紧张，手忙脚乱。上课老师都是计算机专家，不经意间也会说到一些高端的话题，她听得不知所云。老师当常识一样讲给大家听，她只能下课后自己去查。计算机是一门创新意识极强的课程，她对学习方式有了深刻的反省。有些女同学笔试一考就是高分，可是动手能力不行。与之形成反差的，有些男同学考试成绩不怎么样，做起设计方案却非常厉害。她领悟到，高分低能的路子走不通，搞科研不能成为书呆子。

努力改变自己的第一步，是报名参加学生社团。她说，我原来有什么不懂的，一向不求别人，这就是过于要强的一种表现。跟人交流多了，察觉到绝非凭你一己之力，就能解决所有问题，有的问题是你根本不知道它的存在的。每个人看事物的角度不一样，交流使眼界变的很开阔，你等于在分享别人的学习成果。

"我们学校的国防生当时没有集中住，分散在不同的学生宿舍，就周六周日早晨出操，我们习惯于当夜猫子，睡的晚起的晚，出操也是很挣扎的。我住的女生宿舍当时有两个国防生，国防生的出操时间比宿舍楼的开门时间早，每次我都要去叫看门的阿姨开门，她就不高兴，脸拉得老长。我当时也想，其他同学都还窝在被子里，我们一大早却穿着迷彩服出去，人家都用异样的眼神看着你，挺不好意思的。"

"大一暑假训练，我们到的部队条件相当简陋。没有自来水，每顿吃过饭的碗，就倒上几滴水抹一抹。没水洗碗，也没水洗澡，平房宿舍旁边有口井，到了晚上，那些男生穿着短裤，就在井边冲凉。训练真是艰苦，站在太阳下面，汗一直滴下来。我这人就是不信邪，别人能坚持我也能坚持。训练虽然很苦，坚持一下就能过去，不就十天嘛，人家战士封闭训练几年呢。"

"在国防生协会，我当了活动部的部长。协会有其他院系的国防生，也有其他学校的国防生。我们的活动很多，请部队领导来做报告，请专家座谈武器常识，组织马拉松比赛。每个月至少一次，一帮人爬紫金山，或者骑车到郊区。我懂得了，不只是学习动脑子，处理事情也得动脑子。我记得布置检查卫生，大家都是同学，虽然有些宿舍很乱，被子也不叠，但你真的说人家不好，那是要得罪人的。怎么办？我在评比活动中，就以鼓励为主，带大家参观那些整洁有序的宿舍。人家能做到，我们也能做得到，用榜样的力量来激励大家，保持卫生的习惯，把宿舍弄得干净利落。"

大三时宋云华被评为"优秀国防生"，大四临毕业又当选"优秀毕业国防生"。所有毕业国防生里，就选一个女生。宋云华听人家讲，部队里关系比较多，估计不会选到自己，她又没什么背景。没想到，荣誉偏偏就来了。她在大一、大二时的学习中不溜秋，到大三开始就突飞猛进，她从三等奖学金、二等奖学金，一直到一等奖学金，每个学期都在提升。她已经不再刻意强求考高分，而是着重提高能力素质。没想到，不论是单科成绩，还是综合成绩，反而越来越突出，奖学金越拿越高。

2002 年，清华大学与解放军总政治部签约，设立两个直接从高中毕业生中招收的国防生班，一个在无线电系，一个在机械系。而清华大学当年在校选拔的国防生，共 57 名，整个水利水电工程系，只入选覃文强一个人。

两年前，2000 年，覃文强考入清华大学。由于读书早，那年他才 16 岁，是班上年龄最小的学生。走在许多前辈大师走过的校园，来自广西偏远小城宜州的覃文强，学的虽然是基础课程，内心却涌动着人生能有几回搏的激情。

到了第三学期，也就是大二的前半段，覃文强听说清华大学在招国防生，顿时萌生了参军报国的念头。他的父亲当过兵，所以对于军人生活一直非常向往。他和同学约好了，一起到学校刚成立的后备军官选培办，了解相关的政策规定，看大学毕业以后能不能到部队去？选培办干事告诉他，在校生就可以改国防生。国防生，就是后备军官，这对他产生了极大的吸引力。"国不可一日无防"，强大的国防需要人才，面对 21 世纪高科技新知识的挑战，他切实感到了自己的祖国对于青年人才的召唤。

覃文强把改国防生的想法告诉家人时，父母表示了赞同。当过兵的父亲对儿子说，你做得对，保卫祖国，人人有份，老爸支持你。

于是，18 岁的覃文强经过严格的审批程序，入选为清华大学国防生。从这一天起，他就正式入伍了。覃文强仍然跟随自己的班级，完成既定的所有课目。他发到了一套迷彩服，臂章上写着：清华大学后备军官。

只有军政训练或者参观见学活动，通知覃文强参加，他才把迷彩服穿上，平时的着装与其他同学一样。他去集中训练时，其他同学忙着听选修课、上图书馆。很多人都没看到过他穿迷彩服的模样，也并不知道，系里还有一个国防生。直到临毕业那年，同学问他，你怎么不考研也不找工作。他告诉他们，我是国防生，要到部队服役，这才引来了许多不解的目光。有的同学苦言相劝，你的学习成绩这么好，何苦到部队啊。他笑了，就是因为成绩好，才要到部队啊，成绩差的，人家还不要呢。

母校清华的培养模式，让覃文强终生受益。清华的校训曰"自强不息，厚德载物"，而诠释校训的精髓是"行胜于言"，推崇实干精神。覃文强听过一场报告，主讲人是北京房山区的高中教师，20 世纪 70 年代毕业于清华。老校友大半辈子做教师兢兢业业，给覃文强极大的震撼。他记住了清华请回的校友，也记住了老师的话——清华学生不求做大官、大老板，但要做大事，普通的岗位也能干出精彩的事业。

在清华读书到半夜是常事，覃文强成为国防生后，再也不睡懒觉了。参加体育课，有的同学抱着混的态度，他却比上文化课还认真。报名参加北京国际马拉松比赛，他跑 10 公里、20 公里，最后跑 40 公里，逐步加量。5 小时之内跑完全程就能颁发证书，他跑出 4 小时 45 分钟，提前了 5 分钟，这份证书可谓含金量充足。

2004 年清华大学首届国防生毕业前集体致信军委主席，覃文强庄重地写下这样的话："……新军事变革呼唤人才，我们生逢其时；在这激情燃烧的岁月，军队给了我们施展才干的舞台。我们愿做国家的脊梁，愿做脊梁中的一块小骨。"

以地方普通高校为平台培养具有现代知识结构的军官，这又是一项关系军队长远发展的重大改革。地方大学生入伍是完成学业后的选择，也许在大学期间并没有想过当兵，毕业前的应聘是一次人生的急转弯。而国防生则是进入大学时的选择，大学期间的身份就与普通生不同，毕业去向顺理成章，这就保证了在校四年期间的素质养成，一步一步地向军人靠拢，一点一滴地"淬火"成钢。

同样的 18 岁，同样的有抱负，2009 年胡维轩考取了安徽大学电气工程及其自动化专业国防生。在强手如林的大学校园，胡维轩小有名气，而且超出了国防生的范围。同学最佩服的当然是学习牛的，胡维轩也确实挺牛的：大二时他在学校电子设计大赛获得名次；大三时他组织三人设计小组参加全国大学生智能汽车竞赛，一路斩关夺隘，获得校赛第一、省赛第一，最后冲进总决赛的跑道，获得全国二等奖。

听国防生选培办彭先俊主任介绍，胡维轩是安徽长丰人，生于 1991 年，早在长丰一中就以理工科见长。读大学，胡维轩各门专业课都在 90 分以上，平均绩点排在班级前列，多次获学习专项奖学金。按学校推荐免试研究生标准，他完全有资格被保送研究生，可他属于指挥类国防生，必须先到部队任职，没有直接读研的机会。对此他无怨无悔，按照部队第一任职需要提高素质，做好了投身基层的思想准备。

我在安徽大学的学生宿舍采访胡维轩，这个戴着黑框眼镜的年轻人告诉我，不能保送读研，我能想得通。国防生的培养目标是去部队，与普通生还真的不一样。从入学第一天宣誓那一刻起，我们就不再是一个老百姓了。

此时，胡维轩已进入大四的上半学期，他担任了一个很有责任感的职务——国防生模拟连五班的班长。别小看班长，跟模拟连其他领导岗位相似，也是大家民主选出来的。组织训练、组织班务会、组织班里交心，他都做得一丝不苟。可是他以前只管自己，而当班长是个管理角色，怎么管别人真的是一门学问。

就说那次模拟连训练前集合，其他班都准时赶到操场，只有五班晚到了，确切的说，是五班的卫伟同学晚到了，害得全班受罚，加跑五公里。不就是迟到半分钟嘛，卫伟不慌不乱，并没有当回事。毕竟五班丢了脸，胡维轩憋了一肚子气。回到宿舍，卫伟倚在床头看书，胡维轩找他理论，三句话不合，两人就吵起来。胡维轩气得掉脸就走，后来想想不对，当班长的还得有肚量，毕竟是同学，有话好好说……

卫伟也是 2009 届国防生，陕西渭南人，和胡维轩同一个专业。卫伟对笔者说："我是属于晚上兴奋的那种人，夜猫子，早上就想多睡一会儿。国防生集合站队，我是踩着点跑去，还是慢了半拍。胡维轩对我说，站队集合最后一名，你脸上不光彩，我们班每个人也跟着不光彩。你起床要有紧张感，要有提前量。我那些天心烦，听不进去，话不投机半句多，他说一句我说三句，弄得两个人都不快活。过后我觉得，他说得其实没错，哪一个国防生没有荣誉感，只是闹僵了，一时低不下头。"

卫伟没想到，胡维轩又来找他，像没事一样和他说，我们是同学也是兄弟，话说过了就算了，但你的起床为什么比别人慢，我还得帮你分析原因。比如一会儿找不到帽子，一会儿找不到衣服，头晚就要把它们放在枕边，可以伸手取到的地方。他还说，现在在学校我还能帮到你，等你到部队去了就帮不到了。

卫伟说，听了胡维轩的话，我心里很感动。他当班长，也是我们大家选的，我也投了票，当然应该支持他工作。他说得对，我们与普通生最大的不同，是要到部队去任职的，所有散漫的习性，今天如果不痛快地改，明天就会改得很痛苦。我后来听取他的意见，做什么事，都先想一想，准备在先，就不会掉队了。

谁都知道，大学校园的普通生之间的联系是松散的，虽然有班级，自由度很大。越是成绩好的学生，越不愿意浪费时间。可是国防生是一个紧密的集体，胡维轩虽然是学习尖子，却把自己许多的心思，都放在五班两个寝室的 8 个同学身上。他当班长有一个心愿，无论是训练还是学习，绝不让一个同学掉队。

当胡维轩得知，同学张功山居然有几门"挂科"，就像自己的功课亮起了红灯，特别地着急。在 2009 届国防生中，张功山是个头脑灵活的编程高手，他是福建平潭人，父母做生意，从小对他十分宠爱，养成了他做事凭兴趣的个性。喜欢的事，不吃不喝地干；不喜欢的事，可以丢在脑后。比如他着迷计算机编程，一个晚上盯在屏幕上。可是其他课程，他就根本不上心，结果几门不及格，他还不着急。

张功山说，从初中到高中，我学习一直很紧张，到大学一下子就放松了。我有几门"挂科"，也就是不及格，选培办领导找我谈话，说得挺严重，我嘴上答应，可是一到课余时间，就管不住自己，还是在电脑上弄编程。后来，周一到周五的晚上，胡维轩就拉着我上自习课，我有什么不懂的，可以问他，这几门课都赶上来了。

胡维轩说，张功山其实很聪明，就是一个人容易偷懒。我告诉他，国防生绝不能偏科，连续"挂科"会影响到毕业的。他还稀里糊涂，喜欢学就学，不喜欢就不学，没意识到"挂科"的严重性。他学不学，跟我有什么关系？但他是我们五班的同学，我们即然是兄弟，就要尽可能地拉他一把，不能说跟我没关系！

与胡维轩床对床的，是五班的前任班长孟祥祥，是他把接力棒交给胡维轩的。我采访孟祥祥时，他说最佩服胡维轩的执著。其实，2009 届国防生中学习拔尖的不少，但全国大学生智能汽车竞赛是新的课题，胡维轩毫不犹豫决定参加，有的同学并不看好他。班上两个同学和他合作，后来弄不下去，意见很难统一，先后选择了退出。只有胡维轩坚持到底，找另外两个同学一起攻关，最后他成功了。

我问，他获全国奖你们同学会嫉妒吗？

孟祥祥说，没有，因为他付出努力了。整个夏天特别热，同学们放暑假都回家了，他留在学校里。他的车模型要在实验室试制，还要在大教室铺赛道。我们这个寝室没有空调，他买了两个小风扇，一个撂在桌上，一个放在床头。时间很紧，他和同伴早出晚归，经常整夜整夜的不睡，调制程序。他获校奖、省奖，直到全国奖，每一次获奖，我们都会给他发短信，表示最真诚的祝贺，不服气不行！

提起胡维轩获奖，国防生觉得脸上有光。2009级国防生模拟连的连训，是经过集体投票选出来的："纪律如铁、激情似火、雷厉风行、荣誉唯我"。胡维轩在国防生大会上说，这十六个字鞭策着我在这支优秀的队伍中奋力前行。中秋之夜，选培办组织国防生篝火晚会。每一个班放飞一只孔明灯，胡维轩在灯壁上写下了一行字。当孔明灯冉冉升起的时候，胡维轩和同学们齐声喊道："国防生是最棒的！"

不回头的利箭

　　我到华东理工大学采访的那天，是国防生每个周末都要参加的训练日。橘红色的阳光透过高低错落的楼宇，照射在大学运动场的塑胶跑道上。运动场的入口附近，有几拨大学生在打羽毛球或打排球，而运动场里面，另有一排排大学生，穿着迷彩服昂首挺胸：立正！稍息！课目……踢腿！摆臂！一！二！立定……

　　在这个繁华热闹的大上海，在这个知识至上的名校，国防生是一个特殊的学生群体，别的同学课余放松了，他们却不能放松，课余时间仍然安排紧凑的训练。太阳炙烤让每个人的衣服被汗水浸湿，举手投足间流露着尚武的英气。

　　从高中紧张的备考中解脱的大学生，尽情地享受开放自由的氛围。看看周围同学宽松随便的衣着和嘻嘻哈哈的举止，就知道远离父母视线的男生女生，有着青春期挥洒不尽的活力，跟国防生的严谨规整形成截然不同的对比。

　　除了周末的训练日，周一、三、五早晨的出操，与晚睡晚起的大学校园节奏也有一番角力。我在华理工大国防生自办的简报上，读到了国防生陈钰耀的一段文字，只有当了一个国防生，才会有这样真实的大学体验吧！

"秋末冬初,当天蒙蒙亮的时候,不知出操为何物的我们,第一次在和闹钟做着你死我活的挣扎。紧紧地握着手中响起的闹钟,恨不得将它扔到窗外黑漆漆的世界里,然而耳边的集合命令一次次响起,从温暖被子中抽出的身体在寒冷中打战。一分钟,两分钟……猛然起身,忙乱中抓起下铺兄弟的迷彩服直奔向集合场,却将自己帽徽遗忘在寝室的床头……从陌生到习惯,从懒惰到自觉,我们打败了懒散也战胜了自己。那一年,我们这些'新兵'在大学校园第一次知道,原来起床也很不容易。"

既是大学生,又是国防生,墨绿色的迷彩服,鲜红色的肩章,虽然不是真正的军装,却也给国防生的队伍带来了神圣的感觉。我问华东理工大学国防生选培办副主任陈波,国防生训练时穿的迷彩服,不训练也要穿吗?

陈波告诉我,虽然国防生入学时就明确今后去向,那就是毕业后必须到部队任职,但他们分在不同的院系,学不同的专业,平时也和普通生一样上课;每周训练所穿的迷彩服由选培办发,平时是不用穿的。乍一看,他们与其他普通学生没什么不同,但我发现一个细节,就是男生没一个留长发的。

华东理工大学国防生选培办主任陈忠,是这个选培办成立之初上任的,他给我准备了一份"依托培养工作简要情况":2004 年,华东理工大学与南京军区签订依托地方高校培养国防生的协议,军区成立选培办并进校工作,"军区强调从源头上提高国防生选拔培养的质量,招生计划每年都是 100% 完成,100% 第一志愿,2010 年华东理工大学国防生录取分数线平均超出一本线 30 多分。"

无论是主任陈忠,还是副主任陈波,他们都曾在基层部队任过职。置身于熙熙攘攘的校园,国防生选培办干部就是国防生的榜样。他们一身戎装,仍然保持着笔挺的身姿、干练的举止,能看出他们在军营中养成的军人气质。之所以能被选调到高校选培办岗位,当时的标准有三条,第一是第一学历住校本科,第二是担任过基层军官,第三是有基层和机关的双重经历。显然,好中选优,责任重大。

陈忠告诉我,选培办做得最多的工作,就是帮助国防生打牢思想基础。理想信念并不是空的,也不是只挂在嘴上的。既然你选择了国防生,在大学校园里有再多的诱惑，你的思想都不能动摇，这方面我们有经验也有教训。

陈忠说，2004 年，军队展开依托地方高校培养国防生工作，当年地方高考就有了国防生的选项，同时从在校生中选拔优秀者加入国防生行列。那时我们选培办刚组建，通过个人报名，听取学校意见，对选拔对象认真审核严格把关。有个大二学生（就不提他名字了）学习好，长相也好，还很活跃，受到过各级表彰，虽然在校学生中选拔国防生名额有限，但我们还是优先考虑，把他选为国防生。

陈忠看好第一批国防生，尤其是这个大二学生。临近毕业，这个学生专业吃香，有单位主动要他，相比之下部队待遇偏低，他犹豫了。陈忠一见他的态度摇摆，马上找他谈心，从大道理讲到小道理，说得他直点头。过了几天，这个学生又反悔了，最后尊重他本人的意愿，还是跟他解约了。陈忠感到惋惜，有一个国防生解约，等于大量工作白做了，对于国家和军队都是损失。

2004 年调到国防生选培办的陈忠，时任副团职干事，次年任选培办主任。他是 1986 年高中毕业考上军校的，从青年学生到部队军官，也经历过许多困惑和磨炼。国防生很关心，毕业以后到部队，究竟能不能适应，陈忠会给他们讲自己一路走来的感受。他说，我们对于国防生坚定思想信念，抓得非常紧。

陈忠到任后第二年，选培办从部队选调来三名干部，副营职干事陈波是其中之一。他高中毕业当兵 3 年再考军校，没能在地方大学过一把瘾，还是留下了些许的遗憾。没想到，能穿着军装走进名校，与大学生朝夕相处。他和这些 80 后、90 后的小字辈很谈得来，说得最多的是两个字——珍惜。

大力弘扬当代革命军人核心价值观活动，在全军部队开展得如火如荼。对于在校的国防生而言，也正逢其时。《革命军人思想道德修养》、《人民军队导论》、《国防建设》等 13 门军政理论课开讲，暑期军训和下部队当兵锻炼，组织参观党的"一大"会址，与"南京路上好八连"官兵对话，使知荣明耻、崇尚荣誉、追求崇高的氛围在国防生群体中形成，也使诚信意识与身份认同感在国防生头脑中扎根。

国防生鄢先桃这样写出自己的感悟："当去过敬老院帮助老人，我发现了更深一层的含义，奉献也是一种价值；当参观完'一大'会址后，我体会到，献身使命的别样青春更加美丽！我发现，曾经的那些'枯燥'是多么的珍贵，正是这些'枯燥'，才让我更好地成长起来。平日的军训生活更是难得，使我在骨子里培养了一种叫作'坚韧'的品质，而这正是军人所需要的。现在，每当我站在国旗下，我都会站得更加坚定……我不只是一名学生，还是一名国防生，不，我是一名军人！"

国防生卢慧康的感悟来自横向的比较："世界上西方主要国家的军队都有自己的核心价值观，例如美国军队的'责任、荣誉、国家'，法国军队的'纪律、忠诚、献身'等。革命军人核心价值观教育，使我清醒地认识到，无论最初以什么样的目的选择成为一名国防生，从选择的那一刻起，我们就已经是一名军人，必须深刻理解责任与使命，勇于承担起这个职责，将爱国之情化作报国之志。"

像陈忠主任所说的某个国防生毕业前违约的教训，在国防生委培初期并不少见，这也促使国防生签约制度的补充规定出台。现在，如果某个国防生在临毕业前提出解约，那就不只退还奖学金，还将拿不到学士的学位。

同时，大学本科的在校时间，普通生是弹性学制，可向学校申请后延，4年到6年毕业。而国防生有规定，实行了标准学制，必须4年内完成，不毕业或不及格必须淘汰。这样明确规定，说明国防生签约制度日益完善。

陈忠说，国防生的紧张生活，不只表现在完成训练上，而且表现在完成学业上。国防生的学业也是硬指标，只要一门课不过关就解约，这是总部规定的，4年必须所有学科都及格。国防生的学习压力很大，完不成学业就等于结束协议，相当于自动退学。我们一发现有同学"挂科"，马上就会帮他分析原因，把这门课的成绩赶上来。前些年国防生入学成绩相对普通生要低，近三年，国防生100%获得毕业证书、学位证书，无一因学习不及格被淘汰，另外，每年25%左右考取研究生。

我提出，能不能看看国防生的宿舍？

能啊，他们的宿舍在学校评比中还得了奖呢。

陈忠主任另有公事,陈波副主任陪我到华东理工大学梅陇校区,看看学生宿舍楼里国防生住的地方。我去过一些大学宿舍,特别男生寝室,卫生大多不敢恭维。独生子女居多的80后、90后,家务事大多父母包干,自己只管埋头读书。大学只以分数论英雄,个人床铺四周再怎么乱,也是个人空间,不会有人过问。

大学校园绝大多数是普通生,国防生宿舍只占男生宿舍三楼的右边一半。走廊两侧挂着当代革命军人核心价值观的宣传画,飘扬的八一军旗、持枪的威武士兵与国防生朝夕相处。四人一室的宿舍虽然不能与军营排房相比,一眼望去却也十分清洁。床铺上有绿色军被,也有家常被面,都叠得方方正正。书桌上电脑前的书籍一摞一摞,靠着墙摆放有序。笔者的临时造访,足以了解国防生的平常状况。

陈波后来寄给我一份选培办工作总结,引用了美国华盛顿博物馆门前一句箴言:"告诉我,我将忘记;给我看,我可能记住;让我参与,我能理解。"我在国防生一日生活制度化的细节之中,体会到了这些未来军官的"参与"意识,套用一句如今的流行语,细节决定成败,它比任何豪言壮语更有力量。

在华东理工大学的选培办会议室,我结识了几位刚结束周末训练的国防生,他们同为华理工2007年届国防生,正读大四的上半学期。按3.5+0.5模式,在学校念完了主要的学习课程,过不多久,他们就要到部队当兵锻炼了。

当一名大学里的国防生,给他们带来了什么样的改变?

担任华理工国防生模拟连指导员的王悦晨,目光里流露出自信。他出生于1988年,计算机科学与技术专业,陕西兴平人。王悦晨在家是个独生子,从小父母对他百依百顺,养成了他不拘小节、我行我素的性格,"我觉得,即使当了国防生,在大学里遇上大事的几率并不高,要培养军人的纪律观念,还是要从点点滴滴的小事做起。大一刚开始,我的自由散漫的习惯没调整过来,因为我在家父母从来不管我,相信我自己的选择。到了大二,我还是不习惯被别人管着,想怎么就怎么,不在意别人的感受。但国防生不是散兵游勇,需要集体主义的精神，听从指挥是一个军人的基本素质。我逐步认识到，既然你选择了从军这条路，你就要自觉地约束自己。后来我担任国防生模拟连指导员，既是管理者，又是被管理者，就有一种不可推卸的责任感，懂得没有纪律就没有军队。"

王悦晨的志向，是做一个有知识含量的优秀指挥军官。他从普通生到国防生的转变中，感受最大的，是点滴养成的重要。大到集会活动，小到穿衣走路，甚至连指甲胡须都有规定要求，当军人就要有军人的样子，"比如说，学生由奉贤校区搬到梅陇校区，国防生站出来，帮助普通生搬东西，那时正是夏天，我们每个人穿的短袖衫都湿透了；比如说，我们学院辅导员开个晚会发现人手不够，可是到普通生那里根本叫不到人，然后老师就想到国防生了，把任务交给我们，整个会场都是我们布置的。"

不怕吃亏，不怕吃苦，王悦晨觉得，所有的付出都是一种磨砺，收获的是国防生的坚韧。参加军训他写下了一篇《砺》："在这里见习，感觉军营就像一个砺字，一半是坚如磐石，一句话撂下是一座山，一半是雷厉风行，一支箭射出就不回头。在这里成长，反思自我也是一个砺字，一半是砥砺素质，砺成一名爱军精武的兵，一半是磨砺意志，砺出一颗千锤百炼的心。时不我待，奋勇争先，砺字如刀，镌刻我心。"

戴一副眼镜的郑兴宇，说话节奏很快，透出一股书生气，却是国防生模拟连连长，在同学中挺有号召力。他坦言，他最喜欢一句话是："胜利要不惜一切代价去争取。"他说："这句话是二战时候英国首相丘吉尔说的，我就觉得像说到了我的心里。我爱读书，读了有十多位二战名将的传记，我把这句话当作座右铭。"

郑兴宇1990年出生，油气储运工程专业，安徽合肥人。父母工作忙，看他聪明伶俐，提早把他送进小学，直到考入大学，也是同届同学中年龄最小的。也许身为家里的独苗，家长的呵护太多，他渴望自立自强的愿望也更强，"革命军人核心价值观的五句话中，有一句崇尚荣誉，我觉得，荣誉感对于军人来说至高无上。维护军人的荣誉，不惜一切代价，只要有我在，目标就是胜利，绝不轻言失败。我在大学遇到的挫折，不过感受到了酸甜苦辣的意义。其实不是现实太无奈，而是我们内心太轻狂。"

在国防生模拟连，郑兴宇从班长当起，然后当排长直到当连长，稚嫩的肩头逐步承担了责任，"比如组织国防生集体活动，有时候不少同学不积极，有的干脆不参加，有一次我甚至被逼哭了。我也知道大学生喜欢自由，而且确实功课紧，我对大家说，我们这是国防生的集体活动，不同于一般的社团活动，大家应该都参加嘛。大学这四年我就掉过那一次眼泪，觉得他们特不理解我的苦衷，心里挺委屈。"

"模拟连的连长管训练，比如国防生跑五公里，有的同学感觉很累了，想放弃了，不想跑了，但是我喊着催着他们，跟着他们跑。这样逼同学不是跟他过不去，而是为了以后到部队不落伍。我从大一到现在，每天晚上都在校园跑步，速度也提上来了。我原先就怕大家不理解，后来发现我的担心很多余，大家都能体会到我的初衷，支持我当这个模拟连的连长。无论国防生的素质有多好，没有体能的支撑都是零。体能锻炼是一种士气的培养，也是一种荣誉的熏陶，有优异成绩同样会有成就感。"

和郑兴宇一样，成为国防生的年轻学子都有最喜欢的一句话，引以为激励自己的座右铭。国防生申金星喜欢的话是"没有比脚更长的路，没有比人更高的山"，意思就是努力吧，碰到再难的沟沟坎坎都要坚持；国防生刘刚最喜欢的是"爱心、责任心、上进心"，觉得当了国防生，使命感和责任心最重要；国防生陶虹洁最喜欢的话是"宁愿自己鲜血流，不让祖国寸土丢"，他和同学时常讨论国际时政，也讨论中国周边的敏感话题，无论钓鱼岛还是南海问题，都在国防生的视野之中……

第2章 砥砺

因为部队对高学历人才的渴望，

很容易使大学生产生莫名的优越感；

而理想与现实并不是一回事，

又很容易让大学生产生难言的失落感。

每一批甚至每一个人，都会遇到如何融入军营的严峻考验——

大学生与军营的碰撞成为一个时代的特殊记忆。

"大笨"并不笨

这次采访大学生从军经历的初始，我就给自己定了一个基调，深入肩负军事斗争准备的一线作战单元，而不是停留在科技专家云集的科研教学医疗院所，在那些曾经视大学生为"稀有资源"的基层单位，寻找大学生进入的方式和成长的甘苦。和我想象中大学生大受欢迎的情形不同，20 世纪八九十年代特招大学生入伍，遇到的并非尽是求贤若渴的"伯乐"，许多人抱着怀疑的目光：当排长，还要本科生吗？

第一次听说"大笨"这个词，是在某集团军干部处采访的时候。所谓"大笨"，也就是大本的谐音。分管大学生干部的副处长说，那时有些大学生当排长，营长当着他们的面开玩笑，今天我们营又分了几个"大笨"过来。大笨，不就是笨嘛。当时的营长是士兵提干的，觉得士兵提干的用起来顺手，地方大学生不灵。

对于地方大学生的成长，军委总部、军区和集团军领导都非常重视。而基层部队，是直接带兵的，眼光不会看那么远，就看你能不能干活。为什么说你是

"大笨"？就是不服气，你学历那么高，一来就挂中尉，什么都不会。都说大学生要主动适应，而个人适应的能力有限，许多培养模式是摸索中总结出来的。

显然，把大本半真半假地说成"大笨"，不是个人的成见，而是观念的差异。当初是大学生进入传统色彩浓重的军队的一个诙谐的调侃，形象地说明了某种抵触情绪，以及转型期不同背景的军人与军人之间的强烈碰撞。

叫"大笨"算是客气的，还有更难听的呢！几位大学生入伍的部队领导告诉我，那时候地方大学生到部队，最难熬的是刚开始的一两年。从地方大学宽松自由的氛围，一下子进入部队严格约束的不同环境，对于一个二十出头的年轻人，确实很难接受。一般心理适应都有个周期，如果这两年熬过去了，就经受住了考验。

当地方大学生来到部队的时候，每一批甚至每一个人，都会遇到如何融入军营的严峻考验。前一批解决了，不等于下一批也能解决；这一个人拔尖了，不等于其他人也能拔尖——大学生与军营的碰撞成为那个时代的特殊记忆。

提到当排长到连队报到的情景，张玉生对所有的细节都能说得清楚，可见它对一个大学生的转折有多么重要。那是 1984 年 7 月，一个烈日炎炎的夏日，刚从陆军指挥学院结束一年培训的张玉生揣着通知单，和一个同伴到某步兵团报到。他们一人一个大麻袋，把个人物品都塞进大麻袋里，扛着大麻袋挤上了公共汽车。就在某步兵团附近的车站，他们下了车，接车的是团干部股的一个老兵，他推着一辆农家用胶轮板车，把两个大学生排长的大麻袋放上，一气儿拉到部队营区。

张玉生在四连当二排长。赶到连队报到的时候，连里刚吃过午饭。连长许光友是个黑脸的山东大汉，点点头，没客套，说，还没吃饭吧。连长叫通信员到炊事班拿馒头。连长和张玉生坐下说话，一会儿，一个搪瓷碗上摆了四个馒头，放到了面前的桌上。吃吧，二排长。苍蝇像轰炸机一样嗡嗡盘旋，落在涨破皮的馒头上。

连长习以为常，熟视无睹，好意地嘱咐张玉生多吃。一杯白开水，四个馒头，如同一道难题，摆在他的面前。他想，如果不吃，连长肯定说，大学生排长，小资产阶级，这点苦都不能受。如果吃，又实在咽不下去。他在桌子下面摸了摸馒头的皮，一咬牙把馒头送到嘴边，狠狠地啃了一口……

到四连的第二天，连里的副指导员对张玉生说，二排长，我用的收音机坏了，你给我修一下吧。张玉生说，我不会修收音机。副指导员奇怪，你不是机电学院的吗，收音机都不会修！张玉生说，我是机电学院的没错，但我是机械系，学的是金属加工专业的。大学里分专业，我学的专业不修收音机，给副指导员解释半天。

副指导员听了，摇摇头，说，反正你这个大学生不灵，连收音机都不会修，还什么机电学院的！难怪人家说你们，大笨！

其实，张玉生当排长的这支部队，是一支曾经让敌人不敢小视的英雄部队，别看官兵平时大大咧咧的，一旦训练起来作风顽强如狼似虎。张玉生很快感觉到，部队最务实，你有本事，大家都佩服；你没本事，谁也不把你当回事。乍一接触，连长指导员当着张玉生的面，毫不掩饰怀疑的态度：大学生嘛，会啥啊？

张玉生笑笑，他知道说什么也没用，但他并不怵，因为在陆军指挥学院的培训，就像一个火炉重重地锤打他，所有的课目都不含糊，一点点地使他向一个军人靠拢。他曾参加高强度的综合演练，山地、丘陵、反空袭，汗水湿透的 8 天走了 400 公里。也就是说，他还是大学生，不过不是刚入伍的大学生了。

单兵战术基础训练那天，全连集合在一片丘陵山地，利用地形地物匍匐前进、冲击、隐蔽射击，连长简单讲解了动作要领。一身训练服的张玉生认真听讲，站在队列中并不显眼，连长却没有放过他：二排长，整一套！

张玉生答应一声：是！持枪走出了队列。这套战术动作在教学的时候，需要有人示范，张玉生没想到，连长会点他的名。他低头一瞥，看到丘陵的坡地上荒草稀落，尽是细碎的沙石。他没有迟疑，唰地扑倒在地，从隐蔽待机位置开始，首先是跃进，然后出枪、持枪、卧倒、射击，一套动作干脆利落。接着，他利用坟包、树木等地物，通过障碍，滚进，最后进入堑壕，谁都能看出他的动作很到位。

哗，全连官兵自发地为他鼓掌，连长的巴掌拍得最响。

张玉生说，这是所有训练中最苦的课目，因为战术动作要在沙石地上完成。练为战，就得要真实的战斗环境，做最坏的打算。连长以为大学生排长做不下来，或标准没那么高。要知道，在沙石地上卧倒匍匐，如果胳膊肘脱皮了，都不算成功。练这个动作要苦练，还要有诀窍，手掌要先着力，然后有个缓冲，肘再着地。否则，弄不好，就容易脱臼。我的这套战术动作一气呵成，他们就不敢小瞧我了。

过了几天，连里进行夜间排进攻的实兵演练，本来该连长组织的，连长提出让排长锻炼一下。一排长和三排长都是本连战士提干的，训练有经验，可是他们异口同声，让二排长组织一下吧。连长就说，怎么样，二排长，你来试试? 张玉生听出了连长的话不是命令，而是商量，也就是说，他可以答应，也可以拒绝。但他明白，连长和其他排长都在看着他这个大学生排长，就说行啊，我来组织，请你们批评。

张玉生受领了任务，用他独立思考的精神，对以往的训练方案做了继承与改动。实习演练那个晚上，面对全连官兵，他用响亮的声音，简明扼要地作了理论指示。按程序要求进入实兵阶段，他设置了不少意外的情况，把一场排进攻导调得有声有色。他的说法是，战场千变万化，指挥员要能应付多种敌情。对于这样很有创新的演练，连长讲评时很激动: 这次二排长的演练，体现了良好的战术素养!

训练结束后，连长私下对张玉生说，我原先确实不相信，你们大学生能组织训练吗? 排战术能不能搞得下来? 结果我错了，你组织得很好，比我想象的好! 从此，连长彻底改变了看法，连队不管训练什么课目，教案都要叫二排长把把关。到营里开会，连长得意地说，我们三个排长是一个最佳组合，一排长、三排长是力量型的，二排长是智力型的。张玉生这个大学生鬼点子多，是我们连队的一块宝！

张玉生的鬼点子，让连队的训练另辟蹊径。他后来走上军事指挥岗位，并不隐晦兵无常势的用兵之道。他当团长，面对军区司令员在内的 7 个将军，提出了出奇制胜的演习方案。他当九江军分区司令员，所主持的"非战争军事行动预演"，得到总部首长的赞扬。所谓鬼点子多，也就是不按常理出牌，地方大学生这一特性是优是劣？张玉生认为是优，而部队海纳百川的胸襟，也成全了这个优。

朱森源作为地方大学生，谈到入伍之初的兴奋与挫折，真是百般滋味在心头。2010 年我采访朱森源时，他时任某师政治部组织科科长，身体敦实、乐观开朗，略带浙江口音的普通话，脆生生地如铜豆落地，与我原先以为"师里一支笔"的秀才印象大相径庭。他毕业于浙江工业大学，学的是电子工程专业。

开始采访时我问他，参军以后最大感受是什么？朱森源说，就是一句话，万丈高楼平地起。我说，你这话是什么意思？他解释道，就是说基层最重要，不管以后做什么，不管以后走多远，头三脚的真实感受刻骨铭心。

朱森源坦陈，我刚到连队也受到"大笨"的奚落。我自以为吧，大学生的学历高，军衔又高，理应受到下级的尊重，没想到，叫老兵们服气并不容易，你光说不练不行，只有你真的有实力了，人家才不把你当"大笨"。

大学临毕业前，朱森源已被青岛的海尔集团选中，而海尔的创业思维与朱森源不甘平庸的性格十分吻合。可是，军队招收地方大学生的消息一出，就让朱森源坐不住了。他从小就有渴望冒险的血性，能到部队体验一番，求之不得。而且，部队对于引进人才的特殊政策也让他相信，到部队肯定受重视。

1998 年，23 岁的朱森源穿上了久已向往的军装，被分配到了某师，这是一支红军时期创建的英雄之旅。当时这个师的装备更新换代，由步兵师整编为摩兵师，新装备需要新知识，而新知识正是大学生的强项。朱森源这样的地方大学生初来乍到，就成了师领导关注的香饽饽。肩扛红牌牌的朱森源，分到某坦克连当排长。大学生排长，在这个连队从来没有过，连这个装甲团里也罕见，算是个人物了。团长政委都亲自出面表示欢迎，敲锣打鼓热闹极了，让朱森源感动得要落泪。

可是没想到，所有的欢迎排场面结束了，当朱森源和其他大学生分手，跟着连队干部，兴冲冲地背着背包，走进排房的时候，偏偏就有人不服气。喏，你的铺在那边！一个老兵撇撇嘴，指着靠门边的一个上铺，眼神满是不屑。

朱森源当然明白，老兵的意思明摆着，你大学生怎么啦，我就要出你的洋相。朱森源没吭气，把背包扔到上铺，他能感觉到老兵的敌意。只有当过兵的人才知道，所谓排房是全排战士宿舍，而排长必须与战士同住，是这个排房里唯一的干部。他的"军官待遇"大多是单独放一张单人床，或者是靠墙根的某一个下铺。一般而言，排长比战士年长，就这些小小的区别，显示着大家对排长的尊敬。这个表示不屑的老兵名叫傅尔江，当了八年兵，老资格的班长，并没有把朱森源放在眼里。

连长对朱森源说，你放手干吧，叫朱森源担任驾驶员训练大组组长。按理说，班长是下级，老兵傅尔江却好像忘了下级服从上级的这条纪律。训练临近中午，朱森源对大家说，抓紧练，等连长宣布结束，各班再带回。傅尔江张口就顶了一句，要开饭了，结束就行啦。老兵起哄，不服新排长，想让新排长难堪。

老兵的话像一根针扎进朱森源的脑子里，什么大本啊，大笨啊，懂什么啊。朱森源咬咬牙，没搭老兵的茬。大概以为大学生排长蔫了，傅尔江还挺来劲，当着全排的面，撸起衣袖喊，排长，你过来，跟我比试比试。朱森源说，比什么？傅尔江说，扳手腕，摔跤，随便！朱森源居然没被吓住，也一撸衣袖，比就比！

朱森源早看出了这个老兵的心思。一个地方大学生，要嘴皮子动笔杆子还凑合，扳手腕子绝对只有认输的份儿。朱森源胖墩墩的，似乎根本不是对手，其实绵里藏针。扳手腕朱森源占了上风，因为他练过拳击，由臂到腕的功夫犹在。摔跤朱森源也取胜，原来他练摔跤还拜过师，曾摔得昏天黑地，身上满是青瘀。

老兵一下子在新排长面前栽了。朱森源用肢体语言做了开场白——要被老兵整趴下了，在排里威信就没啦。他清楚，装备不熟，技术不精，就算说破天，战士也不服气。好在朱森源大学主攻电子工程，学坦克专业一点就通，不仅拿到驾驶与通信的二级证书，而且对于现有装备的理解更胜一筹。虽然老兵傅尔江熟能生巧，可坦克驾驶仪上字母看不懂，说明书线路图也束之高阁。朱森源讲解头头是道，叫一帮老兵不得不服。

爱动脑子的朱森源并没有就此止步。摸熟了门道，别人佩服他，他又瞄上了技术革新攻关。新兵坦克驾驶训练，原先学员学挂挡，凭的是感觉，一脚踩下去，是不是错位，教练员不知道。朱森源运用电器原理，发明了"驾驶挂挡模拟显示器"，学员脚踩到几挡，可以随时显示，教练与学员都有了参照物。还有一个老问题，就是坦克发动机的油温。谁都知道油温太高会烧发动机，靠经验难免把握不准，朱森源琢磨出"油温自动报警器"，油温高于多少度就自动报警，油温控制也不难了。这两项小发明很实用，在全团的科技练兵成果展示中，夺得了一等奖，为连队争得了荣誉。

外行变内行，朱森源有了底气，有了威信。从新兵到老兵，对他都不敢小觑。真看不出来，大学生排长，还真有两下子呢。

朱森源说，地方大学生都有舍我其谁的激情，都会用行动表现大学生的学识与素质。然而，部队的装备更新换代，并不等于人员素质立马能跟上。大学生自身也有过于理想化的期待，当军人的智慧与当学生的聪明，根本不是一个概念，必须经历一番磨合，才能使我们融入部队，也使部队真正接受我们。

王海涛到某集团军集训队报到的时候，大学时代的优越感并没有减退。既然全社会都在强调重视人才，大学生在军中的骨干地位可以预期。他和同行的大学生议论，也许一到部队，就会纳入重要的指挥中枢，或放到关键的技术岗位，总之他们已经准备好，让大学生的知识优势变成一束光，投射进现代化的作战部队。

当王海涛像一个新兵那样站在队列中，听从响亮的口令而机械地挪动，那份内心的落差如同天上掉到了地下。因为所有的班长排长，文化程度跟王海涛没法比，动作却标准精神气十足，而出洋相的，尽是这些自以为了不起的大学生。最要命的是，遇到大太阳，在学校可以躲到阴凉的地方，而集训队却是照样练，每个人脸上晒脱一层皮。能不能过关看你的考核成绩，大学生突然失去了骄傲的资本。

可是，大学生的清高仍然折磨着他们，毕竟在当时的社会环境中，念过大学的在社会上颇受羡慕和尊重。当太阳落山余热未消的时候，在洒过他们汗水的操场上，王海涛和同学姜一海（化名）时常深谈，有什么话痛痛快快倒出来。姜一海和他同一专业，也是放弃了其他选择来部队的，只是比他更不适应。随着训练难度的增大，他们的话题也变得沉重了，从开始豪情满怀谈理想，到后来面对现实谈纠结。

"大笨"，这是大学生都听到过的调侃，似乎谁也没当真，只是姜一海在意了。我们是谁，堂堂的大学生，个个好中选优的，为什么屡屡挨批？说我们是"大笨"的，没一个读过大学，可是我们样样比不过，这大学难道白上啦？

王海涛说，那我们努力，证明我们不笨就是了。

姜一海说，所谓笨，就是不灵，也许我们是笨。

王海涛说，哎，不像你的话嘛，你从来不服输的。

姜一海有些内向，不善交际，但大学成绩不错，一向挺自信，仿佛到部队没几天，就把自信心弄丢了。王海涛看到姜一海的眼神缺少了亮色，拼命给他打气。你要振作起来，在校园你是好学生，在军营你也会是好军人。

王海涛在说服同学，也在说服自己。夏季最热的天气，他们的训练也没停止过，王海涛军衣上渗出的盐斑一圈一圈的。那时电话还很稀罕，连队只有一部手摇电话，还是战备值班的。他要给女友和家人挂电话，得苦苦地等到周日，请假到附近的小店买日用品，顺便打个长途电话，说的都是很好，报喜不报忧。

有的大学生抱怨训练枯燥，王海涛却练得很上心。他跳出大学生一己思维，站在军队角度作了思考。从站队集合开始，看似简单乏味，其实并没错。站没站相，坐没坐相，最基本的素质不具备，怎么成为一个合格的军人，乃至成为一个优秀的军官？千里之行，始于足下。结业考试 14 个课目，他取得 11 个优良、3 个合格。

集训队是迈向军营的第一站，王海涛在内的这批大学生，到集团军报到的 108 人，集训结束时尚有 99 人，有 9 人要求退出了，其中就有姜一海。人各有志，王海涛祝他好运。姜一海的眼中有泪光，有你在，没"大笨"。王海涛理解他的心思，他并不笨，训练上不去，就默认了"大笨"的形容，仿佛甩不掉的心理暗示。

听了姜一海的心声，王海涛想了很多。对于"大笨"的调侃，他并没有太多抵触，反而看成是另类的激励。大学生到军营确实是挑战，跟不上就退缩了，可能真成了"大笨"。而勇敢地迎上前，不难甩掉"大笨"的帽子！

王海涛被任命为三营九连二排长，虽然已经在集训队有了基础，无论理论还是操作，都能在训练场上亮一把，但他不敢大意，抓紧把战术技术教材又翻了个遍。当着全排战士的面，他对排里老士官说，你们都是我的师傅。老士官忙说，向排长学习。队伍解散了，他与老士官坦诚交底，我是真心拜你们为师的。

老士官发现，新排长并非客套。王海涛的军事技术，在这批入伍大学生中算是佼佼者，而他虚心求教的态度，打破了军官与士兵的界限，没有半点大学生的架子。排里组织射击训练，王海涛演示了卧姿装子弹的动作，他在战士眼中看到了淡然。随后，他叫四班长陈龙兵出列，给大家示范。陈龙兵是射击高手，卧姿装子弹准确、迅速而连贯，技高一筹。他带头跟着练，叫陈龙兵纠正，至少做了上百遍。

尽管王海涛不以大学生为傲，但他的知识结构，还是让他的兵由衷地佩服。连队掀起科技练兵热潮，王海涛受命讲课，视野宽阔且角度新颖。就说军事高科技吧，他发挥自己积累的知识能量，从二战的战例到当下的战事，尤其引用海湾战争的最新资料，条理分明地剖析现代战争的特征，让他的兵都觉得长见识。

比如王海涛讲什么是弹道，用粉笔在黑板上画，列出公式和数字，自以为最通俗了，可是他发现，有的战士文化程度低，云里雾里弄不懂。他灵机一动，干脆把弹道比喻成小便的轨迹，全场笑翻。通俗易懂，话糙理不糙。能深入浅出，兼顾不同文化层次的听众，战士们听得过瘾，毕竟是大学生，就是不一样。

王海涛升任"红四连"连长，后又任营长，曾作为军队代表参加"全国优秀大学生风采巡回报告团"。他把所有的奖牌和奖状都收起来，天天扎在兵器室和训练场，像新兵那样钻研全营的武器装备。年底，他参加集团军分队军官考核比武，获营职军官第一名；参加集团军基础课目考核，又获总评第一名。

如今身为团长的王海涛，指挥着先进的主战装备，驰骋紧贴实战的演练场游刃有余。他告诉我，从军也跟任何职场一样，别人说什么，都没关系，最可怕的，是自己认输了。因为顽强是军人的别称，能打倒你的，只有你自己。从当初入伍直到现在，我每一次任新的职务，都把自己拖到悬崖边，只能朝前，没有退路。

笔者回味"大笨"，这个当初送给大学本科生的玩笑话，可以肯定的是，地方大学生刚到部队的时候，确实不同程度地表现出了水土不服的"笨"劲儿。或者说，在一些老资格的官兵面前，他们不像土生土长的干部那样游刃有余，难以融入军营的特殊氛围。大学生入伍怎么干，各级领导怎么看，能不能给大学生以理解和温暖，关系到大学生能不能接受部队，同样关系到部队能不能接受大学生。

白吕在升任某集团军领导之前，曾任某摩步师政委。在这个师里，大学生干部受到热情关怀与重点培养，已经是师党委的共识。

2008 年 4 月，当白吕到某集团军报到的那一天，时任清华大学党委书记的陈希从北京赶来，点名要见白吕。陈希书记与白吕素不相识，何以非要见一面？原来，清华大学有两名毕业大学生分到某师，成长为优秀基层指挥军官，清华大学引以为荣。陈希听说，师政委白吕最熟悉他们，在他们身上倾注了很多心血。

有关白吕任师政委期间对于大学生入伍的种种思考，我到图书馆的报刊陈列室查到《解放军报》记者江宛柳写的一篇通讯报道：

随着名校大学本科生进入部队基层，他们所在军、师党委深入探索大学生干部培养使用的现代理念和方法，建立大学生干部成长关键阶段的培养目标和育才体系。

师政委白吕认为，师领导应该从战略高度思考名校大学生入伍的问题，"我们以往偏重干部管理层面的能力，长期起作用的文化素质被忽视，这种态度应该从根本上端正。什么是素质？除了政治素质，首先看文化，然后是管理能力，军事素质基于文化素质。名校大学生恰恰具备了较好的文化素质，具备了被打造成优质钢材的潜力和后劲。"

怎样在实际工作中培养好他们？白政委说："关键是过好适应期。这个过渡期大体是3年时间，是一个大学生真正进入社会的过程，遇到的情况、矛盾都是新的，会有思想反复，甚至有被淘汰的，这3年过好就进入快车道了。"

"能不能按照大学生干部个体发展的特点和规律来培养设计他们，是过好这个过渡期的关键。"白政委说，"我们能否保护好他们从军报国的积极性？能否避免人才成长的雷同，让他们保持个性的活力？这些都是新课题。对他们的培养，领导头脑中应该有前瞻意识和风险意识，你总是'不放心'、'不信任'，怎么让他们脱颖而出？对他们培养的机制应该落实到鼓励政策、使用、荣誉和培养目标上。"

从清华国防生来到这个师，白政委每季度找他们聊一次天，了解他们的全面情况，和他们交朋友。白吕承认，这是在种一块试验田。作为第一批进入该集团军的清华学生，他们的成长个案为高素质干部群体的发展提供着新鲜经验。

白吕曾在干部部门任职，他问我说，从打倒"四人帮"的1976年到2006年，一个大军区来了几个清华大学生，你知道吗？

我摇摇头，也许几十个吧。白吕说，一共4个。他说，部队要把这些名校大学生培养好了，才能说明，名校大学生到部队来是有出路的，能够发挥自己的作用，能够实现自己的价值。他们大学生要是愿意来，我们的部队才能成长壮大。如果你不去培养他们，他们来了不行，一个一个都走了，不是部队的损失吗？

白吕告诉我，对于大学生干部的培养，我有切身的体会。比如说，怎么看他们刻苦不刻苦？我说他们怎么不刻苦呢，他们来部队之前，起五更，睡半夜，走独木桥，考上大学，他也刻苦啊！身体的疲劳是吃苦，脑力劳动也是要吃苦的。不吃苦的人才不好好读书，读书的都是吃苦人，无非是劳力还是劳心的问题。劳力是吃苦，难道劳心不是吃苦啊？我们要引导他们，继续发扬这种吃苦的学习精神。

白吕说，不要只盯着大学生的小毛病，要给他们成长的环境，要允许他们有失误，允许他们有挫折。尤其是我们当领导的要注意的，不能把个别问题看成是普遍问题，不能把所有干部的问题看成是大学生干部的问题。比如，一提大学生就说他们不愿意到基层，基层比较苦的情况客观存在，大学生到了基层也需要我们加以引导。比如，有的大学生跟连长指导员提意见，连长和指导员反映，大学生不懂规矩。我看，有他们不懂规矩的一面，也有他们民主意识强的一面。要辩证地看待他们身上的优缺点、他们的性格、他们的素质，他们要求实现自我价值的愿望，要给予充分肯定。

白吕说，当某师政委前曾任某旅政委，他一上任就听到汇报，说坦克营一个大学生排长，提出要退伍。为什么呢？他找这个大学生排长谈话。原来，这个大学生排长是西北大学毕业的，一心想学坦克，可是领导说他思想有问题，分配很多人到坦克连，唯独这个人不能去。白吕说，这不是故意找别扭，故意整人家嘛？那个学生排长说他不愿意在部队，非要走。我说为什么非要走呢？他说我来是想学坦克，你有坦克就是不让学。我说那我把你调整去呢？他说现在调整我也不想干了，这个地方不是我久留之地。我说这样，我在这里，你就不能走，我让你放开手脚好好干。结果他从步兵营调整到坦克营，现在都干得好好的。所以说，对于大学生的培养意识非常重要，对于他们的个人志向，不要轻易地否定。

我们加强了人性化的管理，大学生就没有要求走的。

白吕高兴地看到，大学生入伍数字在逐年增加。他说，你应该多下到基层采访他们这些有朝气有理想的大学生干部。我们作为领导培养他们，需要主动培养的意识，就是要付出真心爱他们。名校大学生在各行各业都是精英，在军队没有这些精英，就难以推进军队现代化建设，培养他们是为了军队也为了国家。

白吕说，许多大学生来到部队以后，有点不适应，其实是正常的，我们要从他们不适应中看到他们的长处。最主要的是，大学生拥有的科学知识，确实是当前部队转型所急需的。如果古时候冷兵器时代，还能靠体力拼一拼，而近百年以来的战争，武器装备的分量越来越重，未来战争靠脑子靠智商。我们研究信息系统的体系作战能力，感觉到高科技太重要了，人才队伍太重要了。事实上，许多观念人家大学生是新的，我们管理者是旧的，要在不断碰撞中慢慢适应，适者生存。反过来，要是把他们的特点都磨光，优点也就没了。长处没了，全成短处了，这怎么行呢？

事实说明，"大笨"（大本）并不笨，一旦调整到位，他们就能施展才华，迸发出十倍的热力、百倍的火花。假如调整不到位，他们也会萎靡不振，难逃被淘汰的命运。但是，如何调整到位，不是一句标语口号，而是一个系统工程。如白吕将军所言，既需要大学生的自身努力，也需要部队各级的明智与宽容。

跌 倒 了 爬 起 来

　　大学生入伍的接收选拔层层把关，有一套相对完整的评判体系。既然是大学生中的优秀人才，为什么到部队却有这么多不适应？究其客观与主观的原因甚多，其中有一个共同点，就在于他们进入了不同于大学的另一套评判体系。

　　无论你对高考的形式与内容有多少看法，但你不得不承认，就高考的公平度而言，还是得到社会普遍认同的。公平的标准当然就是分数，所谓分数面前人人平等。分数理所当然地成为高考的一个标杆，这本身并没有错，然而以分数论英雄的衡量标准固化，有些高校只问学生成绩，像体育课之类的课程不予重视，大学生整天盯在电脑前成了宅男。户外活动的减少，健康程度的下降，给学生素质带来了隐忧。

　　说是隐忧，其实在大学校园不算啥，愿意当宅男是你的自由，只要你的成绩好，一切可以忽略不计。而到了部队，你会发现，以前引以为自豪的资本暂且束之高阁，分数在这里基本不起作用，衡量你的是一个军人的标准，与是不是大学生无关：假如明天就要打仗，你能不能胜任你的本职？能不能像一个真正的军人？

我在厦门警备区采访黄智杰，作为一个80后的炮兵营营长，黄智杰跟其他军校出身的营长相比毫不逊色，是全团公认的训练尖子。他跟我说，我今天当营长有自信，就是因为当初失败过，等于下河学游泳呛了几口水。这些年我受过的表扬，记不清了，但当排长时出的洋相，我至今忘不了，它时刻提醒我要有自知之明。

2003年，21岁的黄智杰刚从集美大学毕业就报名参了军。智杰，又智慧又杰出，听起来铿锵有力，父亲给他起的名字不同一般。黄智杰的确让父亲有面子，上高中一直稳坐前三名，考入集美大学这个华侨陈嘉庚创办的闽南名校，同学中有能耐的佼佼者多了，他仍被划在成绩优异的学生行列。别看他面色白皙，说话慢条斯里，却并不把骄傲藏着掖着，青春的脸上激情四溢，明亮的目光充满自信。

黄智杰来到厦门警备区某炮兵团，第一个岗位是排长。毕竟在大学校园念了四年本科，看看周围战友的学历哪个都比不上他，再看看火炮装备也并不复杂，一听就懂的技术操作在他来说，似乎根本不在话下。可一到考核，课目虽然简单，他却只得了勉强及格，弄得灰头土脸。没了骄傲资本，说话也气短三分，连排里老兵都说他是个书生。"书生"一词在大学是褒意，在兵营可就有了贬意的味道。

一个地方大学生，也许真的不能当排长？黄智杰技术操作不熟练，等于跌了一跤，不得不痛苦地承认，他是学电子信息工程专业的，跟炮兵专业不沾边，真的很外行。不久，黄智杰参加炮兵军事干部专业集训，既要考理论，又要练操作。他觉得大家对他客客气气，一说大学生，就是你的学历高啊，怎么听怎么别扭，像带着根刺。他要寻觅一个着力点，力争使自己站起来，在最短时间内成为内行。

原先，黄智杰没把其他人放在眼中，静下心来，他意识到，每个人都有自己的长处。留意其他专业能手的动作，发现不论学历高低，操作手都是熟能生巧的。他悟出了一个道理，炮兵专业听懂并不难，真要学会而且练精，非得下一番苦功不可。他调整心态，把自己重新定位成一个学生，每天早上比别人提前 1 小时悄悄起床，卯足了劲练头一天学的专业。到了晚间自由活动时间，他还是用于专业复习。时值盛夏，天气炎热，蚊虫叮得他一身疙瘩，他心无旁骛，钻在军事天地里刻苦学习。

没有任何张扬，也不用公开表态，他暗自铁了心，就用汗水浇灌的训练成绩说话。那次军事干部集训最后的考核，营连排的众多高手一争高下，新排长黄智杰的成绩出乎所有人的意料，如同一匹黑马，闯入了前十名。

别人向他祝贺，他连连摇手，说差得远呢。别人以为他是谦虚，他却做了一个更加出人意料的举动，申请参加第二批集训。

一个大学生排长，居然申请"留级"？

黄智杰的执著劲头打动了团领导，他的申请被破例批准了，也成了这个团多年军事集训的第一个"留级生"。留级不丢人，不会才丢人！他不在意人家的议论，军人就要像个军人的样子，不信当不好这个排长！

按理说，做综合作业，可以伏在桌上写，黄智杰常常一只小凳一块图板，一练就是一上午，腰酸背疼也不停歇。他说，不是要贴近实战嘛，野战条件下哪来的桌子！他像在大学里那样，对付该学的课程不是死记硬背，而是善于琢磨其中的规律。他从专业高手作业中体会要领，翻表格、写数字、转计算盘等细节都不放过，不会的就一一请教，然后自己摸索诀窍。

三个月后的全团军事专业考核，大学生排长黄智杰超过了众多任职多年的老排长，这个新排长的成绩居然位列全团第三。

2008 年 3 月，警备区决定挑选优秀军事人才到教导队任教，经历连排岗位锻炼的黄智杰过关斩将，顺利通过考核荣任二中队队长。

待黄智杰到教导队报到的时候，几位老士官教练心里挺不服气。听说黄智杰军事技术过硬，看他不过是一个年轻的白面书生，真有这么牛吗？别是吹出来的吧！

黄队长，敢不敢比试比试？一名老士官笑着挑战。

好吧，试试，黄智杰也笑着应战。

中队官兵都围来看热闹。拉绳、丈量、画圈，三下五除二，老士官就是有一套，仅用三分钟就完成了画径始图作业。

这下子，黄智杰会不会下不了台？大家还在担心中队长的面子呢，他已经拉开了阵势，竟然在一分钟内就完成了作业。

没有谁带头，几乎同时，掌声响成了一片。兵营里讲的就是真本领，中队官兵对这位"书生队长"钦佩不已。大家这才知道，黄智杰的肤色白，总是晒不黑，给人一种书生的假象。其实他顶烈日冒风寒，汗珠子摔八瓣眼皮都不眨。果然，他带出的二中队有勇有谋，在预提指挥士官集训队的各项评比中都出类拔萃。

在或考研或出国为潮流的清华，参军入伍引来异样的目光，似乎不难理解。然而，当覃文强提出到基层连队摔打磨炼，分到某机械化步兵团，等待他的并不尽是掌声。所有国防生要进陆军指挥学院，经受高强度的任职培训。与来自各高校的学员相处，覃文强从不以清华大学毕业生自居，处处向其他学员看齐。他以为姿态够低的了，却在无意中听到几个学员议论，听说三队来了清华大学生，简直是傻瓜嘛。

覃文强一下子懵了。二十出头血气方刚，他真想冲上去，逼问对方，"傻瓜"两个字怎么解释。随即，他又释然了，傻瓜就傻瓜吧，如果从军就是傻，我情愿。别人把你当傻瓜没关系，只要你不把自己当傻瓜，你就能在嘲笑中成长。

心气颇高的覃文强，终于痛苦地意识到，总是受到肯定和赞扬的清华学子，在训练场上似乎并没有优势。单兵作战的对手相搏，只认实力，不问来路，你说得再天花乱坠，军事素质差就抬不起头。那天400米障碍，他过不去，一攀绳网就恐高，爬上去就下不来了。其他人索性把他晾在网上，都去吃饭。清华生不是牛吗，就看你的笑话。他在学校一向成绩优异，老师都另眼相看，从来没这么惨过，丢人。

像是跌了一个大跟头，覃文强很有挫折感。抹泪，哭诉，生气，都不是男子汉所为。怎么办，在哪里跌倒在哪里爬起来，练呗，苦练！

军校毕业前最后一次海训，覃文强担任模拟连的班长。第一天，烈日将光着膀子的学员晒得皮肤爆裂，火辣的疼痛晚上都难以入眠。第二天，武装泅渡，他第一个跳入海中。海水浸泡他的伤口，仿佛要撕裂他的身骨。他带着全班战友高喊"奋勇拼搏，永争第一"，挑战身体和心理极限，赢得了"演习先进班"的荣誉。

他担任排长的第一任职经历，是在"硬骨头六连"度过的。这是一个与大学期间完全不同的覃文强，一个勇于锤炼军人气质的覃文强。

覃文强在《青春正步走，无悔军营路》的演讲中这样说："训练和施工中，那浑身被汗水浸透的衣服；检查卫生时，那棱角分明的内务；歌咏比赛时，那条条暴起在战友脖子上的青筋……所有这一切，都向我诠释着连队'压倒一切敌人的狠劲，百折不挠的韧劲，坚持到底的后劲'的硬骨头精神。我感悟到，硬骨头精神和'自强不息，厚德载物'的清华校训异曲同工。硬骨头精神硬，硬就硬在以报效国家为己任上，硬就硬在不惜用生命忠实履行使命上，硬就硬在自强不息捍卫荣誉上。"

闻名全军的"硬骨头六连"果然名不虚传，覃文强也把"硬骨头六连"当作人生新的起点。他告诉我，进了六连的门，就是六连的人。

"在六连，我感受最深的一点，从干部到战士，每个人身上都有一股劲儿，大到完成一次演习任务，小到修理一个水龙头，不管碰到什么挫折，都会竭尽全力，永远不服输。作为排长参加东海演习，七月酷热的时节，最累的不是游泳，而是冲山头，背着很重的装具，沿着陡坡行进。军长站在山头上考六连，看你们能不能在预定时间内抢占山头。平时行进都是沿着公路的。连长指挥：二排长，你带领二排，从右翼包抄过去。我就指挥：四班，五班，六班，成纵队前进，注意敌情。钻进密不透风的竹林，用铁锹开道，竹叶在手上脸上划出道道。没有讨价还价的余地，只有执行命令的坚定。我们战士很可爱，不讲一句怨言，就是拼命地行进。一个兵挥动铁锹，不小心戳到我的脸，血流出来了。那个兵连忙道歉，排长，对不起。我说没事，继续冲，终于按时到达指定位置。"

笔者在覃文强英俊的脸上，看到那次演习留下的一道伤疤，只是在他黝黑的肤色上已经不明显了。谈到脸上受了伤还带着血冲上山头，他那淡定的语气里没有炫耀，仿佛在讲述别人的故事，让笔者感受到他在军营中的收获……

2004 年，正是覃文强从清华大学毕业到部队的时候，18 岁的江西九江考生杨洋，怀着兴奋的心情跨进与清华齐名的北大。他以 677 分的优异成绩考入北京大学数学系，而且按第一志愿录取为国防生。在历年高考状元辈出的九江，杨洋那一年位列全市高考总分第 5 名，虽然国防生的分数略为降低，但杨洋的分数超过了北大录取线。他如愿以偿地进入北大校园，呼吸着"思想自由，兼容并包"的学术空气，要读就读名校的少年志向使他目光远大，名师荟萃的北大讲堂不断地激发着他的心智火花。

之所以选择数学系，是因为他对数学浓厚的兴趣。到了初中之后，杨洋在理科上显示出特长，逻辑思维能力超强。高中时迷上了数学，奥数拿过九江市一等奖、江西省二等奖，成为学校公认的数学尖子。别的同学看起来挠头的数学公式，越是复杂杨洋越有兴趣攻坚。北京大学数学系在全国数学界首屈一指，复旦大学数学系也与之并驾齐驱，他把这两所高校数学系都写入高考志愿。其实他并没有想当数学家，而只是对数学有兴趣，就想考进名校，挑战自我，到神秘莫测的数学王国一探究竟。

之所以选择做国防生，还因为他父亲的军人情结。杨洋父亲是九江某高校的教授，曾是恢复高考后的首批大学生，却与军人总有着某种缘分。当他爱上杨洋母亲时，杨洋母亲是部队通信连军官，也就是说，他娶了一个女军人。后来杨洋母亲转业回九江，而他所任教的学校前身为总后某院校，他进校时学校移交地方，他失去了一次穿军装的机会。这次儿子杨洋高考填写志愿，他动员杨洋选择国防生，到部队锻炼也是不错的选择啊。杨洋同意了，老爸，你当不成一个军人，就当一个军人的父亲吧。

在当时的北大校园，国防生与普通生的差别，几乎可以忽略不计。北大与总政签约委培国防生起步较晚，国防生的委培机制尚未成型。北大数学系共有 180 个学生，6 个班，每班 30 人，其中 10 个国防生分在一个班，但宿舍仍和普通生在一起，没有集中住。杨洋在北大参加过科幻社，还当过学生杂志的编辑，他喜欢和大学师友探讨宇宙和量子力学等宏大命题。平时看他一头长发，身着休闲服和牛仔裤，那种宽松悠闲的模样，被不少人误认为是韩国人。总政首长到北大看望国防生，通知杨洋参加，他就这样不换衣着跑去，不知道部队的编制等级，也不知道总政首长是多大的领导。

直到大四，已经融入北大学生群体的杨洋，才感觉到身份的不同。毕业的日子一天天的近了，参军的前景却一天天地变模糊。在以开放著称的北大，校门是对社会敞开的，所有的课堂允许非北大的人旁听，一向不受约束的杨洋在北大待了四年，举手投足都自由惯了。当他走出北大这个校门，能顺利地走进军营纪律严明的方阵吗？换句话说，在北大受过开放式教育的杨洋，能成为适应部队所需要的一分子吗？

2008 年 6 月，北大毕业生杨洋，来到某集团军教导大队报到，参加大学生入伍集训。行前杨洋痛下决心，剪去了在大学留的长发，只留了五六寸的短发。一到教导队，每个学员都坐下来，教员用一把定好标尺的卡子，贴着脑壳上面一推，还长两三毫米，剪掉！一律三寸的平头，头发只是短茬。以前每次理发，杨洋都是把乱发剪齐，一向崇尚长发为酷。他暗暗叫苦，这哪里是理发，就是剃头！

这一年，这个集团军教导大队，集中了来自 16 所高校的 92 名国防生。杨洋和大家一起削发明志，站在宏伟庄严的淮海战役纪念塔前，举起右手宣誓：矢志报国，献身国防！当中央电视台记者来教导大队采访国防生时，杨洋慷慨陈词，说得记者频频点头。集团军首长与这些刚入伍的国防生座谈，问大家到部队有什么感想，打算不打算长干。别人都说，如何打牢基础，如何经受考验，只有杨洋说：报告首长，我想完成父亲未完成的心愿，在部队当一名将军！激起会场一片善意的笑声。

杨洋从小学到大学，当了 15 年学生，早已习惯了校园生活，尤其在北大，那种喜欢自由的氛围，鼓励个性张扬而抵触拘谨束缚。起初到部队的日子，他感到一百个不适应，甚至可以说浑身不自在。怎么又吹哨了？怎么又集合了？怎么又值班了？刚穿上军装的新鲜感、神秘感日渐消退，总觉得条条框框太单调机械。更要命的是，在基层部队当个小排长，北大所学的艰深知识毫无用武之地。头一两个月，他时常冒着这样的念头，嗨，我到部队是不是选错了职业？是不是走错了地方？

杨洋是个 80 后的独生子女，直到考入北大，才是他第一次离开家，离开父母以及呵护他的奶奶。这次到军营，父母还请了两天假送他来报到。从父母关爱的眼神里，杨洋知道，父母对他的生活自理能力不放心。他对父母说，放心吧，我在北大四年不都这样过来了嘛。不过，他很快就发现，北大学子并非样样比人强。

在北大时的杨洋，一有时间就黏在电脑屏幕前，坐久了，习惯于躬着腰、歪着头，走路也低着头、佝着背。父母说他多少次，他也改不过来，反正北大拼的是读书，怎么坐怎么站没人管。杨洋刚到部队，随便哪个人一看，他的军人姿态都不靠谱。教导大队带队的班长说的话难听，还北大出来的呢，连个兵都不如！

杨洋恨不能找个地缝钻进去。北大也不是挡箭牌，同样都是 80 后，同样都是国防生，那些从国防生管理较为严格的高校出来的，无论是站队走路，还是叠被穿衣，动作利落有板有眼，杨洋却手忙脚乱，自叹莫如。看来训练过的和没怎么训练过的，就是不一样，所谓严是爱松是害，就这样真切地给杨洋上了一课。

杨洋就从站军姿开始，汗流浃背中向军人的目标挺近。北大来的白面书生变了，肤色由白皙变得黑红，脊背从松软变得挺拔。父母出差路过营区，前来看望杨洋，发现他站有站样，坐有坐样。还是部队厉害，把你逼出来啦。

笔者问杨洋，你在北大学的是数学，本身就是跟数字打交道的专业，后来你到炮兵连当指挥排长，训练中的计算对你来太简单了吧？

杨洋说，这恰恰是一种误解。我当排长后参加炮兵第一个训练课目，就是基本计算。其他人想当然地认为，你从北大数学系毕业，几个函数的简单运算，肯定小菜一碟。其实在北大，我主修的是数理逻辑，很少和具体计算打交道，看到练习本上密密麻麻的数字，要是参加专业考核，我一点把握也没有，我说的是实话。要向老士官请教，他们最有实践经验。但是没人信，大家都说，排长，你太谦虚啦。

杨洋第一次参加专业考核，虽然没考砸，但考的成绩之差，让大家很意外。其实，相比于高科技装备，杨洋当时接触的常规装备，计算反而复杂。排里的老士官高中没毕业，但经过无数次的强化训练，动作可以达到熟能生巧的地步，对于数字反应特别快，五位数加减，张口就来，杨洋根本算不过人家。他的训练成绩上不去，战友们自然对他这个高才生投来怀疑的目光，北大学子也不过如此嘛。

训练场上"出洋相"，给杨洋注入一针清醒剂。他反思，操作计算盘和计算器这些炮兵射击诸元计算工具，数学原理很简单，有些老士官不懂原理，就是算得快，说明了尺有所短，寸有所长。就像研究飞机发动机的工程师，与开飞机的优秀飞行员，并不是一个概念。长于理论探讨而短于动手能力，是杨洋找到的差距。

是硬撑着，死要面子？还是放下架子，从头再来？杨洋有个长处，就是乐观的态度。他喜欢自嘲，虽然是北大的，能有多大能耐，还不得跟诸位学嘛！过去的优越不代表今天的优异，战争不认你的北大文凭，只认你的虚心刻苦。

既然当了指挥排长，就得成为专业的行家里手！杨洋意识到，如果说你有北大背景，那你的标准只能更高。他找连队干部和排里班长轮番请教，态度诚恳，不来虚的。计算盘和计算器这两种最常用的作业工具，他不满足于一般操作，一有空就琢磨如何用得精准。100题甚至200题的基本计算，常常一算就是一个晚上。厚厚一本习题集，写满了他用铅笔写了又涂、涂了又写的公式。晚上熄灯号响了，他到学习室继续练。其他战友的积极性也被他带动了，形成了主动训练的一股子钻研氛围。

坚 持 就 是 胜 利

江南春意浓郁季节的一个上午，我到某舟桥旅采访。作为国家级专业抗洪抢险应急部队，舟桥旅在大江大河架设浮桥，抢险救灾屡屡化险为夷，用旅政委秦新的话说，官兵都是好样的，没一个孬种。但部队半点不怠懈，点检仍然一丝不苟。和平年代的点检，就像操练那些装备器材，让每一个军人都清楚自己的位置。

旅政委秦新，曾担任干部科科长到高校招收过大学生，对这些大学生的成长环境有独特的认知。当年辛辛苦苦招来的大学生，有的并不被部队看好，有的也没自豪感。秦新觉得，对于这些大学生干部，不放在重要岗位上，慢慢就自生自灭了。因此，必须交任务，压担子，提供舞台。秦新在旅党委会上说，对待大学生干部不能求全责备，做领导的要当磨刀石，用其所长，有些缺点，甚至毛病，可以改嘛。

给我介绍舟桥旅大学生干部情况的，是干部科科长马林。他也是一个地方大学生，毕业于师范大学。看他一身迷彩服，给我第一印象，早已融入部队这个集体了。短寸的头发，黝黑的脸膛，还有挺拔的军姿，找不到文质彬彬的影子。可是他说，念大学那会儿虽然喜欢踢球，但给人感觉很稚嫩，就是个书生模样。

马林告诉我，这么多年在部队最大的锻炼，就是心态调整好了。当初我来部队的时候，没想到能干那么长时间，也就想把部队当个跳板再回去。我现在跟我家人交流，他们都说，你的觉悟怎么这么高。其实也不是觉悟，当兵的就得有奉献的意识。如果大家都不奉献，谁来保卫我们的国家？总得有人坚守在军营啊！

三营教导员薛旻，是秦新政委推荐我采访的一个地方大学生军官，1998 年考入安徽建筑工程学院，2002 年毕业入伍。急剧扩张的建筑业急需人才，所学的材料工程专业很热门，只是他在"工程师的摇篮"是个另类，他应聘学校周报的学生记者，课余时间过一把记者的瘾。直到大三，他所有的志向都与军队无关。

痛痛快快地念了三年书，该不该考研的话题，终于挂到了同学的嘴边，薛旻到处找资料打算考研。同宿舍一个同学平时喜欢捣鼓计算机，那天要薛旻陪他到省军区大院，看看招地方大学生怎么回事。薛旻记得是 12 月最冷的天气，两个人穿着厚厚的羽绒服，薛旻是深蓝"浑一色"，有点老气横秋，同学是半截红半截白，颜色活泼显得很阳光。他个头一米七三，同学个头一米八三，一比差一截。哥们儿，当的就是陪衬。

跟外面的大学生招聘会相似，也是听介绍，递简历，当面谈。薛旻这个陪衬很称职，一个劲地夸同学怎么怎么优秀，不到部队真是可惜了。接待他们的是一个姓马的干事，听薛旻说得头头是道，他突然来了句：你为什么不试一试呢？薛旻一愣，说你们可能不需要我这样的专业吧？！谁都知道，这次部队选大学生，倾向于通讯和计算机的专业特长。马干事没放弃，问薛旻会什么。薛旻说，我比较喜欢写作。马干事说太好了，有什么作品啊？薛旻说有，可是没带来。马干事说，那你们晚上再过来一趟，到我住的地方，还有几个领导也在那里，你把你写的东西拿过来。晚上薛旻和同学去了，带了他在大学里写的文章，一个厚厚的剪贴本。马干事看了以后说，很好，你们两个都不错，我们明天到你们学校去了解一下。马干事说的了解一下，其实就是政审。薛旻的政审通过了，接着体检也过了。部队方面跟他达成了一个口头协议，元旦左右听通知，到时过来签协议。

签协议的时候薛旻才知道，那位同学没被录取，说是心脏有些杂音。一式三份的协议书很正式，一份单位留，一份入档案，一份本人存。

薛旻说，没想到，陪衬成了主角。

原来全校这一届学生，只有薛旻一个到了部队。地方大学生特招，不同于一年一度征兵，没有敲锣打鼓夹道相送，也没有胸前的大红花，当时军队各大单位特招大学毕业生，本身就是一个很低调的形式。告诉薛旻一个具体时间，自己拎着行李到省军区报到，跟其他行业报到没什么两样，有些自豪，又有些悲壮。

我问薛旻，你到部队有思想准备吗？

薛旻说，可以说没有，也可以说有。说没有，是因为部队到底怎么样，我心里没底。说有，因为每个男孩子，都有一个英雄情结。

薛旻那年是 23 岁的青涩男生，踌躇满志里深藏着一个记者梦，渴望动态的吸引力强的富于挑战的事业，厚厚的见报剪贴本只是给薛旻的综合素质加分，他在内的这批大学生的培养方向很明确，未来的军队基层指挥员。

然而，薛旻到部队需要补的课太多了，并没有像他预想的那样当新闻干事，三个月的省军区集训，一年的南昌陆军学院培训，再分到部队当排长。他没想到他的青春会在部队过，天天收获不一样，展示了另一种人生。

薛旻说，我懂得了一个最简单而又最丰富的词汇，就是坚持，坚持就是胜利。有的人觉得累，发发牢骚；有的人喜欢攀比，特别是看到同学在地方混得不错，想想自己还在吃苦流汗，心态失衡；我们就相互打气，气可鼓不可泄。要说最难熬的，还是南昌陆院的培训模式，叫我们懂得什么是严酷的训练和严格的纪律。

薛旻和学员学的是步兵课目，当时每天过得很充实，累得贼死，没时间去考虑训练以外的事，比方说，这样的训练是不是有意义。大学生班上有一个战友，安徽大学计算机系毕业的，年龄比较小。那天他担任战术指挥班的班长，遇上了下雨天。从山上往下冲，由于下雨嘛，地上比较滑，结果他脚下一滑，就摔倒了，当时就站不起来，腓骨骨折。在野外大山里，拉不动他。大雨如注，他的腿部都变形了，非常痛苦。大家把军衣脱掉，编成一副担架。他的个子一米八五，体重很沉，放上担架，薛旻在前面拖，同学在后面推，硬是把他给拖到山下两三里地的公路边上，然后报告上级，派车把他拉回去了。薛旻感觉雨水和汗水交织的那种感受，真是战友之间的兄弟情啊。

薛旻喜欢对抗性强的课目，特别是战术训练。战术教员很严厉，但他做战术动作经常受表扬，战术训练当过班长，当过狙击手，还当过机枪手。印象深的是在赣江之滨，战术训练场周边的老乡喜欢养牛，到处都是一坨一坨的牛粪。战术动作必须卧倒，不能够躲开什么，也不能有任何犹豫。开始看到脚底下有牛粪就不想趴，教员很不客气，说训练场就是战场，如果在战场上，你不趴下，你的命就会没了！

和在大学校园一样，薛旻酷爱踢足球。当时在学员第五大队，薛旻是守门员，算军校主力球员。踢足球很猛，因为学员都是各个集团军选拔出来的，身体素质很强，踢起球来也拼命猛，经常有人会受伤。但是学员五大队的足球队，从来都没人受过伤，而且每场球都能赢，最后拿到了全院足球赛的冠军。薛旻和同学在训练场上已经累得够呛了，可是到了绿茵场上又忘却了所有的疲惫，满场拼命跑的感觉真的爽。

其他大学生在军校培训中有退出的，薛旻所在的大队每一个人都坚持到最后，整个集体非常团结，这是他们在地方大学没体验过的。所有参加培训的大学生，每次聚在一起，都会憋足了全身的劲，齐声大喊他们的口号："战无不胜，永不言败！"那种特别有男人感觉的氛围，督促鞭策薛旻，不掉队，不落后。

军人是干什么的，就是要琢磨打仗的。薛旻最喜欢军人气质突出的教官，有个毕业后留校没两年的教官，个头很高，充满自信。他上课的时候就说，人必须要有志向。薛旻就开玩笑地问他，那你的志向是什么。他说，真正打仗的时候，我能在作战图上插一面旗，表示一下我的作战决心，能够到作战部直接指挥作战，这就是我的志向，后来他考上军事科学院的研究生了。以准备打仗为职业目标的，才算是真正的军人，这个教官的志向让薛旻佩服，男人就得有男人的气概。

薛旻说，军营对于每一个人的磨炼，就像一块磨刀石，不断地重复，不断地打磨，让你的心态慢慢地变化。这块石头原来也是刺头儿，布满了棱角，扔到水里面，随着水流的冲刷，慢慢变得圆润，更便于握在手中，也更结实了。这是以后慢慢悟出来的。开始学会思考的时候，其实就是棱角快被磨平的时候。

我在某摩步旅采访王艳朋，他时任四营炮兵连指导员。这部书稿还在最后修订，他已被提升为某炮兵团干部股股长了。凡是分到某炮兵团任职的新军官，拿着通知书到干部股报到，股长王艳朋都会跟他作一番谈话。尽管是他职责所在，却没有官腔，没有客套，总能三言两语说到新军官的心坎儿上。王艳朋也是地方大学生入伍的，就像接受我的采访一样，他并不掩饰当初的迷茫，差一点就坚持不下来！

王艳朋 1979 年生于黑龙江佳木斯，1999 年考入江苏大学热力发动机专业，本科毕业后应征入伍。他在大学挺风光的，英语六级，计算机三级，还当选为班长。虽然他出身农家囊中羞涩，却有本事拉来社会赞助，设法联系两辆大客车，把全班同学拉到南郊风景区，组织了欢腾热闹的周末联欢，让所有的男生女生难以忘却。毕业前其他同学或考研或工作，他响应学校号召选择了参军。有个女同学担心地说，到部队会吃苦的。他说，吃苦就吃苦，我不怕。这是他的心里话，可谓意气风发。

2003 年 7 月，王艳朋前往某摩步旅报到，一路上他情绪亢奋，脑海中闪现着高科技组合的金戈铁马，诗意地想象着即将投入的现代军营。然而，火辣辣的阳光下一片黑瓦灰砖的营区平房，晒得黑乎乎的汗流浃背的连队官兵，连同那些并非一按电钮就行，而需要反复苦练才能掌握的步兵武器，都与王艳朋的想象相差十万八千里。跨入陌生军营的第一个夜晚，他躺在排房里的硬板床上，耳朵边蚊虫嗡嗡地飞舞，翻来覆去地睡不着觉。一连几天，他的脸上都没有笑容，对谁都不愿理睬。

想来想去，他提起笔唰唰唰，写了一份退伍申请报告，递交集训队领导。他打电话给父亲说，我适应不了。当过兵的父亲说，部队就是这样的，有什么不能适应呢？他说，反正我坚持不了了。接到他的退伍申请报告，团领导很重视，派人找他谈话。他振振有词，我不是怕吃苦，而是不愿吃这种苦，如此简单的重复的操练，哪是一个大学生该做的呢？一位干事见他认死理，毫不客气地说，你说你不适应，因为缺乏高科技含量，可是你想过吗，连缺乏高科技含量的工作都干不了，你还能干什么！

那位干事虽然不是大学生，但说的话很有道理，像锋利的针一样刺痛了王艳朋。大学生良好的自我感觉，一下子被扎扎实实地扔到了地上。他意识到，之所以不能承受，还是大学生自视过高。总以为苦与苦不一样，能吃那种激动人心的苦，不能吃平淡枯燥的苦，不过是忍受力太差的堂皇借口。同样是年轻人，你当干部都受不了，人家当兵怎么能受得了？你多读了几年书，难道却成了不能坚持的理由？

浮躁的心态，就在扪心自问中平复了。他经历集训队和军校的培训，时时告诫自己，既然坚持，与其被动，不如主动，碰到难题不逃避。2004年，王艳朋回到某摩步旅担任4营10连排长。不久，新兵连先训一步，王艳朋又被调去当区队长（相当于排长）。每个区队长要选一名通信员，平时跟在身边，负责传达命令。他特地选了杨文富，那个来自福建宁德的18岁小伙子。杨文富只会写自己名字，其他大字不识几个。

原来，杨文富模样蛮机灵的，可是从小淘气，不爱读书，加上家境贫穷，父母也就放任不管了，几乎是个文盲。在当今社会，不识字怎么行？王艳朋选他，其实就想帮他，平时训练留意带他，外出时买字帖送他。熄灯前的休息时间，看到从不碰书的杨文富，一本正经地端坐在床板前，嘴里念着王艳朋教过的字，一笔一画地照着字帖誊写，王艳朋猛然感觉到，把兵带好是神圣的，我可以改变一个人呢。

王艳朋带的一区队有 34 个新兵，他能叫出每个人的名字，知道他们家在哪里，就像他们的老大哥。春节快到了，新兵不能回家，只能在连队吃年夜饭。王艳朋想到自己的父母，也想到新兵们的父母。以往连队发一封制式的慰问信，寄到新兵的家里去。王艳朋觉得，还可以多一些人情味。他就代表新兵连，给每一个新兵的家里，写了一封充满感情的信，既是春节的慰问，又汇报孩子在部队有哪些进步。

新兵张恒是河南郸城人，从小就受宠爱，十多岁时正是叛逆期，总有些想法，跟父母顶撞。他来当兵，父母特别牵挂，这儿子在家就让他们操心，到了部队不知道过得好不好，就和张恒时常通信。儿子叫他们放心，可是他们放心不下，儿子说的是实话吗？区队长王艳朋的来信，叫张恒的父母喜出望外。王艳朋一手漂亮的钢笔字，告诉他们，张恒在军营里是好样的，训练样样不落后，尤其是投弹，还是排里的尖子呢。还有，他的篮球打得好，大家都喜欢他，跟战友们相处得就像一家人……

张恒父母看了信很激动，这不是千篇一律的印刷品，而是儿子领导的亲笔信，他们自己读了好几遍，还拿给亲友看。他们给张恒来信，你们领导来信表扬你了，你真的长大了，懂事了，我们家里人为你骄傲！张恒找到王艳朋说，谢谢区队长，我爸妈头一次表扬我了，以前我跟他们顶撞，就觉得他们要求太高，我达不到，其实我是爱他们的，我也想给他们争光啊。区队长你让我自信了，我会好好干的！

在除夕晚会上，每个新兵走上台，读了父母给儿子的信。每一个战士身后都有一个家庭，每一个家庭的激励都有一种力量。尽管是新兵头一次离家的春节，但没有一个人想家掉泪，整个区队过得热闹而火红。王艳朋组织了各种符合年轻人的赛事活动，他像个兄长那样带领着一帮新兵，仿佛又回到了大学时代……

以大学生的眼光对自己高看一等，王艳朋觉得坚持是一种痛苦，与军营格格不入，周围全是陌生人。而当他钻出了自命不凡的牛角尖，只留下大学生的知识素质，就发现坚持也是一种成功，可以在坚持中汲取一个军人的所有元素。他不仅自己坚持住了，而且帮助他带的新兵坚持住了，在军营里携手开辟新的人生。

我赶到驻训点采访李晓钰时，他时任某装甲团坦克四连政治指导员，2004年7月山东大学法学院本科毕业入伍。他说到在部队的成长，一个大学生如何融入军营，最大的感受简单而深刻：退缩就是失败，坚持就是胜利。

李晓钰当初是自愿报名到某集团军的，从作战部队的最基层干起。几乎没有任何当兵经验的李晓钰，和同一批地方大学生到南昌陆院集中训练，经受当军人的初步洗礼。兴奋过后的枯燥、超出常规的付出和循环往复的课目，使这些对部队充满浪漫想象的大学生倍感不适，也使李晓钰产生了倦怠与茫然。

然而，有一堂课像一枚子弹击中了他。那天兼任射击教官的学员大队长曾广隆讲课，没有说教，没有训斥，讲的是一个资深军人的人生感悟。得知学员们因训练强度大而痛苦不堪，曾广隆在课堂上放了一部法国纪录短片，主角是微观世界中的小甲虫。只见小甲虫推着一个小粪球往前跑，突然横生出一根刺，直接顶没动，往旁边顶也没动。于是小甲虫转了两圈，左试右试，另找个角度把刺蹬开，推着小粪球继续前行了。

李晓钰记得曾广隆的话，你们这些大学生选择到部队，都有自己的理想，就像这个小甲虫要把小粪球运回家里，这条路上是曲折的，也许有刺横出来，怎么面对？有的人选择放弃，那是离理想最远的人。有的人是继续前进，那是离理想最近的人。你要动脑筋，会两边使劲，还不行就绕个圈，找到症结所在。看着很难的，也许轻轻一脚，这道坎就过去了。你们现在遇到的困难，就是挡在理想面前的一根刺。如果你想实现你的理想，围着你的困难转一转，踢一脚，就会把你的球运回你的家里。

教官的话让李晓珏久久难忘。

当李晓钰背着墨绿色的背囊，到装甲某团坦克四连报到时，就听到有人在议论，哎，怎么张排长又回来啦？弄得李晓钰一头雾水，哪个张排长？原来，在李晓钰之前，连里分来过一个姓张的排长，也是地方大学生，长得和李晓钰有几份相像。虽然张排长挺聪明，军事技术也拿过名次，但实在受不了纪律的约束，没来多长时间就打报告要走，领导不批准，他就躺床板，后来做了解除军籍的组织处理。

老士官说，看看这个大学生排长，能撑多久啊？

李晓钰的故乡临沂是著名革命老区，"百万人民拥军支前，十万英烈血洒疆场"，八百里沂蒙山传颂着太多血与火的英雄往事。李晓钰从小耳濡目染，感受着强悍刚直的民风和淳朴善良的个性，向往着像无数英豪那样有一番作为。当一个铁骨铮铮的硬汉，做一个为国献身的人才，是贯穿于李晓钰长大成人的养分。

李晓钰说，我之所以选择部队，是因为在中学就有一个想法，作为一个真正的男人，一生有两种事必须要做，一是踢球，二是当兵。要说踢球，我是学校的校队主力，自由人的位置，满场跑前跑后，累得半死，从不叫苦。至于当兵，到铁血军营体验，更是热血男儿的志向。高二那年，我就想当兵，把户口簿偷偷拿出来报了名，体检都通过了，我妈知道了，骂了我一顿，你高中没毕业，当什么兵，没出息！

2000 年，李晓钰以优异成绩考入山东大学，攻读法律专业。这个高个子的帅气男孩，在绿茵场上奋力飞奔的身影，引来了同学的阵阵惊叹，仿佛他是个四肢发达好玩好动的愣头青。殊不知，在人们并不留意的背后，他却捧起书本就放不下，同一寝室的同学都叫他"书痴"。周末一到，他可以一连 11 个小时把一本书读完。晚上宿舍关灯，他就到楼道上，就着顶灯读书，看不清就站上凳子，靠近灯光看。一个运动型的大男孩居然站在凳子上，看书看到半夜，这份执著在男生宿舍里传为佳话。

2004 年大学毕业之前，李晓钰上网联系，面临三种选择。一是公安局招人，去向是滨州市公安局。李晓钰带队，和同宿舍的两个同学一起面试，人家一眼就相中了他。二是公务员考试，去向是山东监察厅。李晓钰想证明自己的能力，结果笔试通过，就等面试了。三是当一个军人，去向是南京军区。他在网上搜集大学生入伍的信息，就跟学校老师请了假，赶到南京去报名，经过层层闯关，最后终于入选。

部队方面叫他回去等通知，他就把公安局和公务员的面试都辞了。负责招聘的公安局副局长还奇怪，李晓钰，你很适合当公安，为什么不过来？李晓钰说抱歉，我已经和部队联系了。在南京军区的地方大学生招收点，军区几个大单位都挂出了横幅。学法律的大学生极少，他差点被军区政治部挑中，因为机关需要法律人才。某集团军负责招生的汪文林干事，也是地方大学生。他问李晓钰，你来部队的目的是什么？李晓钰说，当然带兵啦。他说，你如果到机关工作，和你在地方工作，性质差距可能没那么大。你要想拥有真正当军人的感觉，想做个能带兵的人，就要到我们野战部队来。

李晓钰觉得，说得有道理，与我的理想一拍即合。当兵就得操枪弄炮，像一个真正的男人。不吃苦，不流汗，不是我当兵的初衷。

真的到作战部队了，李晓钰在排长的岗位上为地方大学生争了光。所有的军事课目，他都获得优异成绩，让老士官也不得不佩服。他不只干得踏实，还想得深远。和连长聊天，张口就说，连长，咱们现有的训练，能打仗吗？连长说，哎哟，想打仗干什么？李晓钰说，一个军人，心里不想打仗，当什么军人？我为什么来部队，为什么不在地方谋一份差事，不就是因为当兵可以保家卫国，可以不重蹈百年屈辱史嘛！

此时大学扩招后的学生还没毕业，李晓钰这一届大学生继续吃香，尤其法律专业，他的同学中有40%是公务员、30%的人考研、3个读博，其他人的工作也很稳定，李晓钰却以自己是军人而自豪。关于传统优势，关于牺牲精神，关于军人理想，聊得连长热血沸腾。他一拍李晓钰的肩头，你这个大学生，给全连讲一课！

2011年，李晓钰升任二营教导员。他仍然不张扬，像原先那样扎实地做好每一件事。他告诉我，当一个真正的军人，拼的不仅是体能，拼的更是意志。人的情绪是有周期性的，有高潮也有低潮，谁都会有挫折感或无奈感。所谓意志，就是战胜自己的懦弱。只有你一直坚持，才会离理想越来越近。

军人没有例外

放弃安逸走入军营的地方大学生，无疑内心涌动着澎湃的激情。因为部队对高学历人才的渴望，因为招收大学生方式的特殊，很容易使大学生产生莫名的优越感，而理想与现实并不是一回事，又很容易让大学生产生难言的失落感。在作战单元这个平台上，大学生要找准定位，知彼知己的冷静者尤为可贵。如同任何一个职场那样，成为一个真正的军人，不会因为你是大学生，标准就降低一丝一毫。

马成效将军的军旅经历是丰富的。他由青海民族大学本科毕业入伍，曾经历 18 次岗位变动，也曾 8 次入校深造，获得过战役指挥学硕士、战略管理学博士，年仅 40 岁就被任命为一个现代化集团军的参谋长，后来又担任集团军的军长。尽管肩头缀着将星，马成效对基层官兵的感情仍然深厚，每到一地总是扎到班排，看望军队的最小单元。别小看排长这个职位，它是大学生的第一任职，大学生的又一个课堂。

1985 年盛夏，马成效来到南疆某步兵团七连，当了一个代理排长。刚经受了一年的部队高校的严格锤炼，使他平添了军人的气质。不过，入伍前四年的地方大学的知识熏陶，还是使他思维模式呈活跃的状态。站在连绵起伏的墨绿群山之间，那些读过的铿锵诗句萦绕在脑海，激荡起年轻人特有的壮志情怀。

当时马成效21岁，排里的40个兵，也都是20岁左右。有的比他大些，爱摆个老资格，有的比他小些，喜欢向他求教。马成效谦虚而包容，对老兵非常尊重，对新兵倍加呵护，大家很快接受了这个没有架子的排长。他细心地观察到，平时或骂骂咧咧或牢骚满腹的战士，无论扛弹药还是挖掩体，没一个是孬种。

农历八月十五日是中秋，后方万家灯火的团圆之夜，马成效和他的兵守在前线阵地上。查过哨就钻进猫儿洞里，饿了就啃几口硬邦邦的有些发酸的干粮。跟着马成效的通信员梁尔青，刚满18岁，是个高高大大的山东娃，跑起山路像走平路似的飞快。他端着搪瓷碗，用树枝生火，变戏法似的变出一碗热腾腾的大米饭，送给排长吃。他还说，他最拿手是做面食，打完了仗，他要给全排包顿饺子，露一手。

马成效的母校——青海民族大学，以出人才出干部而闻名，他的同学大多走进了各级党政机关，踏上了前程远大的美好仕途。而他这个高才生，从黄河岸边到南疆前线，只是千军万马中最小的指挥官，和来自五湖四海的士兵待命出击。子弹不长眼睛，他知道，取得战斗的胜利，靠的是全排的战友，每个人都面临生死考验。一旦战斗打响了，排长和兵一样拎着脑袋，只要一颗子弹，生命就会戛然而止。

长这么大，马成效头一次在南方过冬。北方已是枯叶满地的寒冬，南方仍是绿树浓郁的季节。那是一个初冬的淡雾笼罩的清晨，步兵团受命向敌人阵地发起团进攻。马成效接受的任务，是带领全排抢占1172高地，俗称"拔点战斗"。一座孤零零山头，守敌居高临下，封锁了所有上山小道，四周茂盛的林木丛遍布地雷。指挥部命令炮火袭击，掩护步兵突击。一顿密集的炮弹在山坡炸响，随后炮火向山顶延伸。马成效和战士们跳出战壕，按照事先拟定的队形，端着冲锋枪冲上了崎岖的山路。

　　然而，猛烈的炮火只是炸翻了表面的工事，尖刀班很快就碰上了麻烦。被炮火打懵的敌人惊醒过来，依托残缺的工事和暗藏的火力点，向下射出了密集的交叉火力。马成效看到战士一个接一个倒下来了，心里头在流血。他把三个班长招拢来，布置交替掩护，继续发起冲击。当他带着一个班跃起奔跑的时候，身边的通信员梁尔青突然猛推他一把，他一个趔趄摔倒在地。此时，近处一阵天崩地裂的爆炸声浪，强大的气流削断树木掀起了一大团杂叶，他的身上落满了厚厚的一层尘土与石块。

　　等马成效睁开眼睛环视四周，看到了一张他最熟悉的脸在流血，通信员梁尔青倒在了血泊中——只有 18 岁的梁尔青牺牲了。马成效杀红了眼，但是理性提醒他，要勇敢还要智谋。他和老兵分析敌情，调整了火力和兵力。密集的子弹打着树叶乱飞，火箭弹砸向敌人残存阵地，他指挥全排交替前进。到了最后的开阔地，他一跃而起，用嘶哑的声音大喊，跟我来！冒着飞溅的枪弹勇猛冲锋，冲上了制高点。

　　战斗胜利结束了，这胜利付出了血的代价。马成效和剩下的士兵衣衫褴褛，烟熏火燎的脸上却是坚毅无畏的表情。清点人数，全排 40 人，牺牲 16 人，连负伤的在内，活着的 24 人。他守在梁尔青等 18 位烈士身边，一遍遍地叫着他们的名字，泪流满面！踏着死神的阴影走来的马成效，已经忘了大学生的身份。社会上有人叫穿军装的是"傻大兵"，他宁可是"傻大兵"的一员。在残酷厮杀的你死我活的战场，文化的多少、学历的高低被汗水淡化了，他们只是生死兄弟，只是一个称职的军人！

　　战后评功，上级指名要给马成效记功，马成效死活不要，都给我们的烈士吧。上级明令不行，至少要给马成效记三等功。有人说，不想当将军的士兵不是好士兵，或者说，不想当将军的排长不是好排长。马成效当时没想过当将军，想的是当好这个排长，因为他的排里每一个兵都是英雄，有鲜血与生命为证。

　　马成效从一个优秀的排长开始，立志要研究军事，而且要成为军事专家。他一步一个脚印，扎实地留在和平与战争的分界线上。无论担任多高的职务，他都会想起南疆战事时牺牲的战友，那些几小时前还谈笑风生、战后却躺在青山绿草之间的英雄。对战争负责，就是对和平负责，这是他履行军人职责的内在动因。

1987 年 5 月的那个清晨，27 岁的刘茹像一个出征的士兵，拎着四四方方的背包和一网兜杂物和脸盆，坐进了一辆军用卡车的驾驶室。载满物资的卡车是老式的嘎斯 69，像一头蛮牛似的喘着粗气行驶在崎岖不平的盘山道上。三个多小时七上八下的颠簸，坐在副驾驶位上的刘茹，俏丽的脸庞早就由红而白，胃里折腾得倒海翻江，只能请驾驶员停车，一次又一次让她弯下腰在路边上狂吐……

说起进山晕车，刘茹一笔带过，自从她决定到基层任职，就做好了吃苦的思想准备。她记忆中最深刻的，还是军营里最质朴的情谊。她说，我一路颠簸来到大山里的修理所，一下车，就看到老首长单启虎领着全所 40 多号人，一起迎在大门口，脸上挂着笑，亲的哟！第二天一早打开房门，门口放着大伙儿送来的蔬菜和鸡蛋，多得几天吃不完。我跟邻居们学着种菜、养鸡，比我下乡当知青的条件好多了。

告别大城市的刘茹一头钻进了山里。因为 20 世纪 70 年代的战备环境，这个军械修理所建在皖南腹地，一个前不挨村后不挨店的小马山。单位也很小，虽然是军械修理所，只有独立营的建制。而刘茹，则是修理所分来的第一位地方大学生。几年后，修理所并入雷达仓库，也是一个基层单位，她也从没想过跳槽。

就凭南京大学名牌大学生的资格，刘茹要领导照顾也在情理之中，而她放弃留在大机关的机会，主动要求到最基层的修理所，这份"照顾"无疑闪烁着从军报国的理想火花。直到我采访刘茹的时候，她在基层岗位一干就是 25 年，仍然保持着如初的执著劲头。刘茹没有任何作秀的成分，她根本不想宣传自己，对所有的采访都本能地抗拒，只是领导下了命令，说采访你是组织的决定，她才不得不接受。

刘茹告诉我，我们原单位分流人员的时候，正好我教过的一个学员，就是后勤军械部的助理员。听他说，军械系统有个修理所在皖南，专门负责给部队修雷达，特别需要技术骨干。我一听觉得蛮对路的，找了关系才分过去的。

说到"关系"，很少有人像刘茹，从好地方往差地方调。我问她，何以"眼睛朝下"，看中了这么个小单位，她并无豪言壮语，只是说，我想我学的专业知识，到这里肯定能为部队服务，那时找领导提要求，我也这样说的。

刘茹说，刚看到雷达这个名词，心里真的发慌。我有个毛病，就是遇到新知识，弄不懂，就非常着急。一上班我跑到车间，怎么空荡荡的，一个人都没有。一问才知道，修理所的技术人员下部队了。等装备运进所里大修的时候，各道工序都不能少，车间里日夜忙碌，直到半夜还灯火通明。我知道所里的业务缺人手，赶紧向老所长单启虎要来资料，一点点地钻研。毕竟有大学的专业基础，很快进入了状态。

刘茹说，虽然身处基层，我也感到了新技术浪潮的冲击。当时计算机在部队的应用刚起步，维修保障大多依赖地方。不仅花费大，保障不及时，还容易泄密。有一天，某部两名基层干部乘火车，倒汽车，换"摩的"，抱着一台有软驱故障的计算机，千里迢迢来到修理所。可我对计算机略知一二，只能实话实说，帮不上忙。他们一口水没喝就匆匆离去，那种恳切的目光和失望的眼神，让我无地自容。

当刘茹听说，雷达仓库奉命筹建首个计算机专修室，她主动请缨，参加全军计算机维修专业培训，承担起牵头筹建任务。她发现，计算机软驱故障多、维修难，而一台进口检测设备的价格很昂贵。她日以继夜地攻克这个难题，成功研制出"某型软盘驱动器测试仪"，解决了微型计算机磁盘驱动检测维修难题，通用性和性价比明显优于国外同类设备，获得了军队科技进步奖，还参加了全国新产品推荐会。

刘茹主持研制的这一款新型测试仪，使生性敏锐的大公司老总嗅到了商机。老总与刘茹面谈，许以高薪相邀，刘茹不为所动。一样做技术，你何必守着清贫？刘茹说，要那么多钱干什么？以前过年才吃上一顿饺子，现在家里冰箱好几包速冻水饺，可以天天吃，天天像过年。在军营里的成就感，多少钱也无法替代。

其实，刘茹所在的修理所扎在深山老林，绝非世外桃源，工作与生活的环境，都与大城市没法比。她主动下基层的时候，就心知肚明，小马山在一片大山深处，吃住行肯定很困难。离县城很远，烧的也是柴火。这是一个留不住人的单位，有的技术人员想调走，见刘茹乐呵呵地上任，感到有些不理解。刘茹觉得，虽然有技术却没事干，原因在于高不成低不就，不如把自己放得很低，岗位比条件更重要。

刘茹不只自己来了，还动员同为军人、在机关任职的丈夫夏晓鸣也来了。夏晓鸣是刘茹在南京大学的同学，专业知识很扎实，也申请调到修理所做技术工作。时常，两口子在修理车间忙活，年幼的女儿在车间外跟小鸡小狗玩耍。

刘茹告诉我，现在回想起来，我太胆大了。女儿1岁多，就带过去，也没时间给她做好吃的。如果在大城市，孩子成长的环境好得多。有一天晚上，女儿嘴巴里突然有血，也不知道是口腔出血，还是牙龈出血，就是止不住地流。我们傻傻地看了一夜，心里挺害怕的。部队卫生所的医生也不懂，天一亮我们赶紧到一个10公里外的小镇，找了个牙科医生，查了一下，才知道小孩的凝血功能比较差。我摇了电话，给当医生的父母说，他们要我观察观察，后来吃了点止血药，就好了，真有些后怕。

当时还真没觉得苦。刘茹说，我们经常下部队，走到哪里都特别受欢迎。尤其是计算机维修，那时候计算机是贵重物品，部队计算机坏了要通报的，谁都不敢动，我们一到就像救星来了似的，那样的场景让我揪心。人家把你供得像神一样，但你是不是神啊？能不能解决问题啊？我记得到某师修理计算机，他们激动啊，好饭好菜地招待，我中午在修，部队派了两个干部，坐在边上等你需要时帮忙，他们非常困，头一低了就挣扎着抬起来。我劝他们别管我，休息一下，他们就是不听。我能感觉到部队对科学技术的渴望，也能感觉到部队对技术人员的尊重，我被感动得几乎要掉眼泪。

也有的同事会说，刘茹，你来自大城市，为什么不去好的地方，跑到这个大山里来。刘茹笑着回答，你们能过这样的生活，我为什么不能过这样的生活？在刘茹的印象中，家家都是这样，都是这个劲头，并没有谁特殊。

刘茹说，我觉得修理所这个群体，默默的奉献还是蛮大的。现在都想为小孩找个好的学习环境，当时我们没那个想法。我女儿该进幼儿园了，没幼儿园，只好放在外面玩。老所长单启虎的孩子寄养在南京哥哥家，他就不能自己照顾了。像单启虎这样的同事特别多，留在山里的孩子该上学了，比如工程师邓龙峰的孩子，只能上村办小学，一个教室教一、二、三、四年级，也就是乡村普遍的复式班。好多家的孩子都在农村小学待过的，不正规的教育质量，耽误了孩子的早期学业，谁也没有提出异议。

世界新军事变革的浪潮扑面而来。虽然身处基层，刘茹也强烈感受到这股浪潮的气息。在真心向往的装备世界里，她摸遍了各种型号雷达的仪器仪表，弄通了计算机的零件、线路和工作原理，搞懂了物联网技术，看清了作战前线的新需求，研发了信息化维修保障平台，攻克了实时感知装备信息的大难题……

当记者采访刘茹的报道发表后，刘茹对我说，我学的专业能为部队服务，就是没浪费，也是我的兴趣所在。他们描述的熬夜是事实，但那不是很正常的吗？说到加班加点，不是你付出多少，而是你该做多少，没做好就要挤些休息时间，这不是一个军人的基本职责吗？记者写我，说"基层成为刘茹美丽人生不变的底色"，可是，所有的军人都一样的啊，我身边所有老同志，他们能做到，我为什么不能？

在上海警备区特警团，我采访"南京路上好八连"，这是一个享誉全国的英雄连队。连队几十年如一日，为老百姓做好事的故事，上报纸，拍电影，早已为人们所熟知。毛泽东当年题写了著名的《八连颂》，其中赞扬他们"拒腐蚀，永不沾"，还赞扬他们"军事好，如霹雳"，可见好八连的好，就有全面过硬的意思。

参观八连的荣誉室出来，烈日炙烤着没遮没盖的训练场。我看到一片褐色的沙土前，竖立着一道六层楼高的模拟墙，有窗户，有水管。一群穿着迷彩服的军人背着枪，在练习徒手攀登墙体。几根晃来晃去的麻绳从楼顶垂落，一个又一个矫健的身影接连而上，手拽绳索，脚登墙面，像壁虎似的吸在上面，不一会儿就攀到了顶端。看得出，他们不甘示弱，你追我赶，给一个日常的训练课目带入了活力。

刚才攀登在前面的第一梯队，接二连三地沿绳索滑落。打头的中等个子的军人，和其他人一样，迷彩服被汗水浸透，像从水里捞上来似的。身背的枪械闪烁着幽幽的光，脚踏着一双黑色高腰皮靴，这么热的天气仍然一丝不苟。他的方脸庞晒得黝黑，只有眼睛仍然非常明亮。他就是刘金江，我要采访的八连连长。

在"好八连"当连长，绝不是件简单的任命，不仅团党委要反复酝酿，连上海警备区首长都要过问，因为八连可是全军瞩目的荣誉单位。我感兴趣的是，刘金江是一个地方大学生，也是特警团第一个地方大学生连长，他为什么能有过硬的军政素质，能在层层考核中过关，并能在同级别的军官中脱颖而出？

刘金江是山东郯城人，就读于山东理工大学机械设计系。2004年毕业前夕，部队到这所地方高校征招大学生，在这一届上百名报名者中录取了两个人。刘金江的成绩优异加上喜欢踢球和社会活动，以体格健康而又阳光开朗的形象，成为其中之一。他被分到上海警备区特警团，报到的时候才知道，军营就是军营，繁华与之无关。这里的每一个军人，都要丢掉任何幻想，准备接受最严格的摔打。

与刘金江一起到特警团报到的，有来自各大地方高校的七名大学生，他们将从基层干起，职务一律是排长。排长跟兵同吃同睡同操课，显然对大学生是一个挑战。他们中有一个学兄，以为到上海会很舒适，一看军营的氛围，一听训练的标准，脸色顿时变了，当晚就提出毁约，不愿意留在部队。这位学兄也有过激情的慷慨，却在现实面前退缩了。刘金江想起了学校里的那句话：困难像弹簧，你弱它就强，你强它就弱。特警团上上下下这么多官兵能当强者，大学生为什么不是强者？

在参加新排长集训队的时候，24 岁的刘金江虽然不是文弱书生，但仍显得热情有余而底气不足。同样将担任排长，地方大学生和军校生的区别是明显的，各项军事课目的训练与考核，刘金江时常落在后头。尤其是五公里武装越野，比的是耐力而非爆发，他的成绩是倒数。教练毫不客气地加练五公里，羞愧与难受的感觉实在不好过。你既然戎装在身，标准就是战场的需要，没有人可怜你，也没有人同情你。刘金江不断地给自己加压，迎接所有的挑战。最后结业考核，他成绩达到中上等的水平。

此后，刘金江扎扎实实当排长。在这期间，选调石家庄军械工程学院学习步兵武器专业一年，回来继续当排长。2007 年 2 月，刘金江被派到警备区教导大队学习参谋业务，被评为"优秀学员"，随后调团司令部作训股当参谋。一直到 2009 年 7 月，其间在南京陆军指挥学院参加了为期半年的合成参谋集训。随后，被提升为六连连长，接着调到八连当连长。这是个最重要的连长，没有两下子不敢当。

刘金江一上任，就感到"南京路上好八连"的荣誉来之不易，几十年如一日做好人好事，尤其是爱心接力，感动着社会也感动着连队。南京路一个社区的弄堂里，住着从小患小儿麻痹症的居民胡红根，连队与他相识要追溯到 1976 年。那时，连队战士到小学当课外辅导员，胡红根还是五年级学生，看他生活难以自理，连队结对帮扶，一帮就是二十多个春秋。一茬茬的官兵跟他就像一家人，有什么事一喊就去。比如帮他洗澡，要一个人架着他的脖子，一个人托着他的身子，就这样，一代一代地洗下去。

刘金江说，胡红根已经 57 岁了，而且身患多种疾病。他说他的生命不会长了，但他非常乐观，逢年过节都要给我们发短信，喜欢到连队来跟大家说说笑笑。我们都愿意帮他做些事，他接受了。有时大家也捐些款，他不要。按年纪算，他是长辈，我们应该管他叫胡伯伯，可是他管我们叫解放军叔叔，哪怕是再小的战士，他说喊习惯了。正是像胡红根这样的老百姓，使我们懂得人民的分量，我们为了谁，我们保卫谁。

刘金江任八连连长时，正赶上这支荣誉连队受命调整训练任务，从步兵训练向特种训练转换，立足于执行城市的相关任务。他在全连大会上提出，革命传统不能丢，军人使命不能忘，好八连要成为一把锋利的钢刀！原先八连的训练成绩不突出，究其原因是体能比较差。刘金江广泛征求大家的意见，针对不同的对象采取不同的方法，引进了田径队推广的 12 分钟跑训练法，整个连队训练状况大有改观。

我在训练场上看到的一幕却不是传说，似乎告诉我"飞檐走壁"并非神话，而是军人最实在的军事技能。刘金江和我握手时，我感到了他手掌心的粗砺。他和所有的人一样，训练服湿了又干，干了又湿，挂上一块块泛着深色的汗渍。他每个课目都示范在先，能喊出"向我看齐"，也确实有他的底气。再苦再累，他都不放弃体能锻炼，终于由弱而强，在全团的连长岗位上，他的训练考核排在前三位。

如果说，在大学时想当一个社会上的强者，那么今天，他要当一个军队中的强者。在刘金江看来，连长就是连队的标杆，示范就是精神的传递。是不是完美是一回事，敢不敢示范又是一回事。既然到了连队带兵，就要带出能打仗的兵。一旦战事需要你，那只有敌我之分，不会因为你是大学生，就可以放你一马。

无情却又有情

坦率地说，对于入伍的大学生而言，带兵比训练更艰难。部队是一个大家庭，所有的成员来自五湖四海天南地北，家庭背景、文化程度、性格特征和资格深浅各不相同，却要天天吃在一起、住在一起、干在一起。而大学生一到部队当排长就要带一批兵，如何跟各式人等打交道，这一道没经历过的难题是回避不了的。

是啊，在高校里的大学生之间，可以近，也可以远。看得顺眼的，就多说两句；看不顺眼的，就不用理睬。躲进小楼成一统，管他春夏与秋冬，甚至是一种别致的风范。只要学问做得好，得罪人也没啥。而部队每一个单位都是一个作战单元，平时完成任务靠齐心协力，战时冲锋陷阵靠生死相依，讲的就是深切的战友情。说白了，你看得顺眼的，要讲团结；你看不顺眼的，也要讲团结——战友高于一切。

前面提到的大学生排长朱森源，一到连队和老兵傅尔江有过节，傅尔江自愧不如，生怕新排长给他穿小鞋。以朱森源在大学的脾气，你敬我一尺，我敬你一丈。你这个老兵跟我过不去，我可以把你晾到一边。然而朱森源在连队做事的群体气氛中猛醒，一个排就是一个拳头，多一个战友比多一个敌人更好。

朱森源学会了军人的大度，不计前嫌，还是把傅尔江当兄弟。傅尔江比朱森源大两岁，新婚妻子来队探亲，营区宿舍紧张，找不到地方住。朱森源去找连长想办法，连长掰着指头算了半天，也找不到一间空房子。朱森源想到副指导员休假，他的房间空着，连里同意借给傅尔江夫妇住，让傅尔江大为感动。

后来傅尔江母亲病重，家庭经济状况捉襟见肘，朱森源知道了，发动全排为傅尔江捐款。当朱森源把一摞钱递到傅尔江手上的时候，傅尔江热泪盈眶。当时部队没加工资，上千元是天大数字，更包含着全排兄弟一片真情。

朱森源跟傅尔江诚恳地交心，相约把二排带成一个先进排。那以后，傅尔江一改"老兵油子"的疲沓毛病，换了个人似的振作起来。轮到二排担任连值日，排长因公出外，傅尔江主动代理，顶上去安排工作。有个兵一度消沉，朱森源谈心不见效果，傅尔江就配合排长，从侧面了解他的想法。原来这个兵是孤儿，缺乏家庭温暖，班长排长和其他战士一起鼓励他，这个兵的脸上终于有了舒心的笑容。

朱森源对工作的热情和肯钻研的劲头，被机关领导看中，他先后被调到团组织股、师组织科任职。再回到连队，是朱森源从校园到兵营的 5 年之后，他担任了某团炮一连指导员。他接手的连队，不久前出了一起重大事故，正在士气低落中徘徊。朱森源说，事故已经过去，一切重新开始。骨干说，指导员，别忙活了，我们旁边炮二连是红军连队，到年底，先进连队绝对是他们，我们连干好和干坏，结果都是一个样。朱森源和连长李孝利商量，要找回集体荣誉感，重塑炮一连的形象！

前任指导员要走了，连队一蹶不振，他心里有愧。他打算整理行装，悄悄地离开，朱森源诚恳地留住了他。正好连长家属来队，炒了几个菜，朱森源和连长为老指导员饯行。朱森源恳切地说，你毕竟是一任党支部书记，没有功劳也有苦劳，你给我们全连官兵讲讲话，提点希望，也是我的最后请求啦。

那天炮一连集合，为老指导员送行。在热烈的掌声中，老指导员感慨地说，感谢连队党支部，感谢朱指导员，给我这样一个机会，最后讲几句话。我从排长、副连长到指导员，干了这么多年头，炮一连就像我的家，可是我对不起大家，没把连队带好。希望新一任班子重新开头，带出一个优秀的连队来！

朱森源接着说，人要有名气，连要有士气，我们连队不服输，我们每个兵都是好兵，我们要让老指导员放心，炮一连是好样的！

给我们的老指导员，敬礼！

面对全连列队的欢送，老指导员眼里闪着泪光。在这个冷冷的冬日，每个人的心里都燃起一团火，男人的血性在奔涌！

连队的精神面貌为之一振，朱森源头脑依然冷静。大学生的公平公正意识，使他思考连队的奖惩机制。都说榜样的力量是无穷的，干好了，没及时表扬，评优秀士兵、立功受奖没份儿，哪能调动积极性？干错事，要是不敢管，哪能教育大家？

朱森源是大学生，理想大于现实。连长是部队生，洞悉战士心理。他们取长补短，有了增强连队凝聚力的共识。从集合整队到环境内务，炮一连就是你的家，连队好了才有你的一份。连队建设搞不好，个人进步也没戏。

朱森源抓了两个典型。

有个老士官不请假外出，连长晚点名批评他。当时他没吭气，晚点名结束他就找连长理论，我女朋友来了，去一下有什么关系啊？连长说，不管谁来，你不请假，当然违反纪律。老士官火冒三丈，跟连长争吵起来。朱森源并不因为老士官就放他一马，连夜召开支部党员大会，让大家评一评，这样的党员合不合格？

不论新兵老兵，包括我在内，谁也不能违反纪律！朱森源的不马虎，给全连所有的人上了一课。连长因朱森源的"火力支援"树立了威信，而那个老士官，也在深刻反省中得以重塑自我，懂得了严谨自律的意义。

如果说，那个违反纪律的老士官是一种典型，那么，名叫萧凌云的战士则是另一种典型。他当炮手，每次考核都是优秀。当饲养员，用烧开的水给猪喝，把铺盖卷搬进猪圈，夜里起来喂猪食。兼了营房管修员，凳子、桌子、门窗，他都拎着工具箱一一修理。他请事假回家，还带来包菜种子，撒进连队菜地。

朱森源对大家说，什么是以连为家的典型？萧凌云就是，他是我们连队的标杆。萧凌云被评为"学雷锋标兵"，照片上了光荣榜。

这一年要转士官了，许多人到处找关系，有的通过机关领导，打电话给朱森源。全连军人大会上，朱森源说，战士选士官，必须全连投票。要把士官选精选强，连队风气正不正，就看是不是把最好的兵留下来。

朱森源话说得理直气壮，能不能做到？炮一连的兵都在观望。连队真的做了投票箱，公开投票选士官。萧凌云以全连最高的票数，列入士官候选名单。当年连队只转一个士官，就是萧凌云，大家口服心服，落选者也没怨言。

后进连队不再落后，首先在于不甘落后。炮一连的士气大长，沉睡已久的活力迸发而出。年度实弹射击打出了首发命中的全优成绩，达标为"军事训练一级连"。朱森源被评为优秀基层干部，晋升为团政治处组织股股长。

如今，朱森源担任了某防空团政委。正因为自己是地方大学生，他给新来的大学生军官讲课时常现身说法，讲自己的亲身经历，那些刚到军营的学弟们听得津津有味。他告诉他们，大学生到基层任职，要有智商，也要有情商。自以为聪明的人，往往并不聪明。万丈高楼平地起，懂得战士才能懂得部队。

军营与校园的反差，恰恰折射出了当今教育中的一个弊端，那就是情商的缺失。重视智商本身并没有错，高学历可以与高智商挂钩，却未必与高情商有关。市场经济的竞争之严酷，聪明人与聪明人的较量，固然带来更多的理性，但不应该排斥沟通与关爱。善待别人，尊重别人，与别人合作，同样是一门科学。

与同龄的兵相处，从来就很自我的北大学子杨洋，也曾经茫然过。他当排长，虽然在军事技术上出过洋相，但很快后来居上，底子在那里，难不倒他。只是论起管理，对于自己能管好自己就不错了的大学生，实在是无从做起。杨洋把顶头上司连长王君，当成了人生导师，王君帮他补上的正是情商这一课。

杨洋告诉我，王君是我非常佩服的连长，军事技术过硬，作风雷厉风行。我从班长对连长的信服，能看到连长在连里的威信。记得，那时王君推心置腹地和我说，别看排长这个官最小，可以说是最锻炼人的岗位。你一个排长管三个班，这三个当班长的老士官，你得琢磨透了，他们服你，你才能把全排的兵带好。

那天在训练场我采访连长王君。他是山东胶东人，2002 年毕业于南京炮兵学院，历任排长、参谋、副连长、连长。2008 年他刚当连长，带领炮兵连在外训练，家里留守人员通报情况，说分来两个新排长，其中一个是军校生，还有一个是北大学子。王君一听很吃惊，当时他对杨洋不了解，总觉得 80 后大学生对吃苦是很排斥的，来部队的大学生成长经历不一样，能吃得了苦的发展的路子越来越宽，吃不了苦的在今后的日子里就想转业。他想杨洋既然是北大的，或许吃不了基层连队的苦。

王君所说的苦，包含着多种含义，有体力的付出，有环境的适应，还有官兵的相处。王君很快就看出，北大的光环是易碎的，但北大出来的杨洋却是坚韧的，从不摆名校大学生的谱，苦啊累啊都难不倒他，只是对连队不熟悉，带兵的招数不多。去年退伍的一个老士官，曾经以不认同的口吻，跟王君说到杨洋这个新排长："新排长看起来太文绉绉的了，说话细声细气，不像我们吼一嗓子就出去了。"王君告诫老士官，要支持新排长工作，不许给杨洋出难题，他半开玩笑地说，否则我饶不了你。

王君当排长的心得，如实说给杨洋听："老班长给新排长出难题，太平常不过了。当初我从军校毕业，分到雷达站当排长，一个老班长是排里资格最老的 8 年兵，几乎不用正眼看你，神情就是不把你放在眼里。饭桌上，我和他开了个玩笑，他马上拉下脸，叫手下一个兵把我碗扔了。我没发火，买一个碗来，第二天又被他扔掉了。这事不大，刚来我夹着尾巴，不和他计较。后来我在训练上露了一手，这个老士官对我改变了看法，他是连队技术最精、素质最好、能力最强的班长，最不容易服气谁。怎么样，老士官的招数，无非是把排长的碗给扔了，我经历过，估计你还没有碰到吧?！"

杨洋是个聪明的人，听出了王君的弦外之音。其实，这是杨洋有生以来，第一次与文化层次不同、个性如此悬殊的同龄人在一块生活。王君有意识地把任务交给杨洋，让他带领全排先行开辟指挥所，在射击演习中设立前观点，让杨洋在组织指挥中增长才干。王君欣赏杨洋的，是训练场上能和战士一起流汗，主题教育演讲比赛能主动请缨，交给他的工作他都愉快地接受，不管多难的事都不皱眉头。新排长遇上老班长，难免磕磕碰碰，而杨洋以他的阳光心态，坦荡地善待每一个人，无论是老兵，还是新兵。

直到这年老兵退伍之时，杨洋作为排长，给排里4个老兵卸下领章帽徽，戴上大红花，肩并肩地合影留念，所有的人都感受到了难舍难分的战友深情。临别前一晚，老兵捆打背囊，杨洋把自己的床铺让给退伍老兵，自己和其他战士挤在一起睡。有一个退伍老兵拿着可以带走的老式军装，让排里的战友每人都留下自己的名字，当杨洋也在上面签名的时候，想到军营中的朝夕相伴，泪水夺眶而出……

当杨洋的训练成绩开始突飞猛进的时候，不熟悉的人会说，到底是北大的，人家就是聪明过人。但熟悉杨洋的人都说，在同一批的新排长中，他那么有钻劲，又那么有韧劲，即便不是北大出来的，也肯定能成功啊。2009年12月，他参加集团军组织的炮兵新排长集训，连续3周蝉联训练总评成绩第一。杨洋不是用他的语言，而是他的行动，证明了大学生能够融入似乎无情的部队，也证明了他在北大没有白读。

2010年7月，他被调到旅政治部机关，成为一名组织干事。就在我离开某炮兵旅的前两天，旅党委任命杨洋为某炮连的政治指导员，那是一个科技含量颇高的连队。23岁的杨洋和连长一起，扛起了全连教育训练的重任。

分别之前，我和杨洋又作了一次长谈，听他讲述他的理想与抱负。当我重提他当初想当将军的志愿，他不好意思地笑了，说那时才到部队，什么也不懂。我问他还这样想吗，他说不啦，现在就想脚踏实地，做好一个军人，带好一个连队。

说到自己在北大的数学专业，杨洋并不后悔曾经的执著。他说，虽然有些基础知识我用不上，但数学的思维模式对我帮助很大，特别是理性归纳思考的方法，看待事物客观公正的态度，都是其他专业学科比不了的。学习效率也得益于大学带给我的启示，像参加政治机关比武，正是善于总结方法，我才拿到第一的。还有相互的沟通与协作，在大学里导师也强调过，但我到了部队才真正有所体悟。不管走多远，不管做什么，我想北大都将是奔跑的起点，而不能成为自满的理由。

有情有义，肝胆相照，是对一个军人的至高评价。然而，什么时候该无情，什么时候该有情，又有军人特有的内涵。我在福建省军区某部采访熊绍青，他时任海防七连连长。我从他的身上，看到了无情，那就是以实战为标准，不当和平兵的艰苦磨砺；也看到了有情，那就是以连队为起点，助每个兵学有所长。

熊绍青被任命为连长的时候，着实有些激动。倒不是因为职务提升得快，因为与他差不多资历的，当正连职的并不少见，而是这个连长上面左挑右选，是要能挑大梁的。熊绍青出生于 1979 年，1999 年考入南昌大学计算机系，2003 年毕业后入伍，曾担任排长、副连长、参谋。七连常年驻守在西洋岛，一个站在大陆海岸一眼看不见的小岛。岛上只有七连一个建制连，熊绍青也就成了岛上的最高军事长官。

2008 年元旦刚过，熊绍青乘着数天一次的补给船来到西洋岛。他登上哨兵站岗的山头，海拔两三百米，四周一团团雾气飘浮，能见度只有 5 米，远不像诗人笔下那般浪漫。冬季的海风凛冽刺骨，穿过树丛枝叶发出刺耳的啸叫，在岛上大家没人奇怪。一个退伍兵回连队探望，说海风还是这样恐怖，仿佛鬼哭狼嚎。

此时，闽南沿海改革开放的热流滚滚，日益富足的城镇已色彩斑斓。相比之下，在西洋岛上的驻守太单调了。"晴天无雨八级风，坐船上岛肚吐空；打次电话喊破嗓，搬运东西靠肩扛。"多少年总结的顺口溜，每一句都有艰辛。那时给养船一周上岛一次，订阅的报刊杂志由"日报月刊"变成"周报季刊"。闭路电视信号也时断时续，看新闻都难。是啊，能在寂寞枯燥的海岛坚守，真不容易！

熊绍青走遍小岛每个角落，他看到，这里远离都市的繁华，官兵并没有松懈，曾经将一袋一袋水泥、沙石从码头扛上来，一砖一石地砌成了半山坡上的营房。熊绍青和指导员合计，把七连一茬茬"老海岛"的故事整理成文，装订成册发到班排，激励官兵的守岛热情。然而，熊绍青仍然感到一丝隐忧。虽然七连在历史上有过"钢七连"的美称，扎根海岛屡屡受到上级的表扬，但连续三年了，连队军事训练成绩平平。历数连队荣誉室的奖状，或是后勤建设，或是行政管理，唯独与训练优胜无缘。

熊绍青对大家说，在小岛上安心是前提，但我们是军人，不仅要安心，而且要尽心，就是要牢记军人的职责，时刻准备履行保卫国家的使命。对于现有的武器装备，你是不是精通？一旦有事，你能不能冲得上、打得赢？

听起来有些无情。熊绍青用准备打仗的眼光看小岛，无疑有了危机意识。岛上地无三尺平，连一个像样的军事训练场也没有。要知道，基础训练是需要量化的，没有规矩不成方圆，熊绍青这个连长急得上火。其实，上级也做过调研，只是岛上一向没有大型机械设备，这么大面积的场地怎么清理？他想到了借力，那就是连队所推崇的"老海岛"的精神！当年建营房，不就是用镐锹、用肩膀，才在创造了奇迹的同时创造了连魂吗？他说得激烈，全连百来号人听得热血沸腾，不等了，干！

《孙子兵法·计篇》曰"多算胜，少算不胜"，即作决策要周密思考。熊绍青对训练场的改建就是"算"在先，精心筹划，众人完善。吊车、卡车、推土机等上不了岛，从开工那天起，所有的人就没指望任何起吊工具。还是七连的老办法，用十字镐砸，用圆头铁锹铲，硬是在起伏不平的山坡整出了一片平地，挖了一条又一条的战壕。最忙的，还是一身汗一身土的熊绍青，他是一个不好对付的监工，眼睛比谁都厉害，不达标的，对不起，坚决返工重来。全连官兵拧起一股劲，终于改建了一个综合训练场，扩建了一个炮阵地，集技术、战术、体能和射击训练为一体，全部达标。

当不可能成为可能，连队的士气为之一振！在熊绍青看来，自我加压，着眼战争，这就是"老海岛"精神的延续。或许像许多"老海岛"一样，他这一任也轮不上打仗，工作量增加几倍，但绝不是白费工夫。不讲情面的拼搏，整出了标准的训练场，也为训练的标准提供了参照。就在这一年，全旅的基层连队野战化驻训考核中，熊绍青获得连长总评第一的好成绩。而七连这个集体，取得建制连 5 个单项第一、3 个单项第二，涌现了一批全能炮手和技术标兵，连队被评为"军事训练一级连"。

就说熊绍青在训练场上有一说一，心肠似乎像石头一样硬，如此严字当头的连长，七连的兵能接受吗？我没想到，七连的兵异口同声——连长很有人情味！原来，熊绍青对大家说，训练场上，我是你们的连长，训练场下，我是你们的兄弟。怎么个兄弟？熊绍青和指导员形成共识，训练之中，要让战士有目标，训练之余，要让战士有奔头。奔头在哪里？就在于鼓励成才。熊绍青像一个老大哥，要求不含糊，七连的兵都要有一个成长的规划："你有特长，就发挥特长。你没有特长，就培养特长！"

也怪了，生活环境还是单调，"特长兵"却生长得挺猛。一到休息日，七连就没有闲人。喜欢运动的，投入桌球、乒乓球、蓝球等比赛；喜欢音乐的，在小乐队里吹拉弹唱；喜欢做工的，集中到木工房练手艺，桌椅板凳都可以在这里修；喜欢读书的，泡泡阅览室，其中有准备考军校的，熊绍青专门上辅导课。计算机是他大学专业，全连有兴趣的人都能听。士官张田进没特长，就是从头学起，当上了连队电脑管理员。炊事班长胡绍虎酷爱唱歌，熊绍青是他的忠实听众。胡绍虎以虎子的名字入选央视"星光大道"，一举闯进了第三关。我恍然大悟，能叫每个兵都有特长，才是熊绍青最大的人情味。

缺什么补什么

中国军队依托地方高校培养国防生，受到西方的关注，外电报道："这是中国军队改善军官素质结构，走精兵之路的一项重大举措。"

放眼世界，纵然是拥有著名的西点军校的美国，陆军军官中 40% 仍来自地方高等院校。美国政府将设立后备军官训练团，作为批准成立综合性大学的前提条件。如今，美军已在 494 所大学设立 533 个后备军官训练团，并在 3000 多所中学和中等专业学校设立军官训练团初级部。据美军公布的统计数字，美军近 80% 的生长军官、现役部队 30% 的将军和 40% 的校、尉军官，出自于地方高等院校的后备军官训练团。美军《海湾战争报告》称，这是胜过西点军校培养军官的最佳渠道。

中国国防生依托培养在探索中逐步完善。南京军区试点的国防生 3.5+0.5 的培养模式，已经在全军推广，即将国防生本科四年在校时间分成两部分，用三年半完成学业，用半年到部队当兵实习，缩短毕业后的适应期。

2011 年春末，树绿花红的季节，我到厦门大学采访国防生。厦大依山傍海，属于公认的环境最优美的大学校园之一，时常遇见各种肤色的外籍教师和留学生，能感受到开放的教学氛围。选培办副团职干事金振宇是 70 后的军校硕士，他告诉我，改革开放中厦门得风气之先，厦大又处在厦门特区的黄金地段，五光十色的繁华就在眼前，对大学生的诱惑很多，需要使国防生有更多的定力。

在校国防生，他们能坚持到底吗？

厦门大学设立了国防生分院，国防生的专业不同，平时上专业课在各院系，只有教育训练集中在一起。以国防生名义举办的集体活动，一次次地强化他们的身份意识。一律留着平头的国防生一看就有精神，抵御诱惑的能力与提高学习能力一样重要，也许自找苦吃，却是当军人必须承受的。

张双中亚，2008 级信息科学与技术学院国防生，1990 年出生，独生子女。问他佩服的人是谁？程磊——也是 2008 级的同班国防生，1991 年出生，独生子女。张双中亚说，程磊是国防生连的"大活宝"，愣头愣脑，说话搞笑。1 米 75 个头，体重才 120 斤。你不要看他瘦，他可全身是肌肉，我们都喊他"钢筋磊"。

"钢筋磊"怎么来的？他刚入学时，体能处于连队的下游水准，他在训练中刻苦，还在课余加练。大一那一年，他每天下午绑上沙袋跑步，天天如此，从不间断。见他绑沙袋跑了全连最后一名，我笑他，本来跑步就不快，还绑沙袋，不就更慢了？后来我发现我错了。接下来明显地看到他的进步，绑着沙袋也能跑进全连前十！等他甩开沙袋，他在前一百米就和大部队拉开了距离，最终拿到全连第一！

不知不觉，程磊从瘦弱变成精干，变化真的很大，练出足足 10 斤的肌肉。无论 3000 米、100 米、引体向上，还是别的体能考核，他都在连队前面。他总是乐呵呵地说："我相信，我能行。"坚定不移地坚持，蝴蝶破茧而出，程磊真的"行"了。我佩服程磊，就佩服他用行动证明自己，不甘人后，永争第一。

郑阳阳，2009 级物理与机电工程学院国防生，1990 年出生。他说，我的腿在训练中受伤了，疼得无法动弹。同学张俊涛主动揽下照顾我的任务，成为了我的"全职保姆"。从一日三餐，到日常琐事，都是他负责。"你坐着，我来！"他将我摁在椅子上，一个箭步冲出宿舍。每次送我去教室上课，下了课再把我送回宿舍。

那几天我要去理疗和针灸，张俊涛细心记下的士司机师傅的号码，打电话请司机师傅把车开到宿舍楼下。治疗室在学院医院六楼，因为是老校区，电梯时常出故障。张俊涛一步步背我上去，跑前跑后帮我挂号、付钱。送我去医院次数多了，我想俊涛也有自己的事情，我却老麻烦他，实在过意不去。于是，有次我没喊他帮忙，自己扶着栏杆慢吞吞地下楼，不巧让他给碰了个正着。"你太不够哥们儿了！"他生气地吼道，"下次不喊我，就不认你这个哥们儿了！"他执意送我去医院，直到我的大腿痊愈。

郑阳阳对张俊涛由衷地感激，可是张俊涛却说没啥。张俊涛也是2009级物理与机电工程学院国防生同一届国防生，1990年出生，独生子女。他父母经商，家庭条件优越，以前在家没有兄弟姐妹，习惯了父母家人的呵护，很少考虑别人的感受。在国防生群体里，他懂得了集体的意义。他说，在大学生里面，国防生的关系最特别了，不只是哥们儿，而且是战友，没有矫情，没有做作，真正像兄弟一样！

吴佳杰，2008级物理与机电工程学院国防生，1990年出生，独生子女。他说，那是闽南的盛夏季节，大太阳从早晒到晚，普通生能在家吹空调，我们国防生顶着烈日进行40公里徒步行军拉练。我原先有些胖，闷热的天气和不短的路程，确实是巨大的考验。最后五公里奔袭，随着一声令下，战友们个个向前狂奔。我渐渐落在后头，双腿像灌了铅一般沉重，前进一步都无比艰难，只能一步一步地挪动。

我大口大口喘着气，眼看支撑不住了，忽然眼前出现一条腰带。"快，拉住！"我抬头一看，是排长邱鑫辉，从军衣上解下腰带伸向我。抓住腰带那一刻，我顿时觉得身体突然轻快起来，一股力带着我一路向前奔。15分钟过去，前方的喘气声越来越重，汗水渐渐浸透了排长的迷彩，落地的脚步声也有些沉重了，可是，他右手始终紧紧抓着那条腰带，看着排长的背影，我浑身涌起了力量，终于冲过了终点……

吴佳杰口口声声的排长邱鑫辉，其实比他高一届，是 2007 级物理与机电工程学院国防生，比他大一岁，1989 年出生，而且，也是独生子女。在国防生完成五公里奔袭任务的征程上，担任模拟连排长的邱鑫辉并没有只顾自己，而是拉着吴佳杰一起冲刺，他的右手被勒出了血痕，却感觉比自己达标还开心！

国防生都有自己最感动的人与事，他们的感动也感动了我这个记录者。某些校园里的自私与自我，时常受到人们的抨击，而他们最可贵的，是在国防生群体中的成长。懂得珍惜学习机会的同时，他们懂得了更多军人应有的品格：懂得合作而不是单干，懂得感恩而不是寡情，懂得欣赏而不是妒忌……

2012 年深秋，我来到南昌，在这个打响"八一起义"枪声的英雄城，采访华东交通大学国防生。我听说，华东交大对国防生培养极为重视，颇有建树。登录华东交大网站可以看到，招收国防生的专业达 12 个，其中有 3 个国家级品牌专业、6 个省级重点建设学科。与许多高校的国防生与普通生同住的状况不同，我在华东交大首先感到眼前一亮的，是学校斥资修建了一栋设施齐全的国防生大楼，连同旁边的国防生食堂、400 米标准田径场，构成了与众不同且自成体系的一个国防生校区。

那天细雨蒙蒙，微风中带着些许的凉意，国防生大楼的楼道里却空无一人。陪同我的选培办干事龚朴，一个具有军校硕士学位的 80 后告诉我，新生军训汇报的阅兵式，全体国防生要唱主角，选培办主任和干事都在现场。我随龚朴冒雨穿过林荫道，来到学校体育场的看台前。只见迎着噼里啪啦的飘飞的雨滴，身着深绿色军装的国防生们精神抖擞，列队站成横齐竖直的方阵。在一片洪亮的呐喊声中，他们用军体拳的一招一式，传达着热腾腾的青春活力，传达着投身军旅的精神准备……

随后，在国防生大楼的会议室，头发湿漉漉的王迎春接受了我的采访。印象最深的，是这位华东交大国防生选培办主任，刚才站在雨中的讲评。他讲的都是问题，有啥说啥，不留情面。我问他，你说的话很重，年轻人能吃得消吗？他说，这就是他们将来要面对的，部队没有说好话的传统，响鼓还要重锤敲。我们说国防生将来肯定行，但是你无法验证。我们能做到的是，国防生不仅将来行，更应该走出校门就能行！

王迎春说话急促，看得出他有很强的忧患意识。听他的话里夹着山东口音，一问，果然出生在山东滨州，黄河入海口的兵圣孙武故里。他1991年高中毕业入伍，读过两个军校本科，在部队基层当过排、连、营主官，2011年6月调任现职。王迎春说到他的老部队，我顿时感到十分亲切，原来就是我采访过的那支著名的"蓝军部队"。强将手下无弱兵，"蓝军司令"王鹏的部下，难怪透出一股军人的硬气。

当我采访这些年轻的国防生时，说起冒雨进行的阅兵式训练，他们异口同声地说，这点小雨算什么啊，大风大雨还照常训练呢！

就在我采访的前些天，9月中旬的一个闷热的上午，按新生军训的课程安排，全校新生在运动场练队列。6000多名新生分成若干方阵，每个方阵的教官都是一个国防生。选派高一届的国防生带新生军训，是这个学校坚持多年的惯例。也许是年龄相近，国防生教官与新生互动良好，哪个方阵都显得士气高昂。然而，天有不测风云，一阵狂风引来一片雨滴，把新生的士气一下子浇灭了。快跑啊，要下大雨啦！新生们哗地四散开去，往旁边的看台下的遮雨走廊跑，有的一口气跑回了教学楼。

突然的狂风暴雨，砸得地面像炒豆子似的此起彼伏的乱响。新生们拍打着衣服上的水珠，叽叽喳喳议论着这场雨真大，幸亏跑得快没被淋透。他们一扭头突然就不说话了，运动场上竟然还有人没跑。所有的国防生，连同选培办领导和干部，也就是准军人与军人们，还站在雨中继续操练，因为没有下达停止训练的命令！

2009级国防生高成凯是模拟连连长，说起来还挺激动：风来了雨来了，普通生可以跑，我们国防生就是不能动。40分钟之后，暴雨停了，训练结束的命令到了。接下去快开饭了，我高喊口令带队伍朝食堂走。看到国防生全身湿透，迈着整齐的步伐行进，路上的普通生一边鼓掌，一边高喊：国防生真棒，帅呆了！

房蒙也是 2009 级国防生，他对我说，我们国防生食堂也对普通生开放，看到我们一身湿军装走进食堂，普通生都放下了碗筷，站起来使劲地给我们鼓掌，还有的女生都激动地哭了。这阵势，我们大四的国防生见过，大一国防生没经历过，也都很激动。我想，这是对我们国防生的鼓励，更多的是肯定与欣赏。

刘杨璐是 2010 级的女国防生，被选中带 11 个新入学的女国防生。她告诉我，只要是国防生，该参加的训练，女生和男生都一样，"下雨天走队列很正常啊，在这里已经算好很多，我们在陆军指挥学院培训时更惨，淋得鞋里能倒出水来。参加合唱彩排那次，我们从礼堂赶回宿舍很晚了，突然雷声闪电，有些女生边跑边哭，还有尖叫的，班长就板着脸训斥，不能够尖叫，你们不是老百姓！后来我们冒雨跑过三公里，经历多了就习惯了。虽说训练标准适当照顾女生，但是我们始终坚持，绝不放弃。"

在华东交大的师生看来，国防生很特别，用他们的话说，叫作"脸色黑红，与众不同"。像这样一场突如其来的秋雨，没有萧瑟飘零的小伤感，只有挑战自我的大情怀，给国防生自己一次感悟，给所有普通生一次震撼。这些 90 后国防生，在父母的眼中还是孩子，却因为选择了从军，已经在承担中成熟起来。

什么样的国防生部队最欢迎？王迎春用一个问号道出了他的思考，他说，我在部队做过国防生的调研，同样是国防生到部队，有的很快适应，有的难以适应。要说成长环境，都是 80 后、90 后，要说学习条件，都是地方高校。我觉得，其他差异不大，区别就在于，有没有军人的品德和意志，有没有压倒一切敌人的战斗力。国防生在校培养，关键就是寻找与部队衔接的结合点，要知道部队任职的真正需求！

我在华东交大采访，就想看看这个"结合点"。

闫荆，1991 年出生，2009 级机械设计制造及其自动化专业国防生。他是个阳光帅气的陕西小伙，他坦率地说，我的性格很外向，上大学被国防生群体气氛感染，喜欢参加各种集体活动，找到展示才华的舞台，也为国防生争光。我代表国防生参加全校歌手大赛，连续两年拿了男生独唱冠军。有穿军装的战友加油鼓励，我好像比别的选手多点什么，更加有底气了。其实国防生也更看重学习，拿奖学金的比例高于在校普通生，我就是每年都拿奖学金的。我感觉，男孩子就该当兵，就该做一个阳刚男。

原先我对国防生了解很少，闫荆坦言，只是看到老家附近的男孩子到部队当兵，去的时候一个样，回来时候一个样，真的变化很大，我就想，我也应该试试。考上国防生，穿上军装很有使命感，开始经历以前没有的事情。要说收获，最大的收获是更像男子汉，也有了真正的兄弟。我非常珍惜国防生集体，这里有团结，有竞争，有比友情甚至比亲情跟珍贵的战友情，最主要的是，有自己的理想。

甄广通，1991 年出生，机械设计制造及其自动化专业。田宇，1990 年出生，电气工程及自动化专业。房蒙，1991 年出生，电气工程及自动化专业。这三个国防生都是超过一本线考上 2009 级国防生的，而且都是独生子女。

甄广通来自山东济南的章丘，他说，家里只有他一个孩子，而当了国防生，就参加了一个很阳刚的集体。我现在能理解学长的话，非常珍惜一起的感觉，一起同过窗的，一起扛过枪的，一起流过汗的。大家都像兄弟姐妹，一起训练的时候，不能让一个人掉队，都伸出手拉一把。比如跑步有团体赛，有的同学跑不动了，跑在前面的，就会用绳子拖着他跑，跑到终点会抱在一起，很激动！

他还说，我原先想，要到部队干，锻炼身体最重要，对学习有些放松。后来和毕业的学长交流才知道，当代军人不是五大三粗的武夫，光跑得快远远不够，掌握知识才能有所作为。我在学习上激励自己——刻苦，刻苦，再刻苦。大一拿到了三等奖学金，后来拿到了国家励志奖学金。学习有了目标，也就有了动力。

田宇的家在辽宁盘锦。他说，我刚上大学时挺内向的，一遇到人多的时候，就不敢表达自己的想法，也不敢在很多人面前大声讲话。考上国防生有了一个平台，通过当模拟连的班长、排长，这些年逼着自己锻炼，再多的人面前也敢说话了，心理素质不再像原来那么脆弱了，特别是有了组织能力和指挥能力。

田宇是个地道的东北人，适应南方的气候有个过程。参加国防生集训，正好是南昌最热的时节，训练强度他不怕，就怕又闷又热很难受。如果说，东北有钻进骨头里似的嗖嗖的寒冷，那么，南昌就有烤在蒸笼里似的腾腾的炎热。当时的口号是"战高温，斗酷暑，磨炼钢铁意志"，最后他也都坚持下来啦！

房蒙生长在江苏的句容县城，从小备受家里长辈的呵护。他以初中第一名的成绩考进高中，又以高出一本线的成绩考上国防生。他的想法很简单，当国防生就是要让我从男孩变成男人，让我向着理想中的男子汉形象进军。

他说，在大学里虽然是国防生，平时上课都与普通大学生在一起。常常有普通生问我，你们自由时间很少，集中训练很多，你们不厌倦这种生活吗？说实在的，起初我心里还有点抵触，一年又一年，三年下来，经过国防教育、军政训练、集体生活的洗礼，我心态逐渐成熟了。没有付出，哪来的回报。相比于普通生惬意的生活，国防生训练多了、休闲少了，但身体素质强了、生活充实了、学习成绩上去了，这样的生活才有意思啊。我的格言就是：你不逼自己一把，永远不知道自己有多优秀！

我问房蒙，毕业以后去当排长，有思想准备吗？房蒙说，以前还比较担心，比较忐忑，现在经过国防生的磨炼，我相信我的能力有了很大的提高，即使刚到部队可能遇到很多困难，我有自信，能克服，能适应，能胜任。

周盟，安徽阜阳人，也是 90 后国防生。他从小对飞机模型就很感兴趣，特别喜欢手工制作，尤其喜欢用手动遥控的那种航模。高中时他就有当军人的志向，如愿以偿地考上国防生，开始把遥望天空的理想落到实处。

他说，8 月南昌的气温很高，国防生穿着迷彩服在田径场上训练。记忆最深刻的是站军姿，我们所有人的汗水湿透了衣背，脸上的汗顺着下颚不停地往下滴，很多人的手指尖上也垂着汗水，等我们离开的时候地上一片水，全是我们流的汗。当时带我们的班长竖起大拇指，说虽然你们是 90 后，也这么能吃苦，好样的！在学习中我想到训练的情景，就觉得那种精神可以延伸到课堂，什么困难都不难被克服。

刘杨璐，女国防生的 90 后班长。她告诉我，我爸妈送我过来的时候就说，以后，床单被子你就不要带回家洗了，自己在学校洗干净。现在孩子大多被爸妈宠着惯着，而当国防生，很多事情要自己做。要说与普通生的差异，有时表现在细微之处，比如新生的军训，普通生会在累的时候抱怨，而国防生却不会，这种差异是我以前所不能理解的。现在想来，这就是国防生的优势所在，承受力更强。

刘杨璐是学校"绿色青春"社团负责人。她说，这是 2008 级国防生学长创办的，到我是第三届了。"绿色青春"社团活动，主要是宣传国防知识，改进国防教育，增强国防生与普通生的了解，拉近彼此的距离。因为主持社团，我跟许多的普通生交朋友，也去过他们的寝室。他们的寝室不大整洁，学习时想逃课就逃课，晚上想出去也不用请假，但是我们国防生不可以。相对而言，我们更懂得遵守纪律。

担任国防生模拟连连长的高成凯，1990 年出生，机械设计制造及其自动化专业。他说，以前在家里我埋头读书，父母什么都不让做，饭来张口，衣来伸手。接受了国防生三年的培训后，自己成熟了很多，一到寒暑假，回到家就是帮父母干活。因为我们以后要到部队去任职，陪父母的时间越来越少，想抓紧一切时间去陪陪父母，做一些力所能及的事。也怪，我现在满眼都是活，我妈说我比女人都细心。

别看高成凯才 23 岁，2009 级的他跨入大三，已经具备了老国防生的资格，"以老带新"而被 2011 级新生视为可亲的大哥。

杜晨斌是高成凯的学弟，他 1993 年出生，名字有个斌字，文武双全的意思，父母无疑寄予了莫大的希望。父亲当过军人，一向对他十分严厉。平时他靠母亲照顾，像大多数独生子女那样，母亲事事代劳无微不至。他考上国防生，母亲送他来学校报到，帮他忙这忙那，而他是一个身体瘦弱、略带羞涩的 18 岁男孩，在新环境中手足无措。就在那时，"很仗义"的高成凯过来和他聊天，告诉他没事，习惯就好。

然而，杜晨斌太依恋母亲，母亲一提要走，他就眼泪汪汪，叫母亲万般不舍。高成凯以连长的身份保证，国防生会相互帮助的，家长不必担心。杜晨斌母亲告诉高成凯，她之所以牵挂，是因为儿子的体质弱，经常会感冒。一旦感冒了，打针吃药不行，非得挂吊针才见效。伸出他的手背看，上面都是针眼儿，而且一打吊针就要一个星期的疗程，母亲也挺发愁的。还是缺乏锻炼吧，大病没有，就是太弱。

高成凯分头做工作。他对杜晨斌母亲说，阿姨，我前年考上国防生时，也是18 岁，您应该对您儿子放心。他对杜晨斌说，既然成为国防生，将来还要到部队去带兵，你就不是孩子而是大人了，总不能让你妈陪一辈子吧？！

母亲走了，杜晨斌就投入到紧张的学习与训练中，有时也会想家，高成凯就像个大哥，跟他谈心，给他鼓励。杜晨斌刚开始训练的时候体能跟不上，第一次跑 3 公里，就跑了个倒数第一，跑到半道上就呕吐了。高成凯说，慢慢来，别着急，你肯定行。大家没有笑话他，还为他鼓掌，说杜晨斌能坚持下来啦！他取得的一点一滴的成绩，高成凯都给他母亲挂个电话，让他母亲分享儿子进步的喜悦。

杜晨斌说，晚上高成凯带我搞体能。也就一个学期，我从最末尾赶到了中间，体质也不像以前那么弱了。以前一过冬，冷空气来了，咳嗽啊，鼻涕啊，嗓子疼啊，很难受，如今好多了。上周六下大雨，我也在场，浑身淋了个透湿，居然也没感冒，我也觉得不可思议。看来，锻炼不锻炼，就是不一样。

杜晨斌的脸上浮起了自信的笑容。

在华东交大采访国防生，我看到，这所高校国防生培养模式，因为它的目标明确，因为它的注重实效，衍生出了值得推广的经验，更主要的是，它经受住了国防生质量的考验，受到了基层部队的认可。其中，弘扬正气与奖惩分明并重，是他们始终恪守的一个原则，在选培办领导看来，这并非刻意为之，而是必须如此。

我听说一个国防生违犯纪律的事例。军人最讲组织纪律观念，谁都知道，纪律是一条高压线，真有人碰到了高压线怎么办？

那是一个周末的下午，选培办主任王迎春从省军区开会回来，赶到田径场检查国防生模拟连训练。响亮的口令声此起彼伏，听得出带队的班长中气十足。王迎春往前走，发现有个副班长在喊口令，他很奇怪，就问班长呢。队列中有人闪出，到。他叫班长把队伍带过来，看看动作怎么样。可是，这个班带过来还是副班长喊口令，他说，你班长来喊口令。班长只好喊了，口令软绵绵的不标准。他感觉不对，班长是选出来的，口令都喊得不错啊。他问你叫什么名字，班长说叫竺晓风（化名）。

参加国防生训练的 600 个新生，王迎春并不都认识，而班长虽然是模拟职务，但也集中训练过，喊口令不成问题。可是，这个叫竺晓风的班长却喊不好口令，素质太差了。王迎春清点人数，问班长还有一个同学呢，班长说不知道。他问有没有请假，班长说没有。他说没有请假还得了吗，就打电话给龚干事，说赶紧查，这个学生到哪去了，查出来连班长一起处理。听到王迎春打电话，班长在旁边说，主任，一切都是我的错，一切责任都由我来承担。王迎春说，你还没搞清楚，就承担啦。

龚干事在电话里解释，那个学生被安排去编辑学校网页，跟班长说过的，怎么班长不知情呢？王迎春也觉得奇怪。假如真的无假外出，后果是很严重的，甚至会受处分。这个班长主动承担，不像国防生讲的话啊。他叫龚干事打开办公电脑，核对表格上的照片，了解一下这个班长的简历。看见王迎春认真了，那个人如实坦白，他不是班长，是被拉来顶替的同专业老乡，不过装得蛮像，也是个小平头。

终于露馅了。真的班长，也就是竺晓风，上午接到女朋友的电话，约他过去见个面。女朋友说你不来，咱俩就吹灯啦。竺晓风怕提出请假不批，就来了个先斩后奏，而且找了个老乡当替身，也是个小平头，乍一看差不多，以为可以蒙混过关。王迎春只觉得这个班长不过关，并没想到还有冒名顶替的名堂。

直到晚上熄灯时间过了，竺晓风才上气不接下气地跑回来。王迎春看了看手表，说，已经 11 点钟了，你说实话，到哪去了。竺晓风忙辩解，是我女朋友出车祸了，哎呀没办法，怕请假领导不批，就偷偷去了。竺晓风眼泪汪汪的，表情很诚恳。王迎春说，我就一个要求，你要实话实说。你知道的，国防生第一品格就是忠诚，不管领导在与不在，你都不能撒谎。竺晓风坐下来，提笔写检查。第一份交上来，他觉得不满意，又接连写了两份。三份检查认识不断加深，但原因只有一个——女朋友出车祸。

王迎春凭着直觉，估计竺晓风的话还有水分。仔细看完第三份检查说，这样，你女朋友在哪个医院，我现在派干事去看看。真的出车祸了，应该去，你没有请假，我也原谅你，可以不处理你，检查过了就算了。如果你说的是假话，对不起，肯定要处理你。王迎春的话直截了当，竺晓风拍着胸脯说，主任，我一句假话也没有。王迎春说，好吧，派人订火车票，马上去医院探望。

看到王迎春真的派人去，而且问是哪家医院，竺晓风傻了。半晌，才喃喃地说，女朋友没有出车祸，说这么大的谎，就是想跟女朋友约会。谎言被识破的时候，王迎春想到了所有关心竺晓风去向的国防生，不禁一阵心痛。虽然竺晓风是聪明的学生，但对这样的违纪行动绝不能迁就。他对竺晓风说，你交了三次检查，又问你是不是真的出车祸，我给了你四次以上的机会，而你一次又一次说假话，这说明了什么？

竺晓风闯了祸，找父母亲，又找了很多关系，给王迎春打电话，看能不能原谅。王迎春说不行，这个人绝对不能保留。他说，一是冒名顶替，一是当面撒谎，这个人心理素质这么好，说假话、拍胸脯、人格保证，一度我都对自己产生了怀疑。如果不处理，我们怎么面对其他遵守纪律的国防生，还怎么带这支队伍？

竺晓风的父母是做生意的，在浙江老家开办企业，得知儿子违纪将被淘汰，连夜驱车赶到了华东交大。他们的拎包里装了一大包钱，来找王迎春求情。听说他父亲也在部队当过兵，王迎春说了事情的经过，无论违纪的性质，还是做人的品德，你儿子都不适合留下来，否则无以服众。他父亲说，竺晓风有个他哥哥，两人是双胞胎，同时参加高考，哥哥考进了军校，他考上了国防生。哥哥比弟弟苦得多，却很争气让家里很省心。父母很难过，然而王迎春的话说得在理，也让他们冷静地接受了现实。

学生家长赶来，校领导也出面接待。王迎春跟领导解释——原则必须坚持。国防生是为部队培养人才，军政素质不高可以提高，但是弄虚作假不能容忍。对一个人失去原则，对其他人就没了说服力。竺晓风父母跟王迎春说了心里话，忙于做生意忽略对孩子的教育，当家长的教训极深。竺晓风因无假旷课被学校以记过处分，根据国防生规定被淘汰。脱下军装的竺晓风流泪了，对同学说，记住我的教训吧。

淘汰一个人，影响一大批。什么叫纪律严明，什么叫铁面无私，国防生从中感到了震动，也引起了一连串深刻的思考：个人与集体，自由与纪律，诚实与虚假……做事要有原则，做人要有底线，自我约束也许并不舒服，却是必不可少的成功要素。国防生已经是准军人，就应该有令就行，有禁就止，才能成为一块"合格钢"。

第**3**章

跨越

本科生、硕士生、博生士，

这些曾经只是科研院所才能吸纳的高学历人才，

而今在野战部队的基层单位并不罕见，

他们已经成长为一代新型军人。战争不再是冷兵器时代，

需要高技术的加入，他们希望把所学的最新知识，

与作战单元接轨。

赶上变革潮头

本科生、硕士生、博生士，这些曾经只是科研院所才能吸纳的高学历人才，而今在野战部队的基层单位并不罕见，他们已经成长为一代新型军人。

在我采访的过程中，得到了一条非常重要的线索，骁勇善战的某集团军建立了一个博士后工作站，很值得写一写。

2004 年 5 月，经人事部和总政治部批准，某集团军博士后工作站正式挂牌成立。媒体评论说，将博士后科研工作站增设到作战部队，表明中国军队科技强军的决心。2009 年 1 月，经人事部批准，集团军博士后工作站单独招生。

我在某集团军看到了博士后工作站的成绩单：七年来，先后有 9 名博士进站工作，发表论文和专著 54 篇，其中 EI 收录 9 篇，SCI 收录 5 篇；有 4 名博士先后获得中国博士后科研基金和国家博士后特别基金资助；有一批科研成果获军队科技进步奖，并被广泛运用于部队建设的方方面面。

其实，作战部队设立博士后工作站的意义，要远远超出这些数字本身。之所以建立工作站，是因为当时某集团军高新装备列装部队，急需尽快形成战斗力；

一些作战训练"瓶颈"的严重制约因素,急需靠科技力量加以解决;部队的训练模式、作战理论和人员素质,难以适应信息化战争,急需探索一体化联合作战训练的经验……

部队高技术装备的增加与高技术人才的缺乏所形成的强烈反差促使集团军和军区领导痛下决心,能不能建立一个博士后工作站,吸引高水平科研人才?这样"筑巢引凤"的举措在作战部队首开先河,得到了总政和人事部的支持。

时任博士后工作站站长边文龙说,集团军的博士后工作站的科研攻关思路不同于院校,明确规定课题立项要坚持"三不"原则:部队不需要的不立项,论证不清楚的不立项,没有推广价值的不立项。三句话:贴近实战,需求牵引,注重实效。也就是面向部队,服务部队,面向作战,服务作战,这是毫不含糊的。

采访某集团军博士后工作站前,我读到解放军报上一篇有关这个博士后工作站的报道《面向一线攻关》,其中提到"从该集团军所属某师考入院校攻读博士学位的蒋思宇,已成为博士后工作站的顶梁柱"。我就想应该采访一下蒋思宇,巧的是,博士后工作站边站长告诉我,其他博士后都外出了,能采访的只有刚回来的蒋思宇。大概是缘分吧,我和蒋思宇有了深入交谈,看他是怎么成为顶梁柱的。

在某集团军博士后工作站,蒋思宇的工作室布置简洁,除了电脑就是资料。他正式进站是 2008 年 10 月,实际上 2007 年他就在站工作了,至今已取得 8 项影响比较大的科研成果,都在集团军的团上部队推广,使用率非常高,有的项目申报了全军科技进步奖。他干的是自己喜欢干的事,也得到集团军首长的肯定,立了三等功,被评为集团军"何祥美式"爱军习武标兵,还被推荐为军区的专家型人才。

在我原先想象中,博士大多特立独行,博士后更"曲高和寡"了,难免有些异于常人的怪癖,需要常人给予理解。可是蒋思宇给我的感觉却有些意外,他眉宇轩昂,粗壮结实,透着军人的干练和爽快,显得开朗而又善谈。

我问蒋思宇，读了博士你的思维方式有什么变化？

蒋思宇说，思维方式没有大的变化。

看我有些惊讶，他解释说，我从小的思维就是跳跃性和发散型的，别人老说我讲话太快，他们有时听不清楚。分析原因，是由于我与人交谈时，想同时表述的信息太多，造成语速过快。用我们计算机的术语讲，就是思维是并行的，表达是串行的。语言只能一句一句说出来，思维却能多个线索同时展开。在我们计算机行业，这种并行处理和串行输入输出的矛盾，是造成现在计算机性能瓶颈的主要矛盾。我们知道，计算机内部可以有多个 CPU 同时计算，同一个 CPU 也可以有多个线程同时工作，而硬盘靠的是一个磁道一个磁道进行读写。为了跟上并行的步伐，只能使串行工作加快速度。

2006 年，在华中科大计算机学院拿到博士学位的蒋思宇回到部队，成为某摩步师第一个博士军官。他惊喜地看到，离开部队这些年，军队与社会一样在快速地进步，作战部队也提出了许多亟待解决的课题，像他这样的计算机高手大有可为。比如，他受命开发一套网上教学课件共享系统、编写干部综合信息管理系统的补丁模块、解析某种防空警戒雷达的信息传输到指挥所的数据格式，都是与中心工作有关的课题。师长政委对他非常看重，本来他担心没事干，没想到信息化建设给他大平台，事情根本做不完。

博士后人才在我们野战部队为什么有用武之地？他说，因为这些年来，我们集团军一直是部队信息化建设的先行者和探索者，各级领导的信息化素养很高，我们集团军主要首长的信息化理论知识不亚于军事院校的一些专家学者。有了这个学识的基础，他们懂得什么是技术含量，提出一些部队急需解决，同时又科学可行的军事需求，有了需求我们做科研才有方向，我们科研工作的各种保障才能落实。

记得集团军在野战训练场组织的一场演习，蒋思宇担任技术保障任务。合练那天下午，他正在指挥车上检查系统运行情况，接到演习导演部参谋打来的电话："蒋博士，快来指挥所帐篷，参谋长找你！"他连忙往指挥所帐篷跑，不会出什么问题了吧。因为参谋长喜欢琢磨问题，一遇到搞不清楚的问题，或者有了新的想法，都会找他一起讨论，弄得他时刻紧绷着神经，心里直犯嘀咕：一个人总有知识的盲点，不可能什么都懂啊！

他一进帐篷，感觉气氛很紧张。指挥决策中心共有三个席位，一个军长，一个政委，另一个是参谋长，军长、政委都不在。参谋长一看见他，示意他坐在他旁边原本是政委的座位，一个普通干部坐上去，感觉很不自在，后面坐的全是机关的处长、参谋。

这时候，他顺着参谋长的视线，看到一位副处长在一一介绍引接的信息，参谋长小声对他说："我觉得这种引接的方式不太合理，我想这样行不行……能不能……"他看着首长期待的眼神，回答说："我觉得通过编写程序可以实现！"

当帐篷里的发言都结束后，参谋长开始总结讲评，当着大家的面讲了他的想法，还特意强调："我刚才咨询了蒋博士，他说实现这种方式没问题。"

会议一散，参谋长走了，帐篷里炸开了锅，许多人都围着蒋思宇说，这怎么可能实现呢？那位副处长把他拉到一边，提醒他说："你以后不要脑子不想就说话，你可不是万能的博士啊。话不要说的太满，万一不行，你怎么向首长交代？！"

这时他没有说什么，好像是无言以对，其实他当时有一种直觉，以他的计算机熟悉程度，应该是能解决的。他也意识到，刚才的回答确实有些草率。其他人在有把握时，说话都留有余地，而他在没把握时，还把话说得这么满。

当天晚上，蒋思宇查阅一些资料，仔细设想到后半夜，突然想到一个好的办法，理论推断是可行的。从演习场回来后，他对自动化站站长说："我要开始项目开发，就要按照自己的作息时间来工作了。"站长说，没问题。

他的作息时间就是晚上工作，白天睡觉。有时候大脑兴奋，连续几天不睡，一个原因是大脑一旦亢奋，不会感到困，另一个原因是害怕睡一觉，想好的思路和需要考虑的一些细节会忘掉。连续工作两天，原型系统终于做好了。

蒋思宇去机关找通信处长汇报，刚出门就碰到参谋长。参谋长问那个问题解决了没有，他说基本解决了，叫"指挥所综合信息共享系统"。

蒋思宇简要地说了自己的思路，说："那天我回答的有点草率，这两天压力特别大。"参谋长一听就知道怎么回事了，说："不要学得那么世故，有什么就说什么，你努力了，没成，也没关系。"听着这话，他的压力和疲惫荡然无存。

参谋长郑和将军一贯很严肃，业务又很精通，其他人都怕他。也许蒋思宇真的不世故，喜欢直来直去，也不知道怕谁。好几个处长对他说，蒋博士，你是参谋长在司令部表扬次数最多的人。蒋思宇平时大项活动都得参加，尤其集团军搞信息系统组织运用的试点，参谋长点名要他参加。他既是试点办成员，又是专家组成员，还是重难点攻关牵头人。司令部的人都知道参谋长欣赏蒋博士，有些活动本来他可以不去，他们也拉着他去，说你得去，参谋长都去你还不去吗，万一参谋长找你怎么办？！

进了博士后工作站，蒋思宇承接的部队需要的创新项目，都是自己从未涉足的领域。有的新技术没学过，有的新思想没听过，有的新要求在业界没有先例，别人表示出不可能的畏难情绪，他还是很有信心，认为只要理论上有解决的可能，总能找到具体办法；理论上没有解决的可能，总能找到替代实现的方法。

经常有人问他用什么语言编程，他的回答：根据需要。这绝不是唱高调，因为不同的语言都有它适合的环境。所有主流编程语言，没有哪一门他是系统学过的，但他都很精通，或者可以精通。这些都是在项目开发时，需要使用这种编程语言时，蒋思宇简单地看一下，就可以上手编程了，只要用几天，就成为该语言的专家。

博士后工作站给蒋思宇的另一个锻炼，就是系统性思维。一个系统或者项目，麻雀虽小，五脏俱全，都要求设计者要以系统的思维分析问题、考虑问题，考虑得要全、要细，尽量在设计阶段就想到以后可能遇到的问题，制定应对策略。没有系统性思维的人是不能一人承担项目开发的，因为具体编程只是打基础，相当于盖房子时的砌墙工作，而系统设计则是牵头的，如同房子的总体设计和框架浇筑。

军人时刻准备打仗，蒋思宇以他的方式参与部队战斗力的提升。工作累了，乏了，他喜欢戴上耳机，倾听汪峰那首歌《飞得更高》："我知道我要的那种幸福/就在那片更高的天空/我要飞得更高，飞得更高/狂风一样舞蹈，挣脱怀抱//我要飞得更高，飞得更高/翅膀卷起风暴，心声呼啸//飞得更高……"

当我到某集团军采访时，协助联系的秘书处干事谢中泰热情地介绍了大学生干部的真实想法和典型人物。闲聊时我得知，谢中泰的学历也是硕士，他在连队当过排长、指导员，然后参加国家统一考研，读完研究生课程，又回到老部队任职。他说，读研的最大收获是打开眼界，不再坐井观天。80后和90后士兵大多是网民，给他们讲课，我也会说，骑白马的不一定是王子，有可能是唐僧；长翅膀的不一定是天使，有可能是鸟人。他能用流行的网络语言，和战士的思想搭上火。

像谢中泰这样部队培养的硕士军官，笔者在采访中时常遇到。21世纪初开启的"强国计划"，使一大批本科学历的干部进入高校深造，提升的不只是科学文化程度，还有现代军事素质，以及与当下现实沟通解读的能力。知识如同一座桥梁，使国防战线的基层军官有了跟世界军事领域接轨的机遇，有了追赶时代潮流的勇气。

在福建省军区海防某团，这个驻守祖国东大门的海岛部队，我得知团队的信息化建设屡屡受到表彰，尤其是战备训练网络体系有了跨越式的突破，当然除了领导的重视，少不了人才的支撑。有功之臣叫胥清化，团里习惯叫他高学历干部。怎么个高法？他是一个纯正的名校毕业生，清华大学本科，国防科技大学硕士。

当我采访胥清化时，他已经历任排长和参谋，时任团司令部自动化站站长。胥清化中等身材，方脸庞，说话声音不高，带着和善的笑容。而就是胥清化，在信息化建设中迫不及待，恨不能一天当作三天用。在信息化考场上绝不通融，马马虎虎过不了关。说起信息化的战争保障，如何往下落实，他有许多自己的思考。军队的信息化网络是立体的，基层只是末梢神经，但每一根都很重要，绝对要保持畅通无阻。

也许是身处基层的作战单元，胥清化的危机意识尤其强烈，他对世界军事变革的清晰了解，透露出一种新颖的现代军人气质。

2002年，物理单科成绩全校第一的胥清化，考入了清华大学。胥清化说，我并不是死记硬背的刻苦，而属于善于总结和归类的那种吧。当然课前预习很有必要，上课就能有针对性地带着问题听讲。课后练习的时候，很多同学花大量时间重复做题，我在同一类型的题目中只做两三道，掌握了解决方法，再有这种题就不用做了。过一段时间，把已经掌握的类别复习一下，如果没有忘，基本上就不会忘。

2006年他清华毕业，考取了国防科技大学计算机学院研究生，2008年12月以优异成绩获硕士学位，已有知名的科研单位愿意接收他。导师黄金锋教授是学校训练部副部长，比纯粹做科研的人更熟悉部队。他告诉胥清化，在作战部队，正处于机械化向信息化的转变时期，有些配发的信息化装备，由于缺乏相应的操作人员而闲置，不能形成战斗力。如果我们研制的装备用不起来，军队信息化怎么能实现？

胥清化被导师这番话深深地震撼了。很多同学想方设法为留在大城市而奔走，胥清化却有自己的想法，他真切地听到了部队的召唤。是啊，我们寒窗苦读不就是为了学有所用吗？武器装备不能被使用，再先进又有什么用呢？大城市的人才多，并不缺我一个，要想让自己的价值最大化，雪中送炭远远好过锦上添花！

硕士毕业填报志愿的时候，胥清化选择了南京军区。他告诉我，选军区的话大都会分到基层部队去。当时我满腔热情地来报到，先到省军区，然后到师部，然后再到团里，地点越来越偏。我没想到离家这么远，内心隐隐地有些失落。不过，我能感觉到，部队各级对高学历干部的重视，相信基层会让我施展才干。

和其他大学生干部一样，胥清化第一任职是排长。他把背包放下，就跟排里的战士说，你们不要把我当高才生，就把我当你们的兄弟。战士怎么训练他也跟着练，两个月瘦了十来斤。好些战士在地方就是网民，最开心的是"网络进班排"。可是，试运行的"政工网"不稳定，这些兵好不郁闷。网络有故障，胥清化有时也无能为力。面对战士恳切的目光，他只好说，不是电脑坏了，而是网络本身有问题。战士听不懂，你不是硕士吗，就该能解决啊。他解释说，网络的整修是个系统工程……

胥清化的推测是准确的。部队交给他的第一项与专业有关的事情，就是全师"政工网"改造试点任务。经过一个多月连续苦战，胥清化运用计算机开发运用知识能力，成功实现了"政工网"7大功能的升级，为连队战士解决了上网难的困扰，重建了上下贯通的中心枢纽。胥清化被调到团司令部作训股当参谋，不久，团自动化工作站站长离任，胥清化被任命为站长，负责海防某团的信息化建设与教学。

胥清化在海岛部队找到了自己的战位。他琢磨海防战备训练的特点，研发了"野外课目室内练、实射内容网上演"等组训方法和训练软件。比如，炮兵连训练时用到一种模拟装定器，可惜只有一套，一个人在操作，一堆人在旁边看。连长请教胥清化，问他有没有什么高招。胥清化虽没摆弄过，基本原理是了解的。他仔细研究装定器的功能和操作，熬了几个夜晚，编写出一个新软件，用来模拟装定器和模拟炮弹的功能。这样，多人同时在计算机上获得接近真实操作的训练效果，训练效率翻了几倍。

海防某团四面环海，防区点多线长，胥清化担当重任，负责建立集信息管理、视频监控、卫星定位等多功能于一体的海防战备信息系统，使防区实现全时段全天候可视化监控，有效提升了部队整体防卫作战能力。刚开始，一旦哪个连队出问题，胥清化就放下手头的事，尽快坐车赶过去，最远的连队离团部有十多公里。

胥清化告诉我，有些问题很简单甚至根本不算问题，我想工作方法得改，就让每个连队抽一到两人，到我们站里以工代训。轮训下来，连队都有了网络维护员，简单的网络问题他们能自己解决，自己解决不了的，通过我们电话指导，能知道了怎么做，不需要我们来回跑了，这也提高了连队学习信息化知识的积极性。

网上红蓝对抗、作战计算、战术标图……电脑屏幕上光标飞舞、箭头穿梭，不见硝烟却同样紧张激烈。考生们有团首长、机关同事、营连主官，一个个正襟危坐、熟练操作、认真对答。考场最难说话的"考官"，就是胥清化。他说，现代的战争打的是科技含量。今天考试你勉强混过了，明天打仗你就会栽跟头。显然，信息化不只是校园高深的课题，而正在变成基层部队的现实，胥清化很忙碌但很欣慰。

自信才有自我

建功立业，有所作为，大学生到部队都带着这样的抱负。然而，校园里的青春激荡，能不能在军营里结出丰硕的果实，却又因人而异。或者说，能不能作为，有没有作为，固然与他们所在的岗位有关，与他们自身的状态有关。还是那句老话管用，机遇偏爱有准备的人。总是一味怨天尤人，以为怀才不遇，时常就与机遇擦肩而过。而扎实肯干，把一个岗位当作一个挑战，也许就把机遇留在了身边。

大学生唐云珍分到修理二连当排长，与同来的其他大学生相比，很不走运。人家或者离机关近，或者离城市近，他不仅分到一个山沟沟，而且分在一个最苦最累的基层分队。可是他并不觉得失落，看到那些大大小小的机床设备，就像见到久别的亲人，眼睛一下子放了光。他暗自庆幸，本科学的机电专业能用上了。

一个地方大学生当排长，在修理二连没有过，周边目光都有些置疑。唐云珍心知肚明，只等着机会证明自己，是骡子是马，拉出来遛遛就是了。他对挑战有自信，绝不当只说不练的书呆子。集团军组织野战化训练课目，唐云珍受领任务，挖一个工程车的掩体——达到空中侦察不到的生存标准。一个老班长悄悄提醒他，排长你刚来，说是掩体，不就是一个藏字吗，我们找一个坡地搭一些玉米叶，把工程车挡住就行。唐云珍说，那怎么行啊?! 老班长说，怎么不行，上级规定把车藏起来，怎么藏你自己想办法，又不违规。唐云珍说，出土量就是工作量，不深挖是轻松些，可离实战需要太远了吧。

不接受"聪明"的做法，老班长对新排长反而生出了几分敬重。唐云珍精确测算，工程车有 3 米多，从平地挖出一个掩体至少 4.3 米。他做了动员也做了分工，把衣服一脱，只穿一件背心，抢起十字镐乒乒乓乓地带头干。浮土层下面是硬土层，挖下去震得虎口痛，汗水和尘土一起飞扬。唐云珍给大家讲他的吃苦理论：为什么要考核出土量? 因为要培养军人意志，体能的含量与技术的含量同等重要!

到了评比那一天，检查组路过修理二连阵地，居然没有发现唐云珍的杰作。按出土量、隐蔽性、机动条件的综合衡量，唐云珍所在排夺得集团军修理分队第一名。集体荣誉照亮了每一张年轻的脸，所有的苦累牢骚烟消云散。

认定新排长有两下子，再苦再累也值得。信任让唐云珍放开手脚，组织了野战维修工具的革新，一年后他被评为科技革命的标兵。

2001 年 3 月，唐云珍被破格提升为主战分队的连长。和新型装备打交道，虽然理论研究是他的强项，但对一招一式的操作非常上心，还是秉承绝不偷懒的韧性。一到训练场上，他不坐指挥车，而是钻进一个战斗炮车，拜那些老兵为师，学每个炮手的动作。一枚炮弹 90 多斤，连箱子重达 112 斤，他像一个普通炮手那样扛上扛下。战士和连长同一个车很兴奋，因为他会鼓励大家，把气氛搞得热乎乎的。

他说，一个战车就是一个班，训练起来少谁都不行。你在炮手的位置上，你就是战斗员，人家扛炮弹，你也要扛炮弹，不能说你给我多扛一个吧。车长指挥炮手，车长是第二年兵，照样指挥我这个连长，训练时没有大小。盛夏高温，坦克像蒸笼，高达 50 多度，再热的天也在里面练，所以汗水浇灌出来的感情最珍贵。

扛炮弹的连长，以过硬的个人军事素质，带出了军事训练过硬的连队。唐云珍当连长的最大体会是，既要带头干，又要有思路，自己锻炼大，部下也不敢马虎。他属下的三个排长，一个是优秀士兵提干的，一个是当兵后上军校的，还有一个是地方高中生报考军校的，三种不同的成长经历，都在唐云珍带动下勤奋作为，不甘落后。后来这三个排长先后被提拔到营职岗位上，他们说，是被唐云珍逼出来的。

笔者到连云港警备区采访，得知这个警备区的科技练兵风生水起，曾以某炮兵作战指挥系统项目荣获军队科技进步一等奖。一个正规的研究院所都难得夺冠的全军科技大奖，竟在一个警备区落地生根，随便一想就知道非同一般。时任警备区政委的纪安卢说，提到这个大奖就要提到一个人——国防生干部宋云华。不过，获奖名单上并没有她，但她的贡献非常之大，解放军报都报道过！

宋云华，不就是那个崇拜物理学家的国防生吗？真是人才不会被埋没啊！可是，领导的评价却让我云山雾罩，都被绕进去了。为什么说宋云华是全军一等奖的功臣，却又不在获奖名单之中，这其间究竟有什么缘由？

故事发生在 2007 年 7 月，连云港警备区主持的重大科研项目，刚通过北京层层评审。那天下午，政委和几个领导到机场，迎接一等奖主要贡献人载誉归来。政委说，这么大的喜事，得找个女干部给功臣献花吧！上了车，来了小姑娘，没见过，细条条的，穿着军装挺精神。政委以为是新来的另一个女干部，说你叫某某某吧。她说，不，我叫宋云华。政委说，你哪个学校分来的？学什么专业？她说，南京理工大学，学计算机软件编程。政委一听，好啊，我们就需要你这样的。

项目不是已经一等奖了吗，还有宋云华什么事？

原来，某炮兵作战指挥系统项目来之不易，一等奖虽然评上了，科研价值也得到了肯定，但还有待完善——怎么与现有装备衔接，怎么跟部队训练磨合，整个软件编程从研制到运用有极大发挥的空间，宋云华奉命参加了课题组。

其实，宋云华与警备区政委相遇，实在是一种巧合。宋云华比任何人都清楚地记得哪一年哪一月哪一天——2007 年 7 月 26 日。

因为那一天，是宋云华到警备区报到的日子。

宋云华说，我是 7 月 25 日晚上乘车到连云港的，当时连队没有床位，我就在招待所住了一晚上，26 日早上到干部科报到，分到通信连当排长。连队还有一个新来的女干部，当时去参加市里带民兵训练了。她以前是当兵的，然后考军校提干，军事素质明显比我高一截，向领导报告非常正规，我一下子感到了差距。

到连云港机场献花的任务，对于宋云华来说，原本只是一个公差。宋云华是不是人才，下结论还为时过早。看宋云华一脸淳朴的年轻模样，一个军装肩头挂着红牌牌的小姑娘，谁也不会以为她能独当一面，也许觉得她可以打打杂吧！

到连云港警备区当排长之前，宋云华已经扛着学员的红牌牌，在一个属于部队的环境中锻炼了一年，"大学毕业后，我们一批大学生干部，到舟桥某旅当兵 50 天，然后在南昌陆院集训 100 天，又到省军区通信站 180 天，我最大的收获就是在这三个地方。我自己感觉，每到一个地方都进步一点。"这些完全不同于大学的军营的日子，对于她这个从地方大学入伍的新兵来说，一辈子都刻骨铭心。

虽然告别了大学，但大学的所有课本，宋云华都留着。因为到大三大四时，有大一大二的同学向学长买书，很多同学没等到毕业就把书处理掉了。她一本也没卖，到部队无论是否用得上，再找都困难，她要带着走，难舍难分。也就是那时，宋云华重新寻找学习方法，大学读书有整块的时间，而在部队只能抠时间，把支离破碎的时间利用起来。这一节课到下一节课之间，哪怕有三五分钟，也可以看几页书。

我问她，当时没分到技术岗位上，你能预感到专业知识有用吗？

她说，我们那一批国防生到部队先当兵，然后当排长。虽然说到部队不一定用得上本专业，但我学过这项技能了，就得有备无患，有比没有强。

"脱离大学生活的第一年，最大的收获是心态的调整，以适应部队的环境。我们国防生在大学上课，请来那些军事院校教员，肯定都会说，你们到部队以后，要放下姿态，要把自己当成一个兵，要跟那些老班长学习，每次都这么说。我本来没觉得什么，说多了就觉得，我们有那么大距离吗？有时候把自己放在旁观者的位置看，我们一直在读书，为什么教员说我们跟部队战士有距离？我想，我有的东西他们没有，他们有的我没有，如果我有他们想要的东西，不就跟他们有共同语言了吗？我跟战士玩到一块，有的战士让我教做网页，我学着做一个耐心的小老师。有的女兵心里有不痛快跟我谈，我学着做一个很好的倾听者。他（她）们觉得你跟他（她）之间是平等的，很愿意跟你做朋友。"

当初，宋云华在南昌陆院集训时担任模拟连副连长，站在众人面前一说话就脸红。她不怕出丑，一次讲评就是一次口才的演示。当时的大队政委的一句话改变了宋云华——女军人就要大大方方的。这句话听上去最简单不过，却让她忘不了，干什么都记得。部队里和社会上一样，要当众把话说明白，即使做技术工作，时常汇报思路和进展，换在以前她会很紧张，但是她念叨老政委这一句话，特别受用。后来到省军区某通信站锻炼，她担任地下指挥所解说员，面对首长的提问，已经对答如流从容不迫了。

宋云华正式加入项目组，参与一等奖后期的完善、推广和应用工作。她是来做配角的，并没有引起大家太多的关注。她心里又高兴又忐忑，高兴的是自己学的专业有了用武之地，忐忑的是专业之外还有太多的挑战。这是一个集炮兵、通信、卫星、战术标图等知识于一体的系统，她所面临的任务是开创性的，也就是拓展系统适用炮种、弹种的型号，丰富修正诸元的方法，使整个系统更趋合理、贴近训练。

她说，真惭愧，来项目组之前我连榴炮、加榴炮是啥样子，都没见过呢！这个项目的总体思路是连云港警备区的，其中软件编程请来南京某军事院校一位教员。宋云华参与不久，这位教员就转业了，她就接手继续做这件事。开始，领导没指望她能挑大梁，只是希望任务能延续。她跟这位教员要来了原程序，一大堆数字天天啃，关于炮兵的问题不懂就问，问得项目组懂炮兵专业的参谋都嫌烦了。

不久，这个项目中两个小环节需要改进，副参谋长说，小宋，你能不能做，试试看吧。宋云华是个聪明人，知道领导有任务，也不敢直接交给她。她并不考虑领导信任不信任，只要把活做好就行了。那个时候天天熬夜，计算机知识有些忘了，炮兵知识更是缺乏，感觉异常艰苦，全是靠着自己慢慢抠慢慢试。系统改进的结果要给战士用，一用就发现问题，她就随时改。经常往连队跑，给炮兵们试用，成了她最经常的工作状态。项目组里有个三级士官，是炮兵通讯方面的行家，她做项目改进涉及通讯，需要这位士官接线、调线。每次下连，士官像一个老班长在前面，她就像一个新兵跟着跑。连队战士都用异样的眼光看着她，这个女军官是干吗的，跟在老士官后面做小工，还给他提东西。她觉得很正常，能者为师，学习的过程不重要，结果才是最重要的。

"两个月后演习，就用了我的改进成果，警备区领导对我也信任了。随后在通信楼给了我一间办公室，做科研用。那个地方凹在山下，潮气涌动。我披个大衣坐在桌前，累了就趴在那里睡一会儿，醒过来继续演算，从夏天到冬天，搞这个项目时常要到现场看，加班必不可少。我记得2008年，大年初五就加班了。

"炮兵的知识我喜欢问战士，他们乐意回答，而且回答得很仔细。我是到连云港之后，才第一次看到真真正正的炮。刚开始跟老士官跑，所有的武器都看过了，所有的操作都熟悉了，再想能不能加到这个系统里。一门炮与另一门炮不一样，有经验的班长都懂，你要问，琢磨在系统里体现。我偶然还发现，上面发的一个装备的数据不准，想想，厂家怎么会错呢，都形成装备配发了。结果算了又算，肯定是厂家错了，后来我们跟厂家讲了，他们算的结果和我们一样，马上派人来，给我们调整了。"

不到三个月，宋云华就从配角转为主角，荣立三等功，成为连云港警备区历史上新排长刚到部队半年就立功的第一人，还当选为军区党代会的基层代表。代表们在小组讨论会上把探讨的关键词转向信息化时，省军区司令员指指在座的宋云华赞许地说："这个小丫头不简单，刚到部队半年就在信息化上立了功呢！"

于是，新闻干事就以"这个小丫头不简单"为题写了篇报道，登载在《解放军报》上，宋云华也就有了一个亲切的别称"小丫"。母校南理工大把"小丫"宋云华引以为骄傲，一位国防生写下自己的感言《"小丫"告诉我》："在投身建设部队的国防生中，学姐宋云华是一位英姿飒爽的先行者。她用汗水浇铸荣誉，用钻研完成使命，用热血践行忠诚。她用聪颖和智慧，以自己独特的方式向祖国母亲献上最庄严的军礼。'小丫'用自己的理想信念书写着崇尚荣誉的壮丽诗篇，谁说女子不如男！"

宋云华由排长提升为正连职的修理所所长，她想当螺丝钉，却当了金刚钻。虽然在一等奖上没有名字，但有了自己的专业与追求。

2011 年，得益于"强军计划"，宋云华以高分考取南京大学计算机科学与技术研究生，潜心攻读硕士学位。她告诉我说，我最不怕的，就是向人家请教。就像大家奔一个目标，有的走得快，有的走得慢，最终走到就行了，过程并不重要。乍一看你的问题很弱智，比别人笨一百倍，别人会笑话你，其实无所谓，只要最后亮一下。机会是给有准备的人的，你各方面准备好，就有机会垂青你。

这是一个冬日的拔河擂台赛。加油，加油！某炮兵团大操场上呐喊声此起彼伏，一根长长的粗绳索拽出了超常的能量，一边是防空营 30 个小伙子，一边是炮兵营 30 个小伙子，两边是各自的啦啦队员。防空兵大都是技术兵种，比不了炮兵天天举炮弹膀大腰圆，眼见那一根粗绳索偏离中线，向炮兵营那边缓缓滑动了……

突然，防空营啦啦队里站出了一个戴眼镜的少校——防空营教导员施毅。他一手抢过防空营领队的小红旗，一手伸出去张开五指：顶住，不要动！如他事先交代的那样，防空营啦啦队顿时没声了。对方指挥员还在叫，一二、一二，防空营这边不吭不哈硬挺，被拖移的绳索居然停了，像黏胶似的怎么也拽不动。

这一个以静止动的战术奏效了。施毅喊道，防空营，朝我看！跟我喊，一、二！与对方不同，他的口令拖得很长，手中小旗应声而落，身后啦啦队声浪如雷鸣般响起。防空营的兵僵持着的力量突然爆发，绳索一点点地被拉了过来——防空营胜了！施毅把小旗抛向天空，防空营所有官兵激动得热泪盈眶，一片欢腾。

原本没悬念的比赛，为什么能以弱胜强地逆转？施毅告诉我，我看大家没劲了，只能挺，挺住了再发力。对方是比我们强，可指挥不得当。赛后小结我说，要以这次拔河为契机，掀开我们营新的一页，把拼搏的精神树起来！

关键时刻顶上去，让我对这个博士刮目相看。采访时我得知，2008 年，具有系统工程专业博士学位的施毅，在某炮兵团任防空营代理教导员三个月，被正式任命为营教导员。虽然军校博士毕业就授营职，此营职与彼营职不同，是要带兵的。施毅在部队高校读书 10 年，本科时是某市高校数学统考第一名；读硕士、博士的论文受到导师赞扬，其间也曾下过部队，毕竟是客人，可以只看不说。不像现在，担任一个营政治主官，事事与你有关，是缩手缩脚，瞻前顾后，还是坦然面对，泼辣自信？

施毅豁出去了。他把适应期压缩到最短，用满腔的热情、踏实的努力和丰厚的学识，去赢得战友们的信赖。施毅到任后不久，就赶上防空营换装，紧张的专业训练随即展开。他和营长泡在训练场，详尽了解每门火炮的性能。他还用所学的信息对抗知识，给班以上骨干讲解先进雷达的基本原理。训练进入实际操作阶段，按照"小专业、大集中"的原则，全营集中每个连相同专业的人员，分成三大组，由三个连长分工负责。有一个连长找到施毅，担心地说，打乱了编制，放在一起训，不好带啊。

施毅知道，这个连长抓训练有一套，就直接点破了他的想法，你的意思，不是不好带，是不放心吧！那个连长笑着默认了。施毅没有指责这个连长太狭隘，而是从他的本位里看到了积极的因素。他推心置腹地说，你对训练的负责态度可以理解，但是，分类训练能提高训练效率，这一点你也不否认吧？你担心，是担心别的连长，不像自己这个连长那样，对每一个兵都上心。可是你想过吗，你的担心，其实也是其他连长的担心。你放心，既然是一个对的事情，我们要用对的方法去做。

施毅跟其他连长沟通，他们也谈到了相同的顾虑。施毅要他们换位思考，有全营一盘棋的大局观。和营长交换意见后，施毅在会上提出了要求，他感谢连长们的不放心，希望用一视同仁来打消。此后的专业训练，三个连长对大组中的人员，都像对待自己的兵一样，精心施教，毫不含糊，练出了一批训练尖子……

说起施毅和营长这一对营主官，两个人都有工作热情，只是性格迥异。营长豪爽干练，施毅周到沉稳。他们达成默契，不论是谁，一旦发现对方做的不对，哪怕听来再不入耳，还是要当面说，不准在心里结疙瘩。营长说，我要看到你的毛病，会一针见血地指出来。施毅说，你放心，我不光会说，还会揪住不放。

年底实弹战术演习，防空营第一天首发命中，旗开得胜。施毅告诫大家，明天要第二次打靶，大家只能庆祝到中午，延续到晚上就愚蠢啦。防空营分住三处，营长带一个连在阵地，另一连在另一地，施毅带一个连在车场。晚上某连加菜、点啤酒，营长到了，请教导员也过去。施毅态度坚决，我不去，营长也不能喝。他叫营长接电话，话说得很冲，今天的酒你敢喝，我就捅到团里去，你信不信，你试试看？

隔了半小时，营长从阵地上来了，说，教导员，晚上真的没喝酒，只喝一杯雪碧，连队加餐，一桌好菜啊。营长走了一小时，又来了，施毅正奇怪，营长拉着他的手激动地说，感谢教导员，集团军过来查，我们正在组织战法研究，受到了表扬！施毅说，谢什么谢，我不跟你较这个真、把这个关，还是你的搭档吗？

施毅欣赏营长知错就改，营长指出施毅的错，他也诚恳地检讨。教导员和营长的深厚感情，就在磕磕碰碰中建立起来。他们不分彼此，齐心协力，率领防空营在团岗位练兵中取得优异成绩，参加集团军建制营射击考核取得了第一名。营长后来被提拔到团职岗位上，还时常打电话和施毅说心里话。

团长到防空营蹲点，出于爱护，临走时找施毅谈话说，我在你们营了解，大家对你反映很好，但我要提醒你，你不要老是跟人家道歉啊。团长说的道歉，是施毅的真心所为。他觉得什么事做错了，在讲评或开会的公开场合，他就明确表示，自己在这件事中负有什么责任。他觉得错怪了谁，也会当面表示歉意。

如今，施毅已经升任某炮兵团政治处主任，可是他还是不忌讳认错或道歉。他认为，这不是故意摆这样姿态，而是做人做事的责任感。如果说，敢于出头，敢于坚持，是一种自信。那么，有错就认，有错就改，也是一种自信。

战 场 没 有 第 二

如果你看过风靡一时的军旅大片《冲出亚马逊》，肯定对于险象迭出的恶劣环境、举步维艰的横生难题和出生入死的无畏军人，留下无法抹去的深刻印象。当我在某装甲团采访柳镠，这位曾在英国桑赫斯特皇家军事学院留学的 80 后军官，才知道艺术虽然高于生活，但不在摄影机镜头内的真实的实战化训练，丝毫不亚于特种兵课目，比屏幕上表现得更艰苦卓绝、更难以承受，当然也更枯燥无味。

2007 年 8 月 6 日，24 岁的柳镠登上飞往伦敦的国际航班，他将就读于英国最有名的军校。他在问自己，你准备好了吗？

准备是从竞争开始的。争取这个留学名额相当于打擂台，全军各大单位选送的精英千里挑一，一个又一个考核项目，一轮又一轮淘汰筛选。柳镠生于 1983 年，2002 年考入国防科技大学，又在南昌陆军指挥学院就读，英语六级。他以军事体能第一、英语考试第一、综合排名第一的成绩，得到担任主考的英国驻华武官的首肯。中国军官的知识结构与军事素质，并不逊于英国军校的苛刻标准。

桑赫斯特皇家军事学院是英国唯一的陆军指挥学院，英军所有陆军军官都出自于这所名校，毕业生中声名显赫的不胜枚举，前辈如丘吉尔、蒙哥马利，后辈如哈里、威廉两位王子。柳镠参加隆重的开学典礼，感受到英国人对于国家和军队的荣誉的崇尚，只要是正规的场合或集会，军官的胸前都挂满奖章和勋章。

柳镠是第一次出国，对英国军校更是一无所知。学校只通知他带一套西装，其他东西也不敢多带。临行前他曾被告之，考虑到中国学员人地生疏，如有需要帮助的事，可找中国驻英大使馆的武官。柳镠就与武官电话联系，武官问他需要什么东西，他说需要一面国旗。武官问他做什么，他说想贴在房间的墙上。

柳镠说，英国军校是一人一个单间，我把这面国旗张贴在左边墙壁，一推开门就能看得到，房间并不大，从哪个角度都觉得醒目。说实话，在国内看见国旗不见得很激动，但在这里就有一种荣耀的感觉。有时身心疲惫，几乎撑不下去的时候，这面国旗会激励我，你是一个人的代表队，绝不能趴下！

柳镠是2007届新生中唯一的中国学员，他和其他外籍学员分别插入英军班。学校的课程设置，一年三个学期，每个学期三个月左右，因为训练量很大，一个学期后休息三个星期，总共休息两个三个星期（一个半月）。柳镠英语已过六级，强化一个星期的军事英语，基本的军事英语单词就能对付了。开始阶段主要学习英军的军事理论，介绍英军的作战方式与武器装备，接受学校最基本的体能训练。

柳镠感到意外的是，跟中国军校一样，英国军校入学前五个星期，也要求一丝不苟地整内务。比如，叠衣服叠得方方正正，连最普通的短袖衬衫，也用A4纸垫底叠出棱角；所有物品必须规范统一，全连摆放一模一样，看上去整整齐齐。教官给学员做示范，被子可以不叠，摊平放在床上，迷彩服要保持平整，当晚都必须熨平皱褶。后来熨衣服和擦皮鞋成了必修课，特别是擦皮鞋，有时要擦到半夜。

穿作战靴在外面搞训练，天天趟在泥里水里，回来饭可以先不吃，第一件事擦枪，第二件事擦皮鞋，还要进去熨衣服。只要被教官发现你皮鞋脏了，或者

衣服哪里有皱纹了，马上就处罚你。柳镠了解到，美国西点军校对学员着装也非常严，理解其中蕴涵的西方军人的价值观。英军的军容严整十分讲究，他们的军装两百年都没换，只略加一点装饰，教官告诉学员，着装得体是军人荣誉感的体现。

柳镠告诉我，我们这届 8 月份开学，遇上的几乎都是雨天，天气又冷，是英国整个年度最潮湿的季节。有时候是汗有时候是雨，身上一天到晚湿漉漉的。下雨我们也不穿雨衣，穿与不穿没啥区别。住在树林里睡觉用睡袋，衣服湿了也裹着，教员说有情况随时行动。我们从来不脱衣服，钻进睡袋焐一个晚上，衣服是被身体烘干的。一个课目连续几天，衣服没干透过，作战靴里也都是水。我们会多带两双袜子，晚上睡觉抽个空把湿袜子换掉，保证晚上睡觉两三个小时，身体能暖和起来。

什么叫实战化训练？英国军校告诉柳镠的，不是简单的概念，而是深刻的体验。身背着枪、手榴弹、子弹、灌满水的水壶，还有一个单兵携行具，除了睡觉的时候把它脱下来，其余任何时候都套在身上。天天一身大汗，但是不换衣服。吃的也非常少，中午时间休息 10 至 20 分钟，每天发一个小盒子，里面是一天的食品，土豆泥加点牛肉黄豆，还带了简易酒精灯，自己用饭盒点燃加热，吃完后立马又开始走。学员感觉又累又饿，因为背着东西在跑，到处冲击，到处转移，还要挖战壕，消耗的热量大，到最后很难坚持。教官就说，打仗的时候你们能吃到这个就不错了！

冒着连绵的雨雾，学员队有四天时间，被拉到法国诺曼底登陆场实习。在历史上发生过战事的地方，根据实战的要求布置模拟战况，你作为班排的指挥员，前面有敌方据守，你怎么带你的班排。比如，面对一片荒野给学员一份想定，你和你的班排在这里空降，但是落点分散，命令你迅速召集部署你的人员。你要查看地形，提出布阵与处置的方案。谁也不敢马虎，全神贯注地组织，真的有作战的感觉。

所有的军事课目有一个共同的特点，就是实战化。英国军校的军事教官是轮换的，任职两年。柳镠这一届的教官汤姆森上尉，就是从作战部队调任的连长，也许经历过残酷的实战变得铁石心肠。一旦训练强度太大，学员太累了，动作有些懈怠，教官就站在那里大喊，如果这在战场上你们早就阵亡啦！

桑赫斯特皇家军事学院之所以有名，也是因为它像西点军校那样铁面无私。教官不管你是哪个国家的均一视同仁，不会因为你是外籍学员就迁就或照顾。不到一学期，就有两个外籍学员因承受不住而被淘汰退学。学员队看的是实力，柳镠从不夸夸其谈，用他的成绩和表现站稳了脚跟。不论同学，还是教官，都对这个中国学员给予好评。只要训练他就始终冲在前头，他要让他们看到中国年轻军官的样子。

柳镠说，第二个学期的时候，每个学员都要为自己国家准备一堂课。我就以当时中国筹备北京奥运会为主题，从古代的四大发明讲到当代的改革开放，让外国人了解中国百年历史与巨大进步。我制作了带图片的电脑课件，是在演播厅性质的小教室讲的，在场听课的有五六十个人，有我们学员队的，还有其他学员队的。

柳镠没想到，这堂课反响热烈，他们都说很新鲜。柳镠讲课的中间，偶尔有人打断，问一个问题。他的课讲完了，一片掌声。英国同学的提问接踵而来，他们最感兴趣的还是中国符号。比如服装，你们中国的服装还是长袍马褂吗？比如头发，以前清朝是扎辫子的，现在还有人扎吗？柳镠的介绍侧重于中国的文化，激起了外国同学对中国发展的兴趣，他们说，中国在世界上的地位越来越重要，但是我们不了解中国，以前这个学院就没有过中国学员，更没有人这样讲过课，柳，你是第一个。

一到星期天，英国本地学员开车回家了，有的外籍学员也请假外出游玩，柳镠不放过点滴时间，天天泡在学校的图书馆，阅读书籍、核查资料、研究战例。学员毕业前要交一篇论文，教官出了一大堆题目，学员任选一个。柳镠选择了关于越战的内容，他查阅大量英文的越战背景资料，分析美军在越南的介入状况，还有中国与苏联的影响，把研究的过程变成了学习归纳的过程。他撰写的《美国为何深陷越战泥潭》，获得了学院"最佳海外学员论文奖"，院长亲自为获奖者颁发了证书。

本学年的实战化训练考核，柳镠被任命为小组指挥官，他带领不同国籍的学员，在滂沱大雨的恶劣气候下，进行了连续 7 天的高强度全时制对抗演练，接受了 20 多个课目的严格考核，最终以优异的成绩取得了毕业证书。

桑赫斯特皇家军事学院有一个惯例，从每一届海外学员中评选三名优秀学员，三个连队每个连队一个。柳镠所在的连队综合所有成绩，推选了柳镠。举行毕业典礼的那天上午，学员以分列式绕场两圈，第一圈是正步，第二圈是快走，然后全体整齐列队，听院长和英国女王发表演讲，热烈祝贺 2007 届学员毕业。

柳镠告诉我，英国军校强调军人荣誉感，每次大大小小的考核，我们这个排的综合成绩都是第一，所以最后学院宣布，我们整个排荣获本届的优胜排。英国女王亲自写信来祝贺，贺信上有女王的亲笔签名。在毕业典礼上颁发的奖杯，更多的是一种荣誉，每一年先进排都刻在上面，我们 2007 届也刻上去了。

毕业典礼上的学员受阅方阵中，先进排行进在第一个，柳镠被排在紧跟着旗手的第一行。先进排的绶带与众不同格外醒目，学员军装上的绶袋每年换，第一个学期是黄色的，第二学期是蓝色的，第三学期是红色的。从绶带能看出第几学期的学员，而先进排的绶带是三种颜色相融合。帽徽也特别制作，别的学员是白色的，只有先进排是金黄的，这是获得先进排才有的荣誉。因为任何一个学员不过关，先进排就没份儿了，柳镠和外军同学并肩行走在先进排的行列中，确实感到军人的自豪。

柳镠毕业前还有个小插曲。有个同学是阿拉伯某国富豪子弟，他问柳镠毕业了干什么，说你跟我到我们国家去吧，保证你年薪 100 万美元。他有一整箱子的英镑，非常有钱。他感激柳镠，因为训练中的无私帮助。他娇生惯养，也想要名校的荣誉，时常扛不住了，柳镠帮他渡过难关，就像亲兄弟一样。他临别时邀请柳镠去他们国家旅游，说那你去玩一玩嘛。柳镠说我是中国军人，毕业了就要回我的国家。

学员休假期间柳镠不外出，学校把他安排在一个英国老太太家。柳镠有空就帮老太太打扫卫生，和她聊天，帮她买东西，做了几样中国菜给她品尝。他的坦诚待人的本色，让老太太很感动。老太太每年要接受两个军校学员，她开心地说，你是我家来的第一个中国学员，也是我见过的最会关心人、最会体贴人的年轻人。

英国《星期日泰晤士报》2008 年 9 月 7 日报道："上月，中国人民解放军军官刘留（即柳镠）从英国桑赫斯特皇家军事学院毕业，完成了为期一年的学业。这一年里，他与英国陆军的学员们一起学习，共同训练。"这条简略的消息引发了西方媒体的议论，一个中国军官到英国军校留学，若干年前还是难以想象的。

其实，诚如柳镠接受英国使馆武官面试时所言，我就想借此机会看看国外的东西，亲身感受你们国家军队的训练是怎么样的。柳镠能顺利过关绝非偶然：他是能说流利英语的新一代军人，现代的知识与强壮的体魄并不偏离；早在读本科时，他曾三次参加长沙市马拉松比赛；到南昌陆军指挥学院进修，他以学员身份担任模拟连长，负重 20 多斤参加山地军事演习，知道军人的职责意味着什么。

柳镠那黝黑的脸膛和壮硕的身躯，透出久经磨砺的男子汉的力量。他出国前已经到连队当了排长，兵头将尾的实践也让他受益匪浅。他特别崇拜那种能指挥打硬仗的铁血军人，也从其他国家军人的身上看到对于自己国家的忠诚。他说现在每次看到国旗仍然很激动，想到出国的日子里对于祖国的向往，那面墙上的国旗在提醒我，你不仅仅是在英国军校就读，还是在展示中国青年军人的形象！

在《冲出亚马逊》创作原型的某集团军特种旅，我采访警侦连连长郑锦梁，就是那个一心想当兵的 80 后大学生。他说话时神情镇定，沉稳的语调中有一种内敛的坚韧。就在 5 年一次的全军特种兵考核中，特种旅第二次拿到了第一。特种旅每一个人，都在强化这种集体荣誉意识，只能增光绝不允许抹黑。我们军人

只能争第一，对于军人来说，根本就没有第二，在战场上你的第二也就意味着你的死亡。

2006 年 3 月，已经拿到工科与军事学双学位，而且回到特种旅六连当了四个月排长的郑锦梁，在军区首批"猎人"选拔中脱颖而出。郑锦梁既兴奋又忐忑，这对任何一个军人来说，都将是荣誉与艰险并存的人生磨砺。

当时"猎人"集训在中国军队刚起步，整个旅官兵都能报名，每个连队推荐三到五名素质比较过硬的，再经过层层筛选。郑锦梁所在的六连被选中四人，组成一个战斗小组，一个排长带三个老兵。按照"猎人"集训规则，一个连队带去一面连旗。郑锦梁排长带着六连的连旗，其中有人退出，连旗就会被降下来。

我说，退一个人也要降?

他说，退一个人也要降下来，一个礼拜后才能升上去。每个人为了连队的荣誉，咬咬牙，一个科目一个科目地过。

郑锦梁的榜样是"猎人"集训队队长颜启昌，这是一个中国特种兵的传奇人物，他在亚马逊丛林中顽强生存，并在国际特种兵比武中夺得第一，央视军事频道为他拍过纪录片，题曰"绝境苍狼"，也就成为他的别称。

颜启昌把国外特种兵的一句名言做了改造，放大成鲜血一样色泽的美术字，写在"猎人"集训队宿舍墙上：最舒服的日子永远是昨天。

我在"猎人"营地看到这句话，心头咯噔一下，为什么是昨天?

郑锦梁跟我解释说，它的意思是，别以为今天你挺过去了，你吃的苦就真的过去了，明天你的苦肯定比今天更苦。

这是一种向真正的战争靠拢的艰苦。经历国际特种兵比武的"颜启昌"们，给学员营造一种不同于常规的训练方式，那就是把你丢进险境与绝境，让你觉得所有的磨难都是很正常的，捶打出现代军人铁血气质的铮铮铁骨。

特种兵的形象，其实就是硬汉形象。教官穿着黑色训练服，传达的命令不容置疑，告诫你气势上就要压倒你的敌人。学员穿着绿色迷彩服，衣服前胸上贴有号码作为代号。你的名字就此消失，你要牢记你的代号。郑锦梁不叫郑锦梁了，他是 34 号。听到教员叫 34 号，他就要挺起胸，马上大声地喊：到!

"猎人"的训练理念，不仅要接受而且要执行，让拥有大学双学位的郑锦梁内心煎熬。一直以来崇尚人人平等，在"猎人"营地却尊严全无。教官站在队列前，面无表情地说，你们就是猎狗，教员才是猎人，这里就是把你从猎狗变为猎人! 郑锦梁听得很刺耳，后来他接触外军教官，外教也是秉持同样的理念，有的甚至更不讲常理。原来我们中国特种兵训练还是很理性的，尤其在饮食和训练的保障上。

6 个月"猎人"集训，按国际特种兵的通例，实行全程淘汰制。你是学员就按学员的规则，即使你身体受伤了，也没有理由可讲。当时集训队有一个学员，本来训练时受点小伤，剧烈运动之后伤口越来越大，最后就因为身体不适，含泪离队了。还有一个学员，在夜间行军的时候扭伤了脚，疼得不能落地，第二天脚肿起来，连续作业也不行，也只得离队治疗。只要 48 小时不参加训练，就自动被淘汰。

以为特种兵都是孤胆英雄，未免有些误解。集训队四人编成一个小组，不管干什么，吃饭、睡觉、上厕所、行军等，这四人必须一起行动。一个训练课目，四个人要同时完成，一个人没完成，就是一个小组没完成。郑锦梁头一次体会到，什么是小组作战的理念。四个人是最基础的作战单元。比方说扛圆木，四个人扛一根，八个小组一起出发，哪一组先扛到终点，即为胜出。"猎人"的任务通常靠协作完成，绝不是只靠单兵作战。练好单兵技术固然是基础，然后要练组员之间的协同，再练组与组之间的协作。小集群特种部队，就是"狼群"战术，一个小组就能击溃一大片。

我问郑锦梁，"猎人"集训哪些事让你最难忘。

郑锦梁说，太多了，每一天都难忘。这么说吧，训练"猎人"不同于训练运动员，运动员的教练讲的是规范科学、循序渐进，"猎人"的教官讲的是作战需要，没有科学可言，就是一句话，狠狠挖掘你的潜能，体能再好进去也受不了。你能体会到什么是累得散了架，什么是饿得前胸贴后背。一睁眼起床就是一个武装强行军，背着六七十斤重的背囊，迷彩服从里到外被汗水湿透，每一步都沉重无比。

　　苦与累是家常便饭，郑锦梁没想到，中午也得不到休息，天天如此，周而复始，精神处于即将崩溃的边缘。当你七到八天实在熬不住了，队长会突然让你调整一次，晚上睡个好觉。郑锦梁当然明白，这就是意志上极限的考验。至于作战技能方面，又都是新手，所有的课目都没有接触过，可能做七八遍了仍然不行。比如攀登技术，徒手爬陡峭的岩壁，它需要力气更需要技巧。比如潜水技术，平常在陆地根本不懂，连最基本的方法都不会，它其实是一门很复杂的技术，里面包含一些物理学的知识。

　　身为大学本科生，郑锦梁学基础理论确实有他之所长，对什么是大气压力一目了然，看建筑内部构造图，要比其他战友的反应更快。

　　什么是建筑内部构造图？原来接受反恐的任务，首先会拿到一张恐怖分子占据建筑的内部构造图，重要的位置要一下子就能看出来。

　　然而理论到实践，经历的是炼狱般的磨难。

　　郑锦梁们穿的是特种迷彩，料薄而紧身，假定进入建筑物的一个深坑，上面用汽油点了火熊熊燃烧，必须潜下去通过那个水坑，然后就穿着透湿的衣服，爬上十米高的梯子，跳入一个又一个"蚂蚁坑"，跳下去再爬上来。这些比人略大一点的坑，都很高很深，要用手臂硬撑才能上来。接下去是牵引横渡，一条长长的悬空索道，人从这头滑到那一头。一个惊险异常的过程，不止动作危险，而且全程衣服是湿的，模拟的是实战之苦之难之累，每一个人都脸色苍白，都拼尽了最后的力气。

　　非凡的苦，造就非凡的人。郑锦梁和三个战友的过关，使六连的连旗没有降过一次。毕业典礼上，郑锦梁接过大红证书，没来得及品尝喜悦，就被队长当头泼了一盆冷水。队长对所有的学员说，当一个最基本的特战队员，你们已经合格了，但是要当一个特战精英的话，今后还有很多的磨炼在等着你们。你们要参加各种不同的训练，严酷的战场变化无穷，记住，真正的特战队员，永远不能满足于现状。

郑锦梁的"猎人"生涯中有过一次次的"淬火"经历。2007年3月到2009年5月，郑锦梁被派往某国特种兵营地受训两年零两个月。

这实际上是一所国际"猎人"学校，入学的考试极为苛刻，教官与学员来自世界各地。郑锦梁参加的开学典礼很庄严，同样被告知，从此没有国籍，也没有名字。所有在训练中发生的事情由本人负责，跟校方没有任何瓜葛。

"猎人"学校地处热带雨林高原，群山围绕，绿树参天，到处都是河流，蚊虫成群飞舞，郑锦梁感觉异常闷热。开学就遭遇连绵不断的热带雨季，似乎有意识地选择一年中最难熬的气候。因为时下时停，一会儿暴雨如注，一会儿烈日高照，环境的恶劣超出郑锦梁的想象，所需要承受的压力也就成倍地增长。

郑锦梁说，开学典礼后，学校又召开一个学员大会，明确告知你，愿意留下来的，要与学校签一个协议，等于一切后果自负的"生死状"；不愿意留下的，马上可以回自己国家大使馆。人家再让你选择一次，你是留下还是放弃。我们中国军人漂洋过海来取经，当然毫不犹豫地在协议上签字了。说心里话，尽管有思想准备，签字时心里还是不舒服，不知道面对的是什么，毕竟把自己交给这个陌生的学校了。

每个人发到一个号码牌，郑锦梁是42号，之后就投入了高强度的课目训练。与国内训练方式不同，这里的教官对所有课目是保密的，谁都不知道明天的训练内容。模拟一个特种兵被扔进热带雨林，野外生存的本领你得样样行。

"丛林航海"，练的是高山密林中的方向感，一个人如同一叶舟，只有靠手握的指北针和一张地图。背着沉重的武器装备，每找一个点几乎拼尽全力，累得恨不能四脚朝天地躺下，而实际上不可能，这一个点的结束又是下一个点的开始。举步维艰的长途跋涉，汗如雨下湿透迷彩军服，连作战皮靴里都是汗水。近似实战的训练环境，体力拼到极限，半途却被告知，一律不发干粮，要求学员自己找东西吃，吃什么都可以。

郑锦梁抬眼看看四周，参天的大树盘根错节枝叶繁茂，或悬挂或横生一枚枚果子，有的像梨有的像瓜，外观似乎蛮可爱的，就是不知道该不该摘。外军学员提醒郑锦梁，貌似好看的这些果实，其实大多是不能吃的。熟悉丛林的学员给大家示范，找到能吃的果子，马马虎虎把肚子填饱。这让郑锦梁长了记性，热带丛林就是一个水果园，到处是水果，但到处又有危险，"猎人"得识别哪些可吃，哪些不可吃。

郑锦梁和同学穿行在没路的丛林中，当他们奋力赶到一个点，按规定某个山地躺着一个外国军官，这是一个模拟等待救援的伤员。学员在这个点受领的任务，是背着伤员跑到下一个点，在那里找到一个教官。教官交给的任务又出乎学员意料，要完成一个推汽车的科目。那是一辆陷在泥泞中的吉普车，学员众人一起发力推动，把车推向下一个目的地，考验学员是否具备良好的组织、协作与沟通的能力。

这和郑锦梁以往经历的考核不一样，到一个点不知道下一个点在哪里，也不知道下一个任务是什么，无论找点或任务，都贴近于实战中的绝境，拼的是你的体力，也是你的军事地形学知识，要把指北针和地图用得熟透。

"猎人"的实弹射击，让老兵也发憷。你不知道教官给你一支什么样的枪，很可能这支枪你从来没碰过。这怎么打，教官不是刁难你吗？郑锦梁已经做好饱受折磨的准备，仍然感到十分意外。教官似乎不通情理，但他自有一套贴近实战的道理。特种兵的一个本能，就是战场上随便捡到什么枪，你应该摸一摸就能用，所有枪的装弹射击原理是相通的，就看你的悟性了。教官扔给郑锦梁的轻武器，有三种步枪、两种手枪、一个火箭筒，产地出自不同的国家，要求学员操起每种武器都能试射。酷热天的射击训练，超常规的考核标准，使"枪响靶落"这样最基础的技能变得最有挑战性。

一个训练周期 17 天，被叫作"魔鬼周"，每天只能休息 2 个半小时，从早上 4 时 50 分开始训练，到第二天凌晨 2 时 30 分才能结束。一向身体强壮的郑锦梁也出现了无法自控的幻觉，急行军走着走着，擦了一下眼睛就睡着了；有的同学蹲下来系鞋带就不动了，推一推怎么有鼾声？原来睡过去了。连续三天不睡觉，郑锦梁突然之间好像听懂从来没学过的西班牙语，其实那是一种幻觉。悬挂在滑绳上面滑下来的时候，郑锦梁感觉一直在滑，滑也滑不到头，实际上已经坐在地板上很久了。

"魔鬼周"把郑锦梁逼入绝境，所有潜能被激发出来。这么大强度的训练，一顿饭只给一个小小的玉米饼，再饿就自己想办法，而且不给吃饭的时间，要边走边吃。纯净水是不提供给你的，要自己找热带雨林的水喝，在河流中舀，在树叶上集。像所有的学员一样，郑锦梁体重降了几十斤，变得又黑又瘦。

"魔鬼周"头两天，87 个学员退出 10 人，剩下 77 人。到 17 天，77 个人退出 38 人，剩下 39 个人，来自六个国家。退不退出外国学员认为无所谓，但中国学员十分珍惜出国受训的机会，只退出 1 个学员，因为他扛圆木的时候，被圆木砸到膝盖受伤了。这个中国学员退出了并没有休息，天天忍着疼痛跟着队伍，专门给学员拍照，像一个随军记者。郑锦梁特别感激他，没有他就不会有留下来的很多照片资料。从开始的 87 人，到最后毕业时，只有 6 个人通过，其中有郑锦梁在内的 3 个中国学员。

我问郑锦梁，作为特种兵，你们有没有想过，现在侦察手段越来越先进，都可以直接在电脑上操作，为什么训练还这么艰苦？

郑锦梁说，无论在国内，还是在国外，特种兵都有一种共识，不管战争再怎么信息化，特种兵作为一线的作战军人，还是要靠你的本领去完成任务，然后才能用各种传感器传回指挥部中枢。对于特种兵来说，作战的职能只有增加没有减弱，除了传统的基础课目的技能，还要学会掌握最先进的现代作战设备器材。

对于世界特种兵同行，郑锦梁收集了厚厚的剪报资料，熟悉所有的经典战例。美国"海豹"特种部队追杀本·拉登十余年，每一次出击的得失都足以研究。而索马里海域击毙海盗，称得上美国"海豹"特种部队的成功之作。以前的传统狙击手的射击，是静对动的，或者是静对静的，海上风高浪急，目标和狙击手都是动态的，这样动对动的射击，难度更大。其他最出色的同行，有英国 SAS 特种部队、俄罗斯"阿尔法"特种部队、以色列"野小子"特种部队等，也都在郑锦梁的研究之列。

在郑锦梁所在的特种旅，我感受到"铁血军人"的真正含义。特种旅政委陈志洪告诉我，特种兵最喜欢这样一句话，"给刺刀加上思想"。虽然这支精兵扎营于某山区，似乎与世隔绝，殊不知，中国特种兵的尖锐目光早已越过了周边的城市与村庄，追踪着世界军事的最前沿。某些西方大国的军队拼命在打战，拼命在总结，拼命做各种战斗转型，军队的转型意味着什么？难道不值得中国军人思考与应对吗？

假如明天打仗

我到某炮兵团采访三连连长陆松，这位英俊的博士一身戎装，说话的语调平实但清晰明确，黑红的脸庞上有一双敏锐的眼睛。给我印象最深的，是他对世界军事理念的关注思考，更是他对自己连队的深厚感情。陆松取得计算机博士学位，本来可以待在科研单位，却自愿来到野战部队，成长为这个团首位博士连长。

博士连长能带兵打仗吗？

如今，陆松所带领的连队操纵着新一代火炮装备，这是国庆大阅兵中吸引外国媒体的新式武器，有中国军队的"杀手锏"之称。

1997年，18岁的陆松作为省重点启东中学毕业生，以超过清华大学理科录取线的优异成绩，考入国防科技大学攻读计算机专业。在培养强军人才的绿色校园里，多了一个刻苦勤奋、孜孜不倦的年轻学子。本科、硕士、博士，陆松一路走来，读了10年的书。当他拿到博士学位的时候，导师很看好他的扎实基础与活跃思维，准备推荐他参加一项国家级重点科技项目。无疑，美好的前程向他招手。

临近毕业的一天傍晚，陆松听了一场特别的讲座。像所有的著名高校那样，国防科技大学讲座很多，讲课者多为军内外有影响的学者，陆松是忠实的听众，他从不放过任何一个学习的机会。而那天，走上讲坛的人不是学者，而是某集团军军长蒋谟祥少将。蒋军长告诉大家，不要用老眼光看待一线作战部队，现代军事变革促使集团军转型，基层同样需要高学历的人才。朴实而恳切的语言，使陆松热血沸腾。

陆松也没想到，一堂并不深奥的讲座，让他如此难忘，甚至改变了他今后的志向。他决定接受挑战，到一线作战部队基层去任职。

2008 年，陆松被分到了某炮兵团。这支技术含金量很高的部队，对这个计算机博士非常重视，团领导征求他的意见，是否愿意留在团部机关工作，他说，我一直在读书，对部队不了解，还是让我从最基层的岗位干起吧。

已近而立之年的陆松，博士毕业就被授予正营职，他来到三连当了一个正营职排长。按理说，正营职的军衔是少校，比连长的军衔还要高，陆松缩短与连队官兵的距离，特意在下连时实行"换衔计划"：戴列兵军衔练体能，戴士官军衔练技能，戴排长军衔练指挥。他在摸爬滚打中熟悉军人，也向真正的军人看齐。

列兵、士官、排长，陆松在"升级换衔"中重塑了自己。扎扎实实的努力，陆松不仅体能过了关，带兵也不软塌塌了，口令喊得余音缭绕，日常管理像模像样。他这个博士排长，比其他排长毫不逊色。而他这个排长是博士，学习之长很快突显出来。不久，陆松担任副连长。2010 年 3 月，陆松被任命为三连连长。

不动声色，埋头实干，陆松以攻读学位的劲头，啃完了 23 本装备操作书籍，查阅了 30 余册历年训练演习资料，观看了 20 余部教学录像，整理了 4 万多字的厚厚笔记，掌握了主战装备 36 个专业的基本原理和操作要领。

这个炮兵团的政委钱逢水具有军校硕士学位，对高学历干部有一份特别的钟爱，只是他并不主张像老母鸡对小鸡那样护着，而很欣赏陆松这样一沉到底，甘愿到连队基层的风浪里经受捶打，因为自己的感受比任何说教都来得真切。他对我说，作为陆松的领导，我的任务就是关注他，支持他，而不是替代他。

钱逢水政委到任后，沿续着他多年的老习惯，晚上熄灯前到连队转一转。那天他来到三连，问哨兵，连长在不在，哨兵说，在。他推开连长的房间，看到陆松并不在房间里。他觉得奇怪，这间房子空空荡荡，除了桌子上有个台灯外，床上没有被子，日常的生活用品也都没有，只有门牌上刻着"连长"两个字。

连长是不是住在家属区？听钱逢水发问，哨兵报告：连长住在班排。原来，尽管家属已经随军了，但陆松还是把连队当家，常年住在战士集体宿舍。钱逢水问陆松为什么，陆松说得很简单，离战士最近，才知道战士最想什么。

第二天，钱逢水政委在全团干部大会上，表扬了陆松。他引用了陆松的原话，而且告诉大家，今天表扬陆松，不是因为他是博士，而是因为他是连长。很多时候，用不用心比有没有学历更重要，陆松就是一个肯用心的人。

陆松的"超常规思维"，也曾叫领导捏一把汗。他带队参加军区组织的濒海实战演练，第一次组织实弹射击，就作出了一个让人意外的决定——上报到团里的实弹射击人员名单，不是老射手，而是两名新兵。谁都知道，按照多年的老规矩，用老射手保险，叫两名新兵上，明摆着有风险，万一失败了吃不了兜着走。

陆松向团首长报告：读书时老师就强调，要给新人以机会，训练更应该出新，谁都有第一次，老射手是重复自己，新射手是突破自己。综合考量个人的心理与军事素质，两名新兵能担当重任，只要技术过硬，就该大胆起用。

团领导慎重研究，同意了陆松的请求。两名大学生新兵勇敢应战，射中了演练"第一炮"，改写了新装备列装多年新兵不打实弹的历史。团长汪辉雷说："这个陆松，连队官兵都服他，别看他平时温和谦恭，一上训练场，胆子大得惊人！"可贵的是，这个团的军政主官容忍了陆松的大胆，而且和他一起承担了责任。

采访时我了解到，陆松喜欢琢磨是出了名的，他还带出了一群爱琢磨的兵。一次"侦控打评"演练中，炮兵群指挥信息系统无法与新装备指挥车相联通，作战数据无法实行数传，大大影响了作战效能。陆松把这个难题交给全连官兵，大家一起编程、调试、架设，忙得热火朝天，最终通过实践检验，成功打通了炮兵总群到分群、再到营连的指挥链路，实现了指挥系统对接，填补了这项技术的空白。

陆松这个连长当得绝不平庸，他带领三连填补了训练备份模式构建、指挥平台总量接口启用等 10 项技术空白；他主导开发了集数据统计、成绩查询和精确分析于一体的成绩评估系统，总结归纳出"科学组训十二招"；他主动对信息系统软件优化升级，实行联调联试联训，提高了信息化条件下炮兵射击快反能力……

博士连长陆松可谓武艺高强，不再是只凭体力的冷兵器格斗，而投身于主战武器的高技术较量。从陆上目标打到海上目标，从单发射打到连齐射，从单一弹种打到多类弹种，三连成为屡战屡胜的"神炮连"，陆松也被总部表彰为"全军优秀指挥军官"，连队连年被评为"基层建设标兵连"、"军事训练一级连"。

陆松告诉我，军队装备在更新，人才观念也在变化。以我的切身体会，像我这样的高学历军官，到部队基层不是做样子，而是真的很需要，说明主战装备正向高技术跨越式的发展。也有人好心地问我，你一个博士当连长，会不会是浪费人才？我回答他，一个博士当连长，就是人尽其才，因为战争需要我！

我是在皖南某山区训练基地采访王鹏的。王鹏是南京大学经济学本科生，也是国防大学军事学硕士生，我手头一篇新闻报道如此描述这个亦文亦武的军事主官："王鹏是个矛盾综合体：700 度近视的镜片厚度令人吃惊，琴棋书画的熟练程度让人赞叹，他的油画数次获奖，他的英文歌曲流畅高亢……"

此时，这位以"野狼"著称的大校旅长，一身迷彩服，脚蹬作战靴，透出一种军人特有的干练。王鹏的胸前有一条蓝色胸标："模拟蓝军部队"，下面一排英文："DOUBLE EDGED SWORD"（双刃剑）。他的外形斯文中又有威严：短茬头发，黝黑脸庞，鼻梁上架一副白边眼镜，嗓音低沉而沙哑。

笔者问王鹏，你的对手都说你狠，为什么这么狠？

王鹏说，老祖宗造字有学问，"猂"字比"狼"少一点。依我看，多一点很必要。军区领导倡导"红蓝"自主对抗，摸索和平年代军事训练最接近实战的形式，本质就是逼着"红军"与"狼"共舞。然而，少一点也重要，这个"猂"就是"磨刀石""。军人不好斗不行，蓝军部队不是陪练，不是拳击的沙袋，要当就当拳击手。今天在演兵场上让"红军"吃苦头，死缠烂打，绝不手软！

上过南疆战场的王鹏对于战争有着真切的体验，他告诉我，战场绝对残酷，只有生存或者死亡。那次在炮火不断的前线，我用我所学的合成参谋知识，为团领导出谋划策，冒着危险深入前沿勘察地形。全团各个阵地我都跑遍了，研究作战方案时，我发现一张火力计划图有疏漏，马上就提出看法。炮兵股参谋接受我的建议马上修改。我当时不过是一个学员，一个见习参谋，就是对战争负责，我现在还时常对我下面的参谋说，训练与作战一样，绝不允许马虎，一点不允许，马虎是要死人的！

其实，以王鹏的才华和能力，到哪里都是闪闪发亮的金子。1998 年，顺应军事变革的需要，王鹏所在部队缩编，建制由师改旅，作训科科长王鹏在内的一批副团职军官被列入编外，面临转业的安排。许多人忙着回地方联系工作，省级机关和大型企业的老同学听说王鹏编外，都拍着胸脯保证帮忙。最高兴的，是王鹏在省城工作的妻子。王鹏忙得常常见不到人，妻子渴望丈夫脱下军装，夫妻团聚安安稳稳地过日子。

王鹏虽然找出英语书翻翻，对于可能转业有心理准备，但他的军人目光仍然犀利：组建摩步旅在军队尚属首次，从师团建制到旅营建制，训练究竟怎么抓？他翻出多年积累的训练记录琢磨，又到驻地军事院校查阅资料，写出一份《摩步旅按纲施训的教学组训说明报告》，当作留给老部队的"最后礼物"。军长主持"师改旅"的仪式，见到王鹏说，王鹏，你想走？带点换洗衣服，你跟我下部队调研去！

2003 年，王鹏刚从国防大学获硕士学位回到部队，再次到集团军机关当编外参谋。虽然暂无岗位，王鹏仍忙得很。战友劝他，你正团 3 年多，有学历有资历，坐着等位子吧。王鹏却说，只要我穿一天军装，就得干军人的事。

待岗 14 个月，王鹏忙了 14 个月。他参与组织摩步某旅登陆战斗实兵演练，指导装甲某师探索夜间训练及进攻战斗思路，牵头编写"摩步某旅登陆战斗指导手册"。王鹏的敬业态度感动了许多人，旅师领导给集团军打报告为他请功。

王鹏似乎与军人的使命难舍难分，他在每一个岗位上都有故事，而我更感兴趣的，就是他这样的待岗，在岗位之外有他这样的抉择。

2008 年，王鹏当旅长的摩步旅奉命承担模拟敌方部队的任务，王鹏由此成为解放军新一代"蓝军司令"。凡是和蓝军过招的部队每每喊出的战前动员口号，都有这样一句："活捉王鹏，荣立一等功！"至今王鹏率领下的蓝军，已先后参加了十几场演习，给"红军"树立了强大对手，也让对抗部队对王鹏"又爱又恨"。不过，遗憾的是，"红军"还没有人立这个一等功，因为至今，王鹏还没被"活捉"过。

王鹏怎么个"狠"法？

世界军事研究结果表明，兵力三倍于对方，才有必胜的把握。王鹏率领摩步旅"蓝军"参与"红蓝对抗"，红蓝兵力配置 3：1。王鹏的"蓝军"装备未必先进多少，兵力只有人家三分之一，想要取胜就得出奇招。凶猛狡诈、冷酷多变、叫对手想不到，都得有实力做基础。换句话说，对敌人狠，首先要对自己狠。

登岛作战训练的军事比武，王鹏下令，士兵跳下冲锋舟再爬上一个岛的崖壁，而这个崖壁大部分凹进去，也就是"负角度"的！需知，参加比武的不是善于攀岩的侦察兵，而是整整一个步兵连，还得带上全套装备！山崖如此陡峭，怎么上得去？王鹏不信上不去。他发动大家出主意，又与专家商讨，最后靠打出的锚弹抛射软梯，终于试验成功，而且申报了国家实用技术专利。王鹏抓出的类似发明有十余项。

王鹏的另类思维是，与其坐等最新的武器装备，不如靠技术革新提升战斗力。所谓创新打法，每战不复，按部就班训练不出虎狼之师。

有这样一张"蓝军"训练照片：一位战士正从隆隆驶过的坦克肚子下钻过，本来已够惊险了，王鹏的解释更出人意料，以前战士可以躲在战壕里，坦克在战士头顶上开过就行了，而他的训练改在水泥地上，而且在坦克底部画一些特定符号，贴上一些磁条，战士过坦克时不但要尽可能记符号，还要抓下这些磁条。王鹏这一招与常规迥异，书上找不到，既锻炼胆略，又考验其危急关头的思维判断。他毫不掩饰"魔鬼教官"的得意："我练出来的战士，判断力和身手敏捷程度肯定要强于一般人。"

只要演习打响，王鹏对"红军"绝不留情，六亲不认。某旅旅长金川与王鹏同事多年，曾经金川是旅长，王鹏是参谋长，属于关系很铁的老搭档。如今，金川率"红军"，王鹏领"蓝军"，两军对垒，王鹏有言在先，对不起了。他指挥"蓝军"10分钟"摧毁"对方10辆坦克，老旅长倒吸凉气："老伙计，够狠！"

王鹏的狠中有智，狠中有谋。某次军事会议，一位首长提问：两批次某型战机，从某地到演习场要飞多久？现场参谋还在翻书找答案，王鹏已经站起身，报出准确的答案，首长笑道，王鹏就是王鹏！某次海上演习，王鹏和参谋勘察地形，顺手从海滩上捡起一只螃蟹，问周围的参谋："你们谁能从这只螃蟹身上，看出岛屿南北两岸环境的差别？"大家面面相觑，王鹏娓娓道来："你们看这只螃蟹，腿短而粗，说明它在海里爬行遇到的阻力大，可以判断：我们现在所处的南岸平时风浪较大。"

代号"必胜2009"的军事演习，50多个国家130多名军事观察员和外军军官观战，王鹏的"蓝军"让外军同行十分惊讶。当中方指挥员与外军观摩军官座谈时，王鹏拉过翻译，向一名美军空军中校提问：关于美军未来训练方式，请问可能做怎样的改革？王鹏凝神细听，突然打断翻译的话："NO!NO!"接着，王鹏用标准的英语重新提问："21世纪世界训练三种模式，一是传统的，一是模拟的，一是虚拟的。我对虚拟技术感兴趣，美军未来训练方式有什么要领，三种模式是怎么渗透的？"美军空军中校一耸肩膀："对不起，你的问题太专业了。"座谈后举办酒会，这位美国军官找到王鹏敬酒，对王鹏的专业素质表示钦佩，说我很抱歉，这个问题，我确实不懂。

王鹏说，什么样的官带什么样的兵。一头狮子带一群羊和一只羊带一群狮子，随便一想你就知道结果会怎么样吧！"红军"打一场就走了，"蓝军"要打好几场。同一个基地，同一个地形，军区要求我每一仗都不一样。"红军"轮着来，不同的对手。每一场间隔二三十天，我的兵要攻防兼备，能攻能守，所有工事重新修，以前七到十天，现在三天就干完。部队像狼一样，嗷嗷叫。我的兵啊，真的感谢他们！

谁都知道王鹏狠，但他对"我的兵"却有兄弟情谊。初夏一天中午，王鹏刚从食堂吃饭回来，就看到几个战士到超市买方便面，一问才知道，由于天气炎热，连队荤菜多，做得又油腻，战士没胃口。王鹏想到，红烧肉就能提高战斗力的观念该改了，随即找来营养学和烹调学的书籍，带领手下针对不同季节的特点、不同强度的训练，制定一套不同的菜谱。王鹏振振有词，我当旅长就好吃，让大家都吃好！

老兵都记得，"蓝军"作战任务从进攻转为防御，打惯了进攻的基层官兵一时理不出头绪。王鹏调出影片《小鬼当家》，组织全旅就看这个！放映前，王鹏登台演讲："电影里有个小孩子，防御一个公寓，滴水不漏，打败一群盗贼。今天你们别光顾着乐，都想一想，给你一个山头怎么守？"结果，基层官兵琢磨出 29 个"金点子"，仅设置障碍的想法就有 5 类 17 种，让每个兵都当了诸葛亮。一旦老兵退伍，王鹏亲自到车站送别。老兵会抱着他哭喊："旅长，要是真打仗，喊我们一声！"

"蓝军司令"的名声在部队早就响了，但媒体宣传却几经周折，原因是王鹏为人低调，死活不愿意宣传，新闻干事写稿子送审，被他一律"枪毙"。集团军领导发火了，哪是宣传你个人，是宣传你们旅，你王鹏必须配合！一旅之长的王鹏，当然懂得组织原则，更懂得服从组织决定。王鹏唯一的要求，讲我不能讲满。说到底，干哪行，钻哪行，爱哪行，就这么简单。要讲境界，军人要有军人的职业道德。

2010 年 1 月，南京大学隆重举办 MBA 新年论坛，请来了校友王鹏。这个一年一度的论坛现场名流云集，按惯例要请一个重量级的主讲者。王鹏固然毕业于南京大学商学院的前身——南大经济系，也是 MBA 新年论坛开办以来唯一的主讲军人，听众也许会嘀咕，王鹏这么长时间操枪弄炮在军营，他能讲出什么新道道？

王鹏告诉我，南大是我的母校，他们找我多次，在 MBA 年会上安排一下午，要我以励志为题目，讲如何当"蓝军司令"的。我觉得不合适，台下坐的学员都是老总，我全讲部队的专业不行。我就说，我要讲"一个军人眼中的管理与效益"。一开讲我们就是平等的，你是法人代表，我也是法人代表；你是管理者，我也是管理者。你追求效益，我追求战斗力，一下子拎住了。部队管理出战斗力，企业管理出效率，这本质不是相通的吗？队伍建设、企业文化、战斗精神，双方沟通很热烈。

听众大多是从商或者学商的，王鹏有理有据地阐释了"商场如战场"的道理。就像王鹏所说，商场和战场的职业特点，都有竞争性（对抗性）、风险性（危险性）、不确定性。指挥员和企业家都是管理者，战场和商场的基本思路类似，都是以小搏大、以快制慢，追求最大效益。王鹏表示，"上下同欲者胜"。一个摩步旅有防化兵、雷达兵、侦察兵等很多兵种，假如内部管理不顺，根本谈不到制敌。

兵道如商道。像王鹏这样的"蓝军司令"，这样对于战场和商场的见解，如此令人耳目一新，使全场高潮迭起，掌声不断……

当"蓝军司令"逐渐为人家所熟知，王鹏曾应邀在"中国军网"做客嘉宾访谈，与众多网友倾心交谈。王鹏有问必答，听来十分痛快，让人感受到新一代指挥员的自信与坦荡。因为篇幅的关系，我只能摘选一部分访谈内容：

"绿色茫茫"：作为"蓝军司令"有很多的"敌人"，您喜欢这种孤独的感觉吗？

王鹏：恰恰相反。当"蓝军司令"以后，我的朋友更多了。场上是对手，场下是战友，更何况有些对手是我的同学和故友。

"睡着的冰"：网上评价你"心狠手辣"，您带兵狠到了什么程度？

王鹏：举个例子，连续训练 12 个小时，30 公里山路，连贯完成 25 个科目。

"蓝色沸点"：请问，您为什么执著地留在军营？

王鹏：人各有志，地方工资待遇确实比部队高，但是我经常可以和将军们一块研究战法，一起研究部队建设的若干问题，这是一个地方老总不可能享受的待遇。我在部队这么多年，从生理到心理和部队融在一起了，为什么要离开呢？

"蓝色沸点"：在 Baidu 中搜索蓝军司令，居然有 24000 多条，真牛！您觉得咱们中国军队的红蓝对抗与美军的欧文堡基地的对抗训练有多大差距？

王鹏：我们的自主式实兵对抗演习，无论是战场氛围的营造，演习的近似实战程度，还是技术装备的使用，我觉得我们不比美军差。

"恐龙克星"：你觉得你的部队现在做好打仗的准备了吗？

王鹏：军队的存在就是为了明天的战争，但是军队永远没有准备好的时候。每场演习开始时，我仍然觉得还没有准备好。演习结束复盘时，总能找到一大堆问题，就是说即便打赢了，仍然存有很多遗憾。

"恐龙克星"：以后蓝军是不是越来越多啊？

王鹏：蓝军部队不是越多越好，它是假想敌，是模拟部队，是为其他部队提供对手的。我想，蓝军部队会越来越强，而不是越来越多。

"大学小学生"：你英语很好啊，不知你平时都喜欢看什么外国书？

王鹏：以前看原版的小说，现在看的是原版的作战条令。

"野猫子"：您喜欢玩什么游戏啊？

王鹏：上学时没日没夜地玩过红警，遗憾现在没时间玩了。

"大学小学生"：作为南京大学的高才生，你觉得带兵中用到了大学里学到的什么知识？对现在的在校大学生有什么忠告？

王鹏：大学中学到的知识，是一个人知识储备的基础，为你今后的人生打下了基础，很难说我带兵时用到那一门课知识。我可以给在校大学生一个建议，作为学生提高综合素质固然重要，但学好现在的专业，更为重要。

王鹏告诉我，国防不仅仅是军队的事，军事也不单单是军人考虑的事，真高兴看到网友提出具有专业水准的问题，让我们军人感到欣慰。

心 与 心 有 多 远

　　我到某炮兵团采访大学生官兵时，政治处主任张信春热情地向我介绍典型事例，他那棱角分明的脸上有一双明亮的眼睛，思路像他的目光一样清晰。他用略带沙哑的嗓音，有条有理地分析基层官兵的时代特点，客观而又中肯。交谈时我才得知，张信春这位 70 后的中校也是一个地方大学生，毕业于江西师范大学教育管理专业。

　　我问张信春学的是哪些基础课，他说，基础课就是教育学、管理学和心理学。心理学是当时新加的课程，学的内容包括生理知识、人体解剖、普通心理学、教育心理学、社会心理学、心理学流派等等。重视心理学是教育现代化的一个成果，因为在以前"政治挂帅"的"文革"期间，心理学是被扣上唯心主义的大帽子的。

　　他还说，心理学知识给了我看问题的不同视角，部队有它的特殊性，但人与人的心理交往，道理与社会上是共通的。我会考虑工作对象的心理变化、心理承受能力，懂得尊重和理解别人，而且力所能及地营造这样的氛围。

晚饭后他和我在营区小道边走边谈，谈到当下年轻人的心理承受能力。他告诉我，一支部队的心理建设与装备建设一样重要，思想问题与心理问题时常被混淆，其实不是一个概念。部队每一个成员都要经得起摔打，心理素质必须过硬。但心理问题是客观存在的，既要疏导，也要正视。他在连队遇到过一个兵，不愿与人交流，还说存钱干什么，死又带不去。这个兵很消沉，班长谈话不见成效，他和骨干分析，对这个兵不能批评了事，决定送他去医院。一鉴定，轻度抑郁症，赶紧住院治疗了。

张信春很庆幸，如果以为那个兵思想落后，只是靠谈心来提高觉悟，也许就会延误病情，或者带来更多的麻烦。懂得心理问题与思想问题的区别，使他做工作避免了简单化，处理问题实事求是，带兵也就能带到点子上。我听来颇有启发。张信春当过连队指导员，当过营教导员，并不局限于死板的条条框框，而是善于独立思考，比如"心理建设"这样的新颖理念。张信春在连营当主官时，组织过心理辅导的小讲座，走上团政治处主任的岗位，和团长政委一拍即合，非常重视官兵的心理服务。

我知道，心理是不是健康，问题的提出就有鲜明的时代特征。对于心理知识的理解，对于心理服务的认同，提升的是军队以人为本的文明程度，而张信春这样的基层领导也能有现代的心理意识，也折射出部队以人为本的一大进步。他告诉我，团里急需培养心理骨干，决定请地方学者来军营讲课，他数次去苏州大学沟通，请来8个知名教授，从不同侧面列出8个专题，给官兵上了心理知识普及课。

他还告诉我，心理建设如今被提上了部队建设的日程。虽然团一级没有，但师旅一级已经配备有心理干事的编制，在军网上开通心理咨询的网页，他们可以请上级部门的心理干事或心理专家来指导，毕竟这是我们自己的专家。

心理干事，这个带有强烈时代感的职务，引起我极大的兴趣。采访中我了解到，基层作战部队进入新世纪之后，从地方高校特招入伍了一批具有心理学背景的特殊人才，他们用所学的知识与基层官兵沟通对话，作为新时代政治工作的补充形式，以疏导者的平等取代教育者的俯视，使部队对官兵心理健康的重视落到了实处。

林雪梅，某摩步旅政治部心理干事。2006 年毕业于安徽大学心理学专业，这是一个清秀、开朗、直率的 80 后军官。她告诉我，其实在高中时，她很腼腆也很内向，跟人一说话就脸红，进了大学才使她性格有了根本转变。

2002 年，18 岁的林雪梅翻阅厚厚的本科报考指南，执笔填写高考志愿。高中时她学的是理科，在一大堆大学理科专业中她看到了心理学，顿时眼前一亮。心理学以前只是一门课程，原来是文科，那一年又被划到了理科，作为专业对外招生当时还刚开始。因为有研究、实验和分类，需要数据化的理性支撑，林雪梅决定填报这个专业。她说，感觉心理学挺神秘的，似乎有理科中少有的人情味。

林雪梅出生在安徽省巢湖市的普通农家，是一个好学上进的乡村女孩。她埋头读书，无意于任何与读书无关的事情。连她在内，有四个女孩关系最铁，这"四姐妹"平时聚在一起，那三个女孩叽叽喳喳，唯有她静静地，坐在那里当听众。她在学校里是个不愿意出头露面，而且总被人忽视的听话学生。不过，她专心地听教授讲课，每一次都觉得很入耳，对人的心理探索式的靠近，使她的胸襟逐步地敞开了。

林雪梅说，心理学就是研究人的学科，让我懂得与人相处不能自以为是，要站在对方的角度想问题。大四期间实习，我被分到一所小学给学生上课，当时小学也发了心理健康书。什么叫情绪呢，书面语言孩子不懂。我告诉大家，情绪就是心情，你高兴还是伤心。让孩子们上台表演，高兴什么样子，手舞足蹈的；伤心什么样，愁眉苦脸的。遇到什么事情，就会有什么情绪。哪种情绪是好的，积极的，有利于学习的。哪种情绪是不好的，消极的，不利于健康的。孩子非常喜欢，什么话都跟我讲。

2006 年林雪梅大学毕业时，正赶上国家教育部门对心理学的重视，规定学校必须配备心理学授课教师，同校毕业生都忙着找工作，只有心理学毕业生很笃定，到学校的去向不用愁了。此时，部队特招心理学大学生，同学拉着林雪梅去面试。她对我说，从中学到大学，我都是"平民一个"，一次没当过学生干部，面试后以为没什么戏，没想到我的运气比较好，不几天就接到电话，问我有没有意向到部队。

林雪梅特激动，说有。再问她，到野战部队呢，她说行。对方说，有的话，我们到你们学校，对你进行考察。部队来人到学校，林雪梅才知道，特招的部队是某集团军，通电话的是干部处张干事。张干事严肃地说，不是吓唬你们女生，野战部队真的苦，你们要有思想准备。林雪梅也严肃地直点头。最后考察通过了，她问张干事，你觉得我哪方面适合部队？张干部说，看你挺实在的，觉得你大概能吃苦吧。

24岁的林雪梅和同期入伍的心理学大学生，到集团军教导大队集训一个月，又到军校培训三个月，分到某摩步旅。报到那一天，林雪梅一身戎装带着行装，大门口值班的警侦连排长忙打电话给通信站，你们来了个女干部，赶紧派人来接。她说等一下，我的专业，不会到通信站。排长说，啊，女干部不去通信站，你是医生啊？她说，我也不是医生。排长说，那你去哪儿啊？她说，我先到干部科报到吧。

林雪梅到干部科，交了报到通知单，问，我是学心理学专业，应该安排在哪儿？干部科科长说，学心理学的，那到医院去吧。科长亲自把她送到医院。医院领导一听，来了个心理学大学生，非常欢迎。我们正在做心理健康工程的试点，你来了，太好了。林雪梅说，我刚来什么也不懂，跟着你们干。当年的新兵心理测评工作，林雪梅先是参与，接着人手少忙不过来，她就全程负责，成了新兵心理测评工作的主力。

林雪梅至今印象最深的，是第一次给全旅官兵上大课。那是她到任后没几天，领导很信任地跟她说，明天你上一课，讲讲心理教育。给谁讲呢？新兵，加带兵骨干、带兵干部。领导说得轻松，她却万分紧张。没提前告知，来不及备课，她有些蒙，一夜没睡踏实，顶着头皮上吧。次日来到大礼堂，走上讲台，值班员大声向她报告，吓了她一跳，忙举手还礼。一看底下，全场座无虚席，黑压压一片。

林雪梅稳定了一下情绪，提醒自己镇定。她对大家说，上心理教育课，不像政治教育课那么严肃，可以放松一点，手搭在椅子扶手上。下面没人敢动，仍然双手按膝，腰杆挺直，保持着紧绷的坐姿。她感到有些尴尬，课讲不下去了。新兵大队领导看她不吭声，说，林干事讲了，放松一点，放松！唰，大家都松下来。

她告诉我，拿着一本心理学基础的书，结合自己到部队的心情，用最通俗的语言开讲。其实我跟大家一样，也是个新兵，只是身份不一样。因为没做课件，怕人家听不进去，赶紧提问，一问就能提精神。我要提问啦，新兵到部队一个月，有什么感想，有谁能自愿说说？没人回答。我说，想家吗？一个人说，想家！一片声音喊，想家！我接过话题说，是的，我也想家。那么，想家怎么办呢？说给大家听听。

新兵举手发言。有的说，我想家，就打电话回家；有的说，给父母写信；有的说，不能跟同学QQ网上聊天，觉得太孤单。我说，老想家怎么办，应该就把军营当作你的家，融入这个大家庭，感受战友兄弟的温暖，有事情做了，就不会老想家了。一堂课40分钟，在掌声中结束。教育干事说，你还行。我说，我太紧张了，手在下面一直抖。他说，你下次就好了，我以前讲课也犯怵，后来当指导员参加授课比赛，也拿过第一。我说，哎呀，不知道，要是早点向你请教，讨点经验就好了。

接下去的考验，是给营连领导上课。旅里组织连指导员、营教导员集训，政治部主任布置，要讲一节心理健康课，旅首长亲自参加听课。这一堂课非同小可，怎么上呢？林雪梅撰写教案，负责集训的组织科提供资料，找图片，做课件，在小礼堂安放投影仪。看她对着稿纸犯愁，组织科科长出了个主意，小林，不要紧张，你站在我们科门口，读五遍，不管来回多少人，只要你能读出来，到时候肯定不紧张。

这怎么读啊？有什么不能读的！在政治部办公大楼，人来人往的走廊上，林雪梅大声地诵读。机关干部问，林干事，你这是在干吗？林雪梅说，我在锻炼胆量。也怪，她在大众场合念稿子，越念越沉着，真是一次心理锻炼。

这次林雪梅上课效果明显好多了，她一口气讲了70分钟。政委听得特仔细，边听边做笔记。最后政委总结，林干事讲得挺好的，我现在提问一下，看看大家是不是认真听了。她留意到，下面的人紧张了一下，不过，被政委点到名的都能回答，说明认真听了。下了课，组织科科长表扬说，不错，有当教员的潜质。

林雪梅的心理学知识，在部队找到了用武之地。夏天部队海训，有一个兵看到水就害怕，有浑身抽搐的感觉。负责保障的军医和连队的班长分析，可能是心理恐惧，就请林雪梅判断。她头一回遇到这么严重的咨询对象，她说，我说什么，你能听明白吧。这个兵的手还在抖。她说，深呼吸，再深呼吸，做了20分钟。

等那个兵的情绪平稳了，林雪梅轻声和他交谈。他说，我在家是独子，村里池塘多，从小父母吓唬我，脑子里的概念，水是恐怖的。她说，你是恐水症，想不想克服？他说，我肯定想了。她跟班长排长说了些方法，请他们实践。一连几天，陪他洗脸、洗脚，再把他带到游泳场，先两只手放下去，不怕，两只脚伸到里面，不怕。站到水里，也不怕。最后，对于水的恐惧终于消失了，成为一个游泳好手。

她说，像这样有恐水症的兵，过去会以为他偷懒，不想参加训练，其实他不是装的。感谢那个头脑清醒的军医，发现这个兵生理上没毛病，可以用心理辅导来解决。他是个兼职的心理骨干，参加过集训，对心理疾病有认识。

直到现在，林雪梅到连队走访，时常会有战士对她说，林医生，我听过你的课。旅里女干部少，都说来了一个女心理医生。她很想解释，我不是心理医生，不是学医的。本科刚毕业，只能算心理咨询员，后来全军区的心理干事集中培训，通过了二级心理咨询师的考试，但也不是医生。心理医生，要有医学专业的背景，遇到抑郁症、焦虑症，有处方权；而心理干事，主要是提供心理咨询与心理服务。

虽然解释不清，人家也不懂，林雪梅并不在意。她最无奈的是，很多人都会对她说，你学心理学的，知不知道我在想什么。她坦白地说，我告诉你，我也不知道。心理学，研究的是心理活动的一些规律，使部队官兵的心理状态更加健康。因为部队成分变化带来的需求，基层心理岗位的设置体现了现代意识。

我到某防空旅营地采访心理干事胡秋莲，得知她在官兵中名气不小，因为创办"胡干事知心留言板"心理咨询网，被大家叫作"知心姐姐"。她已入选"全军政工网"心理咨询师，还出版了一本公开发行的心理学案例专著。

胡秋莲也是 2006 年特招入伍的，她毕业于湖北长江大学心理学专业。她告诉我，大学毕业前她考上了公费研究生，一分钱学费不要，每个月还发 160 元补助。当时研究生考试竞争激烈，同宿舍 4 个女生中只有她一个人中榜。部队来学校招收大学生入伍，激发了许多同学的报国情怀。大学期间入党的胡秋莲想报名试试，结果顺利地过关。然而，到部队意味着放弃马上读研，让她未免有些纠结。

胡秋莲家在黑龙江大庆市，填高考志愿时，她看到湖北长江大学有心理学专业，面向全国招生，在黑龙江只有一个名额，胡秋莲一时兴起，就填了第一志愿。念了四年大学，胡秋莲接触到了世界心理学的前沿领域，逐步了解了这门新兴学科的价值所在。导师非常欣赏她的悟性，建议她继续读研，可以在心理学专业的研究道路上走下去。至于到部队是否有心理学专业的施展空间，则是一个未知数。可是，部队招生干部肯定地说，部队特别需要你的专业，不然，怎么会专门招心理学大学生呢？

读研是她跨进大学门时就藏在心底的目标。胡秋莲征得学校的同意，保留一年的读研资格。等她到了部队，才知道根本不可能。上半年地方大学生到军校培训，别看她长得清秀，却性格倔强，干什么都不服输，被评为"军事训练先进个人"，曾受到院系的嘉奖。下半年分到部队，好不容易有点头绪，怎么能半途而废，不要说领导通不过，自己都通不过。只能放弃考研冲刺的成果，权当一次自身实力的证明啦。

胡秋莲刚走上心理干事的岗位，旅领导对她的工作很支持，布置心理咨询室放手让她发挥。她设计了温馨的色调、宜人的花草和鲜目的张贴画，然而与她的热切期待相反，一连几天冷冷清清，基层官兵对她都很客气，礼貌有加，似乎隔着一条无形的鸿沟。是啊，人家对你并不了解，哪个愿意向你道出心里话？

幸运的是，胡秋莲走进的是新世纪的军营。部队信息化建设的步子超出她的想象，这个防空旅走在全军前列，尤其是军内网络的触角延伸，电脑进了班排，人人可以上网，每个连队都有网站。胡秋莲在旅"政工网论坛"浏览，读到许多80后军官90后士兵的直率留言，他们的喜悦、他们的忧伤和他们的困惑，都让胡秋莲感到亲切，使她有一种与他们真诚对话的冲动，也使她找到了自己的责任所在。

于是，她贴近基层官兵真实的内心世界，开启心理工作的绿色征程，很快建成了"胡干事知心留言板"心理咨询网站。"不过，我对网站管理一窍不通，即使改动一个小标题，都要走上20多分钟的路请教懂行的同事。"胡秋莲请行家帮忙制作网页，可日常维护要有专门知识，她不知深浅地闯入吃尽了苦头，"时常一路跑去大汗淋漓，回来又有不懂的地方，有时被一个问题急得真想大哭一场。"

胡秋莲血液里激荡着不知疲倦的奋斗精神，就像对待任何一门不熟悉的功课那样，她买来网站管理的专业书籍，边干边学边请教。没有人打分，也不用交作业，她却如同一个极其认真的学生，每个问题都要弄个水落石出，每天晚上都会学到半夜才睡。两个月的不懈努力终于得到了回报，她有能力独立管理网站了。

我来到防空旅的心理咨询室，看胡秋莲打开电脑，点开"胡干事知心留言板"的网页。我读到的留言是原生态的，可以化名，可以隐身，然而互动之间却有零距离的坦诚。愿意倾诉的官兵把胡秋莲当作最亲近的人，而她的回复也非常亲切。我在字里行间的情感纵深，捕捉着"知心姐姐"何以广受欢迎的成功缘由。

"孤独者"留言：胡干事，您好！最近我感到太压抑，整天都高兴不起来，但是自己又没办法调节，您能教我如何调节压抑的心情吗？

胡秋莲回复：署名"孤独者"的战友，你好！很多人认为自己被情绪控制，坏情绪让自己难过，只是简单地挣扎几下就放弃了。其实情绪是可以管理的，你以消极、抵触的态度观察周围的人和事，自然要产生负面的情感体验。改变你现在的情绪首先要接纳现在的生活，你所看到的东西都是你想看到的，就像你爱一个人，只会看到他的优点，而讨厌一个人，他身上只有让你厌恶的缺点一样。快乐的真谛是爱你所选，既然选择了军旅生涯，就应该从内心接受它，发现简单生活中的快乐和欣喜。

"魔剑"留言：胡老师，您好！经过不断地总结自己之后，我发现自身最大的问题，是不善于沟通和交流，不喜欢与别人说话！我知道这样下去不好，但又找不到方法，您说我该怎么办？时光不等人啊，转眼间当兵第四年，明年就面临退伍，我想趁还有点时间，好好改改自己的毛病。麻烦您了胡老师，谢谢！

胡秋莲回复："魔剑"，你好！也许你再努力也变不成一个能言善辩的人，但是你可以把本身的优势发挥到极致，比如友善、耐心、细致、多替别人着想、善于倾听，等等。拥有了这些特质，你一样能找到属于自己的位置。我认为增强自信是首要的，时常不是不会说话，而是不敢说，不妨制订一个挑战计划，每天抽出时间和别人讲话，比如一开始 10 分钟，逐步递增，20 分钟、30 分钟、40 分钟……讲笑话、讲新闻、讲自己的故事，没有内容就多看书、多搜集素材，要时常变化说话的对象，不在乎对方什么表现，只要自己完成任务就好，坚持做下去，你就会发现，讲话对你来说会越来越容易！

"渴望激情"留言：新兵下连整天忙，生活太单调了，太无味了，想起在家里的时候挥霍青春的日子了，那时候多有激情啊！

胡秋莲回复："渴望激情"的战友，你好！生活不是游戏更不是小孩子的过家家，童年、少年时代的无忧无虑、无拘无束，当然每个人都向往和怀念，但是如果希望自己永远生活在那种状态下就显得幼稚和理想化了，要么你有能力让时光停止，要么你有无比优越的物质条件，可以让你一生挥霍无忧。生活会随着年龄的增长而变化的，我们从一个被抚养的孩子变成一个承担家庭和社会责任的成年人，慢慢感受到生活的压力和艰辛。相信只要你用心，从部队里得到的锻炼，可以让你一生受用！

我只是从"胡干事知心留言板"笔录了几段文字，这个网站留言量之大、回复量之大，出乎我的意料。在这里留言是真正意义上的悄悄话，不会跟领导讲，不会跟战友讲，也不会跟父母讲，却能跟"知心姐姐"敞开心扉。胡秋莲对每一个帖子的认真回复，传达着军营之中人与人之间至诚至善的纯真感情。

我留意到胡秋莲与一个战士在网上的约定。这个名叫"大兵"的战士留言：知心姐姐，您好！您能不能来我们这里和我谈心，炮二营，谢谢！胡秋莲当即回复："大兵"，你好，明天下午我就会过去，希望你主动找到我。

我问胡秋莲，既然可以在网上做心理咨询，为什么你还要答应这个战士面谈？胡秋莲说，虽然80后90后都是网民，他们大多数选择网上交流，文字表达比口头表达更直接，想说什么就说什么。但是也有像这样的兵，他们在网上发帖子意犹未尽，愿意当面和你交谈，我觉得这是战友们对我的一种信任，绝对不能拒绝。

战士小吴在留言板上留了悄悄话，诉说自己不能当众上厕所，战友嘲笑其是"大姑娘"，压力大甚至萌生了悲观厌世的念头。胡秋莲像对待自己的兄弟，回复中抚慰他的波动情绪。小吴对她建立了信任，主动预约来到心理咨询室。原来小吴读小学时上厕所被同伴嘲笑，多年焦虑情绪积累而成心理障碍。她采用系统脱敏和认知疗法，用一个月时间帮助小吴战胜自己，变成了一个自信阳光的大男孩。

从网上咨询的信任，到当面咨询的请求，看得出"胡干事"在基层官兵心里的位置。她在网上出了名，网下的工作也就做不完了。如一篇报道所言："胡秋莲晚上维护网站，解答官兵心理困惑；白天奔波在基层连队、训练场上，面对

面化解心结。每逢新兵入伍、干部调整、士兵入党考学、技术学兵选调、评功评奖、驻训演练、实弹发射、抢险救灾等官兵容易产生心理波动时期，都会看到胡秋莲的身影。"

她说，部队的心理工作并不轻松，我们不能像地方心理咨询师一样，有权决定咨询时间、决定咨询方式，选择合适的来访者。我们随时要准备接受各种各样的咨询，经常遇到一些不想面对而又不得不面对的问题，也承受了更大的压力和责任。我也有自己的情绪，也有休息的时间，有时一个电话接过，心情思绪就被电话拽走了，再也无心放松了。我提醒自己，不把烦恼和急躁的不良情绪带到工作中。

她说，我经常自嘲，自己是战友的"精神垃圾桶"，但想想，如果我带给战友一个艳阳天，我也情愿当这个"垃圾桶"吧。

采访中我得知，胡秋莲有一个原则——为当事人保密。"胡干事知心留言板"人气飙升，她觉得她只是做了她该的事，影响的辐射却让她始料不及。这个留言板在这支部队无人不知，旅领导不只自己上网看，开会时要营连主管也上网看，了解战士想些什么。有时看到留言中有消极负面的情绪，就有连队干部打电话问胡秋莲，这个兵是不是我们单位的啊。胡秋莲说不是，"是也不能说，如果我说了，眼前的问题解决了，我以后的工作就没法做了。就是再大的领导来问我，我也会说，这个不能说。"

旅政委唐向阳来看我，谈话时我问到胡秋莲心理咨询保密的事，难道她的直接首长问她，她也同样守口如瓶吗？唐向阳政委笑着说，是啊，胡干事只向我们反映心理现象，但是不说谁来咨询的，她坚守的原则我们非常理解。

胡秋莲在防空旅得到理解，拥有拓展心理工作的空间，不只是对她个人的尊重，而且是基于心理学知识的普及。在思想政治教育毫不放松的同时，旅长政委带头，每个军官都要参加心理学培训考试。胡秋莲也不断"充电"，考取了国家二级心理咨询师，通过了二级婚姻家庭咨询师资格认证。2010 年，胡秋莲因工作业绩突出荣立二等功，部队领导特批她在职读研。尽管离开学校多年，曾经英语六级的她通过全国统考，攻读厦门大学公共事业学院 MPA 硕士学位，2013 年 7 月毕业。

我离开防空旅那天，路过营区穿越障碍的训练场，胡秋莲正组织连队新兵做解除恐高心理的模拟训练。她带头腰系保险绳，悬挂在数十米长的绳索上滑落，战士们都为她鼓掌，然后排队依次攀登软梯，登上高高的铁架。身着绿色迷彩服的胡秋莲英姿飒爽，短发在风中飘动。她竖起胜利的手势跟他们说，别紧张，相信自己！十多个小伙子精神抖擞，他们大声地重复着同样的话：相—信—自—己！

只 对 战 争 负 责

　　我采访单懿，见到他就笑说，你的名字里的懿字，是被我采访的人里最难写的人名啦。他也笑了，说我的名字的懿，本意是美好，我爸爸翻字典翻到这个字，就希望儿子做个好人。懿字多达 22 画，好多人说难写。我的儿子出生了，我也当爸爸了，给他起的也是单名，叫单允。"允"是公正的意思，只有 4 画，不难吧。

　　单懿，1973 年出生，计算机网络专业博士，某指挥自动化工作站副站长兼高级工程师，军区指挥信息网络首席专家。别看他的名字笔画复杂，为人却坦率澄澈，目光睿智而平和，能把很复杂的事说得很明了。我想他父亲真了不起，在简化字流行的时代，敢让儿子名字如此难写。我不知道，幼小时的单懿一笔一画，是怎么把这个字写全的。这似乎是一道难题，也预示着，这个少年将有能力破解难题。

　　1991 年，18 岁的单懿以高分考取国防科技大学。十年寒窗，本科读飞行力学，硕士读自动控制，博士读计算机网络。按理说，某个专业熟悉，就该继续钻下去，单懿不满足于学会了什么，总是想还有什么不会，他瞄准高新科技的最前沿，换一次专业就是一次挑战，也是一次跃升。读博士时，单懿参与"高性能网络交换机系列"研究课题获军队科技进步一等奖。在大学里，博士生跟导师做课题是作业，一般不署名，但导师认为单懿太努力了，贡献相当于合作者，坚持把他名字署上了。

2001 年，28 岁的单懿取得计算机网络博士学位。当学生就有军中大奖的纪录，在单懿博士同学中是唯一的，留校任教比其他人有优势。单懿并不是一个只关心课题的人，他还关注着当代军事领域的变革。他一直有一个遗憾，自己穿军装 10 年了，跟作战部队很少接触。他觉得，战争不再是冷兵器时代，需要高技术的加入，他希望把所学的最新知识，与作战部队接轨，用自己的方式成为一个军人。

当教授的机会让给同学吧，单懿被作为特殊人才引进了南京战区。他当然明白，填补国内空白的军中大奖，只对留校评职称有意义，到部队一切归零。但他坚信，用武之地选定作战部队，战场最前沿就是科研最前沿。

毕竟是 12 年前，人类刚进入新千年，信息高速公路的设想，虽然校园里传得沸沸扬扬，延伸到运用领域还只是初步尝试。在网络值勤的单懿，时常遇上信息通道的"车祸"。升级后的军队信息化网络，依旧套用原来的通信指标，网上信息不经区分拥挤不堪，不仅网络速度时快时慢，而且核心信息也被阻隔或淹没。

虽然这套指挥网络暂时还能对付，虽然修修补补也能过得去，虽然人家已经投入了心血，虽然有那么多的虽然，单懿仍然充满着焦虑：指挥网络的畅通与否，事关未来战争的胜负，与其小修小补，不如"动大手术"！

于是，单懿很快提出了"大手术"的方案，得到了部队首长的支持。谁都知道，指挥网络"大手术"非同小可，以往要请军内知名专家"会诊"，像单懿这样初来乍到的，等一等，看一看，或者跟着干一干，都在情理之中。而单懿艺高人胆大，毅然担任了技术负责人，承担起"主刀"的相应责任。在他看来，现代战争的时间概念已压缩到秒的单位，延误一秒钟的战机就会带来战场的瞬息万变！

这是一次与时间的赛跑。单懿带着五名技术人员，废寝忘食、夜以继日，投入到紧张忙碌的研究工作中。单懿在学校就有个优点，不是一个人钻牛角尖，而是非常善于与人沟通。他的这个"手术团队"，只是领导临时指定的，没有头衔，没有等级，有的是真诚的合作，是知识的碰撞，是为未来战争负责的激情。

战争不讲情面，网络只看结果。单懿敢挑大梁的底气，来源于扎实的专业知识，也来源于破解难题的勇气。查阅上万份的资料，经过上万次测试，分析难以计数的数据，摸清各类部队信息需求，大刀阔斧地做了系统重构。划出"快车道"和"超车道"，制定网络"交通规则"，指挥网络终于"大病痊愈"！

春去冬来，当单懿驰骋在部队信息化的"无形战场"，因颇有建树得到专家和领导认可的时候，又遇上了一道全新的难题。

那是一个战备日的傍晚，网络监控室骤然响起警报，红灯频闪，一种新型木马病毒大肆侵袭战区指挥网络，疯狂吞噬着虚拟空间，整个网络系统危在旦夕！不知名的病毒让值班员束手无策，其他技术人员也一时难下决心。情况万分危急，一旦网络全线崩溃，后果不堪设想。指挥员果断点将，找单懿！

临危受命的单懿很沉着，他仔细分析"敌我"态势，果断采用网络防护应急手段，对入侵病毒"分割围歼"，组织了一场"网络反击战"。病毒全线溃败，大家松了口气，单懿也受到表扬，他仍眉心紧锁，怎么也高兴不起来。千里之外，伊拉克战争已在海湾打响，西方发达国家主导的信息化攻势令人叹为观止。单懿密切关注着伊拉克，他深知"无形战场"没有谁是永远的赢家，安全屏障落空，网络永无宁日。

让单懿惊喜的是，军区首长未雨绸缪，已有了具有超前意识的决策：建立牢固的网络安全防护体系，构筑未来信息化战争的"保底工程"。只是他没想到，有关领导反复考量，询问他能否牵头组建"网络安全防护分队"。

了解单懿近年成果的老同学，好心地告诫他，这是个全新的未知领域，又不具备高校的科研条件，你如果贸然接下来，等于是半路改行，风险太大，弄不好就是个烫手的山芋！是啊，以前网络建设就相当于"矛"，而网络安全则等于"盾"，几乎又要从零开始。然而，单懿考虑的并不是个人的得失，他郑重其事地答应了："部队最急需的就是我最该做的，硬骨头不敢去碰，读博士有什么用？"

单懿披挂上阵，他与同事对战区信息网络全面扫描，疏理解决"疑难杂症"。然后，完成贴近战时的"顶层设计"，成功构建了网络安全综合防护体系。至此，单懿并不止步。他在各级安全中心安装节点系统，构架了多层"防御堡垒"，还研制出指挥自动化网安全值勤管理系统，搭建了网络信息的"烽火台"。懂行的人对我说，单懿是用不可思议的速度，建立起战区第一支"网络安全防护分队"的。

作为作战部队信息化的领军人物，单懿博士入选"江苏省十大杰出青年"。颁奖晚会隆重热烈，人们听到主持人报到单懿的名字，却没有见到他上台领奖。单懿缺席了聚光灯下亮相登场的辉煌时刻，却在另一个摸拟实战的"战场"上奋力"厮杀"。那是全军紧缺信息人才专业技能比武，没有硝烟却难关重重，网上指挥对抗"招招见血"。单懿带领的南京战区代表队，一举夺得了两枚团体金牌。

2011 年，单懿作为主力参与研制的某信息化工程，荣获了国家科技进步特等奖。单懿不像其他博士同学，做课题可以名利双收，他要耐得住寂寞，也要抵得住诱惑，因为他所投入的课题事关部队作战，不能以经济指标来衡量。他有一种特别的成就感，每一次攻关都瞄准未来战场，每一项成果都攸关未来胜负。

单懿告诉我，这些年，几乎大的演习我都参加了。对于部队来说，是模拟真枪实弹，而对于指挥网络来说，平时就是战时，战时怎么用，平时就怎么用。搞好了，是作战能力的增倍器；搞砸了，是作战能力的缩减器。我想的最多的，是我读博士时导师赠我的一句话：做一件事，成一件事。导师是计算机专家窦文华教授，说得很简单，道理很深刻。我就这样激励自己，要不就不做，要做就要成。

现在，让我们把目光从指挥部移开，说一个扎根在基层的专家，他叫王圣国。2000 年，23 岁的王圣国在某防空团当排长，他在大学里学的是电子通信工程，极为前沿的信息化专业，领导的关心和周边的关注像众星捧月，引得旁人投来羡慕的目光，你真牛啊，地方名校学生毕业，前途不可限量！

谁知，王圣国并不爽。他绝非斤斤计较的人，既不是待遇难以提高想不通，也不是某个具体疙瘩解不开，而是来自于不能接受部队装备的无情现实。影视屏幕上激动人心的未来战争形态，给他的参军志向加入了更多的理想成分，他从投笔从戎的那一天起，就憧憬着所学专业与部队现实的完美结合。

他告诉我，那时血气方刚，口令喊得震天响。比如炮兵一日生活制度化，早晨起床跑五公里，打扫卫生，整工具房，早饭后就是操炮时间。我们当排长的负责组织指挥，高炮从车库拖到训练场，炮布一脱，战士们就各就各位认真操炮。前两个小时我们在训练，看谁掌握要领；后两个小时我们在比赛，看谁操作得快。

领导表扬他，他并不领情。他对领导说，我任职的连队，配备的还是老掉牙的双管高炮，就是靠力气的器械操作，太落后，根本没有高技术含量，只感觉我的专业荒废了，学不到什么东西，想来想去，还是放我到地方发展吧。

王圣国当初大学毕业入伍，是出于真诚的愿望。此时提出要脱军装，也是出于真诚的想法。他说，现在想来，我说得振振有词，真是太幼稚了。让我感动的是，对于我的幼稚，部队首长表现出了很大的宽容。一个普通的地方大学生，不只惊动了团长政委，连带工作组下部队的集团军政委，都亲自找我谈话。

时任集团军政委的，是后来任兰州军区政委的李长才将军。李长才听了王圣国的想法，对他说了一番让他深感意外的话。你要相信，部队会发展，装备会更新，你可以保持你的个性和你的思维方式，你在部队会有发展空间的。

与将军的坦诚对话，让王圣国感到舒筋活血的痛快。将军并没有给他特别的许诺，他所看重的，就是一份来自部队首长的理解。

王圣国一旦在军营安心了，就迸发出逼人的青春热量。他很快和兵打成一片，立足现有装备琢磨战法，夺得训练"开门红"。他当排长第九个月，连长生病休假，他被任命为代理连长，把连队带得井井有条士气高涨。

当王圣国对现有装备的每个细节都烂熟于心的时候，传来了国产的新型装备即将列编、现有装备要被彻底淘汰的消息，他追踪已久的"弹炮一体化"趋势不再是梦想。更叫他兴奋的是，新装备下发前部队要培养未来主战装备的技术带头人，团领导决定王圣国作为重点推荐人选，前往北方的某军械工程学院深造，明确告诉他，你学习回来后将负责筹建新型装备的技术室，你要把这副担子挑起来。

在北去的飞驶的列车上，王圣国为自己曾经大发议论而惭愧，暗自痛下决心：新装备终于盼来了，不成为新装备的专家，枉为新一代军人！

王圣国终于看到了新型火炮的勃勃英姿，这是缜密而又粗犷的高技术利器，只要一声令下，不过短短的瞬间，它的发言就会使若干公里之外地动山摇！此时，深墨绿色的车体线条流畅，静寂中有一种含而不露的威严。

仿佛王圣国从大学入伍就为它而来，期待已久的喜悦化成了难以抑制的激动。然而，正因为新装备首次列编，军校也是首次承办这种装备的学习课程。学院腾出一间大库房，放置厂家送来的一套新型火炮样品。学员们围着看，感叹着，议论着。王圣国左看看，右看看，还是不满足，干脆说，我们不如把它拆了！

此言一出，点中穴位，众人齐声叫好。王圣国等一批精心挑选的学员，并非好奇的普通参观者，而将是操作乃至驾驭它的"骑手"。其实，对于新装备，教员比学员多的是理论知识，至于具体细节了解并不详尽，王圣国的心里早就着急了。新型装备将改写中国军队的火炮历史，如此巨大的改变，要在这一茬年轻军人的手中实现，让他有一种时不我待的紧迫感。只是，拆了研究虽然最好不过，谁来牵头？

又是年纪最小、点子最多的王圣国毛遂自荐，我来牵头吧。有人担心，这么贵重的家伙，厂家没说能拆卸，会不会拆坏啊？王圣国说，可厂家也没有讲不能拆卸，反正教学火炮就是送来教学用的，拆坏了送回厂里修呗。

学院接受了王圣国的建议，允许学员自发组成一个拆炮的教学小组。三个比他年长的学员自愿加入，王圣国担当了主操作手。

之所以王圣国敢于牵头，在于他有一份自信。别看他的成绩单一直不错，但他并非只会埋头写作业，还喜欢动手做这做那。他在家里就对电子感兴趣，用一块塑料板镀铜刻出电路，买来便宜的零件学装收音机，最后能收好几个台。他觉得，动手与动脑同样重要，光会说不会做，回去怎么带领技术人员干活呢？

此后的两个多月，王圣国迷上了新装备。就凭着手头一本电路图，他和三个学兄边摸索边分解，一天一天把新装备大卸八块。他们拆了一地，却是分工合作，忙中不乱。每拆一个部件，每干一道工序，王圣国都画出简图，标明数据，并记下顺序，用电脑记录在案。一步步地小心拆卸，对于新装备内部构造和关键部位逐渐熟悉。

全部分解后，王圣国他们又依照原样，一步步地组装起来，越干越有劲。直到拧上最后一颗螺丝钉，按下开关一切正常运转了，说明安装与拆卸同样成功，他们才如释重负。王圣国他们提交的作业，就是这次新装备拆卸的成果，有图例也有文字，日后成为了某军械工程学院的教科书，至今还在这所军校里使用。

9 个月的学习结束，王圣国回到防空团，新型火炮也配发到位了。团长政委跟他谈话，团里筹建新型火炮的技术室，由你负责，正式编制还没下来，你先干起来吧。王圣国深知新装备的分量，也为年轻的肩头压上这样一副重担感到兴奋。人敬我一尺我敬人一丈，军队把我当一个人才，我要对得起这样的信任。

新装备出厂下发，从研制定型到实际操作，基层官兵与之磨合，模拟战争与之磨合，都有大量工作要做。虽然厂家派人来部队进行接装培训，但培训后的日常维护，还要靠王圣国这样的军械"贴身医生"。那些难忘的紧张日子里，其他技术人员还没调来，王圣国手下暂时只有一个兵。新装备磨合期的故障多，求助电话不时从各单位打来，王圣国凭着曾经仔细拆装的功底，召之即修，大显身手。

当总部召开新装备定型会议的时候，王圣国作为列装部队代表应邀参加。在座的有领导、专家和工程师，可能以前此类会议已开了多次，没有人再对装备技术问题说什么，只有王圣国发言语惊四座，因为他敢说真话，对于操作中的问题列了一二三四。比如，曾有 3 部系统在训练中烧坏，他顺藤摸瓜，研究发现开关上隐含的缺陷，重新设计了一款自动断电的数字开关。不只有问题，而且有解决方法，王圣国的发言得到了一片共鸣。厂方当即表示虚心接纳意见改进，在今后的列装中引以为戒。

从初春忙到深秋，王圣国与新装备朝夕相处，倾注了所有的聪明才智。当接到实弹射击的指令后，王圣国随部队到靶场保障，又处理了多起突发故障。平时着装齐整、英俊潇洒的王圣国，成天钻在设备中忙碌，工作服浑身上下尽是黑油渍，额头出了汗伸手擦，几乎看不清脸了。当火炮射出的一声怒吼划破长空，指挥台传来"首发命中"的好消息，阵地指挥官要表扬王圣国时，他已经在车厢里睡着了。

2004年，已经担任某营技术室主任的王圣国报考了中国科技大学通信专业研究生，脱产学习三年。当时总部推行"强军计划"允许在职本科军官报考地方高校研究生，而王圣国也是为了圆一个未实现的梦想。他对我说，高考那年，我就想考中国科技大学，可是考前突然患了流感，一吃东西就吐，浑身无力要虚脱了，我准备放弃考试，没信心。我爸劝我先考，如果考不上明年再考吧。考试成绩出来，我考了598分，超过重点大学分数线70分，可报志愿时，第一志愿没敢报中国科技大学，也就错过了。

王圣国以优异成绩考入中国科技大学读研，师从于通讯专家陈卫东院士。陈院士不到40岁，是年轻有为的博士生导师。从训练场再回到校园，王圣国为未来的军旅人生积攒着真才实学。他感谢导师力戒虚浮的教诲和近于苛求的严格，跟着导师做研究，每到晚上就在科研楼加班，过了半夜导师要走了，他还想干，陈院士就说，你也走吧。与地方读研的师兄相比，王圣国这个读研军人太不潇洒了，日程表除了学习还是学习。他始终不敢懈怠，部队信息化建设的召唤时时在他的心底回响。

在旁人看来，王圣国能到地方高校读研，暂别单调乏味的军营生活，享受色彩斑斓的都市环境，多有福气啊。可王圣国怪了，在部队虽然又苦又累，离开了却总是牵肠挂肚。他说他真不是享福的命，走哪儿都忘不了老部队。

王圣国读研三年间，每到学校的寒暑假，他都应导师之约参与科研项目，因为导师对他的要求不只是拿完学位分，而是让他集中精力学文化课，然后集中精力投入科研创新。导师只同意给他半个月的假期，他到安徽自己的家看望父母家人，待了三天就待不住了。他想念他的另一个"家"，就是给他压担子、出难题的部队，还想念他的另一些"家人"，就是在一块摔打、一块发愁、一块开心的战友们。

王圣国告别了父母，匆匆赶往部队。见到营长、教导员以及接他班的技术室主任，就像见到久别的兄弟特别亲切。营长高兴地说，你走了，我们都想你，你回来得太及时啦。原来，部队很快要到某地参加演习，王圣国和他们闲聊几句就直奔主题，热烈地讨论起装备保障的问题，因为装备检测的技术流程是他以前在营里做的，他读研后又有新的思考，给系统技术革新提出建议更为可行，众人听来很受用。他把自己剩下的假期，全都交给了部队，天天忙得不亦乐乎，仿佛从来没有离开过……

2007 年 3 月，硕士毕业的王圣国回到部队，在团司令部任参谋。也是生逢其时，一年后我军新一代防空导弹武器正式列装，王圣国又被点将，由参谋改任某导弹营的技术室主任。部队首长的目光里打着问号，你三个月能不能弄明白？王圣国当众立下军令状，给我 30 天，当不了"装备通"，我甘愿受处分！

不怕考的王圣国带着五个技术人员，查电路、画图纸、算参数……从基本的操作使用到武器的技术性能，废寝忘食地琢磨钻研。刚到一个月，王圣国就交出了沉甸甸的答卷：一套完备的装备保养维修规则、一套武器系统维护与保养的教学资料、一套可供查阅的各类图表，用最短的时间让新装备形成战斗力。

又到了瓜熟蒂落的深秋时节，防空团奉命开进某机场例行驻训。谁知开训前一天，装备却出了故障：雷达掉电，高压升不上去。赶紧跟研究院联系，专家说两天后才能到，叮嘱装备属于高压高频危险设备，不要尝试维修。

驻训如同打仗，一天也不能等！王圣国站了出来，让我试试吧。基本功扎实的王圣国，如同医生那样对"病灶"做了诊断，小心卸开设备的某一部位，很快查明是一个零件损坏，换上备件装备就"康复"了。再告诉北京专家不用来了，还没来得及出发的专家发来了短信：你真不简单，连我们也没有十分把握哩！

　　王圣国名气大了。军区军械装甲部部长发话了，军区同类装备出情况，就让王圣国参加"会诊"。负责装备研制的北京某研究院李所长，也盯上了基层部队这个专家，他每年都会打来电话：王圣国同志，马上又有新产品要列装，希望你能过来参与我们组装调试设备。全军这么多列装单位，唯王圣国有这特殊待遇！

　　王圣国再一次出名，是在国庆阅兵村。当时央视记者采访王圣国，他与2009 年 10 月 1 日的报道有关："中国自行研制的第三代全天候、低空、超低空防空导弹武器，今天作为第 16 装备方队在国庆阅兵中亮相。该武器系统命中精度高、机动性能好、抗干扰能力强，主要担负要地防空和野战防空作战任务。"

　　2008 年 12 月，某集团军 155 名官兵组成的参阅防空导弹方队组建，王圣国出任装备保障中队副队长。刚组建的方队驾驶课目训练考核，只能人工卡表、手工计时，不仅误差大而且效率低。王圣国临危受命，白天泡训练场，晚上跑教练组，设计出一套由红外电子传感器、信号采集卡、数据终端处理器三部分组成的电子计时考核系统，从方案论证、软硬件设计到安装调试，他用了不到两个星期。成型后的考核计时器，一名操作员 5 分钟之内，便可完成全方位 18 台受阅装备单车匀速驾驶、单排面驾驶等 3 个课目的考核，计时误差不超过千分之三秒，因此，该方队被表彰为军区阅兵训练先进单位。

　　防空导弹方队通过天安门，只有短短 36 秒。可别小瞧 36 个"嘀嗒"瞬间，央视采访王圣国，报道的就是体现高技术的 36 秒。导弹操作向来以秒为单位计算，有了精确精准才有阅兵成功，同样，有了精确精准才有战争的胜利。

　　团长严为民告诉我，王圣国是一个专家型的人才，读研后几上几下，参谋、技术室主任、代副营长、代营长，从不在乎名头。而今他被任命为营长，带出了"军事训练一级营"。一套新装备系统牵涉到方方面面，单靠哪一个人都保障不了，他学会了团结协作，无论地方大学生还是部队军校生，团队智慧胜于个人力量。

　　王圣国说，每次登上导弹车，我都有一种自豪感，历史给了中国人掌握自己命运的机会。导弹不是做样子的，而是用于打仗，而且更要打赢，这是我们的职责所在。一个好军人该是一个勇敢者，那就是毫不退缩，敢于担当。

第4章
重塑

大学生军嫂似乎有先见之明，

随军条件已不再是团聚的障碍。嫁给军人的她们，

无论在家或远行，注定要为军人的职责而有所舍弃，

舍弃中有无奈，也有坚韧。似乎可以说，

军人是一个勇敢的职业，军嫂也是一个勇敢的身份。

远行为了靠近

1985 年的中央电视台春节晚会，一首《十五的月亮》感动了无数人："十五的月亮，照在家乡照在边关；宁静的夜晚，你也思念，我也思念。你守在婴儿的摇篮边，我巡逻在祖国的边防线；你在家乡耕耘着农田，我在边疆站岗值班。啊，丰收果里有你的甘甜，也有我的甘甜；军功章啊，有我的一半，也有你的一半……"

这首军旅歌曲成为流行歌曲，无疑与当时的社会氛围有关，人们对于军人与军人家庭的奉献，用自己的方式表示着尊重。词作家石祥告诉记者，他的创作初衷是讴歌那些可敬可爱的军嫂，原来题目叫"军人献给妻子的歌"。

如今我到基层采访大学生军人，发现军人家庭悄然发生着变化，因为他们自身的学历构成，使得他们找对象也有相当的学历。这些站在军人身后的大学生军嫂，与"在家乡耕耘着农田"的军嫂形象迥异，她们对于军人有自己的理解，也有自己的行为方式。守在家乡的军嫂固然也有，却不是主体，更多的是离家远行的军嫂。

　　我在某摩步旅采访牛延坤，他时任一营二连的连长，那是个战争年代曾荣获"红色尖刀连"称号的英雄连队。他是 80 后的地方大学生，却狠狠地剔出了文弱的杂质，用超出常人的虎气打造了过硬的资历：参加军区的"猎人"集训，在军官组荣获第一；参加全旅的建制连比武，又取得了军官总评第一的好成绩。

　　牛延坤和许多大学生军官一样，妻子是他的大学同学，牛延坤能安心在部队干，他妻子功不可没，而且听说她挺自立，是这个部队军嫂中的佼佼者。和牛延坤谈到这个话题，素以作风顽强著称的牛延坤很动情，他说，我爱人叫席艳红，我们在大学就谈对象了，毕业时我主动选择了从军，她当军嫂则是被动的，更让我觉得愧疚。都说校园爱情大多结束在校园，可是我们携手走到了今天……

　　经牛延坤电话联系，我到泉州一家公司采访到了席艳红。她是一个相貌秀气、表达清晰的蒙古族女子，家在内蒙通辽的科尔沁左翼中旗，与出生在河南信阳的牛延坤，相识在河南农业大学机电学院。他们都学交通运输专业，同系不同班。牛延坤在学生会担任社团部部长，席艳红打小喜爱唱歌跳舞，新生入学社团部招新人，唱歌能唱到高音部的席艳红，很快就被牛延坤发现，收编到学生合唱团了。

　　理工科女生本身就少，加上席艳红乐于社团活动，说话从不拐弯抹角，牛延坤这位学长对她特有好感。学校举行 1500 米中长跑，头奖一辆自行车，牛延坤对席艳红说，我要争个第一，自行车就送给你。席艳红看他瘦瘦的，以为他开玩笑。没想到，牛延坤真的代表机电学院报了名，而且跑得飞快。虽然只拿到第六，已经够席艳红吃惊的了。他像水里捞出来似的，自嘲道，这次没练。下一次的中长跑比赛，他居然打破了这个项目的学校纪录。席艳红咋舌，牛延坤体力和毅力都不一般！

　　2002 年冬天是寒冷的，可这两个年轻人心头却很温暖。西斜的落日余晖里落叶缤纷，他们并肩坐在学校大礼堂的台阶上。牛延坤的表白让席艳红感动，他们有说不完的悄悄话，其实就是最默契的爱情证明。席艳红说，机电学院女生少男生多，我还算优秀的吧，追我的人挺多的。我感觉他为人很好，别看我直来直去，其实我知道，什么样的人是我需要的，我有我心里的标准——不一定要长得非常帅，也不一定要多有钱，但是要对我好，就是懂感情吧。我爸妈给的参考意见，也就是要对我好。

随后的校园生活是甜蜜的，牛延坤的性格随和，在学校的人缘特别好，很细微的事也考虑得很周到，让席艳红感受到有人呵护的幸福。直到 2004 年，牛延坤大四毕业决定参军，席艳红并没有反对。坐火车去面试，她还帮他买了面包和水果。可是，当送走了他时，她才意识到，和一个军人谈恋爱，其实是很辛苦的。比如她想倾诉的时候，他不在身边；连她想发火，跟他吵架，也找不到他，因为电话不是随时能打通的。她觉得孤单，他把一种踏实的感觉带走了，她不禁对这段感情产生了怀疑。

然而，穿上军装的牛延坤仍然执著，他放弃了安逸的去向，却并没有放弃心爱的人。虽然不在她的身边，但他会给她写信，一封又一封。有空也会挂电话，即使她提出分手，他也像没事似的，耐心地说服她。有时他还会跟她宿舍同学打电话，拜托她们促成他们。听说她生病了，他会赶紧找她要好的女生，代他好好照顾她。总之，当军人的恋人她很不情愿，但她还是珍惜他这个人，感情的纽带没有斩断。

2006 年席艳红面临毕业，到哪里去呢？是在郑州，还是回内蒙老家？牛延坤在闽南某地的连队任职，不够家属随军条件，劝她在郑州工作。可是她想，在郑州既不能靠家人，也不能靠男友，有什么意义？要是在郑州的话，肯定会分手了，不可能刚找到工作就换工作吧。她想来想去，还是想到牛延坤那边，既然达不到家属随军的条件，那么就不靠部队靠自己，反正在哪里都是找工作，一个大学生总该有点自信吧。

于是，席艳红来找牛延坤了。在部队临时来队家属房住了一夜，次日她就翻当地的报纸广告，周末和牛延坤到附近的泉州找工作。应聘媒体主持人，人家不光要会普通话，还要会闽南话；应聘保险公司，虽然笔试面试都通过了，人家说可惜你是外地人，他们喜欢招本地人，有熟人有亲戚也有人脉；应聘企业文员，人家包吃包住，也有可观收入，就是没有挑战性。后来看中了一家新开张的金融理财的公司，人家要求先参加培训，她没犹豫就报了名。培训后她被录用，一进去工资才 300 元，就近租间房要 400 元。她咬牙坚持下来，从公司底层做起，一直做到部门主管，收入成倍翻番……

2008 年结婚到现在，牛延坤感激里含着愧疚。连队执行演练或战备任务，休假一推再推，有时假期没完就要归队，弄得席艳红很不痛快。她毕竟识大体，看牛延坤回一趟家不容易，她就改租了大房子，把河南的公公婆婆接来，让延坤能和父母常见面。靠席艳红的打拼，买了房子，买了车子。她说，买房子要到处看的，他说你看着定吧，我就气了，所有的事情都由我来弄，结婚不结婚有什么差别呢？

话说了，气撒了，席艳红也不计较了。其实，当军嫂有苦涩，也有甘甜。旅里安排优秀干部度假疗养，她跟牛延坤去了庐山。军官授衔的仪式，家属也应邀参加了。雄壮的军乐响起来，看到他军容整齐，精神抖擞，她内心里挺骄傲的。平时跟同事说丈夫是军人，她口吻颇为自豪。偶尔，她想劝他早点脱军装，到地方过小日子，但又觉得他在军营付出许多也得到许多，也许他真的适合军人的职业。

虽然席艳红受到部队的表扬，可是她说，她并不是百分之百地支持他在部队，只是很矛盾。你看他和他的兵就像哥们儿，他们回家探亲都会打电话或发短信给他。尤其除夕夜或大年初一，手机铃声没停过，短信一条接一条。无论他回来还是我到部队，他都会跟我讲谁谁谁的电话或短信，他的兵我都认识，退伍的我还记得。这时候我能感觉到，他有一种成就感，这也是我最能理解他的地方……

采访大学生军嫂李晓明，是对她爱人张占省采访的延伸。张占省生于 1980 年，2003 年毕业于河南理工大学热能动力专业，同年特招入伍，在某摩步旅当过排长、连长，是地方大学生中成长的基层军事主官，我采访时他任装步一营副营长，曾被旅里评为"学习成长标兵"。李晓明生于1983年，毕业于河南大学教育学院，两个80后在高中就是同学，她笑着告诉我，谁跟谁有缘，就像真是命中注定的啊。

他们的家都在河南开封的岗李乡，张占省父亲是当地的乡村医生，曾到开封参加培训过。李晓明父亲是当地的校长，少有的正牌大学生。两家长辈早就有来往，他们从小就相识。张占省比李晓明高两届，在岗李一中读高中忙于备战高考，男生女生都把所有的精力投入学业，他们之间没有早恋的迹象。然而，张占省学习成绩的优异是人所共知的，她也对他多了几分关注，至今还记得他在学校时的趣事。

李晓明说，他的成绩比我好得多，奥数竞赛拿过省里的奖，我就喜欢读书好的人。那时印象最深的，就是他对什么事都很认真。他们班的同学说，看他成绩好，选他当了学习委员，结果他非常较真，谁的作业不交，他就不依不饶，追着别人要。后来改选班委，班上同学都反对，不让他当学习委员，说他太严啦。

终于，两人都考上了大学，张占省学理工，李晓明学文科，但并不妨碍彼此的好感。尤其是李晓明有见地有抱负，让张占省认定这个女孩值得追。2005年李晓明大学毕业，应聘到郑州新区的一所中学当老师，工作稳定，收入不错。到学校一上班，就有同事喜欢她，频频表示爱慕，可是她不喜欢。她妈不放心，说她为人本分，在外面找对象会受骗，要给她介绍一个。她说不用妈操心了，妈非得操这个心。

2006年五一节长假，李晓明亲友为她介绍对象，说那人不错，不见都不行。她打算应付一下，没想到她和对方一见面，就乐了。原来他们介绍的，就是回家探亲的张占省，只是穿着便装。介绍人问他们满意吗，他们相视一笑，满意，满意。本来相处好些年，这层纸还没被捅破。两人谈得很开心，一切都是缘分。

张占省说好在家一周的，只待了三天，就接到通知，匆匆回部队了。光明正大地成了恋人，每天晚上"煲电话粥"成了思念的热线。晚上9点熄灯号响过，在连队的张占省才有空，拨通李晓明的手机，两人一聊就一两小时，有时聊到半夜。到了暑假，李晓晚有时间了，电话里跟张占省说，你请假回家一趟吧，你不想家吗？他说回不来，连队正忙呢。她那时对部队不了解，什么样的工作那么忙，你总有个周末吧，积攒几个周末不就有时间啦；再说，离家也不远，坐个车几个小时，看看有什么呢。张占省跟她说不清，急了，只好说，我当兵了，就是国家的人了，不可能随意地回家啊。

在学校教中文，李晓明工作压力不大，一到双休日，看到别人成双成对，要是张占省在身边就好了。她想，分在两地不是长事，既然爱他就跟他走，他不能转业，我就过去吧。她遇事时常犹豫不决，这事却很果断，她要到张占省所在部队附近打工。一听女儿要跑这么远，父母赶来劝说，他在部队 1000 元，你大学刚毕业，就拿 2000 元了，怎么能说不干就不干啊。爸说，你这孩子，从小到大都很顺，没经过什么坎坷，哪知道外面世界的复杂。妈说，你太老实，出去人家把你卖了，你还给人家数钱呢。

李晓明铁定了心。她最远到过开封和郑州，而到张占省所在的安徽滁州，是她第一次出远门。一路上买不到卧铺，她买的是坐席或站票，不带空调的绿皮车，20 多小时才到南京。南京离滁州还有上百里，原来跟张占省说好要来接她的，他临时来电话说，部队有事不能来接，给了她一个同学电话，说让同学安排她。她也理解部队的管理，不能跟老百姓比，就找个公共电话亭，给他同学打电话，听他同学告知怎么坐车转车。等他同学把她安顿下来，她再给他打电话，他在山上训练，手机不通，她的眼泪止不住地冒出来了。打电话给父母诉苦，此时父母是理性的，他是军人，你要体谅。

接下去一个月，李晓明在南京找工作。几次碰壁，她几乎想回家了，终于遇上了一家教育培训公司，要招管理人员。董事长是东南大学硕士，一面试李晓明就被录取了。等张占省参加演习结束赶到南京时，她已经在这家公司上班了。半年后，她得到了提升，被调到青岛任负责人，月工资是张占省的好几倍。当张占省前往青岛探亲时，海尔集团举办精细化管理的讲座，李晓明组织公司人员听讲，张占省也购了票去听。赢在执行、有效沟通的现代理念，给正在琢磨带兵之道的张占省很大的启发。

2007年10月结婚，之后两人在青岛与滁州两地跑。李晓明说，我来滁州他没接过我一次，为这事我们没少吵架，毕竟有感情基础，我才原谅他了。时间一长，李晓明又陷入两难的境地。她在青岛做得风生水起，领导赏识，同事合作，市场开拓得很有成效。可离张占省的部队太远，她不愿分居两地，决定到滁州重新开始。张占省帮她找工作，她说不找了，自己干。他有些担心，但她的果断和魄力出乎他的意料。不想给人家打工，她注册成立了自己的教育培训机构，很快闯出一片天地。

我采访时去看过，李晓明在市中心商务楼租了一层商用房，业务蒸蒸日上。张占省说，她在社会上打拼，思想比我活，胆子比我大。李晓明说，做业务总有应酬，有时候我请人家吃饭，或者回请人家，人家是两口子，我就跟他说你出来吃个饭，他都说没时间。前几天中秋节，他要跟战士一起过，我是军嫂只能理解吧。反正这么多年来，我遇到事情让他帮忙，他都先顾部队的事，不会先顾到我，我太了解他了。张占省说，我在部队和你一样是奋斗，只不过形式不同。年轻时不奋斗，什么时候奋斗呢。

2010年我采访了好些大学生军嫂，深深为她们的无畏爱情所打动，嫁给军人毕竟在改变着她们原有的人生轨道，原先她们可以更加安逸更加富足。即使她们的丈夫在部队只是连职，并不符合随军条件，她们也不在乎，大多不是坐等丈夫升迁，而她们却凭借自己一技之长和学业知识，自己想办法结束"牛郎织女"生活。

并不奇怪，大学生本身就是一个随着经济大潮流动的群体，就是不嫁给军人，她们有文化知识，有做事能力，也有勇气闯荡天下。

大学生军官的军旅之路走得稳健，笔者知道他们并不孤单，他们肯定能感觉到背后的温暖，那是另一半的深情目光。

然而，我在采访大学生军嫂这个群体时也有我的担忧。按当时规定的随军条件，只有副营职以上的军官才有家属随军的资格，而我采访的大学生军嫂，有不少是她们向职别不够的军人丈夫靠拢的故事，写出来会不会犯忌？

事实本身更有戏剧性。当我正欲动笔时，听到了一则大好消息。据《解放军报》报道而全国媒体迅速传播：2011 年 3 月 12 日，国务院、中央军委批转公安部、总参谋部、总政治部、总后勤部《关于调整军人家属随军政策的意见》。据悉，军人家属随军政策调整后，全军近 10 万官兵将告别"牛郎织女"生活。

我为所有的军嫂高兴，这是一个新的军人家属随军条件，与以往相比明显放宽：驻全国一般地区部队干部家属随军条件，由副营职调整为正连职；取消驻艰苦地区部队和在特殊岗位工作干部家属随军条件；驻艰苦地区部队士官家属随军条件，由三级军士长以上士官调整为四级军士长以上士官。

《解放军报》报道中说，军人家属随军政策建立于 1963 年，后来有过规范和完善。此次军人家属随军政策调整，是根据国家户籍管理制度改革发展形势，着眼增强部队凝聚力、战斗力作出的重大决策，充分体现了党中央、国务院、中央军委和胡主席对广大官兵的关怀厚爱，体现了以人为本、向一线倾斜的特点。

大学生军嫂似乎有先见之明，随军条件已不再是团聚的障碍。嫁给军人的她们，无论在家或远行，注定要为军人的职责而有所舍弃，舍弃中有无奈，也有坚韧。似乎可以说，军人是一个勇敢的职业，军嫂也是一个勇敢的身份。

两棵并肩的树

在某摩步师家属区附近一个连部会议室，我采访了某团副政委许志军妻子刘云霞。她是一个乐呵呵的 70 后，眉清目秀，身材细挑，没有知识女性的矜持。按当时副营职家属随军的规定，她理应符合随军条件。与其他军嫂耐着性子排队等调令不同，她考取硕士研究生后应聘到某高校，调动问题迎刃而解。

我问刘云霞，师政委为什么在大会上表扬你？

刘云霞笑了，说，许志军在新兵连当指导员，我到部队探亲。快过节了，新兵想家，我是大姐嘛，跟新兵拉拉呱，还去帮厨，烧饭炒菜。我天生好动，打球，跑步，在学校就是体育委员。那天小拉练，部队一大早就出发，我借了一件迷彩服，套在身上跟着去了。师政委经过，头发这么长，怎么有个女兵啊？

问清缘由，站在晨光里的师政委陶正明很感动。几天后，师政委给全师做报告举了这个事例：未婚妻到部队探亲，不仅不拉干部的后腿，而且用行动支持他的工作，这对我们军人都是一种鼓励。谁说军人没人爱？谁说地方女青年都势利？看看人家许志军，照样得到女大学生的爱情。许志军有眼力，为军人争了光!

后来许志军刘云霞在军营举办婚礼,师政委亲自担当证婚人。他叮嘱刘云霞,许志军是部队需要的人才,你要支持他好好干。

新娘刘云霞一脸羞涩地微笑着点头。

她说,我也知道,当军人的妻子应该支持丈夫的事业,但我结婚之前,并不知道支持这个词所包含的沉重分量,它意味着你要独自撑起一个家,它意味着你有很多事情指望不上丈夫,尽管你的丈夫很能干。许志军说,现在忙,以后会闲一点。刘云霞说,在连队,在基层,他说当营以上干部会轻松些;到了营职岗位,也没看他闲着,还是忙得要死;当了团职干部,更看不到人,忙得不着家。我对他说,你就这样骗我吧,骗到老。他说,能骗你一辈子,也不错。这是我们开玩笑说的。

刘云霞说着,眼眶里泛起了泪光。

许志军和刘云霞是湖南常德同乡,在高中读书时就在一个班。稳重朴实的许志军被大家推选为班长,爱蹦爱跳的刘云霞当了体育委员。许志军比刘云霞大 8 个月,却像一个大哥哥,刘云霞有时顶几句,他只是憨憨地笑,从来不计较。那次学校开运动会,刘云霞报名 3000 米跑,许志军带一帮同学呐喊助威,刘云霞拿到了全校第二名。一个长发少女奔跑在阳光里的矫健身影,成为他们共同的美好记忆。

刘云霞说,高二的课堂里,我和许志军坐在前后排,他天天看我的后脑勺。我,许志军,还有一男一女两个同学,我们四个人无话不谈就像亲兄妹。按年龄大小,老大是女生,老四是男生,许志军比我大,排老二,我排老三,关系一直保持到现在。那时还没手机呢,打长途电话都很少,上大学同学间就靠通信,我和许志军常写信,我叫他老二,他叫我小妹,我们谈学习,谈生活,就是没谈感情。

许志军告诉我,高考前同学聊天,我们都是农村出来的,都有豪情壮志,说的是将来的志向。我当时就蛮喜欢刘云霞的,也能看出她对我有好感。刘云霞和我一样家里穷,读大学不容易,特别珍惜,她向我们宣布,大学四年我绝不谈恋爱。听她这样的表白,我更不敢说了。我考上浙江工业大学,她考上西南交通大学,一个在杭州,一个在成都,隔这么远,通信也没断过,但是就没捅破这层纸。

刘云霞说,大学毕业那年,同学都在找工作。我在西南交大学土木测量遥感,属于热门专业,早就签了单位——辽宁盘锦铁路13局。许志军被一家大型企业录取——华能集团。那天我在楼上女生宿舍,就听楼下有人喊,刘云霞,你的长途电话。宿舍楼的公用电话在楼下,我赶忙跑下楼去接,以为有什么大事。电话里传来许志军的声音,他说,听说部队到我们学校招人了,你看我到部队去怎么样?我说,你想去你就去吧。他很在意我的想法,当时我真的没多想,反正同学嘛,就是征求一下意见。以后我们结婚了,还说起过这个电话。我说,当时你跟我没关系,我也不能说不让你去啊。我说的没关系,就是没谈对象,只是同学。许志军给我打这个电话,其实他是有想法的。

也许是冥冥中的命运吧,我父亲过去当过兵,我对军人蛮有好感的,觉得穿上军装很神气。我一向就是爱动的人,也想过当兵,就是个头太矮,体检就不过关。而许志军考过军校,差几分没考上,以为这辈子跟当兵的没缘了,没想到许志军能参军,成了个标准的军人,更没想到我居然会嫁给军人,当一个军嫂!

不过那时,我跟许志军还只是要好的同学。我像个男孩子的性格,大大咧咧的,没有哪个男生敢说喜欢我,就怕我拒绝。有个男同学,从初中到高中,我们都是一个班的,他高考落榜了,到深圳去打拼,已经开了几家公司,身价上千万。他事业有成了,就来追我,可是我想来想去,还是拒绝了他。你问我为什么,感情是说不来的,心里还是觉得更喜欢许志军一点吧。许志军也知道,别的同学喜欢我。

许志军说,我大学毕业要入伍了,回过头搜索,哪个人能当女朋友?所有的女同学中,最合适的只有刘云霞。她不是那种小鸟依人型的,有主见,很能干。我们高中同学,大学通信,虽然没捅破那层纸,但能感觉到彼此谈得来。她的家境不好，父母原先不同意她读书，女孩子读大学干什么。她坚持要读，考上大学就勤工俭学，不向家里要钱。我非常欣赏她的倔强劲儿，在命运面前绝不低头。

1998 年暑假，许志军和刘云霞都回湖南老家探望。大学毕业了，工作去向定了，与父母家人团聚，也与昔日同学重逢。天南地北见一面不容易，刘云霞分到东北，许志军分到江南，他们都要在长沙火车站中转。许志军对她说，报到还有些天，你不如跟我到杭州转转吧。刘云霞是个爽快人，说，好吧。他们一块坐火车到杭州，住在罗大姐家。这位罗大姐，是许志军在浙江工业大学读书时，做家教认识的一个家长。看到许志军为人正直，勤奋好学，家又在外地，就把他当成弟弟一样看待。

许志军向罗大姐介绍老同学刘云霞。罗大姐很快就喜欢上了这个性格爽朗的湖南妹子，她追问许志军，是不是对刘云霞有意思，许志军老老实实地点了头。罗大姐说，我一眼就看出来了，你们俩蛮般配的，如果你这次不说，可能就没下次了，小心被别人抢跑啦。许志军又点点头。罗大姐急了，你别光点头啊，要不，我给你们撮合，你不敢说，我跟她说。许志军忙说，算了，还是我直接说吧。

刘云霞离开杭州前的那个傍晚，他们漫步在垂柳依依的西子湖畔，海阔天空地聊天。走到那条著名的长堤上，许志军鼓足勇气，向刘云霞表白，做我的女朋友吧，我会永远地爱你的。刘云霞对他的表白并不感到意外，只是说，让我考虑考虑，好吗？站在落日的余晖里，许志军长舒了一口气，他总算把想说的话说出来了。

杭州一别，各奔南北。许志军走进了军营，开始了一个大学生向一个军人的转变，这样的转变无疑伴随着痛苦。他给刘云霞写信，倾诉思念之苦，她仍然犹豫不决。初到铁路系统工作，未婚女性本来就少，一个容貌姣好的女大学生格外引人注目，很快就有热心的同事给她介绍对象，而深圳的老板同学也穷追不舍。她的心思，只跟一个从小到大的闺中密友透露。比来比去，觉得没有人能比得过许志军，可是隔得这么远，他又在部队，不太可能吧。说到底，能否当好一个军嫂，无疑是她犹豫的原因。

也就在夏季最热的时候，许志军的情绪跌入了低谷。湖泊洪峰的汛期尽管一年一度，这一年似乎来得分外严峻。湖南老家的洪水泛滥，许志军的家也被淹了，使得原本就不富裕的家境雪上加霜。如果他选择华能集团，几千元的高工资还能资助家里，可是他选择了部队，当时只有六百块钱工资，许志军心有余而力不足。

许志军，你的信！连队通信员捎给他的米黄色信封，叫他眼睛一亮。小妹刘云霞用娟秀的字迹，从千里之外传达给他一个温馨的信息：你的爱，我接受了，我愿意和你携手，迎接生活中的风风雨雨，有了爱就会有一切。

暗恋多年的小妹终于成为终身伴侣，许志军激动得几乎跳起来。柳暗花明的喜悦，未来人生的憧憬，烦恼一下子都被幸福赶跑了！

带着爱情在训练场上摔打的许志军，做什么都充满了热情和活力。他强壮着体魄，也强壮着内心。次年盛夏，部队开往沿海某地，接受无码头装载的训练课目。许志军脱光上衣，跳进齐膝深的淤泥，和战士一起挥动铁锹，开辟坦克行进的通道。扛沙袋、铺杂草、垫枕木，人家都以为他是一个兵，根本看不出大学生的模样。演习结束，许志军这个大学生排长赢得了全连官兵的尊重，荣立了三等功。

许志军与刘云霞无法像地方青年那样朝夕相处，彼此思念只能依靠邮局，一封封信件成了感情的纽带。一年多没见面了，许志军在连队忙，走不开，准备考研的刘云霞体谅他，国庆前夕请了假，赶到杭州来看他。在南下的火车上，刘云霞甜蜜地想象着再见面的情景，寻找不再是小妹而是恋人的感觉。然而到了杭州，许志军没空来接，又让她住到罗大姐家。原来许志军入选国庆阅兵方队，任何人不得请假。

刘云霞说，一连几天，见不到许志军的人影。我真的想不通，他到部队一个月才六百多块钱，我的工资是他的三倍。我知道他家被洪水淹了，他那点工资都寄回家，还借了不少钱，自己没钱娶老婆。我说你没钱我不在乎，我不图你别的，就图你这个人好，人好总要在一起吧，连见面的时间都没有，我图你什么呢？！

　　刘云霞气得要买火车票回去，许志军才匆匆从军营赶来。刘云霞劈头盖脸地发了一通火，许志军一个劲儿地说对不起，阅兵方阵都是精挑细选出来的，九九八十一，缺了哪一个都不行。望着许志军晒得黑红的脸，刘云霞气消了。她哭了，他也哭了。在痛快奔流的泪水中，所有的委屈，所有的误解，所有的抵触，都化作了湿润的柔情。

　　连指导员王辉知道许志军女朋友闹别扭，比许志军还着急。他大许志军两岁，以老大哥的身份命令他，一定要把刘云霞请来，吃顿团圆饭。

　　国庆节那天，在连队简单的家属房里，王辉亲自下厨，和妻子张罗了一桌子菜。王辉举起酒杯说，弟妹啊，老大哥我，代许志军向你赔不是了。许志军是个好排长，还是那句话，没有当兵的付出，哪有百姓的幸福啊。王辉的妻子陪刘云霞在营区走走，说了半天悄悄话，关于军人、关于军嫂、关于军人的家庭……

　　我问刘云霞，是他们的话打动你了吗？

　　刘云霞笑了，说，其实不需要他们说，这些我都懂。那时就是心里堵得慌，发过火了就算了，不然我为什么找他，看中的不就是他这个人嘛！他当一个军人，我当一个军嫂，我们都是第一次，而且人生也只有这一次。

　　2002 年初，许志军向上级打了结婚报告。举办婚礼那一天，与许志军一起来部队的大学生干部都来了，平时干部婚礼不到场的师政委也破了例，和干部科科长一起参加，还欣然担任了主婚人。许志军很感动，他知道，这是师首长对大学生群体的特殊关怀。许志军和刘云霞商量，把部队婚礼的 DV 制成光碟，寄回去让长辈们看看，就不回老家再大操大办了。军人的婚事军营里办了，一切从简吧。

　　春节放假那几天，刘云霞是在军营里度过的。这是她有生以来，第一次在外地过春节。远离父母长辈，远离亲朋好友，她以为许志军会陪陪她，因为许志军之前答应过她的。没想到，当了连长的许志军说，有的干部探亲回家了，连队在位的干部少，他怕战士想家，要跟战士一起吃饭，要和战士一起站岗，不能只陪她。

刘云霞说，我是个喜欢朋友的人，可是这里对我来说很陌生，这么大的营区就认识许志军一个人，他居然整天不在。我把所有的东西收拾进箱子里，等许志军回来，就跟他说，我要回家。我拉着箱子要走，他不让我走，我的心又软了。那时我说，我好想吃家里的酱蘑菇。这些细节，我们女人记得清楚，男人可能记不清了。

对于刘云霞嫁给许志军，最疼女儿的父亲原来不同意，就怕女儿受苦。许志军给老人写信，恳请长辈同意这门婚事。刘云霞父亲说，作为一个父亲，是不愿意把女儿嫁给军人的，但作为一个老兵，还是同意把女儿嫁给你了。刘云霞独自流泪，觉得父亲劝告的话是对的，当军嫂真的要想好，军人是顾不了家的。

如今调到杭州的刘云霞，已经是单位的业务骨干，她的收入比许志军多得多。然而军嫂的本质是一样的，很长时间里，刘云霞在单位不提丈夫是军人，除了单位领导，很少有人知道她是军嫂，她一个人又工作又带儿子，最担心自己生病，好在她喜欢运动，硬是挺过来了。她说，说实话，许志军心细，本来很会照顾人的，只要他在家，我就省心很多，可惜他在家的时间实在太少了，根本没时间，我能跟谁说呢。

刘云霞这样的军嫂，让我想起舒婷的那首诗《致橡树》，诗人反复吟咏"我如果爱你"，其中有两句诗写道："我必须是你近旁的一株木棉，作为树的形象和你站在一起。"刘云霞和许志军就像两棵树，各自独立，却又相互依存。

给他一个后方

　　"对不起，我是一个军人，想先问你一个非常现实的问题，你将来能不能忍受两地分居？这个问题请你认真考虑。你考虑清楚了，觉得可以，我们再谈；觉得不可以，就不要谈，不然到时候谈了再分，大家都会很受伤的。"

　　听起来硬邦邦冷冰冰的，这像是谈对象说的话吗？现实中的范晓真是这么说的，也太不懂得浪漫了吧！面对年轻貌美的姑娘，他为什么列出这么一个让人家可能望而却步的先决条件？难道他就不怕人家给他吃闭门羹吗？

　　范晓，山东烟台人，1981 年出生，一个思想成熟、善解人意、形象俊朗的80 后大学生军官。2004 年毕业于青岛大学机械工程自动化专业，同年 6 月应召入伍，历任排长、宣传干事、连指导员，曾受到集团军、师、团的表彰，被评为优秀"四会"教练员、优秀党务工作者、优秀参谋，三次荣立三等功。

　　毫不夸张地说，范晓是同龄人中的佼佼者，他为什么不采取迂回战术，先在感情上俘虏对方，发起攻击，再来谈两地分居的问题呢？

　　因为范晓深知，军人的奉献并非一句空话。以范晓的智商，何以不懂得浪漫，但是他更懂得，军人与浪漫之间，该有一个警戒线。

范晓是个独生子女，父母对家务事大包大揽，唯独对儿子的读书学习毫不放松。普通职工的家庭并不富裕，但只要他学习所需要的费用，父母从不吝惜。而他确实开窍得早，在勤奋中品尝到学习的乐趣，从考入重点中学到考入青岛大学，全凭成绩说话，没有多花父母一分钱，这是父母引以为自豪的事情。

青岛大学开阔了范晓的视野，使他开始考虑理想与事业的人生命题。他没有辜负父母的期望，大一到大四这八个学期，他就拿了六次奖学金，在班上属于学习冒尖的好学生。正是情窦初开的年华，他和一个红颜知己走得很近。那个漂亮女生是他的高中同学，都是从烟台到青岛读书的，大学期间虽然不在同一个系，却有着同学加老乡的情分，可以分享学生时代的喜怒哀乐，两颗年轻纯洁的心相互吸引。

因为大学的日子过得匆忙，因为大学之后的日子还长，他们虽然没有像真正的情侣那样卿卿我我，但有一种欣赏和默契在悄然生长。他们都有认真读书以立足于社会的向往，他们都有正直、善良和开朗的性格，在一起总是非常开心，聊天也有太多的共同语言。没想到，分歧是在大学毕业时产生的，而且难以弥合。

未来的道路这么多条，范晓偏要选择到部队，这让她怎么也不能接受。她说范晓你太冲动，太幼稚，你面前现在两条路，你再选择一次，你是要一个人去当兵，还是一起在这边奋斗？范晓当然知道，她所设想的奋斗，是 80 后的成功梦想，这一切与当兵无关。在她眼中，既然读了大学，就该追求更高质量的生活。

范晓和她说参军乃公民义务，大学生也不例外。

她有些伤感，为什么是你？

他有些激动，为什么不能是我？

范晓在学校一向以为，他们很合得来，她最理解他，而他此时决定入伍，她却最不理解他。尤其听说，范晓签约的部队在福建沿海，你范晓又不是找不到工作，要到离家那么远的地方当兵，更是一百个想不通，怎么谈也谈不拢。

女友的眼泪和劝说，没有改变范晓的决定。

23 岁的范晓年轻气盛，他带着告别女友的些许遗憾，更带着戍边卫国的热切憧憬，登上了南下的火车。范晓到部队报到，正是湿热的酷暑，北方人度过的第一个南方夏季，一身军装黏糊糊地苦不堪言。大学生新兵连的紧张气氛，给他无限美好的诗意想象当头一棒。挥汗如雨的训练，一丝不苟的纪律，让这些从小到大自由惯了的白面书生连呼吃不消。他在最难熬最痛苦的时候，心头闪过女友的温婉情愫，抱着一线希望给她挂过电话，她没有安慰只有抱怨，不理解已经变成了化不开的隔膜。

范晓当初的想法也简单，当兵与其他岗位一样，不过是一份工作，既然可以签约，也就可以解约啊。一切关于未来的理想都显得太过奢侈，能不能脚踏实地坚持下去，才是大学生们私下议论的头等大事。已经有两个大学生受不了，解约离队了。当时解约的条件，是交 8000 元违约金。范晓也打电话跟家里说，部队确实太苦了，你们能不能给我出这 8000 元，等我回去工作了还给你们。母亲同意出这笔钱，给他两天时间好好考虑，是留还是走。母亲对他说："钱家里可以给你出，但是你要想清楚，这条路是你自己选的，该不该继续走？以后你做其他工作，会不会也这样离开？"

范晓还是留下了，他不愿意灰溜溜地当逃兵。后来，一场"不当合同工，要做主人翁"的大讨论，使他深受触动。大学生新兵连结束，那个担任班长的排长说，别记恨我，我为什么对你们严，因为你们都是要带兵的人！大家紧紧抱着，泪流满面，让他感到了震撼。范晓接着前往陆军指挥学院就读一年，母亲有一天再问他能不能受得了，受不了就回来吧。范晓说，这么多的苦都吃了，现在不会再想走了。

大学生入伍的代价，是结束一段初恋，与相处多年女友分手，这在当时穿上军装的大学生中并不少见，很多人身上都发生过类似故事。

在失恋中站起来的范晓，平静地接受了分手的现实。军营给他注入的男人气概，既有外在体魄，也有内在精神。当范晓次年回家探亲的时候，牵挂着他的父母惊喜地看到，儿子晒黑了，长壮了，懂事了，浑身充满了青春的活力。

也许范晓是独生子女的缘故，父母没等他到家，就动员亲戚朋友，张罗着帮他介绍对象了。在部队的范晓更能体会父母的养育之恩，顺着老人的心意就是最大的孝顺。于是，范晓一年一度的探亲假，最大任务就是相亲。

他相信缘分，肯定有一个没见过面的姑娘，在某个地方等他。当他认识了娟子（化名），就觉得她可能就跟他有缘。娟子是服装专业的大学生，家也在烟台，比他小两岁，那些年在青岛做服装生意。他们几乎一见如故，彼此都留下了良好的印象。秀美的容貌，大度的性格，周到的办事能力，她真是不可多得的知识女性。

范晓回去探亲的那些天，去青岛娟子的服装店帮忙，陪她进货，陪她站柜台。娟子自己做生意，时间比上班族自由，有空他们就可以一起到海边大堤散步，或者坐在木椅上遥望蓝天丽日渔舟，在海浪拍岸的阵阵涛声里倾心交谈。

谈理想谈事业，范晓说，我还是想把理想和事业放在部队，做个好军人。娟子没什么异议，还用欣赏的口吻说，不错啊，是个事业型的男人。

娟子带他到她家，拜见了父母，未来的岳父岳母对他很满意。一个女婿半个儿，他们都说找个军人可靠，在部队发展挺好的。

范晓父母对娟子也很喜欢，老两口考察一番，觉得娟子嘴甜、开朗、有主见，学历和年龄都与范晓般配，她会是一个能干的媳妇。

范晓归队后与娟子联系只剩下了电话，而且训练紧张常常不准时。相恋的感觉在牵手的日子里是甜蜜的，但甜蜜的程度却因为距离而稀释。当时像范晓这样的大学生军官在连队为数不多，别人开玩笑说他是来镀金的，而他扑下身子拼命干，脑子里只有工作的事，无意之中把娟子冷落了。快到范晓的生日了，娟子记着给他打个电话，祝贺生日快乐。但轮到娟子的生日，他却忘得一干二净，更别说送什么生日礼物了。

有一个对娟子很重要的日子，就是她母亲生病出院的那一天。因为范晓那天忙着备课，加上手机使用管得比较严，连队也就一部固定电话，打电话要到连部。本来他跟她约好，要打个电话表示问候的，可他忙起来没打，她非常生气。

可能是她比较孝顺，在家也是独生子女，他给她打不打电话，她都能原谅，说说也就算了。但是对她父母，她就希望他能有一个体现"半个儿"的机会，所以发了脾气。

他深知娟子的借题发挥，不只针对某一个电话，而因为他们多次谈得不欢而散的话题。娟子是一个对于生活质量有执著追求的姑娘，而他不愿放弃部队也就无法达到娟子的期望值。也许天生就有经商细胞，又受过高等教育，娟子的生意越做越好，她一次又一次地发问，你能不能尽快转业，回到我的身边，帮帮我？范晓说，这是不现实的，第一，我不可能回去，我的服役年限还没到呢。第二，我的个性适合部队，而且我干得不错，我很想在这里干，即使闹着回去的话，我做生意也一窍不通啊。

她忙着生意的事，他忙着连队的事，无法当面沟通的困扰，使两个人都感到痛苦，矛盾在不经意间积累起来。终于，娟子跟他摊牌了，你要多久回地方？他说，我才 25 岁，最起码再干 10 年吧。她说，我不会等你的。他说，可以先结婚嘛。她说，这更不现实了，我一个女孩子在外面打拼，本来就很不容易，想有一个家，找一个可以依靠的人，你让我这样等 10 年，等到 30 多岁，这个确实办不到的。

电话中解释不通的不愉快，像一盆凉水浇在范晓的心头，使他开始冷静地审视这段恋情。他并不怪娟子，因为她和她的家人对部队不了解，以为军人的去留可以自己说了算，像他这样过几年就能回老家了，对于分居两地并没有什么概念。一旦知道和军人结婚，面临丈夫长期不在身边的现实，当然也就很难接受。

卿卿我我变成争争吵吵，这是他们相识之初没想到的。谁也说服不了谁，只得尊重各自的选择，客客气气地分手了。过一年休假，范晓想的只是看望父母，父母想的还是给儿子找对象。知道部队和外界接触比较少，探亲的时间得抓紧，给他介绍的女孩有教师、会计、个体户、护士……看到范晓的阳光帅哥形象，女方常常都说不错，过后仔细考虑却打了退堂鼓，大都不能接受两地分居的现实问题。

到了 2008 年，在军中屡受表彰的范晓，已经融入连队这个英雄集体。找个 80 后女孩当军嫂，范晓心里很笃定，父母和家里人却比他着急。范晓实足 27 岁，在他们家乡那边讲虚岁，应该算 28 岁了。热心的表姐给他介绍了一个名叫宋维娜的姑娘，1986 年出生，大学毕业，在烟台某大型国企工作，也是独生子女。

抱着试试看的态度，范晓听从表姐的安排，与宋维娜见了面。表姐跟他描述的清秀、温柔、聪慧、良善等等，所言不虚，但范晓的头脑是清醒的，他吃一堑长一智，先道出了本章开头的那个大大的问号，能不能忍受两地分居？他已经明白，感情毕竟不能代替现实，在谈感情之前先谈现实，可以避免感情的伤害。

她想了想，然后说可以忍受。

她那清澈的眼神和认真的口吻，深深地打动了他。并不是哪一个 80 后姑娘，都愿意答应这个条件的，他在提醒自己好好珍惜吧。

说起大学生妻子宋维娜，范晓用了一个很时尚的词：闪婚。

范晓和宋维娜的恋爱短暂却又悠长。说短暂，因为范晓休假 30 天，他们相识后相处的时间也就 14 天；说悠长，因为他们随后确立了恋爱关系，感情迅速升温，半年就谈婚论嫁，虽然分居两地仍相约一生一世。

那次范晓和宋维娜见面后，就像普通情侣一样约会，谈大学生活，谈自己工作，谈今后的打算。过了几天，范晓父母提出，请她到家里来坐坐，看看这个女孩的性格怎么样，既然范晓是一个军人，她能当好一个军人妻子吗？范晓有些吃不准，对她说，我爸妈想跟你见个面。跟她认识没几天，很担心她会拒绝。

他的担心是多余的，她很爽气地答应了。他们两人心照不宣，军人的假期有限，不可能像地方青年那样，有大把的时间谈情说爱。和范晓父母见面的那天，她的举动毫不做作却赢得了长辈的喜爱。吃饭之前，她小心地扶着范晓外婆进餐厅，等长辈都坐下了她才坐下，吃过饭主动收拾碗筷。因为见多了 80 后女孩的娇生惯养，范晓父母没想到她这么善解人意。母亲坚决不让她收拾碗筷，后来退了一步，她们是一块儿洗的碗筷。父母都说，这是个懂事的好孩子，难得，范晓别错过了。

　　2009 年，范晓被任命为"红色尖刀连"政治指导员，他参加全师新任指导员培训被评为"优秀学员"，参加军区新任党支部书记培训也被评为"优秀学员"，以其过硬的军政素质，带领官兵挑战生理和心理极限，为一个连队的意志品格"加钢淬火"。他的格言是"干好每一天，做好每件事"，把每个兵都打造成"尖刀"。

　　一个周末，范晓抽空给家里打电话，母亲急切地问，你和宋维娜谈得怎么样，感情进展到哪一步了？他说蛮好啊。母亲说能不能考虑结婚呢。他理解母亲的心情，也觉得军人的婚姻，不如快刀斩乱麻。当晚他在电话中和宋维娜说了母亲的想法，看她的态度。她说这么大的事情，你让我考虑考虑，和家里人商量商量。他说当然，我等你的话。大约考虑了一个星期左右，她给他回话说，可以，我父母也同意了。

　　紧接着，家人为范晓定好了婚期，预订了酒席。谁知接到连队参加考核的通知，时间与婚期冲突了。他赶紧和家里说，退掉酒席，更改婚期。按家乡的风俗习惯，至少提前半年定酒席，提前一个月发请柬。他妈说，家里刚把请柬发出去，你也不早说。他爸说可以吧，我们一个个打电话通知人家。结果家里退了酒席，赔了酒店一千多块钱定金。他爸问他，打算什么时候结婚。他说，如果今年结婚就在下个月吧。他请示了领导，领导通情达理，放他 30 天假回家结婚，赶回来参加考核。

　　范晓打电话给宋维娜，说婚礼时间要改了。她说之前听你妈讲过，心里有所准备，就担心你能不能回来，不要时间改了你又回不来了。

　　家里重新开始张罗酒席，非常匆忙。等范晓赶回家，第二天就照婚纱照，领结婚证。举办婚礼后的第 7 天，假期还没结束，部队来电话问他结婚的事办好没有，可不可以归队。当时连队接到任务，上级要求连长指导员双主官在位。他说可以回去。临走前，宋维娜当着全家人的面微笑送别，其实前一晚她曾哭到半夜……

　　2010 年 4 月底，已经怀孕在身的宋维娜，作为军嫂头一次来队探亲。她详细计算过，年假加上双休日再加上五一长假，有半个月假期。宋维娜不怪范晓忙，你忙走不开，我到营区里，你总该陪陪我吧。没想到，她到部队的第二天，师里通知下来了：5月12日连队参加比武，范晓和连长必须带队。他只有全力以赴备战，让她独自在家属房待着，饭由通信员送去。偶尔有空了，他中午过去看一看，晚上研究工作太晚，怕回去影响她，就在连部宿舍睡了。一直忙到12日比武，连队取得全胜成绩，等他主持总结讲评结束，才到家属房看她，此时离她的假期只有两天了。

大老远地跑来部队，居然天天见不着面，宋维娜这回真生气了。想到14日就要回去，她心里委屈，哪有这样的老公，真的这么忙！第二天，13日晚上，在全营的大饭堂加餐，等于开一个庆功宴。营长教导员问范晓，你家属怎么没来啊，你过去请她一起来吧。范晓到家属房说了半天好话，她都不肯来。他说对不起，算我给你赔礼道歉了，后来硬把她拉来了。一进饭堂她一愣，大家都坐在饭堂等着呢。

范晓和连长用可乐代酒，来敬全连的弟兄：为了我们今天的胜利，为了我们昨天的努力，干杯！连队战友也相互敬"酒"。毕竟辛苦没有白费，近似实战的比武，让所有的人脱了层皮，只在这时才能品尝成功的喜悦。宋维娜正襟端坐，脸上挂着礼貌的微笑，范晓知道她的心气还不顺，也不便多说，只是叫她吃菜。

就在热腾腾的气氛里，担任连队值班员的一个士官，站起来大声地说：大家静一静，我有一个提议！顿时饭堂鸦雀无声，所有人都看着他。他接着说，今天我们有幸请到指导员的家属，我建议大家举起酒杯，共同敬嫂子一杯！

好啊，饭堂里一片沸腾。

宋维娜没想到，范晓也没想到，心头涌动一阵热浪。

连队的人都站起来了，他们也站起来了。

嫂子，您来了，对我们连队这次比武成功，有很大的帮助啊！我们在这里举起酒杯，替指导员说一声对不起！因为指导员带我们去比武，也没能照顾好您，而且您现在又怀孕了，我们全连官兵想通过这杯酒，感谢嫂子！

感谢嫂子!

上百条男人的嗓音,喊得墙都发颤。

范晓说,我爱人这个人嘴笨,她问我讲什么,我告诉她,站着听就可以了。但是听到战士说那些话,她就哭了。她说,我老公和你们这些兄弟一块干,我很高兴,我很感动! 回去的路上,我问她很感动吧,她说你以后少用这些东西来忽悠我。我说谁忽悠你了,看你都流泪了,说得她不好意思,但我知道,她从心里原谅我了。真的,从那以后,我再忙,忙得顾不上她,她也没有对我抱怨过了。

范晓最开心的是做了爸爸。我和我女儿好像天生有默契吧,今年 3 月我爱人抱着女儿来部队,她们坐火车再坐汽车,到营区夜里一点半了。我以为女儿早睡觉了,一看她还没睡,戴个小帽子东张西望。我爱人对她说,爸爸在哪里? 她就对着我笑。我们每次吃饭,女儿都会看着我,不看着她妈妈。我爱人就开玩笑,小丫头,生你养你每天喂你吃饭,你都不看着我笑,看到你爸就笑。呵呵,很可爱。

宋维娜对范晓说过,你放心地在部队干吧,家里有我,我是你永远的后方。她这句朴素的话,点中了硬汉心中最柔软的地方,每每想起都让他心有所动:所有的付出都是值得的,保卫着千家万户,其中就有自己的小家。

我家就是兵站

来到驻福建沿海的海防某旅，旅政治部主任孙浩然听说我要采访大学生军官，还要采访大学生军嫂，就告诉我，这个旅驻守在星罗棋布的沿海岛屿，当个军人不容易，当个军人妻子更不容易，他们刚评选过全旅的"十佳好军嫂"，代表这十位好军嫂发言的，就是一个大学生军嫂，名叫王琰燕。她的丈夫周维，是一个优秀大学生连长。我说她愿意接受采访吗，一个80后白领，一个80后军官，他们怎么会走到一起，其中有什么故事？孙浩然马上联系王琰燕，她痛快地答应和我聊聊。

王琰燕在单位请了假，开车赶到营区和我面谈。这是一个暑气蒸腾的酷热的下午，她从市区赶到旅部所在的郊县，至少要有一个多小时的车程，我有些过意不去，太累了吧，这么远。她却笑着说，有车能开到的地方，都不远。

什么地方是车开不到的？哦，那只有海岛了。

身为海岛家属的王琰燕，提到海岛有说不完的感受。她说，周维在北霜岛当连长那阵子，我到北霜岛坐的船得两个多小时。那次风浪非常大，船上的人大部分都吐了。最惨的是台风，船不能开了，有的家属探亲，大老远地跑来，就隔着这么一片海水，没办法登岛，夫妻一年一次面都见不了。那时就想，只要风停了，只要船开了，哪怕再怎么晕船，哪怕吐个昏天黑地，都还是幸福的啊。

1983 年出生的王琰燕有一双美丽的大眼睛，淡妆清丽，衣着素雅，显得很阳光，也很自信。她是英语专业的大学生，在交通部所属一家海事服务公司任职，原先担任部门经理，今年刚提升为总经理助理。作为职场打拼的白领，她不甘于平庸，大学毕业改行应聘海事专业，很短时间就进入状态，考取相应的船舶检验资格证书，成为公司的业务骨干。她说，我平常特别喜欢看企业管理类的书籍，我现在的目标是成为公司的 CEO，我要学会跟不同职位的同事相处的技巧。

她的父辈事业有成，家境优裕，使她无忧无虑地成长。她自己的事业也顺风顺水，尽可以拥有一路美好的前程。好友觉得，以她的自身条件，肯定会选择一个比翼齐飞的成功人士，也就是说，或者有钱或者有权的结婚对象。她居然嫁给一个守海岛的军人，当一个肯吃苦的军嫂，这是周围很多人都没想到的。

王琰燕告诉我，我们周围的人都觉得我们的缘分很传奇，你怎么会找一个军人，因为我们的职业好像没什么关系。大家很奇怪，你们两个什么时候撞出火花的，觉得很不可思议的样子。他们问我们，是不是相亲的啊。我对他们说，我们不是相亲的，是自己认识的，大家更觉得不可思议。我想，可能很多人觉得，现在女孩子都比较现实，谁不希望能有一个可以依靠的肩膀，不会谈这么有空间距离的恋爱吧。

我说，那你对周维还是挺满意的？

她说，我是有主见的人，自己要是不喜欢，肯定不会勉强。

王琰燕和周维相识在 2004 年 4 月，那时王琰燕刚大学毕业参加工作。21 岁的青春女孩，看整个世界都带着玫瑰色，单纯而不乏热情，在朋友中间，她成天乐呵呵的，似乎不知道什么是忧愁。在一次朋友聚会上，王琰燕碰到比她大两岁的周维。周维正好在休假，他有一个老家的朋友在省城工作，被请来一起聚聚。而王琰燕被女友拉来参加，也是凑个热闹。都是 80 后年轻人，很快就谈笑自如，聊得挺开心。

在她看来，说话谦和的周维与众不同。周维一身衣着很随意，白 T 恤加深蓝色的磨白牛仔裤，脚上皮鞋锃亮，收拾得非常利索。听说周维是个军人，而且学习成绩不错，她顿时来了兴趣，问他为什么选择当兵。他说 1998 年高中毕业，老家江西发大水，解放军在大堤上抗洪抢险的场面让他感动，他就选择了从军之路。

王琰燕与周维相识纯属偶然，不是朋友之间特意介绍的，因为朋友觉得，王琰燕是不会看上一个军人的。没想到，她对军人有一种特别的好感，军人代表着责任、义务与光荣，这是很多地方同龄青年欠缺的。虽然周维没穿她喜欢的军装，但本人透出的军人的举止和军人的气质，让她产生了莫名的好感，感觉说不清，反正她喜欢上了周维。

王琰燕与周维留下了彼此的电话号码。这次无意中的相识，使他们成了一般意义上的朋友，过年过节发个短信问候。2005 年 5 月 4 日，这又是王琰燕牢记的日子，时隔一年，周维从外地参加参谋集训，期间有几天假，他到省城找王琰燕。她说，算我们第一次约会吧，他打电话说你在哪儿，我说我在公司值班，他就到公司陪我。中午一起吃饭，再一起看了一场电影，认识以来到现在唯一的一次进影剧院看电影，呵呵。时间还早，我们就一起到公园划船，然后我回家，他回部队。2005 年 7 月 15 日，算我们第二次约会。他参加集训回来路过省城，和我一起吃了个午饭，那次我们的关系算定了。2005 年 10 月 1 日放假，我去部队看他，算我们的第三次约会吧。我们虽然见面的次数很少，但是感情慢慢地升温，我想和军人谈恋爱，大部分都是在等待中进展的吧。

王琰燕记得初恋的每一次约会，记得约会的准确日子。在省城的繁华热闹的生活环境中，王琰燕独守着一份对于军人的情愫，还不敢让家里人知晓，属于地下状态。她在大学读书的时候，就不断有人给她介绍对象，都被她以暂时不考虑的理由婉言谢绝了。大学毕业后，女儿的婚姻大事被提上了父母的议事日程，开始张罗着寻找合适的有为青年。她对父母说，我自己找吧，找不到了你们再帮我找。

蒙在鼓里的父母不放心，又有人上门提亲，她已经回绝过几次，实在没理由回绝，只能和妈说我谈恋爱了，她妈一了解情况就气不打一处来。本来父母以为女儿眼界高，左挑右挑，以为要找一个与之相配的对象，或者经商的，或者公务员，就是没想到女儿会看上一个军人，和父母想象的差距太大。不过，父母毕竟是开明的，没有同意也没反对。他们说你都这么大了，自己选择的路自己走，不要后悔就行。周维粗中有细，对长辈很是孝顺，后来两个年轻人的坚持感动了她父母，家里人慢慢认可了。

2008 年王琰燕与周维结婚，25 岁的她成了一个军嫂。她说，其实我们偷偷谈恋爱的时候，就比较平淡，不像人家那样大起大落。我们属于有缘吧，所有的人都感到意外，这有什么关系？为什么我们谈恋爱，非要在别人的意料之中？

2009 年 4 月，王琰燕怀孕 3 个月了，领导找周维谈话，有可能调他到机关当参谋。王琰燕知道机关也忙，毕竟靠家近，她当然高兴。后来领导突然通知，调他到一个海岛当连长，两天后就上岛。军令如山倒，周维把这事告诉王琰燕，叮嘱她当心身体。她要丈夫放心，我可以照顾自己。她说，我想当时他心里肯定挺抱歉的，我要是再表现什么不满，只会增加他的思想负担。我和他开玩笑，我不怕坐船。

2010 年春节快到了，周维在岛上带新兵，回不了家。王琰燕带着 3 个月大的儿子坐船上岛，同行的还有一个士官家属和一个军医家属。伴随着不停咆哮的海风，王琰燕母子俩和大家聚在一起，看央视春节联欢晚会，这是她第一次在部队过年。大年初一，在连队自己的联欢会上，王琰燕惊喜地看到，来自天南地北的官兵拿出最拿手的节目，说拉弹唱加出洋相，把节日气氛烘托得高潮迭起。

嫂子来一个！来一个就来一个！王琰燕和军医家属一起站到台前，给大家高唱了一首韩红的《家乡》，另一首是流传甚广的《幸福拍手歌》。之所以选这两首歌，她们考虑，第一首歌表达大家的思乡之情，谁没有家乡，家乡是每个人的牵挂；第二首歌为了活跃现场的气氛，让幸福感觉与连队官兵紧密相伴。

说到 1 岁多的儿子周浩林，王琰燕一脸满足。在这个大家庭之中，平时有妈妈、姑姑和奶奶，白天帮着照看儿子，晚上她就自己带。他不像别的孩子那样黏人，家里人谁带他玩，他都不吵不闹。她跟儿子开玩笑说，你不乖的话就没人要了，儿子仿佛能听得懂的样子，她为生了一个懂事的孩子而自豪。只要有大人在旁边，儿子可以独自一个人玩一整天，玩累了，找大人抱抱，喂点食物，然后继续玩。周末她带儿子到公园，看到同龄的小朋友，不管认识不认识，都会主动地说话，开心地玩游戏。

还是那次王琰燕带小浩林上岛，另一个干部的女儿比他小半个月，白天睡大觉，一个晚上就哭个不停，要抱着走来走去，一停下来就哭。她母亲带得很辛苦，和王琰燕形成了鲜明的对比。你的孩子为什么不吵不闹？人家好奇怪。王琰燕诉说自己的经验，刚出生的婴儿头 7 天，绝对不能一直抱着，只是喂奶、换洗时把孩子抱起来，其他时间就让孩子躺着，这样以后孩子就能养成很好的睡眠习惯。

那么头 7 天小孩子哭闹怎么办？王琰燕说，很少父母能看着宝宝哭不心疼的，只要能横下心。在小孩子莫名哭的时候，要先检查小孩是否饿了、尿布湿了还是不舒服了，排除了这些原因，那就是小孩子想被抱发出的指令，你就不要管他，至少等 3 至 5 分钟再过去抱，而后每次延迟几分钟，慢慢小孩子就会改掉哭闹的毛病了。如果他一哭你就抱，那小孩子就会条件反射，以为只要一哭就会有人抱。小孩子刚从母体里出来，什么都是新鲜的，你起初传送给他的是什么习惯，他以后就有什么习惯。

王琰燕读了不少育儿书籍，结合自身经历，写下初生儿必备的物品、临产前以及分娩时的注意事项，和其他军嫂在 QQ 上分享。她主张对军人孩子的养育粗放些，有时儿子达不到目的耍脾气，躺到地上哭，她会让他独自待在那里，一会儿让他自己爬起来。孩子摔倒在地，只要确认没摔到头部，就要他自己爬起来。她觉得没必要太娇贵，要让他从小明白，摔倒了要自己爬起来，不是想要什么就能得到的。

王琰燕独自带儿子，丈夫周维在部队帮不上忙。她也有苦恼的时候，但她有一个军嫂的原则，从来不抱怨周维不管孩子。一个军人的妻子，埋怨丈夫的话不能讲。军人责任在身，不是周维不管而是没机会管。作为父亲当然更希望能和自己孩子待在一起，小孩子对着电话筒发出声音，他就非常的激动，儿子会叫爸爸了。

王琰燕教育儿子自己的事自己做。比如，垃圾自己丢到垃圾桶，换好的尿布自己扔垃圾桶，自己的小便盆子自己倒，等等。她不像别的母亲追着孩子喂饭，而是让儿子自己吃，虽然弄得到处都是，但能很快把饭吃完，而且一脸快乐。军人的孩子，就该泼泼辣辣的。儿子只会叫爸爸、妈妈、奶奶、没、好，说这些简单的字。但是他比较懂事，大人说的话他都听得懂。我妈说再带两个这样的孩子都不怕。

她在岛上的连队过了两次春节了。结婚以前她每年都在自己家过的。周维在机关里他们还可以时常见面，他上海岛后她只有节假日去探亲。领导在王琰燕请假单上批的是探亲假，其他同事请假都是事假或者年假。单位给的探亲假有一个月，只要你的工作允许，你自己掌握怎么休，分几次休或者一次性休完，都可以。

好多人都不知道军嫂应有的待遇，军嫂跟军人一样，每年应该享受一个月探亲假。王琰燕单位的办公室主任，是从报纸上看到这个规定的。王琰燕找主任批假，他就和总经理说了。单位就王琰燕一个是军嫂，本来总经理就打算批探亲假的，但是看上去有照顾的成分，既然有这一条规定，更加顺理成章了，就不是搞特殊了。只是王琰燕的工作要上网沟通，海岛上没网络，所以她每次上岛都不能待太久。

周维作为一个军事主官，在部队风风火火，雷厉风行，在妻子眼中又是什么性格？王琰燕告诉我，他的性格比较好，平时都让着我，很少发生口角。我问怎么让着你？她说，生活上的事，我说什么就是什么。打电话要是他不想听，就找理由挂了，过一会儿再打给我。我是有的时候会让他，有的时候不会，他是大部分都会让我。

为什么大家都说王琰燕家像个兵站？因为她家在省城，很多军嫂从外地来，要上岛等船，一等几天，就先到她家来住。第一个到她家的，是周维当连长时一个排长的家属，排长姓龙，王琰燕叫她龙嫂。她从山东坐火车到福州的，和王琰燕性格不同，不爱多说话。她那么内向，跟王琰燕怎么交流？王琰燕说，没事啊，她内向，我开朗呀。她天天躲在房间里，我拉她一起去逛逛。她实在不愿讲话，我把她三餐备好就是了。

龙嫂当时并没有结婚，严格说是龙排长的女友，但是确定要结婚了。她头一次到部队，人地生疏，十分拘谨。等船开的那天，王琰燕陪她一起上岛。龙嫂说部队没有认识的人，不敢讲话，龙排长有事，她自己吃饭也不敢去食堂。而王琰燕比她自如多了，是她在部队最熟悉的人，出了门就是她的向导。她带很多书到部队看，和王琰燕说她没出过门，很害怕来部队，一个人都不认识，还说她很怕生。王琰燕说你很厉害，那么怕生能从那么远的地方来，要坐一天多的火车，爱情的魅力真大啊，她就笑了。

王琰燕最近接待的军嫂，是原先和周维搭档的指导员的家属，在海岛任营副教导员。晚上没有船上岛，家属又是晚上到，王琰燕就去火车站，接她和她的儿子。因为她坐火车吐了，难受得吃不下东西。坐下来随便聊聊，帮她小孩喂完饭，他们就到房间休息。第二天有船了，副教导员就过来，接他们上岛了。

周维的同事休假，从海岛下来，要在省城等一天火车，时常也会找王琰燕。他们跟她太熟了，不先打电话给周维，直接打电话给她，说我休假了，要等火车。王琰燕说，那好啊，过来玩吧。他们就来了。王琰燕觉得，军人大部分比较淳朴，容易相处。军人的家属本来怕到连队，在王琰燕家住过的，就不怕了。

2010年1月，快过春节的时候，在全旅"十佳好军嫂"的颁奖典礼上，作为"十佳好军嫂"的代表，王琰燕作了一个《作为一名干部家属的心得体会》的报告。同年3月，王琰燕又被请到台上，作了一个《我心目中的好干部》的报告。

王琰燕说，我家就像兵站，我愿意，因为我是军嫂。

梦 想 遭 遇 爱 情

2012 年初冬，我采访某部政委张明上校，他所在单位刚被浙江省军区评为"创先争优先进团党委"。熟悉张明的友人告诉我，你还应该采访他妻子秦爱峰，她也是一个大学生军嫂，原先有一份稳定的工作，却为了当兵的丈夫辞职，跟着张明从一个地方转到另一个地方，哪怕从头再来，她也坦然接受，无怨无悔。

秦爱峰和许多军嫂一样，始终隐身在丈夫身后，只是上级机关召开家属座谈会，要求各单位领导动员家属发言，不能冷场，于是，秦爱峰作了一个发言，题目叫"幸福源自默默的支持"。她讲得很朴实也很真实，感动了在场的干部与家属。新闻干事灵机一动，把发言记录稿发到报社，结果登在当地的报纸上。这下子，秦爱峰不乐意了，这些家常话本来是内部说的，怎么捅到外面去，我可不想出这个名。

张明一脸无辜，秦爱峰没再计较。也许出于对作家的尊重，秦爱峰还是接受了我的采访，不过她一再说，傅老师，我没做什么惊天动地的事，就是很平淡的，千万别拔高啊。我答应她，你平平淡淡地说，我平平淡淡地写。

1993年春节，军校毕业在海岛上当了一年排长的张明，回到老家探亲。张明父母着急，抓紧时间逼着他相亲，不过他都没感觉。张明觉得，军人的感情最好简单透明，天天哄着不行，最好找一个能与自己共患难的伴侣。

张明老同学给他介绍了自己的表妹秦爱峰。当时秦爱峰任职于地方的一家事业单位，父亲一位朋友的儿子看中了她，托人上门说媒，对方工作不错，父亲也是当地领导，只要秦爱峰点头，买车买房换工作，都不成问题。秦爱峰对那个男孩没偏见，但对当排长的张明更有好感，觉得这个当兵的大哥挺踏实。秦爱峰一说话就脸红，一问一答不慕虚荣，不同于那些"物质女孩"，叫张明心里漾起了爱意的涟漪。

做军人的女朋友，只能靠书信来往。终于有一天，秦爱峰坐火车坐汽车再坐轮船，前往张明驻守的那个离公海10多海里的小岛。且不说在海上颠簸昏天黑地，吐完了胃里的食物吐酸水，就说上岛了正赶上部队比武，张明把她接到简易的家属房，就带着他的兵操练去了。一连三天也不见张明的人影，秦爱峰耳边刮过一阵阵海涛声，似乎在考验她当军嫂的决心。张明回来时又黑又瘦，连长告诉她，张明不是孬种，带一个炮班夺得了这次比武的第一名。秦爱峰突然觉得，这样的等待很值得。

1995年国庆节，张明回家探亲，只有20天假，再探亲又是来年了。张明说，军人没有时间花前月下，不如我们结婚吧。秦爱峰痛快地点了头。一反当地十分复杂的婚俗，他们的婚礼匆忙而简单。两人一起上街，知道张明一个月工资没多少，贵的秦爱峰不要，只同意张明花300元买了枚18K金的戒指。秦爱峰的同伴为她惋惜，她却感到很幸福。结婚是因为爱情，不是因为物质，我还要跟他到天涯海角呢。

结婚后的秦爱峰作出了一个决定——跟张明上岛。她跟单位提出辞职，父母担心，领导挽留，这是事业单位正式编制，你考虑考虑吧。她说，我考虑好了。真到了岛上，亲朋好友不在身边，当地方言一句也听不懂，想找个人聊聊天也没有，孤独、枯燥与单调，伴随了秦爱峰好多年。张明一纸调令就走，他们先后搬了十多次家，搬一次家坛坛罐罐就要丢掉一大堆，真是"搬家三年穷"。张明对她说这样的漂泊和清苦，太委屈你啦。她说要说委屈，也是所有军人家属的委屈，人家能过我也能过。

1999年，秦爱峰怀孕待产。生孩子是女人的一道关，她当然希望丈夫的陪伴与安慰，给她战胜恐惧的勇气。可是，作为军人的张明接到命令就要出发，不可能像地方同事那样陪在妻子身边。秦爱峰怀孕8个月，张明送她回老家，当晚登上返程的火车，匆匆回部队了。几天后，医生检查，她的胎位不正，反应强烈，建议提前做剖腹产手术。秦爱峰给张明打电话，问他在干什么，他说马上外出。她说你去吧，我没事。看她挂了电话，张明姐姐说，你怎么不跟他说呢。她说我怕他担心啊。

推进手术室前，医生问，谁签字。秦爱峰说，我来签。医生说，那不行，你丈夫呢。秦爱峰说，他不在。医生说，这个时候了，怎么能不在？万一有危险呢？秦爱峰说，他走不开，他是军人。一听说是军人，医生不吭声了。张明姐姐代签了字。幸亏手术进行顺利，母子平安。等张明出差回来，请假赶回老家时，秦爱峰已经出院了。他看到襁褓中的新生的儿子，连声对妻子说对不起，愧疚而又激动……

婆婆体弱多病，孩子满月后，秦爱峰不愿给婆婆添麻烦，抱着婴儿回到部队驻地。指望不上丈夫，她一个人忙里忙外。儿子6个月时，张明有重要任务外出。那天秦爱峰烧饭，孩子在学步车上玩耍，连人带车摔下楼梯，满脸是血，把她吓傻了。抱着儿子跑到医院，医生检查，眉毛上摔了一个大口子，要缝6针。缝针时孩子撕心裂肺地哭喊，她心都要碎了。张明在外地要务在身，她把痛苦埋在心里，挂电话只是报平安，直到张明出差回来抱起孩子，才看到伤口长出了疤痕，也忍不住心疼地流泪了。

两年前，张明的母亲，也就是秦爱峰的婆婆，因脑溢血送到另一个城市医院急救。张明又是有任务赶不回来，只好安顿好孩子，跟单位请了假，赶回去照料婆婆。开始她和张明姐姐轮换倒班，后来张明姐姐家里有事，她就一个人顶了下来。抱着婆婆上卫生间，按摩婆婆僵硬的胳膊，看秦爱峰忙前忙后，病友们都以为她是女儿。秦爱峰的婆婆逐渐恢复了肢体功能，她逢人就说，我儿媳妇比我女儿还要亲。

写到这里，我觉得感动又觉得平常，因为太多的军嫂，都是这样走过来的。军人的职业要求，就是服从命令，或曰服从使命，至于个人利益、家庭困难，大多忽略不计。然而，在今天的社会环境中，文化程度的普及与道德水准的提升并不能画等号，却也是一个不争的事实。顾全大局、牺牲小我和照顾家庭的传统美德，能在秦爱峰等大学生军嫂身上延续，无疑使军人妻子的牺牲奉献带有了时代的特质。

张明与秦爱峰至今恩爱依旧，虽然早过了"七年之痒"，仍然保持着如同初恋般的感觉。秦爱峰性格直率，为人坦诚，没有弯弯绕，张明看人看准了。不过，秦爱峰比张明想象的更独立，她有很淳朴的一面，也有很执著的一面。

为了叙述方便，我集中说说秦爱峰"平平淡淡"的另一些事：不靠丈夫靠自己。她说自己太平凡，这一点恰恰是她的不平凡。

当初秦爱峰从内地来到海岛，她想有一份工作，虽然她可以坐等部队家属安置，尤其是在张明的职务提升之后。但是，部队的容纳能力有限，一个小小的军人服务社，就只能安排十几个人，每人半天，轮流上班。海岛的就业渠道本身就狭窄，等哪个机关或事业单位安排，论资排队不知要等到猴年马月。既然还想工作，就干脆转变观念，断了像老家那样"吃皇粮"的想法，放下身段找工作，有什么干什么。

可是，当地连个熟人也没有，秦爱峰只能翻报纸上的招工广告。当她看到，当地唯一的一家四星级酒店招收接线员，顿时眼睛一亮。人家要求会讲普通话，还要懂英语对话，她就把学过的英语又捡起来，复习几天去应聘，结果当场被录取了。她天天骑自行车上班，有时还要值夜班，成为这家酒店的优秀员工。

当张明调到另一个地方任职时，秦爱峰想，跟张明到新的地方，找工作同样不容易，如果能开个店，不就能自食其力了吗？那么，开什么店呢？像大多数女人一样，秦爱峰一有空就喜欢逛街，尤其是时尚女装店，逛来逛去逛出了心得。她看到一家服装店招聘营业员，这家店批发兼零售，报名后被录用。上岗后她很卖力，热情周到地与顾客交流，了解服装市场需求，同时掌握了进货渠道和商品信息。

果然，张明后来调到省城部队机关，但随军家属的工作仍然是个难题。秦爱峰留意市中心一家地下商场，看到了一张转让商铺的告示。她和那个转让的店主联系，得知店主是浙江人，要回老家做生意，并非生意不好做。她对周边环境作了考察，发现商铺地处黄金地段，处于高档女装一条街，客流量非常可观。她曾在服装店打过工，已经洞悉服装生意的门道，就想方设法凑了一笔钱把店铺盘下来。

当员工和当老板，毕竟不是一回事。秦爱峰肩负着十多万元的债务，头一回借这么多钱，无疑感到了莫大的压力。别看她貌似柔弱，却有着坚韧的顽强。亲自布置店面，亲自招聘店员，亲自外出进货，她忙得连轴转。开张第一天，她打电话告诉张明，挣了200块钱。开业一个月，利润就有8000元。因为高档服装讲品牌也讲样式，她隔几天就去杭州一家服装批发市场进货。那里云集南来北往的客商，一般凌晨四五点钟开门，忙过后早早关门打烊。她常常坐晚班的长途汽车，在批发市场开门前赶到，回来时一手拎一个大塑料袋，挤上回程的火车，有时买不到坐票，只得站在过道上……

平生头一回做生意，秦爱峰的感受五味杂陈，伤心事与开心事一样多。好不容易卖出一件衣服，收到的却是假币；东一件西一件地试穿，乘你不备就"顺手牵羊"；送走了看服装的客人，放桌上的手机也跟着没了。秦爱峰不是一个轻易认输的人，边干边学，挣钱了干，吃亏了还干。渐渐地，档次上去了，回头客多了，小店逐步站稳了脚跟，营业额也稳中有升。她说，我们也是普通人家，也想日子过得宽裕些。赡养老人、孩子读书都要用钱，我靠劳动多挣钱，就能让他没什么经济上的压力。

秦爱峰交往的朋友圈里，不乏开名车、买奢侈品、住高档小区的有钱人，她知道，既然当了军嫂，就该有军嫂的心态，不攀比，不自卑。然而，诱惑并非不存在，她也遇到过唾手可得的好事，不用费太多的劲，就有不菲的收入。那年中秋前夕，有熟悉的朋友找秦爱峰说，你爱人在机关工作，下面单位多，认识的人也多，能不能让他打个招呼，帮我们推销一部分月饼，多卖多得，你们也能过个好节嘛！

秦爱峰回家提起这事，觉得反正是顺带的，做一做也无妨。没想到张明说，这么做，恐怕不合适吧。秦爱峰说，有什么不合适的，帮人家拓展业务，我们也是劳动所得。张明耐心地和她分析，地方上是正常的业务往来，可是军人毕竟不同于地方。虽然找下属单位领导，也能推销一些，但会影响正常的工作关系。再说，过完中秋还有新年，过完新年又有端午，以后逢年过节的，这种事没完没了，人家对上级机关怎么看？这些钱我们挣得安心吗？秦爱峰明白了，找部队推销这事，是不妥当。

我违背秦爱峰的叮嘱，还是记下了这件事，无意于褒谁或贬谁。在商品经济的时代，推销业务也在情理之中。张明坚守的只是军人的标准，秦爱峰也是对丈夫的理解。在商者言商，从军者言军，可贵的是自我角色的认知。

当张明又被调往另一个城市时，职务也由营职调到了团职。秦爱峰恋恋不舍地把生意不错的店铺转让出去，她想到的，还不是靠张明再帮她找工作，而是如何使自己成为社会的有用之才。当她了解到，证券行业的门槛很高，必须具备"证券从业人员资格证书"，而这个证书是全国统考，及格率很低，公认为全国最难的考试之一。虽然已有了大学文凭，她仍买来所有的备考课本，一边带孩子一边苦读，有时读着读着，闻到一股糊味，才想起炉子上还炖着饭呢。把孩子安顿睡觉，她翻开书本一读就是半夜。当她报名参加统考终于拿到考取通知时，被紧张与劳累击倒了，打点滴治疗了好几天。

秦爱峰看中的一家著名的证券公司实力雄厚，奉行"逢进必考"的原则一视同仁，她以"证券从业人员资格证书"取得初试资格，带着从容的自信参加应聘，笔试与面试都成绩突出，被这家公司人事部录用，很快成为一个懂行称职的业务骨干。作为新兴的金融大企业，同事大多是高学历与"海归"，秦爱峰激励自己，勤奋，再勤奋，每天必看《财经新闻》，研究相关政策法规。不靠丈夫的人脉资源，不居军嫂的特殊身份，而是凭借不落人后的真本领、与人为善的亲和力，在新环境中打开了局面。

张明说，嫁给了军人，就是嫁给了军人的事业。我妻子能靠本事生存，不让部队为安排家属为难，也是对我工作的最大支持啊！

我在某部摩步三营采访营长贺霖那天，正碰到贺霖妻子崔颖来队，听说她已经放弃了留在北京的机会南下，我端起相机给他们拍了一张合影。背后是连绵的群山、挺拔的绿树和白色的营房，一身迷彩服的贺霖透着一股威武之气，而长发飘肩的崔颖紧挨着贺霖状如小鸟依人，淡蓝色的裙服年轻而有朝气，在俏丽中又有几分活泼。

世界上有没有缘分，当然有，肯定有。崔颖说起她和贺霖的相识，我们的媒人就是天安门广场的五星红旗，不能不让人相信缘分。

崔颖告诉我，2003 年 9 月 30 日半夜时分，我背着背包一身运动休闲装，登上 52 路公交车直奔天安门。明天是我在北京过的第一个国庆节，我在电视新闻中无数次地看过升国旗，还是想亲眼见证国庆 54 周年升旗仪式。

崔颖说，当时天安门广场灯光明亮，人流涌动，我兴奋地站在第一排。没多久，大家都往前涌，我也被挤着往前。但是后排的人冲劲很大，我都被挤倒了，右腿的膝盖磕在地上，幸好只是擦破了点皮。过了一阵子，走过来一排武警战士，让大家退到指定位置。我抬头只能看到旗杆的一半，只好从排队的人群中退出来，往两边走走，排队的人相对比较少，可以站得靠前面些，边走边看，找到一个比较靠前的位置……

崔颖没有带手表，就问站在旁边的一个男生，现在几点啦。男生个子不高，背着一个双肩背包，一看就像学生，他抬手看看手表，说凌晨两点二十分。他们闲聊起来，他说他本来没打算到天安门来看升旗，想到今天是国庆节才临时决定过来，就自己骑着一辆自行车，一路看着地图对照路牌，骑了两个多小时过来的。

这个男生就是贺霖。原来，贺霖在清华大学读研的日子虽然紧张而忙碌，但他一直保持着一个习惯，每个月的第一个周末，都要骑上自行车，到几十公里外的天安门广场看一次升国旗，把这当作读研期间的重要一课，激励自己努力奋进。

也许判断彼此都是学生，两个人在等待中闲聊起来。知道贺霖在读清华大学，崔颖就说，今天是国庆放假，我本来还打算看完升国旗就去清华看看呢。不知不觉，天边抹上了一片绯红，六点钟升旗仪式开始了。国旗护卫队铿锵的脚步声传来，雄壮有力的国歌旋律响起，他们也跟着旋律哼唱起了国歌："起来，不愿做奴隶的人们……"

升旗仪式结束，聚集的人群慢慢散去。贺霖这才问女孩叫什么名字，愿意带她去清华看看。崔颖听说眼前这个热心开朗又很健谈的男孩，不光是清华的学生，而且是清华在读研究生，也就如实告之，她叫崔颖，北师大播音主持与编导专业大一的新生。贺霖主动热情地当向导，但被崔颖一口谢绝，毕竟只是萍水相逢啊。

换了其他人也许就拜拜了，贺霖却表现出湖南人的执著，热情劝崔颖一起去清华。崔颖想想，他是学生也没什么恶意，而且是参观自己的学校，也就点头应允了。贺霖陪她在清华园里参观图书馆和教学楼，中午就在学生食堂吃了午饭。临走时他说可以留个电话吗，她就留了宿舍的电话，他也留了他的手机号码。

24岁的贺霖在天安门广场碰到崔颖之前，以书为伴，一路求学，从来没谈过恋爱。国庆节看升旗与崔颖不期而遇，一下子把他从书堆中拽出来，沉睡已久的情窦被这个小师妹打开了。他的同班同学早在大学本科就谈对象了，而他已经读研了却还孑然一身，就是因为没有找到最合适的人，或许他就在等待这样的缘分吧。

崔颖说，没过几天，我接到贺霖打来的电话，很是意外。他问我最近好不好，学习怎样，我们聊了几句就挂了电话。又过了半个月，再次接到他的电话，他说他要到我们学校看个朋友，顺便来看看我。我听了莫名其妙，挺紧张的，就告诉了同宿舍的女孩，同学都宽慰我说没事。后来我到车站接他，他捧了一束玫瑰花送给我。

崔颖带贺霖到校园参观，被同学撞见不知怎么介绍，还有点尴尬。走到宿舍楼门前，他看到门牌上写着"男生止步"，就说我在楼下等你，你先把花放到宿舍吧。接着他从书包里掏出一个用报纸包裹得很严实的东西，打开一看竟然是一只蓝色的玻璃花瓶，他说送给你的。崔颖跑上楼放了花，就带他去食堂，吃过晚饭他就回学校了。

后来崔颖才知道，贺霖根本不认识其他人，就是专程来看她的，来的前一天买了玫瑰花，用药水养着放在宿舍里，第二天早上他参加完北京市业余马拉松比赛之后，赶回宿舍拿了玫瑰花赶过来。隔几天，他就会给她打个电话，聊些学校生活和学习上的事情，偶尔也会提到家里，渐渐地他们打电话的次数就频繁了，他几乎隔天就会给她打电话，同宿舍的同学有时听到电话响起，就会开玩笑地说，一定又是你的电话哦。

贺霖做任何事都有韧性，对爱情也一样地执著，相信有志者事竟成。羞涩的崔颖慢慢丢掉了原先的拘谨，而贺霖的风趣幽默、睿智博学更是让崔颖十分赞赏。随着两个年轻人交往的密切，也让他们对彼此有了更加深入的了解，心中渐渐萌生爱意。后来贺霖曾经假装迷惑地问道：那时我们互不相识，你没想过如果碰到个坏人可怎么办？崔颖莞尔一笑：一个站在五星红旗下，满脸庄重、虔诚的人怎么会是坏人呢？

最初两人在国旗下的那份虔诚，深深打动了对方，也永远地印在彼此的心底。在北京求学的日子是美好的，崔颖强烈地感受到北京作为首都所迸发的文化氛围，她无数次地憧憬过，她和贺霖毕业后都留在北京，凭自己的能力闯出一片天地。

然而，2005 年贺霖临近毕业，却要报名参军去东南沿海的作战部队。父母和家人一片反对之声，他都不为所动。崔颖不解，你既然如此优秀，为什么要放弃北京？她觉得还是留在北京发展比较好，北京的发展空间更大。当崔颖随贺霖回湖南老家时，父母找来亲戚朋友劝贺霖打消到部队的念头。她惊奇地看到，贺霖很坚定自己的想法，不论别人怎么说，他就坐在旁边不吭声，正是同龄人少有的忍耐力打动了她。

2005 年 7 月 14 日北京西客站，贺霖即将登上南下的火车，到驻守东南沿海的某集团军报到，崔颖专程从学校请了假赶来为他送行。面对未来的军旅生涯，他心里已有矢志不移的坚定；面对眼前的多情女友，他又有柔肠百结的不舍。

所有的话语尽在无言之中，这是他们头一次因为离别而伤感，但他们的脸上都给对方以笑容。当站台上响起催促旅客登车的广播声音，眼看列车快要启动了，他们的手才依依不舍地分开。贺霖一边拎起行李，一边叮嘱女友，你得学会坚强啊。放心吧，崔颖紧抿着嘴唇，她在努力控制自己的情绪。她对我说，看着他上了火车，我的眼泪禁不住的涌了出来，他透过车窗看着我哭，他的泪水也在眼眶里打转。我看着火车渐渐驶向远方，哭得更伤心了。真的很不舍得分开，但内心又很尊重并支持他的选择。

2007 年，崔颖即将从北京师范大学毕业，周围的同学大都选择了留京，崔颖曾实习过的北京知名企业有意聘用，开出的薪酬十分可观。她又到了一个十字路口，贺霖已经放弃北京到了部队，她也该放弃心爱的北京向他靠拢吗？

一头是北京，有她所向往的现代气息；一头是男友，有他所痴迷的军旅人生。作为未婚妻，崔颖感情的天平一时难以平衡。在崔颖内心最纠结的时候，投入紧张训练的贺霖会抽空给她挂电话，谈自己的理想、追求和对军营的感情，谈他们的现在、未来和对爱情的珍惜，崔颖终于被他的坦诚与执著所感动。没有贺霖的北京依然热闹，离开贺霖的崔颖却感到了孤独。她意识到，生命中最爱的人在哪里，哪里就是我的家。

崔颖毅然离开了北京，到贺霖所在部队驻地附近的厦门应聘，选择一切从头开始，为的就是能离他近一点。那时她的身份只是贺霖的女朋友或者未婚妻，根本不可能向部队提出任何要求，就像任何一个到厦门找工作的大学生那样，租间房子，到处应聘。基层连队的工作千头万绪，贺霖几乎把所有的精力都交给了连队，两人只能通过电话、短信相互鼓励。贺霖对她反复地讲，要相信自己，一切都会好起来的。

崔颖刚刚从北京来到厦门，除了有一个人可以牵挂，其他的一切都是那么的陌生。好在她虽然是 80 后大学生，却是个独立性很强的女孩，从中学到大学，七八年的住校生活，早就离开了父母的羽翼。在北师大读书的时候，崔颖同宿舍 6 个女孩，一个四川的，一个福建的，一个湖南的，一个东北的，一个天津的，她是河南的，都是天南地北的，一个省一个，都没有老乡，养成了凡事自己拿主意的个性。

崔颖说，我考虑专业比较对口的单位，首选厦门电视台。我查到厦门电视台的门牌号码，一个人也不认识，鼓起勇气直接去毛遂自荐了。

笔者问，怎么个毛遂自荐法呢？

她说，那天我到厦门电视台一楼的大厅里，看到电梯口旁边的牌子上写着各个科室所在的楼层，人力资源部在八楼，我就直接到八楼去找。人力资源部主任办公室有人在谈事情，我就在楼梯口等了半个小时左右，等里面的人出来了我就进去，直接对主任说，我是哪里毕业的，我学的专业是什么，然后把简历递给他。他听完就说，我们现在不招人。我就说谢谢转身要走，还没出门他让我稍等一下，他打电话给我现在所在部门的领导，说我这儿过来一个北京的毕业生，你那需不需要实习的，那边说需要，我去见了这位领导，就留下来实习了。到台里来实习的大学生不少，有两三个月就走了，也有一些留下来的。我先以临时工的身份工作，刚开始做栏目文案，后来做编导，也写口播稿。

她凭借自身的素质和踏实的工作，赢得了单位领导和同事的认同。有时电视台有拍摄任务，一次外出十多天，临行前她专门绕道来连队探望，而贺霖却顾不上陪她。那一天，贺霖埋头于实战对抗演练的最后一次沙盘推演，知道他女友来了，营长说什么也要赶他回去，他却坚决要求先完成推演。等他深夜回到连队宿舍,崔颖因为要赶凌晨的飞机,已经匆匆离去了,只留下了一张纸条:"选定了目标就绝不回头,这才是你的性格。不用担心我,既然跟着你来到了这里,我会永远支持你为了理想所做的一切。"

看着她清秀的笔迹,他心里也有些自责。这些年,这些事,为了自己从军报国的理想,她付出了太多太多。对于这份感情最好的回报不是语言,而是在部队刻苦再刻苦,成为一个合格的军人。没过多久,贺霖因工作成绩突出受到表彰并荣立三等功。当他把金灿灿的军功章和证书交到女友手里,她的脸上露出了会心的微笑。

2010年2月10日,贺霖和崔颖相恋7年后结婚。

崔颖曾经写道:选择了军人,也许就意味着告别了花前月下的浪漫,告别了卿卿我我的相守。生活中的贺霖的确少有浪漫,但并不缺乏柔情。每一句简单的问候,每一次小别的重逢,每一次无语的凝视,都盛载着我们所有的温馨。

崔颖这位80后大学生军嫂,这样评论他的军人丈夫贺霖,让我有些意外,又有些感动。知你,懂你,胜过任何甜言蜜语。崔颖欣赏贺霖做事很扎实,很执著:他好像生来就该做军人,因为他性格上有一个优点,就是忍耐力很大,大到我无法想象的程度。做任何事都是这样,不管再难,他都能够承受,这是我在许多同龄人身上没有看到的。我甚至觉得,有时候当你忍耐到一定的程度,自然而然就会成功了。

<h2 style="text-align:center">月 有 阴 晴 圆 缺</h2>

　　爱情是什么？对于这个永恒的主题，无数文人墨客写下太多的篇章，或回肠荡气或凄婉悱恻，就此的解读也答案迥异绵延无尽。

　　爱情有时很强大，穿越时空，海枯石烂，什么世俗的阻拦都不在话下。爱情有时却又很脆弱，条件落差，地域分离，跟现实相碰似乎不堪一击。

　　大学生军人的爱情故事，其实与社会大环境密不可分，不只是有情人终成眷属，也不只是一己之力改变命运，也有更多的无奈、郁闷与痛苦。

　　笔者不加褒贬，如实陈述，毕竟相爱是两个人的事情，对于当事人，每一种选择各有其存在的理由，不过是角度的不同而已。

　　在某炮兵团采访连队指导员萧黎，这是一个眉目疏朗、非常健谈的 80 后上尉，他的高个头是标准的山东人体魄，能说一口标准的普通话。他和我说起了他的大学时代，很自然地谈到了他的初恋女友。萧黎 1999 年考上了省城的著名高校，他是一个农村的孩子，很多同学止步于初中，而他能考上高中乃至考上大学，已经相当不容易，因此他发奋苦读，动力一直很强劲。读书累了，走出图书馆去的最多的地方，就是健身房。他喜欢在健身房练得一身汗，赶走疲惫，寻找一种男子汉的感觉。

也就在健身房，萧黎结识了雨涵。他玩器械，她学瑜伽，休息时闲聊起来，两人原来是山东大学的同学，雨涵读的是英语系，性格都很外向，彼此有了一见倾心的感觉。此后的日子里，他们在校园里时常来往，一起复习，一起散步，有说不完的悄悄话。认识他们的同学都说，他们俩天生的一对。萧黎是一个阳光挺拔的帅哥，雨涵是一个长相秀气的美女，并且两人的学习都在班上很拔尖，真是很般配啊。

对于毕业后的未来，雨涵已经有了设计方向，并得到了萧黎的赞同，那就是一同出国留学。雨涵姑姑在美国，愿意提供资助，因此雨涵有空就帮萧黎补习英语。雨涵是个城里孩子，从小英语就是强项。萧黎在镇里念的初中，县里念的高中，书面英语还凑合，英语口语就差得多了。雨涵叫萧黎大声地说，吐字不对的地方，她会纠正，重新说一遍。夕阳里他们念英语的情景，是他们在校园里最美好的回忆。

2003 年大学毕业前，部队到大学特招毕业生，出乎雨涵的意料，萧黎竟被打动了。当他犹豫地说想报名参军，一圆扛枪当兵的儿时梦想，雨涵却很爽快地表示支持。好吧，为你的理想，我就等你 5 年。他说好，5 年之后，你愿意去哪儿，我就跟你到哪儿。尽管雨涵有点遗憾，改变出国留学的初衷，并没有感到太多痛苦。他们都是乐观主义者，觉得一切都是暂时的，牢固的爱情能战胜所有的麻烦。

萧黎收到入伍通知书的时候，雨涵决定报考研究生，边读书边等他，再续上出国留学的理想。然而，萧黎真的到了部队，在山沟里训练间隙想起雨涵，才懂得什么叫距离，发现了彼此的遥远，朝夕相处的甜蜜，变成了见不着面的牵挂。比如当兵锻炼时手机不能用，就是一条铁的纪律。他只能等到周末，到附近小店打公用电话，有时累了忙了还会忘记。一而再，再而三，雨涵忍不住抱怨了，他百口莫辩。

　　萧黎很快度过了艰难的适应期，成为一个战士佩服的优秀军人，当排长、副连长、连长，他作为优秀大学生干部受到集团军的表彰。他知道，无论多少荣誉，都无法弥补对女友的愧疚。雨涵硕士毕业，到上海一家大公司就职，工资不断增加，已经是他三倍了。雨涵妈妈劝她三思，你守着一个当兵的，有什么好。

　　雨涵看重他们的感情，说什么也不肯断。她妈妈专程赶到上海，叫女儿和萧黎约好，未来的岳母大人要跟他好好谈谈。他本来已经答应了，可是部队在野外驻训，走不开，驻训结束回到营房，又要保养坦克，其他干部家里有急事请假，他就不能请假了。她妈妈在上海，等了一个半月，不耐烦了。一个当兵的，有什么了不起，太没有诚意啦。在长辈的眼中，感情因素毕竟第二位，现实问题排在第一位。

　　萧黎告诉我，一个连队主官，哪能说走就走，可是约好了见面的，人家当然不高兴。就算女友能理解，她妈妈也不能理解。你找个当兵的，连休个假都一推再推，要是真的结了婚，两地分居的苦你想过吗？后来雨涵来部队看我，当面跟我说，要么你调来上海工作，离得近一些，要么就离开部队，谋其他的出路。

　　雨涵临走时说，你要抓紧啊，追我的人好多呢。半开玩笑的话，她说说可能忘了，萧黎却想了很久。电话里她说，不行的话，我就到你的部队这边来吧。他实话实说，你来，可能找不到你满意的工作。他当然渴望团聚，但是部队驻地在苏北某地，经济发展相比于上海落后许多，他不愿意女友受委屈。

　　萧黎说，我知道，她在试探我，只要我说，你来吧，一碗粥，分着吃，她可能就辞掉上海的工作，就来了。可是我不忍心，我不能太自私了。假如她找不到合适的工作，加上我在连队，她来了我也顾不上她，对她太不公平了。我妈妈喜欢她，听我这样对女友说话，气得骂我，你这个傻瓜，就不会说点好听的！

　　萧黎想来想去，爱她，就要成全她。他在部队基层找到了被需要的感觉，而她有自己的发展方向，当军嫂她会很辛苦，也会失掉许多。

　　2008 年，8 年的爱情长跑中止了。他们理智地分了手，表面上云淡风轻，其实眼泪往心里流。他对我说，女友是一个大大咧咧的人，能忘掉自己的事，却不能忘记我的事，每次出国办事，都给我父母和兄弟带礼物。我们共同经历过许多事，能了解彼此的精神世界，没有物质的因素掺杂。喜欢对方的优点，也能容忍对方的缺点。

雨涵出国留学了，并且在国外结识一个男生，他们结婚前，还给萧黎来过电话。萧黎为她祝福，他们还保持着纯真的同学情谊。

萧黎在部队的忙碌，难以被军营外的亲友理解，如今他已被提升为营长，焕发着成熟男人的魅力。他还会结婚成家，但那种刻骨铭心的爱情，不会再属于他了——雨涵的影子刻在萧黎的情感最深处。我看到了一个八尺男儿眼中的泪光，爱情失去了，但并没有被忘却。也许，这也是军人的职业不得不付出的代价吧。

2008 年，在美丽的海滨城市大连，张巍威拥有一份让许多人羡慕的工作。她是一个相貌清秀温文尔雅的高校教师，不仅工作得心应手，而且为人开朗热情，很受学生的喜欢和领导的器重。然而有一天，她辞职南下，要随军了。

张巍威丈夫齐新是某部副营职干事，2001 年他从沈阳师范大学本科毕业入伍，曾在排连等基层岗位任职，其间又读研取得硕士学位，他是一个体格硕壮、浓眉方脸、憨厚朴实的年轻军人，齐新说，我爱人为了让我在部队安心，把工作都辞掉了，到部队当随军家属，只能围着孩子转。我要是不好好干，真对不起她。

张巍威这个家属怎么想的呢？我跟齐新去了他家。部队住房紧张，齐新在干部公寓楼分到一室一厅，还是一位前任调走后刚腾出的，虽然空间不大但井井有条，摆放有序的孩子玩具和童趣图画，可以看出三口之家的温馨。

和齐新并肩的张巍威显得娇小许多，衣着很是雅致。我以为她会有怨言，没想到她说，齐新到部队，我是支持的。既然走了这条路，就要往前走。我知道社会上有人看不起当兵的，可是我不当兵，你不当兵，那谁来当兵呢？！

1997 年，香港回归祖国的那一年，张巍威和齐新都考入沈阳师范大学，他们同校不同系，齐新读的是计算机系，张巍威读的是中文系。在一次同学聚会上，张巍威惊喜地发现，齐新是地道的老乡，他们不仅都来自辽宁省，而且都来自营口市。他们有许多关于老家的共同话题，越聊越近乎。

辽宁省举办计算机等级考试，大学本科生取得毕业证书，必须考取省二级的计算机操作证书，张巍威对电脑还很陌生，听课听得一头雾水，而计算机正是齐新所学的专业，她就近水楼台，拜这个老乡为师，有时间就捧着电脑书问这问那。没想到，平时不善言辞的齐新，谈起专业来头头是道，叫张巍威刮目相看。

中文系学生多电脑少，上机要排队，齐新把她带到计算机系，让她用自己的电脑操作。她的计算机知识，齐新帮着从头到尾梳理了一遍。后来她一考就过，成绩很好，拿到证书的时候，他们的感情也水到渠成了。一个学理科，一个学文科，并不妨碍两颗年轻的心相互吸引。张巍威说，我们没写过什么浪漫的诗，就是喜欢在一起。下了晚自习，我们就散步，悠闲地聊天，从今天的课聊到遥远的事。

齐新并没说你当我女朋友吧，心照不宣，张巍威也就自然地认同了。等她告诉关系很铁的女同学，和你说个事，我跟我那位的关系确立了。女同学说，是计算机系的齐新吧。她很惊讶，你怎么知道的？女同学说哎哟，傻瓜都看得出来。把她笑坏了，还以为别人都不知道呢，其实早就是公开的秘密了。

校园的爱情并不稀罕，稀罕的是彼此忠诚，既然相爱了就携手往前走，没有左顾右盼，没有朝三暮四，也没有分分合合。寒假里他们一起回营口老家，拜访了双方的父母，这一对大学同窗的爱情得到了家长的祝福。

2001 年大四临近毕业，他们相约，大学毕业后留在沈阳，等工作一定就结婚成家，两个白领为小康的生活奋斗。也就在这时，部队特招大学生入伍，齐新怦然心动了，要不要报名，去尽一份保国卫国的责任？

就在沈阳"九一八事变"的纪念碑前，齐新和同学们曾宣过誓：勿忘国耻，振兴中华。"九一八"那一天凄厉的汽笛长鸣，仿佛时常回荡在他的心头。然而，真的面对相恋多年的张巍威，齐新又有些愧疚。张巍威却很大度，说好吧，只要你自己想清楚。齐新打电话跟父母说，父母很担心，你们说好大学毕业结婚的，你到部队还不知道分到哪里，你女朋友怎么办啊？这么好的媳妇，别跑啦！

外表秀气的张巍威比老人想象的更勇敢，她非但没跑，而且帮着他说服父母，成为他从军的坚定的支持者。我问她，为什么你这么支持齐新啊？她说，我家里没有人当过兵，觉得军人是一种特别神圣的职业。我了解齐新，东北人说的真爷们儿，报效国家是天经地义的，也是他的理想，我能不支持吗？

这年初冬，齐新揣着入伍通知书，从沈阳坐火车南下，到江苏省军区报到。他以为会留在机关业务部门，没想到分到连队当了一个排长。好在他早有思想准备，既然穿上军装，就没打算享福。作为地方大学生群体中的一员，他同样经历了"水土不服"的阵痛，而幸运的是，他的另一半总是无条件地支持。

2005 年至 2008 年，得益于"强军计划"，齐新考入大连理工大学攻读计算机专业研究生。而张巍威就在大连任教，他们仿佛又回到了大学时光。当齐新取得硕士学位后，按规定授予副营职，张巍威也就符合随军条件了。当时一家三口分别在三个地方，齐新部队在江南，她在大连，女儿在营口老家托给父母。随军意味着一家团圆，张巍威激动过后冷静下来，随军对于她而言真是两难的选择。

多年的奋斗，多年的耕耘，她在三尺讲台上如鱼得水，收放自如。大连那所高校的领导很赏识她，因为她非常尽职。她教过中文，也教过英文，当学校开设报关专业课，缺乏师资力量，她又刻苦自学，取得报关资格证书，担任了报关专业课的指导老师，一解学校的燃眉之急。校长真诚挽留她，你能不能不走？

有的朋友听说张巍威想辞职，毫不掩饰地为她可惜，这所高校在大连很有名气，还有的朋友以为她要另择高枝，建议她到外企发展。大连涉外企业这么多，你又熟悉报关程序，人家求之不得，报酬肯定比学校翻几倍！

她灿然一笑，我辞职不是想到外企，而是要到我先生的部队去。朋友瞪大眼睛，人家想来还来不了，你就这么轻易丢掉了？不如再等等，等你先生转业吧。她摇摇头，我先生到部队是我支持的，哪能叫他半途而废呢。

电话里齐新提醒她，你在大连工作挺好的，那么充实，一下子要你闲下来，你能不能受得了，有没有思想准备啊？再说，孩子都是爸妈带的，你也没带过，能带好吗？真正生活的时候有很多琐事的，别想得简单啦。

齐新何等聪明的人，给她打预防针了。部队在省会城郊结合部，离主城区太远了，张巍威要想找一份像大连那样的工作，肯定是不可能的。齐新所在部队像张巍威一样的随军家属，大多是照顾孩子的全职太太。

齐新告诉我，女儿齐琦 5 岁了，上幼儿园，张巍威每天接来送去。当地政府落实"双拥"政策，重点小学的门向部队敞开了，每天部队派专车接送小学生。至于幼儿园，部队没法办，开发区的试验幼儿园不错，也同意接受部队孩子了，只是离营区三四里路，还得坐车去，三四个孩子家长约好，拼车打的接送孩子。

张巍威说，齐新觉得愧对我，我告诉他，不要那么想，我们一个愿打，一个愿挨。你看我一个弱女子，其实一向比较果断。所有的事都有利有弊，想得太多反而一事无成。把大方向考虑清楚，也就这么决定了。就像我随军一样，有些最低的生活补助，不可能像以前，来了就能安置工作，这就是社会的现实。要是不随军，我即使到南方，也一定会在市区高校或企业，怎么会到城市边缘来呢。

当我采访了自己努力打拼的大学生军嫂后，我发现，这确实只是其中最突出的一部分。不能不看到，部队最基层需要大学生，然而需要的同时又有现实的无奈。或者军人放弃爱情，成全女友远走高飞；或者爱人放弃工作，安心做一个全职家属。大学生军人的爱情，时常经受一番曲折，呈现出难以取舍的严酷。

这跟部队驻防的地点有关。我曾问齐新，工作找过吗？齐新说，难啊，部队驻守在城乡结合部，没工作的不只我爱人一个，不给领导添麻烦啦。

当今大学生就业形势日趋严峻，军嫂的就业并非一个文件就能解决，它涉及到社会的方方面面。说实在的，无论部队本身，还是地方政府，都对部队家属随军有力所能及的政策性关照，比如提高军官待遇，比如给予适当补助。

一方面，相信改革开放能借鉴各国的经验，能带来观念的更新，打造一支新型军队的同时，也能寻找一种家属随军的新的现代模式。

另一方面，由于军人的职业特质，他们的婚恋与家庭总难尽如人意，和平年代不只有军人在默默奉献，军嫂也做出了不容忽视的牺牲。

大学生军嫂在内的所有军嫂是可敬的。

她们理应得到整个社会的理解与尊重。

第5章

第 5 章 兵魂

这一张张年轻的履历，就是勇敢者的证明。

他们走进军营所欠缺的，并不是学识，而是意志。

青春激荡，似乎与同龄人迷恋的时尚元素无关，

与买房买车实现物质需求的个人奋斗无关，与所有的浪漫、

放任、轻狂、不羁等色彩无关。

今天可以做一个坚强的对手，明天就能做一个生活的强者。

足以终生铭记

大学生士兵，是这些年时常被媒体提及一个话题。这其中也隐含了一种悖论，大学生士兵之所以受到关注，就是因为以前士兵行列中，很少有大学生的身影。在军官都极少有高学历的时代，高学历士兵自然更是罕见。

若干年前，大学生当士兵还是一个壮举。

1992 年 11 月，山东临沂青年公举东要参军了，这在临沂教育学院轰动一时。当时公举东大学毕业，已经在临沂教育学院组织人事处任职。因为工作关系，他接到征兵红头文件的通知，当年企事业单位的应征青年放宽到 21 岁。公举东踩着年龄的边沿报了名，而且体检过关了。接兵干部对他如实说，到部队只是一个普通的战士，如果你不想去也可以，你要想好了。公举东说，我现在就答复你，我去。

大学生，党员，干部身份，从鲁南乡村出来的公举东该满足了。作为留校的学生党员，公举东被临沂教育学院放在组织人事的重要岗位上，他却宁可不拿几百元的工资，去当每月只有 20 元津贴费的战士。他在申请书上写道：如果我 70

岁，我为人家站 3 年岗，人家要为我站 67 年岗，所以当兵尽义务是应该的……

如同前面提到的那样，1992 年乃邓小平发表南巡讲话的那一年，"允许一部分人先富起来"的提法，动摇了陈旧体制内的"大锅饭"，大学生把目光更多地投向了个人致富之路，"下海"是当时最时髦的流行语言。公举东当一个普通的兵，本来并非出格之举，只是与"下海"潮的去向相反，引出了另外的社会话题。

应该说，从公举东入伍的那天起，周围的人就以一种特殊的目光注视这个大学生。时任排长的张旭伟在新兵营当干事，负责为"南京路上好八连"挑选新兵。他说，对于公举东要不要分到八连，当初很有争议。他是赞同的，觉得八连需要有知识的兵，不过他也担心，军事技术不过硬就不能算是八连的兵。

分到八连的 23 个新兵组成新兵排强化训练，张旭伟又任排长，新兵排喊得山响的口号是"当兵不练武，不算尽义务"！张旭伟看到，公举东是这批新兵中学历最高、年龄最大的，但也是最顽强的，他把苦累嚼得碎碎的，给每一项训练都加大难度，使自己的体能、胆魄、气质和习性得到了全方位锤炼。

那时好八连还在南京路上站岗执勤，夏日夜晚这条"中国第一路"车水马龙，萦绕在高楼的霓虹灯五彩缤纷，扑面而来的是商品经济大潮的飞溅浪花。公举东手持钢枪站在哨位上，身着短袖军装，脚穿一双解放鞋，蚊虫在四周飞舞，汗水湿透了上衣，但他的目光坚毅，神态自若。他在笔记中写道：现实的反差太大了，当富裕起来的人们在享受快乐的时候，我的心里也充满快乐，这当然比看到几十年前大上海逃难的难民，要强一百倍！为了人民群众的幸福，我们军人宁可苦一点，累一点！

1995 年 11 月，快到一年一度退伍的日子了。三年服役期满，与公举东同时入伍的 15 个老兵被列入退伍名单。临沂教育学院伸出了欢迎的臂膀，人事处处长来信，你的办公室仍然照原样放好了，还添了一台微机，原先你住的宿舍也腾出来了。院长说了，你当兵三年就算三年工龄，跟同期毕业的大学生一样待遇不变。

当战士、副班长、班长，公举东服役三年无怨无悔。他从自己的书堆里挑了

50本留给班里，把半新的夏常服送给战友训练用，还头一回上街，买了一件浅灰风衣和一条深蓝西裤。他憧憬着踏上回家的路，重新安排人生规划。

然而，公举东领到塑料封皮的退伍证后，突然有了戏剧性的变化，领导找他谈心，希望他留队，在连队超期服役。沉吟片刻，公举东说，问我的意见，我要走；组织如果决定，我服从。我是当兵的人，组织纪律性是有的。于是，老兵欢送会送别15人改成送别14人，1992年入伍的八连老兵，只留下了公举东一个。

原来，警备区首长认为，公举东是上海警备区所属部队中唯一的大学生士兵，平凡而又不平凡，应该发挥引领作用，退伍了太可惜。年纪偏大，也要破格留下。留队的公举东继续当三班班长，满腔热情地当一个老兵。他在《考核后随意》中写道："兵不可一日不练。从和平时期抓起，就像防火、防盗一样，等到烈火烧身、盗贼进门，岂不晚矣！一个国家有威慑力量，别人就不敢轻举妄动。"

1996年2月，这个名叫公举东的25岁青年，"南京路上好八连"三班班长，一跃成为社会舆论争相关注报道的焦点。对他关注与当时人们对于大学生的评判有关，大学生当普通一兵，就会引来敬佩、惊奇与疑虑。一个大学生能毅然走入军营，抵御有形与无形的诱惑坚持自己的选择，这样的举动本身就足以感动天下。

公举东是好样的，他为大学生树立了一个标杆，也为有为青年做出一个榜样。以一个普通大学生士兵的身份，公举东受到军委主席的亲切接见，他的事迹发表在首都各大报纸显要位置，他的身影出现在电视访谈节目的主宾席上。

当时大量的新闻报道，一再强调公举东的大学生士兵身份，在上海警备区所属部队中只有一个。时隔多年再看这个"唯一"，如此响亮却又如此孤单。而今，早已从"唯一"到数以万计，大学生士兵的成倍增加不再稀奇。

2012年11月，我到上海警备区特警团采访公举东。我了解到，公举东1997年5月被破格提干，先后任排长、指导员、教导员、旅政治部主任。三个月前调回老单位，担任特警团政委，"南京路上好八连"就是这个团的一个连队。作为一个大学生士兵成长起来的团级军官，公举东仍然以一种实话实说的状态面对采访，探讨一个大学生与一个普通士兵的"无缝对接"。提干后的公举东参加过各级的培训与深造，他还是对八连最难忘，感慨地说，在连队当兵让我又读了四年大学！

2008 年公举东攻读军事学硕士，论文研究的课题就是大学生士兵的培养机制。他对我说，在大学教育日益普及的今天，加大大学生入伍的政策扶持力度，引导更多的大学生跨入军营，以改善军队兵员结构，时机已经成熟。

我读到了公举东 20 年前作为典型宣传时，一位记者在专访文章里写下的一段话："对于荣誉，公举东是清醒的。他认为，宣传是一时的，做人是一生的。他是义务兵，当兵尽一个公民的义务，他觉得做的一切都是责无旁贷，都是职责范围的事，大学生当兵有什么了不起，很多发达国家当士兵的多的是！"

你别说，他还真有先见之明！

公举东这个大学生投身军营的打拼故事，一经媒体报道就在社会上引起强烈反响，众多高校对公举东的从军经历给予了积极的评论，他以和平年代的勇敢坚韧与奋勇担当，激励了许多同龄人。比如大学生士兵陈明，就与公举东有过相似的经历，那份热情，那种曲折，同样表达了大学生群体优秀代表的人生理想。

1997 年 7 月，陈明毕业于南昌航空大学计算机及应用专业。这所国家部属院校因行业精英集中而久负盛名，分配去向完全不用操心。陈明这样成绩优异的学生，早就被盯上了，他被分配到江铃汽车集团公司。当时江铃汽车集团很牛，军工企业转行的坚实背景，超出其他行业的福利待遇，使它在当地炙手可热。陈明在集团办公室当计算机管理员，刚到单位就分得一套单身公寓，收入稳定，工作体面。

然而，陈明心里始终有一个军营梦。当年征兵的时候，重点是应届高中生，陈明是突然冲出来的黑马。办公室主任为他惋惜，小陈啊，本来要重点培养你的。主任开绿灯的同时，叮咛道，好吧，你去当兵，工作给你保留着。主任并不知道，陈明的父亲当过兵，陈明打小就想当兵，他报名参军绝非心血来潮。

1997 年深冬，陈明来到地处闽南的某炮兵师新兵连。他的情绪十分复杂，既兴奋又焦虑。知道陈明是一个大学生，领导视察新兵连总要当面勉励他，让他有些"鹤立鸡群"。然而，部队驻扎在大山深处，出一趟山到镇上都要个把小时。远离城市的山里环境"野味"十足，嗡嗡叫的山蚊子叮得他手臂又疼又痒。最估计不足的是新兵训练的艰苦，一天训练结束累得一坐在床上就能睡着，陈明有点招架不住了。

看来真是"水土不服"，一向以大学生自居的陈明，对自己的能力产生了怀疑。此时，新兵连组织观看优秀大学生士兵公举东的先进事迹录像，新兵连领导对陈明说：你们都是大学生，公举东能做到的，你也一定能做到。

陈明由此知道了公举东，那位比他早到部队的学兄。他咀嚼着公举东的话，"到部队后打过退堂鼓、彷徨过、犹豫过，但我觉得，实现理想的过程必然伴随着艰苦，有时甚至是痛苦。"他与公举东并不相识，却感到非常熟悉，自己似乎也不再孤单。陈明的执著劲头上来了，新兵训练考核，他的各项成绩跃居全连第一。陈明在笔记本上写下这样的感悟："挫折并不可怕，可怕的是受'挫'即'折'。"

随后，陈明被抽调到新组建的地空导弹团。大学生的知识储备能用啦，他摩拳擦掌，跃跃欲试。新装备的战车按钮众多，团里规定，只有操作程序烂熟于心，才有资格登上战车。陈明终于等到操作体验了，一接通电源一大排指示灯闪闪烁烁，他冷汗直冒，以为熟知的操作步骤想不起来了，只好尴尬地下了战车……

知耻而后勇。陈明每天提前 1 小时起床，背外文，学习装备知识、模拟操作步骤。他把导弹操作理论的知识点抄在一个小本子上，有空就读就背，背会一页撕掉一页。夏季的导弹战车如蒸笼般的闷热，温度达到四十多度，操作面板摸上去烫手。当陈明参加空地对抗强化训练时，练了一个多小时，和他一起操作的两个号手顶不住了，可再看陈明，身上的迷彩服湿透了，两眼仍然紧盯显示器纹丝不动。一号手董亚军一看不对劲，忙拉拉他袖子：你没事吧，陈明！陈明说，别动！这飞机做战术动作，你看这亮点怎么卡住？董亚军说，我还以为你热傻了呢！同伴啧啧赞叹，陈明是个"耐热超人"！

2000 年 3 月，陈明作为优秀大学生士兵被破格提干。他用现代知识驾驭新装备，把大学生士兵的学习优势发挥到极致。比如，他系统地领会《自动控制原理》、《数字电路》、《雷达原理》等专业基础理论，然后运用大学时学习的计算机编码原理，将战车操作舱内的按钮分成 8 个区，编成通俗易懂的顺口溜。

能把复杂的问题和复杂的数据简单化，让不同文化层次的士兵接受，从而演变成为部队需要的战斗力，这是陈明被大家公认的本事。陈明归纳的 13 种训练方法在部队推广，他制作的"战车射击教学课件"在军区获奖。

那一次总部组织实弹射击演练，大航路、大速度、快机动，接近装备极限性能，要在 3 秒内完成目标发现、指示、跟踪，对操作手的要求极高。演练进入关键阶段，战车搜索雷达突然失灵，故障难修，只能换车。陌生的战车无疑是一大挑战，陈明主动请缨担任一号操作手，沉着，再沉着，陈明用最短的时间调整心态，集中精力捕捉目标。他发射的 5 枚导弹全部命中目标，还计算总结了对三类目标射击的最佳开火距离和发射导弹数量，创造了这支部队在复杂条件下五发五中的不凡战绩。

我听说，陈明不玩虚头，总是用痴迷的劲儿破解近似实战的训练难题。导弹团作为"红军"远赴某地参加实兵对抗演练，陈明担任了"红方"一号主打站站长。演练一开始，"蓝军"就动用了最先进的电子干扰设备，"红方"战车雷达屏幕上目标忽隐忽现，一会儿一片蒙蒙雪花，一会儿又被以假乱真……如此复杂的电磁干扰，"红方"还是第一次遇到，一时间"红方"战车、指挥车难以招架。

干扰这么多变，哪来得及反应？陈明没有抱怨，仗怎么打，兵就该怎么练。他忍着蚊虫叮咬挑灯夜战，绘制目标运动轨迹、图像，建立数学模型，研究最佳的抗干扰措施。经过精确分析计算，陈明总结出了导弹发射"8 类干扰现象、12 种抗干扰措施"以及"19 个怎么办"，成为全团复杂电磁环境下装备操作的指导性教程。那次演练，陈明发射四枚导弹全部命中目标，使新型导弹的战法又有了突破。

当我在某地空导弹团采访陈明时，他已经从稚嫩的大学生成长为一名成熟的新型导弹营营长。陈明告诉我，说实话，"大学生士兵情结"在所难免，关键看你怎么看。报纸曾经登过一份《名校大学毕业生发展状况的调查报告》，分析了许多大学毕业生走向社会"败走麦城"的原因，重要一条就是"自命不凡"！我看分析得有道理，大学生士兵如果不脚踏实地从"零"起步，最终的结果只能是"零"。

进入 21 世纪初，大学生士兵陆续走进军营，仍然属于标本似的稀有，当兵与大学生的距离并不近。转折点出现在 2002 年，国务院、中央军委发布的冬季征兵命令首次明确："依法缓征的正在全日制高等学校就学的学生，本人自愿应征并且符合条件的，可以批准入伍，原就读学校保留其学籍，退伍后准其复学。"

2003 年 11 月，南京林业大学土木工程专业大一学生孔叶萍，这个 85 后的俏丽女孩，面临着人生的抉择：是继续待在校园，肆意挥洒青春时光，过大学生的开心日子，还是到部队当兵，感受穿军装的滋味，品尝另一种生活方式？

孔叶萍说，我非常独立，考大学报什么专业，父母都不干涉。报考土木工程专业，就是我自作主张的，我相信我能当一个很棒的设计师。我爸是搞建筑的，耳闻目睹吧，我爸看图纸我也跟着看，对建筑样式的兴趣浓厚。在电脑上做 CAD 工程图，也许因为需要逻辑思维，有的女孩说太难了，我学起来感觉挺简单的。

孔叶萍说，大学的女生宿舍不像部队这么整洁，都是乱七八糟的，但并不影响大家各自的快乐。我是个开心的人，身边还没有哪个不开心，需要我安慰的。我参加了一个大学生双语俱乐部，学英语，也学韩语。参加了一个自行车俱乐部，我买了一辆跑车，可以换挡的，骑起来很舒服。我还参加了一个街舞俱乐部，跟着教练学。我们女生跳街舞，不穿紧身的练功服，穿得很休闲很时尚，简单包装就非常酷。

孔叶萍对当兵动心，是因为刚看过一部电视连续剧《女子特警队》，那个身手不凡的耿菊花，让她特别羡慕，并不是因为女子穿军装潇洒或气派，她只是觉得她们练就一身本领，执行任务出手不凡，太刺激了，她就想去当这种兵。反正义务兵两年，当时间过学校，可以保留学籍，当完两年兵，再回来继续读书。

2003 年 11 月，孔叶萍作为大学生士兵，参军到了某通信总站。她还处在兴奋之中，没顾上想到部队能不能适应。可是父母却放心不下，她是家里的宝贝疙瘩，家里父母和长辈百般疼爱，什么事情都不用操心。她永远忘不了，一大家子送她，舅、姨、大伯、叔、奶奶、外婆，她在车上哭，妈妈和奶奶就在车下哭。

可是，离开家的军旅生活毕竟开始了。到连队中午吃的第一顿饭是面条，还有一个鸡蛋，一桌八个女兵，只有一个人吃了，其他人都吃不下。吃的那个人是坐火车来的，太累了也太饿了。在孔叶萍看来，面条烧得真的很难吃，鸡蛋打在里面也是糊的，哪像家里的面条清清爽爽的，心想这怎么吃的下啊。班长是刚从军校毕业的学员，当时班长就硬邦邦地甩了一句话，看你们现在有的吃不吃，以后想吃都吃不着。

孔叶萍在新兵连的第一个晚上，是伴随着泪水度过的。她睡在班长的上铺，怎么也睡不着，那天班长要站头班岗，孔叶萍说我在家里很晚才睡，这么早上床睡不着。班长说那你去站岗吧，她就去站岗了。站过了第一班岗，她说班长，我还是睡不着。班长奇怪，那你在家不睡觉啊？她说我都是晚上上网或看电影，早上要睡到八九点。班长说你赶快睡吧，明天早上五点钟就要起床了。她说那么早起来干什么啊？班长说要出操。她躺上床又流泪了，突然特别地想家，哭着哭着她就睡着了。

孔叶萍说，哪个小女生不爱美呢，我们剪头发都是老兵剪的，跟刘胡兰一样齐耳短发，后面一刀切，好郁闷啊。以前我在家又撒娇又发脾气，在部队没人像父母一样宠你，你就会收敛了，懂事了。在大学不会当面讲人家，谁也不愿意做恶人。我的好姐妹从来不挑我的毛病，好像我身上没有缺点。可是班长经常批评我，也不给我留面子。我开始不服气，后来学会自我反省，确实是为我好，也就能接受了。

严格的训练生活，改变了孔叶萍。她不再拖拖拉拉，也不再松松垮垮，光荣榜上有了孔叶萍的名字。她妈不放心，赶到部队探望女儿。连长叫通信员去喊孔叶萍，她老远地跑过来，冲到她妈的面前，大叫一声妈！可她妈不理她，还在往她身后张望。她妈没认出她，一个水灵灵的姑娘，晒得黑乎乎的！

孔叶萍的专业是话务，话务员上岗要熟记2000组以上电话号码，大约相当于背诵圆周率至小数点后12000位。孔叶萍的"魔鬼"训练与众不同，既下功夫又想新点子，尝试"疯狂训练法"和"趣味记忆法"，琢磨出了事半功倍的训练方法。在同年入伍的新兵中，孔叶萍第一个通过考核，提前两个月独立上岗值勤。

孔叶萍2005年入党，同年底转士官，意味着放弃了回校读书的学籍。她又当了三年士官，直到2008年，入选西安通信学院的提干学习，回来担任了分队长。此后两年，孔叶萍仍参加全军通信比武，而且取得第一。比武要征求个人的意见，如果本人不想参加，就会考虑换人。有人说，你都第一名了，还参加比武烦不烦？她说，每年都有不同的对手，也有不同的要求，我把比武当作打仗，就不会烦了。

像参加通信比武那样，孔叶萍一到岗位上，就把平时当作战时，调动人生所有的潜能到极致。那年春节，部队奉命受领抗击雨雪冰冻灾害任务，担任保障的长话站话务量急剧上升。孔叶萍和一号台的战友吃住在机房，三班倒交替坚守阵地。她遇上看似难以完成的紧急情况，通过各种直接或间接的传送方式，将首长调整兵力部署的指令及时下达。有时因为时间紧，线路不畅，她无故地受到批评蒙受委屈，但始终和颜悦色。一位领导给总站领导打电话说，你们这个孔叶萍很不简单，应该给她请功！

大学生孔叶萍在军营交出了一份份优异的"考卷"。她在执勤时做到了，键盘操作"一敲准"，听音知人"一听准"，职责业务"一口清"，成为话务专业的"问不倒"。她10余次参与重大任务的通信保障，无不受到表彰。她5次在全军和军区话务专业比武中获得总分第一名，荣获"全国杰出青年岗位能手"称号。

她甜甜地笑道，我是天羯座，是 11 月 2 日出生的。据说这个星座的女孩，干事很认真，个性很要强，我觉得跟我真的挺像的。

2008 年冬季征兵命令，首次把应届大学生包括在校大学生，作为征兵的主体对象。2009 年，做好应届大学毕业生应征入伍被列为"重中之重"的工作。总参谋部、总政治部、教育部、财政部就做好普通高等学校应届毕业生征集工作下发专门通知，就网上预征、学费补偿等作出规定，打开大学生通向军营的大门。

2009 年，高校毕业生预征 13 万人，最终 10 余万大学生步入军营，实现大规模征集高校毕业生入伍的历史性突破，大学生从四面八方来到军营。虽然士兵行列中融入高学历的成分已逐年增加，但每年的数量毕竟有限，如此大批量的大学生当普通一兵不曾有过。大学生士兵群体的出现，给这支军队增添了新的气象。

好男儿，当兵去！如冬天里的一把火，"草根明星"王宝强紧攥着拳头，向无数年轻人微笑。在这张征兵宣传画上，一句话的冲击波，一部《士兵突击》中的许三多形象，让人们想起"不抛弃，不放弃"的执著坚持。征兵宣传中嵌入"时尚元素"的明星代言，在国外早有先例，而在中国仍是首次。最有代表性的，就是"新兵蛋子"许三多扮演者王宝强，他出现在征兵宣传画上，还出现在征兵广告片中。

2009 年 9 月，解放军四总部发出通知，根据《中华人民共和国现役军官法》和有关法规，进一步做好优秀大学毕业生士兵提干工作，就选拔范围、标准条件、选拔程序、培养锻炼和职级待遇等作出相应的规定。

国家相继推出鼓励大学生入伍的有关政策：除可享有优先报名应征、优先体检政审、优先审批定兵之外，还可享有优先选拔试用、考学升学优惠、补偿学费和代偿国家助学贷款等一系列的优惠条件；毕业大学生年龄放宽到 24 岁，在校大学生将保留学籍；在部队荣立两次优秀士兵或者荣立一次三等功的，退伍返回原学校选择本学校其他院系就读，也可以自由选择本院系其他专业，学校应予支持。

据国家人力资源和社会保障部提供的数据：2008 年，3.6 万大学生入伍，拉开了全国大规模征召高学历兵源的序幕；2009 年，10 余万大学生入伍，与 2001 年相比，征集大学生入伍的年度总量扩大近 60 倍；2010 年，又有 10 万大学生当兵。从各级关注的新生事物，到日渐普通的士兵群体，承载着鲜明的时代印记。

与其同时，随着军队士官制度改革，加大了从普通高等学校直招需求专业的大学生的比例，大学生士官——新时代的高素质士兵。

据新华社 2011 年 8 月 19 日消息报道，北京市出台新的征兵政策，每年将为退役大学生士兵进入公务员序列、事业单位、国有企业和非公经济组织提供一定数量的岗位，以鼓励更多的大学生走进军营、献身国防。

在强调完善个人素质的今天，大学生在军营的摔打历练，无疑是一笔丰厚的无形资产。曾经就有企业派人到征兵现场，与入伍大学生签约，提前预订他们退伍后的工作去向。有的企业家说，当过兵的大学生与刚出校园的大学生，我宁可要当过兵的。因为有文化，又能吃苦，这些大学生士兵会成为我们企业的骨干。

一批又一批大学生当兵，提供了高素质的新型兵源，以适应军队向现代化信息化的转型。大学生到部队来，服役期满又回到地方去，给未来的社会培养着一批又一批的人才。无疑，一个好士兵必然是一个好公民。

从军委总部到基层连队对大学生士兵都极为重视，同一个课题探究得越来越清晰：一个好学生如何变成一个好士兵？

当兵要当枪王

　　笔者在"临汾旅"采访的过程中，宣传科科长崔贺林负责联系采访对象。令我高兴的是，他自己就是一个线索。这位身板挺拔一脸阳光的 70 后军官，当过"神枪手四连"指导员，围绕大学生士兵的话题，他有许多的话要说。

　　原来，崔贺林是从地方高中考入南昌陆军学院的，当过排长，又当连长，再当指导员。经集团军到军区的层层选拔，他曾参加"全军青年官兵素质成才风采大赛"，一路斩关夺隘，直到站在央视七套的演播厅里夺得名次，荣立二等功。也许自己就是军校大学生，崔贺林对于地方大学生，有更多的理解与宽容。

　　崔贺林说了三个大学生的故事。

　　崔贺林当连长时，连里有个大学生士兵李松，来自福建一所名牌大学，是体育专业的特长生。李松父母都是教师，可谓书香门第，从小聪明好学，特别喜欢竞技类的运动。别看他个头不高，乒乓球打得好，赛车、摩托，怎么刺激怎么玩。让崔贺林眼前一亮的是，运动型的李松，也能静下心，写一笔好书法。

　　李松在旅里小有名气，旅里举办书法展，点名邀请李松送作品。写毛笔字得展开笔墨纸砚，大桌子少不了。崔贺林考虑，临时找地方总不是办法。连队有间阅览室，李松有时在里面写字。崔贺林拍板，钥匙交给李松保管，等于给他一间房子练书法。此后，李松一有空就往阅览室钻，跟其他人的话更少了。

崔贺林发现，李松还带有学生的脾性，和班里战友的关系，像水与油总是融不到一块。他不愿意和人家多说话，比如，有人不在意，占用了他的物品，他也不说，只是下次不理你，叫人家莫名其妙。而他自己喜欢随意，不喜欢受约束，在阅览室写字，弄得里面很零乱，大家看不惯，都找崔贺林提意见。

其实，李松脑子聪明，训练不含糊，打隐显身靶难度大，他灵活，反应速度快，同年度兵中成绩最好。然而，李松在班里文化程度最高，大家对他的意见也最大。无论是选优秀士兵，还是发展党员，李松的民主评议都不过关。

崔贺林找他谈心，你有才，有能力，但你不说话，人家不理解你。战士文化水平不如你高，更要和他们交流，别以为大学生就应该有优越感，最该警惕的就是优越感。还有，部队就是部队，班里内务这么整齐，你把阅览室弄这么乱，反差太大了，不符合部队要求。给你一天时间整干净，不然我就要收钥匙啦。

李松听崔贺林这么一说，感到诧异。他自我感觉良好，没觉得有什么不妥。就是同班战友的看法，他也没放在心上。他觉得连长说的对，一个班就是一个集体，一个兵就是一个细胞，如果有一天真的上战场，靠的就是所有的战友之间的默契，平时心与心的交流，那时才会有意志的相通、生命的托付……

崔贺林当指导员时，还有一个大学生士兵萧永，山东师范大学本科生，当时已经是第二年兵了。训练和工作的课余时间，别人打牌下棋侃大山，萧永总是趴在床铺上写东西，记录连队生活的点滴体验，是个很爱钻研的年轻人。

崔贺林像个老大哥，没什么架子，萧永愿意跟他说心里话。

萧永说，指导员，我是第二年兵了，我想投些稿子，给《解放军报》，给《人民前线报》，提高写作能力，在部队好好发展。

崔贺林鼓励他好好干。

萧永提出，能不能给我一个自己的小空间。

崔贺林问他为什么，萧永说班里太吵了，而且他表示，会严格要求自己，做好分内工作，他会珍惜领导给的机会的。

崔贺林答应考虑。萧永这个大学生肯用功，也许是个好苗子。他和连长商量，让萧永发挥特长。连队的营区分成两块，一块是营房，一块是靶场。离营房相隔 800 米的靶场，有两个兵看场，负责靶场的设施。连里对守靶场的兵做了调整，把萧永调过去。两个兵一间屋，有空调，有电视。每天早点名过来一次，晚上点名过来一次，主要任务就是看仓库。萧永喜欢写作，可以自由支配的时间多了。

没想到，萧永在靶场待了一个月，脱离紧张忙碌的集体生活，感觉不是连队的人了。崔贺林跟他说话，感觉他的神态有些飘忽，好像精力不集中。到连队参加点名，问他这个新兵叫什么，那个新兵叫什么，他都不知道。崔贺林一想，坏了，赶紧问，你哪个班的，他居然也说不知道。那你班长叫什么，他摇摇头。

连长说，萧永的性格很孤僻，不能把他放在靶场。

萧永被调回营房，背包搬回了班房。也怪，他和一帮战友泡在一起，反而觉得热闹不烦了，脸上浮现出原来就有的自信。

崔贺林很想为大学生士兵做些什么，就像给李松和萧永尽可能创造一个环境，可事与愿违，似乎并没有找到适合他们成长的钥匙。

直到年底，他们退伍了，要回到大学校园，继续完成他们的学业。临走，他们和崔贺林告别。他们真诚地说，家里人老说当兵辛苦，其实训练的苦、生活的苦，都能忍耐。唯一觉得辛苦的地方，就是融不进这个集体。

看来，过分的呵护并不是真正的关爱。

崔贺林说，我带过不少大学生士兵，有的文化程度比其他战士高，心理承受能力反而不如其他战士。大学生懂书本知识，本来是一个长处，怎么觉得和战友打成一片，又像是一个障碍。他觉得难，人家跟他没什么共同语言，相处也难。

于是，崔贺林又说了第三个大学生，他叫邬林峰，新兵中的"枪王"。邬林峰父母到部队探望，母亲说，请你们对我孩子好一些。父亲说，请你们要严格一些。他父亲真的把孩子交给连队，让他摔打锻炼。现在兵的周期变短，以前是三年兵，一般到第三年，再选射手。现在两年兵，第一年结束，第二年开春就选。邬林峰能上场，担当迎外射手了。迎外射手就是"枪王"，射击技能和心理素质绝对过硬。

坐在我面前的邬林峰确实是小帅哥，眉宇间透着秀气。要不是脸上的青春痘，微微发红的肤色，几乎就是一个奶油小生。邬林峰出生于1989年，四川师范学院音乐系本科生，主攻声乐、器乐。他给我看的一大堆获奖证书吓了我一跳：小提琴过了十级，参加声乐比赛从成都初试直冲到北京决赛；夺得第三届全国青少年才艺演评活动"通俗唱法A组一等奖"、第四届海峡两岸青少年艺术节一等奖。

就像连里人形容的那样，邬林峰是一个"老板的儿子"。他父母是大学同学，曾经都被分配当国家干部，只是母亲至今仍在银行工作，而父亲下海经商，现在是一家民营集团董事长。这样的家庭背景当然是优裕的，何况他又是独生子女，父母的掌上明珠。邬林峰坦言，他特别佩服父亲，不过他佩服的不是父亲如今多么有钱，而是父亲不甘平庸的奋斗历程。他的老家在四川南充，就在邓小平故居旁边。父亲是从一个穷山沟里闯出来的，邬林峰牢记父亲说的话，一个真正的男人就不能怕吃苦。

邬林峰最喜欢的是体育。他小时候特别好动，怎么淘气怎么玩。跟着小伙伴跑出去踢足球，摔得遍体鳞伤，还曾经飞起一脚，球没踢进球门，踢到人家的玻璃窗上，稀里哗啦碎了一地。父亲要邬林峰静下来，好好读书，强迫他学小提琴。邬林峰先是被逼，后来反倒真的喜欢了，从一级顺利考到十级。他的体育还是不差，体能素质在学校一直名列前茅。100米跑11秒，差2秒就可以考国家二级运动员了。学校一开运动会，上台领奖的总是少不了他。篮球也是他的强项，当过学院的篮球队队长。

邬林峰在大学很开心，开心的日子过得快，转眼他已经读了三年半，所有的课都上过了，学分也攒够了，还剩下最后的半年实习，遇到从来没想到的事情，军队招收在校大学生当兵，邬林峰一听就动了心。

我说，到底是什么吸引你当兵呢？

他说，父母很能干，我不想输给他们。

邬林峰的家族里没人当过兵，家里分成两拨。男人站在一边，邬林峰自己，还有父亲，坚定的支持者。男人嘛，当兵扛枪，固然尽一份义务，可也是磨炼自我，增一些阳刚。女人站在一边，呵护倍至的母亲，唠唠叨叨的外婆，就是不准他来。尤其是外婆，最疼他。过节家里杀了4只鸡，孩子爱啃鸡腿鸡翅，一个堂哥，一个表姐，一个表弟，一人一个，其他都塞给邬林峰，孙子辈就偏向他。

平时家务小事女人说了算，这回是邬林峰的人生大事，男人不妥协的态度起了关键作用，女人只得含着眼泪让了步。

就在大三那年，许多同学找单位实习，邬林峰并不着急。他长相俊朗，嗓音圆润，还会自弹自唱，成都一家演艺公司盯上他，要跟他签约，而且一签八年。这家演艺公司有实力，举办过亚洲模特大赛，开出的条件很不错，每月有底薪，演出再提成，衣服和化妆品都由公司提供。邬林峰试着上台演过几场，现场气氛热烈，演艺公司老总觉得他唱功不错，形象比较乖，有包装出名的潜质。那是其他人求之不得的机遇，邬林峰却放弃了，他选择了参军，实现人生的另一种梦想。

他说，现在不行了，在部队脸上长痘了。

脸上长痘的邬林峰，青春澎湃的邬林峰，告别了稚气的邬林峰，是一个喜爱练兵场的邬林峰，一个想成为真正战士的邬林峰！

一旦被分到藏龙卧虎的野战部队，别的新兵可能有些发懵，邬林峰却兴奋得不行，好像占了多大便宜似的。他在内的这批新兵直奔肩负迎外任务的"临汾旅"，这里被誉为"中国陆军的窗口"，他觉得当这样的兵真神气。特别是连里那些受人尊敬的神枪手，被大家称之为"枪王"，枪响靶落，什么架势，太过瘾啦！

不到一个月，邬林峰就出名了。

带兵的骨干都没看出来，一脸稚气的邬林峰绝非等闲之辈。在同一批新兵中，他的综合体能的排名打入了前三。手榴弹一扔就是 40 多米，五公里越野徒手 19 分钟，全副武装 21 分钟，引体向上 30 多个不成问题。不要说新兵，就包括老兵在内，他的成绩也在全连名列前茅，这归功于他喜欢运动，身子骨硬朗。

不过，让全旅官兵都知道邬林峰，是在春节晚会上。那天大礼堂坐满了人，拉歌的声浪此起彼伏。每个连队出一个节目，合唱、相声、小品、街舞，虽然都是业余选手，过年不就图个热闹，粗糙却也喜庆。邬林峰代表四连，高歌一曲通俗歌曲《红旗飘飘》，颇有点歌星孙楠的味道："……五星红旗，你是我的骄傲／五星红旗，我为你自豪／为你欢呼，我为你祝福／你的名字，比我生命更重要……"

整台晚会邬林峰是唯一的独唱，嗓音把全场镇住了。业余选手的专业水准啊。邬林峰是那种人越多越来劲的角色，他脑袋里就冒出一个字：爽！热烈的掌声中返场，他不唱歌了，拉了一首小提琴曲《渔舟唱晚》。热烈的掌声中再返场，不拉小提琴了，吹萨克斯《俄罗斯民谣》。萨克斯他只学过一年，却和学到十级的小提琴一样大受欢迎。他谦虚地说，不是我拉得好，是选的曲子好，都是中外大家的经典。

当晚的明星，身边的明星，谁都知道，有一个会唱歌的多才多艺的兵，名叫邬林峰。树大招风，隔了两天，一个调令通知到了四连，士兵邬林峰调军乐队。军乐队派了一个士官来接他，邬林峰说，班长，这个事情还没跟我商量呢（新兵见士官一般都喊班长，表示尊重）。士官说，对不起，这是旅首长下的命令。邬林峰不乐意，去找崔指导员和孙连长。他们也舍不得邬林峰，可是两人商量的结果，下级服从上级，就对邬林峰说，军人第一条就是要服从命令，你先去吧，我们想办法。

邬林峰只得收拾行李，跟着士官去了军乐队。军乐队教导员找他谈心，邬林峰，你会什么才艺啊？邬林峰说，大学专业是声乐，也学过器乐。教导员明知故问，邬林峰老老实实回答，这样也会，那样也会。教导员频频点头，那好啊，你在军乐队很有前途啊，军乐队经常出席重要场合，能受到领导接见，见到很多大首长呢。邬林峰说，我来当兵是想锻炼自己，在军乐队锻炼不了自己。教导员说，胡说，怎么会锻炼不了啊。邬林峰说，我大学四年都是在学音乐，对音乐算是略懂一点了，我想摸索些其他东西。教导员说，你想摸索什么？邬林峰说，我从小喜欢打枪，就想学打枪。

也许教导员奇怪，邬林峰这么高调的表演，却不想专门做表演，没见过哪一个新兵像邬林峰这么拧的。费了好一阵口舌，教导员一再挽留邬林峰，开导他说，在部队哪里都一样。邬林峰说，不一样，就是不一样啊。谈了一下午，邬林峰坐立不安，只是恳求回连队，教导员没见过哪个新兵像他这么拧的。

到了傍晚，邬林峰又回到了四连。

原来连长指导员找旅首长反映，邬林峰这个兵真的想留在连队，就成全他吧。首长只是想人尽其才，也没再坚持，同意他哪里来回哪里去。谁都明白连队的艰苦，居然有一个大学生新兵不愿意离开连队，这倒是少有的事情。

重返四连的邬林峰，意外地得到了一个最高的礼遇。排长杨振伟亲自到军乐队接邬林峰，把邬林峰激动得眼圈发红，心脏怦怦乱跳。

杨振伟何许人也？绝对的神枪手，爱兵精武标兵。一个二等功，两个三等功，第七年士兵直接提干的。向来吝啬好话的排长，竟然对邬林峰表扬一番，还给他买了一瓶可口可乐。在邬林峰看来，这等于是排长给他发了一个大奖章。

邬林峰在班里也得到了英雄般的欢迎。班长叶荣尧对邬林峰刮目相看，看他的眼神都温暖。叶荣尧也是神枪手，一个二等功、两个三等功。邬林峰因为成为叶荣尧班里的兵，自豪地向家人夸耀过，我的目标就是他。

真巧，排长是"枪王"，班长也是"枪王"。迎外场上的步枪速射，20 秒，20 发子弹，班长和排长分别创下 199 环的纪录。

邬林峰最不想的，就是被"枪王"看轻。射击训练时，端枪靠的是臂力，首先是稳当，才谈得上精准。跪姿，立姿，卧姿，别人手里一支枪，邬林峰手上是三支枪——一支枪的枪托上挂了两支枪。扣动扳机的瞬间，后坐力似石块猛撞，射手要练得稳如泰山。班长站在邬林峰的身后，使劲拉动枪托，他得死死顶住。右肩胛青一块，紫一块，但邬林峰很高兴，因为班长亲自拉枪，重视我才磨炼我。

同样出自四川师范学院，与邬林峰一起当兵，一起被分到野战部队的，还有两个年龄相仿的在校同学。他们三个"同窗战友"，都是十八九岁，都是热血澎湃，都有过投身军营生活的憧憬与理想。他们穿上军装的那天发过誓——既然选择了到军营，就要当出个样子，为自己的母校争光，为当代大学生争气。

然而，连队生活毕竟是严酷的，理想与现实的距离需要勇气来填补。在大学自由散漫惯了，这两位师兄在连队如坐针毡。更要命的是，他俩的体能总是跟不上。训练时他们先后遭遇骨折，一位伤在手腕，一位伤在脚踝。邬林峰明白，他们真正的伤痛并不在身上，而是在心头。邬林峰再三劝他们坚持，可是他们说，实在不行，坚持不了了。他们给家里打电话，求得父母的谅解，递交了退出现役的申请。

两位师兄最终病退了，临行来与邬林峰告别。报名参军时的万丈豪情似乎犹在眼前，此时却透出几份无奈和感伤。军营不同于校园，不能随便上馆子吃饭，就在操场旁边站着说话。他们对邬林峰说，我们回去了，你自己好好干，我们会给你打电话。邬林峰说，你们俩真走了，不讲义气啊。他们说，没办法，你好好干吧。

邬林峰告诉我，两位大学同学吃不了这样的苦，可是真的要走了，他们其实也不好受。走的时候他们对我说，不要丢我们四川人的脸啊。我苦笑，你们两个走了，是不是叫丢脸啊。他们不说话。我说，你们两个太搞笑了。

三个"同窗战友"抱在一块，哭了。

我问，他们舍不得你，还是舍不得部队？

邬林峰说，都有吧，还有恨自己没用。有两位大学同学在，我们三个同学总有个伴，这下子他们走了，就剩下我了，孤军奋战！

邬林峰这个"孤军"并不孤单，他在连队有他的兄长，有他的目标，有他的快乐。他崇拜的是"枪王"，他把枪当作最知心的朋友，倾注了无比的热情。他的手一摸枪，就很有感觉，真的是爱不释手。班长和排长教他动作要领，他还在琢磨动作之外的内涵。连队这么多的射手，为什么只有他们两个是"枪王"？无论如何复杂的天气和地形，为什么都能打出这么优秀的成绩？他在探索"枪王"的心理素质。

打枪如做人。排长对邬林峰说的话，被他奉为座右铭。所有的成功来之不易，每个细节的熟练才有胜利的把握。班长找邬林峰谈心的次数，在新兵中是最多的。对于大学生邬林峰，排长和班长的爱护就是不断地加压，给他定的训练指标，都比其他新兵要高。不是跟新兵比，直接跟老兵比。邬林峰和"枪王"朝夕相处，最让他佩服的，还是一个狠字，自己对自己狠。据枪瞄准，人家瞄十五分或半小时，"枪王"起码一个小时，原来"枪王"就是多付出，坚持别人不能坚持的，忍耐别人不能忍耐的。

坚持与忍耐，让邬林峰脱胎换骨，学生味少了，兵味足了。他以扎实的基本功，在新兵中崭露头角。四连跟二连对抗比赛，是一场筹划已久的"拉锯战"。二连和四连一样，也以"神枪手连"扬名，谁也不服谁，那场比赛打得难舍难分。邬林峰开心的是，他没给连队抹黑，三个课目比武，三个课目全优。隐显目标射击、应用射击、枪的分解结合，赢得太轻松了。枪的分解 10 秒，结合 20 秒。枪就像听指挥似的，顺手。军人的枪，就是生命的一部分，他体会到了生命搏击的苦与甜。

顺手，从不顺手开始，邬林峰不知道练了多少遍。手被枪划破，到处是裂口。沾的机油，洗不干净，只能用创可贴，贴在每个手指上。

我听说，邬林峰是连队里收到信件最多的人。长途电话已经非常普及，他父亲仍坚持一笔一画地写信，也要求儿子一笔一画地回信。邬林峰捧出了厚厚一摞信函，他父亲清秀的字迹，渗透了骨肉深情。我随手抽出一页信笺，邬林峰父亲写道："参军已经两个月了，我们好像过了两年、二十年，时空把我们相隔，心灵随时相通，在遥远的地方，我们知晓你的喜怒悲愁，懂得你的快乐与痛苦。你痛苦时我们心痛，你快乐时我们兴奋不已。你的开门红有我们牵挂的奉献，更多的是你受累的结果……"

邬林峰父母思儿心切，专程来部队看望邬林峰。那时正是冬训，邬林峰原先光滑的脸被风吹日晒，长了这么多痘，身上青一块紫一块，手背生冻疮肿得像馒头，手指缠绕着创可贴。母亲一看就流眼泪了，拉小提琴的手，怎么肿成这样了，太苦了。父亲说，哭什么哭，你没看到你儿子长大了，身体壮实了！

父亲叫邬林峰伸出手，五指张开，他用随身携带的数码相机拍下了特写：肿胀的手背，创可贴缠绕的手指，他说有纪念价值。

在这个不一般的儿子身后，站着一个不一般的父亲。父亲的舍得，和母亲的舍不得一样，都是出于对儿子的最深切的挚爱。

2012 年 10 月，根据优秀大学生士兵提干的相关政策，新一代"枪王"群体中的邬林峰被"临汾旅"推荐，顺利通过全军统一考试直接提干。他将经历 8 个月军校培训，然后回到部队任职，续写他的勇敢的军旅人生。

岁月激情燃烧

　　一个优秀的士兵，不能没有激情！我采访大学生士兵的时候，他们不约而同地谈到了激情这个字眼。听来不免诧异，时常在网上看到白领小资抱怨生活平淡，似乎激情与日常生活格格不入。当兵的职业要的是扎实苦干，像马拉松长跑那样的耐力与韧性，容易点燃却不易持久的激情意义何在？他们告诉我，当大学生跨入军营大门，你的心态是隔膜痛苦，还是苦中有乐，都与你有没有激情有关。

　　激情，意味着换一个视角看军营，主动而不是被动，积极而不是消极，向上而不是畏缩。军人的生涯与职场的打拼，确有太多不同，但就激情而言却有相似之处。对于 80 后或 90 后的大学生来说，没有经受过前辈的物质匮乏的记忆，校园积攒的奋斗目标五光十色，物质的欲望与现实的落差不尽如人意，因此心头总有些郁闷。而当兵尽义务的激情，说到底，是与物质脱钩的，有激情才能有新的开始。

　　2010 年深秋，我在某摩步旅采访朱积标——大二时入伍的 80 后士兵。他在大学就很阳光，凡事不抱怨，对人热心肠，连队兄弟们好生奇怪，他怎么成天情绪饱满、斗志昂扬的。后来有人透露，朱积标延续高中形成的习惯，每天坚持写日记，无论字多字少，而且日记封面写着"我生活在激情燃烧的岁月"。

朱积标告诉我，和同年龄段年轻人一样，他也深受军旅影视剧的巨大感染。如果说，他读大学前看《激情燃烧的岁月》，记住了一个勇敢正直、敢爱敢恨的老革命，那么，他在大二时看《士兵突击》，懂得了一个小字辈该如何挑战自我、化茧为蝶。随后，他做出了一个重大决定，到部队当一个真正的男子汉。

那是 2008 年，21 岁的朱积标在江南大学法学院读二年级。社会工作专业涉及面甚广，他把目光投向更多的社会命题。暑假前和 6 个同学组成一个团队，调研农村耕地的现状，完成一篇 3 万字的社会调查论文。他觉得，理科讲究钻研，文科注重实践，他要在社会实践的感悟中提升锤炼自己。

暑期过后，朱积标更忙了，他拿到了学校的奖学金，又被聘为辅导老师助理。原本可以在太湖之滨的这所大学安逸地读书，这时征兵开始了，大家忙着专业课考试，只有他留意到了应征在校生的通知。他到学校武装部领了一摞表格，急匆匆地赶到教室上大课。看他忙不迭地伏案填写，旁边的同学问他干啥，他头也没抬就说当兵。当兵？怎么没听说啊？同宿舍男生围过来，抢过他的表格翻阅。

朱积标慷慨激昂，从大学生也有公民义务，到保留学籍、减免学费的优惠政策，给同学们上了一课。一个屋的，门对门的，连他在内 4 个男生报了名，两个到野战部队，两个到武警部队——他的激情不止燃烧了自己啊。

2008 年 12 月，朱积标穿上了期盼已久的军装。不经过军队砥砺，人生就不完整。他和一起入伍的同学击掌鸣誓：比比看，谁是男子汉！入伍报到那天，很多新战友的行李箱满满当当的，不是品种繁多的零食，就是形式多样的衣物。朱积标的行李箱特别沉，打开检查，里面全是书籍。新兵班长问，你到部队当兵，带这么多书干啥？朱积标说：学习啊，一个人不注重学习，就没有未来。

带着一大堆书到军营的朱积标，很快感受到书生意气的可笑，站在训练场上你就是一个最普通的兵，衡量你的是另一把尺子。最难受的时候，不是训练吃不消，也不是纪律受不了，而是捧读同学的来信，那些随意表述的校园点滴令他神往，甚至有些妒忌。回想学校里的宽松自由，老师同学的关注交流，竟然如同天堂一般的美好。这么优越的学习环境所有的学生看来天经地义，以前怎么不知道珍惜呢。才离开学校没多久，朱积标已经有了怀旧的思绪，他避开战友躲进厕所里大哭……

我采访朱积标之前，听到的评价，都是很阳光，很开朗，仿佛没有过情绪消沉，也没有过心理落差，更没有痛苦到流泪大哭。

但是，朱积标说，我就是个普通的大学生，跟其他 80 后一样，也有纠结，也有挣扎，也有委屈需要宣泄，不过，大哭我可没对别人说过。

男儿也有泪，朱积标说得坦然。这种坦然让我感动，一个优秀的人，不是从来没有过沮丧，而是他不被沮丧所击倒。大哭一场，泪水似乎冲去眼前的迷茫，擦干眼泪，重又振作起来，用自己的方式靠近士兵的标准。

新兵连结束，朱积标被分到了老连队。他在最短的时间里调整了心态，像规划学习那样规划训练。他说，我总能找到一股力量支撑。就说站军姿吧，站得腰酸背痛，有的战友会发牢骚，我呢，就盯着目光所及的某个物体，或者回味激励人生的某件事情。前辈在战火纷飞的岁月能坚持，我们和平时代站军姿就站几小时，有什么理由不能坚持呢。跑三公里跑五公里，过了疲惫的极点，就好了。

军人就要勇于挑战自我。从新兵连下到老连队没几天，旅里组织红色传统故事的演讲比赛，本来是排长楼海东去的，他建议朱积标去，说你是大学生，上去锻炼锻炼。一起入伍的大学同学田创曾参加新兵演讲，可惜没拿到名次。他说，标哥，你要好好把握机会，为我们大学生争光。朱积标课余时间找几个战友当观众，狠狠地练。演讲比赛那天，他胸有成竹，侃侃而谈。听完他的故事，在旅里蹲点的集团军参谋长站起来鼓掌，说，别看小朱是个新兵，对故事的理解很透，值得学习！

朱积标获得了故事演讲的一等奖，这个大学生士兵一下子出了名。某旅接受集团军军事基础共同科目示范教学任务时，朱积标又成为了唯一的新兵军事课目教练员，负责主讲渡海登岛 400 米障碍训练。当时他的新兵训练成绩名列前茅，天天苦练攀登动作，铁链子把他手上虎口的皮都磨破了，一层层嫩肉上长出了变厚、变硬的老茧。不过，动作做得好，不代表能教得好，他像读课本那样读教材，和老班长切磋教学秘诀，早已熟烂于心的动作要领，化作了深入浅出的教学语言。

那天下午训练结束，朱积标还在训练场恋恋不舍，一遍遍地从攀台上顺绳索滑下。按理次日就要正式教学示范了，不该再进行大强度训练了，但朱积标精益求精，还在琢磨攀越障碍的基本动作。数十次下来，磨出老茧的左手虎口被划开了一道裂口鲜血直流，他好像没有察觉，目光还在绳索上打转。营教导员走到他身后，看他全神贯注发痴，拍拍他的肩膀问，明天要讲了，你怎么还练啊。朱积标说，心里没底。教导员说，手都流血了，快去营部包扎一下。今天别练了，回去早点休息！朱积标手上缠着纱布回到班里，班长说，你这个新兵，能讲下来就不错了。朱积标憨憨地一笑，嘴里又叽里咕噜背教案。当晚他在脑子里"过电影"，把每个细节都默念了一通。

第二天示范，朱积标是教练员，听众是各级首长，他不慌不忙，声音响亮："为取得我军渡海登陆作战的胜利，需要进行障碍训练，中间融合了软桥、螺旋梯、高低横木等十个动作，是对军人心理、智能、体能的一个综合考验。我虽然是一个新兵，经过刻苦的训练，总结了一些训练的方法。今天以一个教员的身份，和大家共同学习探讨。"随后，朱积标做连贯示范，通过绳索、软梯攀下和直接跳下，十个攀越障碍动作一气呵成，然后分别做了讲解。整个讲课流畅明了，示范动作规划利落，听课的集团军军长评点说，小朱讲的不错嘛。看到新闻干事在旁边拍照，军长高兴地说，来，我和小朱合个影。一个将军和一个士兵肩并肩，朱积标激动得心头怦怦跳。

2009 年 10 月，入伍仅十个月的朱积标入选全旅"十大成才标兵"，荣记了三等功。当了兵的朱积标没忘记读书，他牢记那句人所皆知的名言——时间就像海绵里的水需要挤。连队每晚九点半吹熄灯号，他请示指导员，我能不能晚点睡觉，到学习室读点书。指导员同意了，叮嘱他不要太晚。他读遍了连队的藏书，还用当兵津贴费买书，政治、经济、文学，每晚学到 11 点左右，写心得笔记。

他说，我的同学已经大四了，我不能掉队。他把心得笔记定期寄给母校社会学指导老师谢振荣教授，如实地汇报哪些纠结哪些收获。老师每封回信，他都珍藏在个人物品箱里。在短信盛行的今天，一写几张纸的信尤其难得。谢振荣教授写道："你比别人更惜时如金，正是别人不如你之处。你每天坚持得非常好！好的习惯一定要坚持下去（社会在不断地发展，更变化莫测，只有一样东西不变，就是时时永远都在变）……"

朱积标的口才练出来了，随之也带来一些烦恼。机关知道他擅长演讲，还能主持节目、演唱歌曲、耍几招双截棍，一有活动都想到让朱积标参加。作为普通战士，他当然无法说不，临时抽调的活动让他应接不暇，占用很多的训练时间。他回到连队就嚷嚷不能再去了，其他战友很不理解，都说训练这么苦，能不参加不是很好吗？他却说，作为军人，我的职责就是准备打仗，提高军事素质任何时候都是我分内事。现在我才当兵一年，因为参加其他活动而不能参加训练，就会因小失大啊。

投入训练的朱积标，和捧起书本的朱积标，一样有股子钻劲，绝不人云亦云，保持着独立的思考。分专业课目训练，一个当了第五年兵的班长说，我们要使劲练，就能提高成绩。多练似乎是训练的法宝。朱积标不这么认为，不仅要多练，而且要多想，才能事半功倍。他参加营里训练尖子考核，要求各项课目都过硬，层层筛选直到集团军比武。单兵综合演练火箭筒实弹射击那天，飘起了蒙蒙细雨，上去射击的选手大多脱靶，朱积标首发命中，取得第二名的佳绩，再次荣立三等功。

看似偶然的成功蕴涵了必然。盛夏最热的季节，朱积标一连几个小时在地上趴着瞄准，等起身的时候，汗水浸湿了衣服，地面留下一个汗水画就的人形。他还练就一个绝招，看到任何飘动的物体，就能迅速判断风速。有人不信，在采访时考问他，让他判定室内空调吹过小红旗的速度，他略一观察，精确地判断出风速是每秒钟 0.8 米，让人十分惊奇。练就这一手实战技能，他曾经无数次在别人休息之后，独自在操场上操练，并向班长老兵讨教。他的训练方法因地制宜，飘餐巾纸、扔小石子、放蛋壳，甚至摇狗尾巴草，风向判断的实物信手拈来，这才有了首发命中的精确度。

朱积标记不清受伤多少次，经常磨破皮，练出一身好武艺，他被这个旅表彰为"军事训练标兵"，也是这项殊荣中唯一的士兵。消息传到母校江南大学，学兄、学妹纷纷来信祝贺："你是个好学生，好学长，到部队，你就是优秀的兵哥哥，在哪里都能撑起一片天。""学长，好样的！你寄来的照片，挺威风的，好帅气啊，笔挺的军装，感觉特棒吧。""军营总有一种神秘，学长，真的很羡慕你！"

2010 年我采访朱积标时，他所在的部队在南京农业大学负责大学生军训。大操场上迷彩服的方列整齐划一，口令嘹亮。课间休息，我和朱积标带训的大学生聊天，问他们对朱积标的看法。他们说，那天大学生教歌，一首《团结就是力量》，很多同学会哼曲子，想不起歌词，他居然一口气把歌词背了一遍。团结就是力量，这力量是铁，这力量是钢……哇，这个教官好有气质啊，就是来历不明。

同学们向朱积标打听，教官是不是指导员啊？旁边战友介绍，不是的，他是我们连队的才子，江大的。大家又一片哇声，难怪他有气质，帅呆了。他们发现，朱积标没手机，还戴手表，就起哄叫他"手表教官"。他说，部队有规定，战士不让用手机。大学生起哄，什么年代了，还戴手表看时间，也太土啦。

朱积标对我说，这些大学生知道我也是大学生，第二天不叫教官了，改口叫学长。他们围着问，你大学生活怎么过的？参加过什么社团？走队列，练军体拳，他们直喊太累了，我看不得别人受罪，可心太软，队伍就练不出来。干脆，站军姿 20 分钟，我的方阵多站 10 分钟，请同学们思考，为什么同样的方阵，我们走的没人家好，喊的没人家响？我告诉大家，一个人可贵的是有激情！有的同学十七八岁，老气横秋，眼神很忧郁。十七八正当年，你们眼神能不能坚定一些啊！

　　当朱积标的服役年限临近期满时，部队想留下他。毕竟在当义务兵期间，他荣立一个二等功和两个三等功，是同一批战士的标杆，而他还是想回学校继续读书。2010 年 12 月 1 日，南京军区在厦门隆重召开"何祥美式爱军精武标兵"表彰大会，朱积标上台接受表彰，成为他军旅生涯的一个完美句号。

　　随后，脱下军装的朱积标回到学校。比起两年前参军离开母校的毛头小伙，朱积标脸上多了几份英气，举止多了几份沉稳。重新走进课堂的朱积标丢掉当兵时的荣耀，安心做一个本分的"留级生"。本来他是 2007 级学生，退伍后重上大二，和低两级的 2009 级学生做同学。无论学习功课，还是社团活动，他都倾心投入。他还用那句话激励自己："选择了激情燃烧的早晨，便拥有了激情燃烧的一天。"

　　许帮刚，也是一个寻找激情的大学生士兵。2012 年 9 月，我到某炮兵团采访许帮刚，他时任指挥连侦察班班长。在绿树环绕的指挥连的驻地，三队士兵喊着口令迈开整齐的脚步，刚从操场上训练回来。连长喊，许帮刚！一个大个子战士应声喊到。我眼前的许帮刚，敬礼很标准，脸上很阳光，不难看出连队打磨的痕迹，黑红的肤色，挺直的身板，加上 1 米 82 的个头，使他举止间透出一种老兵的味道。

　　作为一个作家，我很高兴采访许帮刚这样的 80 后，不扭捏，不做作，有啥说啥。许帮刚出生于 1987 年，2009 年 7 月毕业于安庆师范学院，同年 12 月入伍。他说，如果我不来当兵，我会是一个很好的物理化学教师。2009 年上半年，22 岁的许帮刚已经读大四，最末一个学期他在一所中学实习。他外公曾在这所中学教过物理课，他读中学就受外公辅导，数理化一直拔尖，实习过后就要签约当老师了。

　　本科学历，教师职业，而自己胜任愉快，一切似乎尘埃落定。许帮刚在大学就喜欢交朋友，喜欢打篮球，还喜欢和一帮同学郊游。上网也是他的最爱，对所有的时尚新潮毫不陌生。他和父亲说好，考取大学奖励手提电脑，使他免于泡网吧。他的个性适合当教师，就比90后高中生大五六岁，相处也没有代沟。他总结自己亦动亦静：动能动得起来，篮球一打能好几场；静也能静得下来，上网半天不动窝。

然而，一眼望到头的生活，毕竟平淡如水。2009年国庆阅兵电视转播，许帮刚看得热血沸腾。高考时他也曾报考过军校，只是差几分没能如愿。看过国庆阅兵的壮阔场面，他又大发议论，如果有一天打仗，我会报名参战，保家卫国！说给高中男生听的这番议论，当时只是有感而发，没想到真的成了一个预言。不久，2009年冬季征兵开始，大学生入伍年龄放宽到23岁，许帮刚立即报名，到军营去尽义务！

指挥连现任连长汝想，2007年由优秀士兵提干，2009年从南昌陆军指挥学院毕业，回部队时在新兵营当排长，许帮刚就是他带的新兵。他告诉我，大学不是白念的，许帮刚确实比别的兵要成熟。新兵营训练誓师动员，组织新兵知识竞赛，还有组织新兵即兴演讲，我都有意地交任务给他，他都完成得很出色。我对他的评价是争强好胜，这个词用在他身上，不是贬义而是褒义，他就是要做得比别人好。

然而，敢上台发言的激情飞扬，并不能代替拼搏的努力。那是过障碍的训练场上，面对高板、云梯、独木桥，同班战友个头比他矮小，动作却比他灵活，而他是全班个头最高的，也是文化程度最高的，不是掉下来，就是速度跟不上。气得新兵班班长梁慧龙直跺脚，为什么人家一学就会，你就不行呢！也怪，许帮刚篮球打得得心应手，体育也算是强项，可他在这些障碍物跟前，偏偏尽出洋相，有劲也使不上。

一向心高气傲的许帮刚，被小他3岁的新兵班长梁慧龙数落，遇到了从未有过的挫折感。傍晚他躲到没人的角落，越想越憋屈，心头酸酸地落下泪来。他的闷闷不乐的情绪，被梁慧龙察觉到了。别看梁慧龙是90后，却当了3年兵，他和许帮刚谈心，放下大学生的臭架子，当兵的就是直来直去！他和许帮刚分析，你的爆发力不错，差在你的协调性。比如过云梯，你一害怕，就用双手扶，上来上去就慢了三四分钟。他陪许帮刚一起练，你上台讲话的激情呢，全部拿出来，你肯定能行！

许帮刚意识到，比技巧更重要的，是军人的坦荡、军人的无畏和军人的勇气。他大声地吼叫着，扑向一个又一个障碍物。跌下来，摔在沙地上，一骨碌爬起来再上。手擦破了皮，腿碰得青一块紫一块。大家很惊讶，大个子许帮刚摔了无数个跟斗，情绪还这么饱满。终于，他跟上了战友的速度，分享了成功的喜悦……

新兵连结束，许帮刚被分到指挥连侦察班。同班的士官周毅，比他早 1 年当兵，年龄比他小两岁，他告诉我，许帮刚给人的第一印象，就是很精神，报告的声音都比其他新同志大。侦察兵要跟数字和计算打交道，许帮刚有他的知识优势，不光学得快，还能当小教员。按理他是个新兵，训练跟着练就是了，但他就是要提意见，靠死记硬背不是办法，要用数学和物理的原理解释，使大家在理解上得到提高。

新时代的连队也很开明，不会说许帮刚多管闲事，而是你说得对，就采纳，还鼓励。许帮刚并没有变得圆滑，仍然保持着积极向上的激情。2010 年 12 月，许帮刚担任了侦察班副班长。2011 年 12 月，他两年的义务兵服役期满，和他同届毕业的同学，有的在故乡成家立业，有的到外地打拼挣钱，都比他过得舒适。可是，他舍不得打道回府，还是选择留队改士官，担任了班长，也就是继续当一个老兵。

侦察班是一个有凝聚力的集体，前任班长离队前对许帮刚说，这个班，交给你啦。许帮刚郑重地点点头。不久，侦察班参加上级组织的侦察兵集训，果然不负老班长之托，全班取得了优异成绩。有意思的是，训练量虽然倍增，忙到熄灯后是常态，但班里的兵并不觉得是负担，跟着许帮刚练得投入，乐此不疲。

原来，许帮刚和大家说，高兴不高兴，一练一整天，与其愁眉不展、拖泥带水，不如干脆利落、积极有为。往大了说，战争是残酷的，一丝一毫马虎不得；

往小了说，本领是自己的，一招一式受益终生。他发现，以前死记硬背的多，就运用数学与物理的原理，帮大家在理解中掌握要领，使枯燥的训练不再枯燥。虽然考核那天"战况"多变，侦察班的兵并不怵，见招拆招，以扎实的基本功成为了赢家。

副班长彭斌告诉我，许帮刚班长用他的光和热，温暖着大家。就说大年三十吧，家家团圆，军人不能回去，我们班每人出 10 块钱，买了花生瓜子糖果，办了一个小聚会。没想到，许帮刚用自己的钱，请服务社的嫂子到外面，订了一个大蛋糕。他不说我们还不知道，我们班的任鹏飞那天过生日。许帮刚说，虽然今天没有家里人陪伴你，但是有我们这群兄弟在你身边，你不孤单，祝你生日快乐！说得任鹏飞热泪盈眶，也说得大家热血沸腾。我们亮开嗓子唱起《战友》：战友，战友，亲如兄弟……

2012 年 10 月，许帮刚通过大学生士兵提干的综合考核，被选送军校深造，也就是说，他由一名士官成为了一名军官。采访许帮刚这个最普通的大学生士兵，我记下了 80 后难得的这份激情。当兵是人生的一个阶段，当然不会一帆风顺，总要尝试那些未曾做的事情，总要经受那些没想到的挫折。用什么抗打击？用什么迎挑战？许帮刚回答是激情。当初有过却又始终保持的激情，它能充盈军旅，它能相伴前行。

根深才能叶茂

树有多高，根就有多深。大学生到部队当普通一兵，比大学生一到部队就是军官，面临着更多的心理和生理的考验。不可否认，他们都有长成大树的意愿，却往往忽略怎么把根扎下去，或者还一时难以扎下根。在旁人看来似乎眼高手低，其实，眼高手低并不丢人，眼高就是对自己的学识有信心，又有在部队成就事业的期望，一个人有抱负比没抱负要强。因此，所谓磨炼，就是变成眼高而手不低。

说起来，每一茬大学生到军营，融入其中都有一个过程，伴随着万千感受与感慨。这似乎是老生常谈，其实并不过时。作为大学生的个体，没有一劳永逸的良方。这一个大学生明白了，另一个大学生或许还郁闷。前一批大学生悟到了，后一批大学生也可能仍没悟到。就像没法跳过年龄，也是人生必经的某个阶段。

探讨"树高"与"扎根"的关系，王珏有一肚子话说。她告诉我，大学生自我感觉良好，跟没读过大学的战友在一起，总有些自命清高。放低身段不该是表面的，而应该是真心实意的，这需要融入的努力也需要领悟的智慧。王珏感触最深的，就是军营里的琐琐碎碎感到不顺心，觉得到处长刺，但是顺眼了就接了军营的地气。

我到海防某旅采访的那些天，负责联系的是旅干部科干事王珏。她是一个善于沟通、办事利索、很讲效率的80后女军官，和我接触过的机关男干事相比毫不逊色。坐车前往某单位采访的时候，她突然冒了一句，傅老师，我也是大学生士兵呢。我被她年纪轻轻却有些沧桑感的语气逗笑了。你也是大学生士兵？有故事吗？她说，没有故事，但有体会。于是，我听到了前面写下的那些话，想到了写写她。

王珏生于1982年，黑龙江双城人，独生子女。2001年毕业于南京财经大学，她读的是金融保险系。金融保险企业在当时刚扩张，同学在南京找工作并不费事，可是她还想考金融类研究生。当初她考大学时超出录取线20多分，之所以选择与金融有关的专业，是因为她崇拜有作为的企业家，能在市场经济的大潮中击水扬帆。就在她回家复习功课的时候，家乡的征兵消息传来，欢迎大学生入伍的政策让她动了心。考研能推后，当兵的机会却只一次，她说服了父母，成为当地报名应征的很少的大学生之一。

当20岁的王珏揣着入伍通知书，和其他新兵一起登上北上的军列时，她像考上大学那样很有信心。在晃动的车厢里，她写下了一篇日记："可这是一种考验，谁意志坚定，谁才是胜出者。凭什么别人可以，而我不行？我相信我行，我会干得出色的，没有什么可以使我放弃或者倒下。"对于她所不了解的军营，她还多出了几分遐想：也许穿上军装的生活，就像英姿飒爽的女兵方阵那样生机勃勃吧。

然而，尽管王珏是新兵连唯一的大学生，似乎没人当回事，所有的标准一个样，把一个老百姓训练成一个兵。50个女兵集中住在山沟里，没有任何人可以特殊，再苦再累的活也得扛住。她在日记中倾诉："我感觉到了军营里一种铁的味道，冷硬而肃杀。在这里，女生都收敛起作为女人全部的温柔、细腻和敏感。除了初为人母的指导员，这些十来岁、二十岁的小姑娘显现出不合年龄的成熟。"

寒风中站军姿，走队列，踩着大雪跑步。分到通信总站，封闭的业务强化训练。王珏记得当兵的细节，比如，脸上来不及涂搽脸油，手上也没抹护手霜，手都变粗糙起来。甚至快忘记自己长相了，因为没时间照镜子。比如，我们的嘴角都被水杯烫坏了。我们用的保温杯放在室内，在外面训练渴了，回来第一时间赶紧喝水。可是室内又有暖气，用保温杯的，烫得龇牙咧嘴。休息时间很短暂，匆忙喝下去。我们班大部分人的嘴唇都被烫坏，赶紧用牙膏抹，两天就起效了，表皮结痂脱落，还有些痒。

王珏坦率地说，大学生当兵，又是独生子女，还是有些小资的。虽然在大学性格改变了许多，愿意参加社团活动了，但很在意自我的私密空间。有时喜欢一个人静静地读书，人一多就嫌烦，当兵是几十人住一个屋，很热闹也很吵闹。集体生活紧张而又活泼，一举一动都在明处，不知不觉自己的心胸就敞开了。

她告诉我，每个新兵发了一条毛巾一个脸盆，脸盆是个鹅黄色的塑料盆，一边有一个小孔，行军时穿上绳子，可以扣在背包上。那时，洗脸、洗脚什么的都用它。它还不只是生活用品：冬天下雪的时候，我们一大早起床，要清扫营区路上的积雪，路面宽，雪太厚，扫把扫不动，我们用铁锹把雪块铲进脸盆，一盆盆端出去倒掉；通信总站整了一片空地种地，我们班分到一小块，我们清理石头、水泥渣和垃圾，装在脸盆里倒掉，再到附近装了粪泥，埋在最下面，上面埋一层细土，种上了一些瓜果蔬菜。

她说，这个脸盆特别结实，怎么压怎么摔都经得起，它盛载了我当兵的青春往事。这个盆盛过雪，盛过土，盛过粪，我后来走到哪都带着它，现在还舍不得扔掉，真的对这个盆有很深的感情，它见证了我当兵的全部历程。我好像觉得，我的那些穷讲究的臭毛病，那些自以为是的学生味，都装在这个盆里扔掉了。

王珏是直性子，有什么想法毫不掩饰。有人说她清高，她偏又碰上了个同样清高的老兵。班里一个姓孟的士官，年龄比她小，当兵比她早，出身干部家庭，也是独生子女，很有些傲气。小孟喜欢摆老兵的架子，王珏并不买账。小孟对王珏就有了成见，你大学生怎么了，多读几年书，有什么了不起。王珏这个新兵不跟老兵硬顶，但她不像别的新兵低头不语，而是目光直视她，叫这个老兵更恼火了，一说话总是很难听。

转变发生在一次夜间的紧急集合。急促的哨声在操场响起，大家掀开被子穿衣服，小孟突然发现两只袜子都破了，后跟露出大洞，一时找不到袜子换。王珏前天刚买过几双袜子，就拿了一双递给她。小孟很惊讶，抬头看了她两秒钟，接过去套上，来不及说话，她们就冲到操场集合了。此后，小孟不再挑她的刺，还主动地关心她，外出也会问她要不要带什么。王珏感受到了战友的温暖，也懂得了人与人之间不难沟通。你有温暖，你的周边也会温暖起来，就像冰心说过的那样，你如果简单了，世界就是简单的。

王珏的大学生优势，很快在话务训练中得以显现。后来，王珏因为表现优异，取得了战士考军校的资格。她家是地道的草根，她最担心考试能不能公平。等到成绩公布了，她才长长地松了口气，她考了某集团军的女兵总分第一名，被国防科技大学管理学院录取，也就是成为了一个干部学员。王珏告诉我，回想当兵的日日夜夜，那些同甘共苦，那些磕磕碰碰，哪怕那些叫我痛苦的事情，都变成了美好的回忆。

大学生莫根茂变成义务兵莫根茂，无疑充满了挑战性。莫根茂这个名字，是他父亲给他起的，意思就是根深才能叶茂，他从懂得这个名字的含义时起，就决心把自己的根扎到更深处，长成一棵枝叶茂盛、能堪大任的有用之材。他告诉我，人无压力轻飘飘，我就要给自己压力，有一个向上努力的生长环境。

2009年10月22日，南京大学鼓楼校区彩旗飘扬，大红横幅上写着"高校征兵宣传日"，旁边是"积极报名参军，接受祖国挑选"的宣传标语，人头攒动的现场气氛可以用火爆来形容。挎着"长枪短炮"抢新闻的记者注意到，由于高校大学生征集力度加大，各项优惠措施出台，大学生咨询报名的很多。一张张兴奋的面孔透着期待，问的最多的是——大学生当兵，分到机关还是到连队啊……

当天第一个到现场填写报名表的，就是莫根茂。他直接向工作人员索要表格，提笔刷刷地填起来，显然有备而来。在一片嘈杂的提问声中，莫根茂的动作有几分洒脱。《扬子晚报》记者盯上去采访，莫根茂边填写报名表边说，我今年22岁，刚从南京大学物理系毕业，参军是我从小的梦想，比工作的诱惑力更大。

半个月后，11月4日《连云港日报》报道："毕业于南京大学物理系的莫根茂，近日专程将户口从南京市迁回到老家赣榆县，报名要当义务兵。昨日，莫根茂通过征兵体检。接下来，只要再通过政审，他的国防梦便能实现了。"

此莫根茂，就是彼莫根茂吗？

莫根茂家在赣榆县城头镇白石头村，2005年考入南京大学物理系生物物理学专业。他年年被评为优秀学生，获得过国家奖学金，加入了中国共产党。2009年毕业前，他被南京、深圳等多家大型企业录用，他选择了南京一家国企，顺利当上业务主管。然而，一条电视新闻吸引了他的注意："我在电视上看到国家将在大学生中征兵的新闻，那一刹那，我就告诉自己，要报名当兵！"莫根茂赶到母校南京大学武装部咨询，得知自己符合条件，就先在南京报了名，又回老家赣榆报了名。

莫根茂告诉我，迁户口的事，我跟记者没多说，记者想当然了。其实我可以在南京大学报名的，学校武装部同志提醒我，你在南京就一个人，你父母在老家，享受不了军属的待遇。既然我来当兵，不能为家里做什么，不如把户口迁回去，到赣榆县报名，地方政府有政策，父母能得到"拥军优属"的关照。

莫根茂虽然是应届毕业生，但毕业之日就是上岗之时，已经工作三个月了。在省城南京这份白领的工作，是许多大学生非常羡慕的，刚上班每月3000多元，以后逐年递增，前途无量。莫根茂一心想参军，回老家报名体检需要时间，总不能旷工吧，他在同事惊讶的目光中，毅然辞掉了来之不易的工作。

2009年初冬，在连云港地区的新兵征集过程中，莫根茂无疑是最抢眼的新闻人物。记者对莫根茂有兴趣，在于他在应征青年之中的特别之处：南京大学应届毕业生，就业前景非常广阔，而且放弃了省会南京的户籍。长相并不出众的莫根茂，被新闻记者的摄像机和照相机所包围，不厌其烦地回答提问。每个适龄青年都有参军的义务，履行保卫祖国的使命人人有责，莫根茂语速从容不迫，显得颇为老练。

2009 年 12 月，莫根茂如愿以偿地穿上军装。直到新兵集中待命出发前，他还在接受记者采访，用他的话说，"引起一些小轰动"。记者的报道热情无可厚非，莫根茂这样一个即将踏入军营的大学生，连续接受公开采访的豪言壮语，使他当兵一开始就免不了显得有些高调。他坐在开往军营的列车上，仍然没有从接受采访的兴奋中调整过来。也许是军旅电视剧看多了，他无暇顾及车窗外移动的风景，而是设想着新兵到部队的热烈情景，作为一个大学生士兵也许会被点名，自己该说什么……

莫根茂告诉我："还以为像电视剧《士兵突击》那样，整齐划一的营房，雄壮有力的歌声，高喊着名字站到飘扬的军旗底下。没想到，我们这批新兵下了火车坐汽车，拉到这么一个离县城都远的丘陵地带，听起来战功显赫的英雄部队，营区不过是大山沟一片瓦房。全团新兵集合在篮球场上，新兵连连长说，新兵先分到连队，再集中到新兵连集训。分兵的方法简单而公平，抽签决定每个人的去向。

"后来我才知道，新兵连的连长是副营长兼的，各个连的连长指导员站在队伍旁边。抽签结果当场公布，连我在内的 5 个新兵分到炮兵营一连六班。你叫莫根茂？好，你是我们连的。连长指导员跟我握手，也跟其他新兵握手，表示欢迎，嘱咐我们在新兵连好好锻炼。说实话，我原来还挺高傲的，突然觉得有些失落。

"没有人提到你是名校大学生，你好像就被淹没了一样。我应该被大家高看啊，怎么也是一个新兵，最平常的一个战士？中午给我们做的面条，我平时挺爱吃面食的，那顿饭吃的一点滋味也没有。然后清理个人物品，由连队统一保管，也就是上缴。我没带手机，事先被告知不能用手机，我就把手机留给我爸用了。带来的证件，驾驶照、身份证、英语考级证、已经作废但留作纪念的学生证；还有 4 张银行卡，工资卡是农行的，学校卡是工行的，贷款卡是中行的，平时跟家里往来是邮政卡，两张信用卡是招行和浦发的。这些都是参军前使用的，全都上交了，彻底成了一个没卡一族。"

自视甚高的莫根茂，在新兵连几乎掉了一层皮。说起来，他的长项与短板同样突出。他的理论考核满分，军事三大条例，记得轻松，背得顺溜，其他就不灵了。在学校他爱玩电脑，时常熬到深更半夜，偶然打篮球排球也没坚持，年轻轻就腆了个啤酒肚，属于偏胖体形。第一次投弹投了 25 米，俯卧撑只能做 10 个，仰卧起坐做不到 20 个，跑三公里花 20 分钟，成绩倒数 10 名。原来"普通一兵"并不好当。

我在炮一连采访莫根茂时，他的举止已经像个老兵了。他在侦察班负责射击计算，又撞到了他的强项。新型火炮配发部队不久，同班其他兵是初中生或者高中生，学起来有些吃力，而对他来说并不复杂，可以说得心应手。

说起大学生与部队最初的碰撞，莫根茂说，我很少佩服人的，最先佩服的是指导员。当时一连串的失败，让他傲不起来了，莫根茂有些茫然，难道这么多年的书白读了？指导员宗爱军找他谈话，他就像对待记者，说了一番大道理。指导员笑了，你不要讲客套话。莫根茂没想到，指导员一眼就把他看穿了，心里有些叹服。

莫根茂说了实话，我大学毕业就工作了，经历的事多了，什么道理不懂呢？指导员说，你应该调整你心态。你大学生来部队，是当兵的还是当宠儿的？你自己究竟有多大能耐？想让别人信服你重用你，再小的岗位你也不能轻看，你要把你的光芒发挥出来，才能得到别人的认可。说得莫根茂直点头，有共鸣啦。

一个班九个新兵，当了 5 年兵的班长黄小斌和他同龄，是 80 后士官，所有的军事技能都相当过硬。别看黄小斌只是中专生，带兵很有一套。莫根茂情绪低落，黄小斌给他鼓劲，你不愧有大学军训的底子，队列动作和礼节军姿做得准确，努力啊。两个人闲聊，黄小斌说，莫根茂你懂得多，思想比我还成熟呢。三公里越野跑，莫根茂跑不动了，黄小斌放慢脚步，跟在莫根茂旁边用话刺激他，要跑到最后一名，你丢人就丢大了。说一顿比打一顿还厉害，他撒开腿脚拼命地赶了上去。

新兵连结束，莫根茂所有的课目都及格过关。他入伍前在那家大企业应酬多，少不了抽烟喝酒，小肚楠看着见长。到部队的莫根茂变了个人似的，他把抽烟喝烟的毛病都戒了，体重170多斤降到了150斤。他的个性也慢慢地磨出来，以前人家说不得他，一说他就发火。体能训练一帮新兵在一起，班长说，你别以为你是大学生，你有本事把你的体能搞上去！班长还说，你不要让别人说你，只是头脑发达，当兵的四肢也要发达。班长的"激将法"他都笑纳，逼着自己向"普通一兵"看齐。

莫根茂不满足于训练过关，他精力充沛，还想多做事。班长推荐他担当思想骨干，班里5个新兵，他逐个地拉呱聊天，"最重要的方法，就是换位思考，理解部队有关的规定。比如上厕所要请假，不就三分钟一个来回吗，我原先也不理解，为什么到哪儿都要报告。换位思考，如果我是班长，你不跟我说，万一有任务，找不到人当然着急。新兵刚来，思想压力大，个人想法多，也正常啊，起码要知道你在干什么。

"我们班战友黄德昌是90后，他就想回家。部队哪里这么随便，想来就来、想走就走呢。小黄在家是宝贝疙瘩，什么事也不做，如今要洗衣服、叠被子，还要挨班长批，他受不了，不想干。我跟他谈，你为什么要来部队，家人逼你，你可以不来啊，肯定你是想锻炼一下。如果在连队混下去，回去肯定也做不好。如果积极地干，锻炼了体力、心智，回去即使什么都没有，还可以从头干起。人生是一个过程，积极的心态和消极的心态，结果肯定是不一样的。同样是活，为什么不活得有滋有味一点呢。

"黄德昌个子跟我差不多高，体重只有110斤，和我差五六十斤，跑步老是不及格，我就帮他一把，等着和他并排跑，我说你起码要跑过我。黄德昌无所谓，说我不跑，你自己跑吧。我说不行，你得跟上我。他说好，你再慢些。我就放慢速度，带他一起跑。我们班还有个两个跑步强的战友，在他后面为他鼓劲。最后他跑不动了，大家推他，拉他，使他坚持下来，跑到了及格的时间，三公里

14 分钟。"

　　莫根茂现在是炮一连六班战士,班长杨瑞是个有 4 年兵龄的士官,班里连莫根茂在内 4 个兵,老兵退伍都走了,换的都是新兵。但莫根茂虽然排在新兵的行列中,年龄却是全班最大的,1987 年生,比 1988 年生的班长杨瑞还大 1 岁。莫根茂和杨瑞是 80 后,其他兵有两个 1991 年生的,有一个 1992 年生的,都是90 后。

　　我采访六班长杨瑞,一个挺帅的山东小伙子,他是初中生,独生子女,入伍就在炮一连,军事技术叫莫根茂很佩服。杨瑞说,我是 1 个班长带 4 个新兵,没老兵,平时和莫根茂谈的多,他是大学生,见解比我深,我还要跟他学呢。头一回听一个班长这样说一个新兵,不是倒过来了吗?莫根茂和杨瑞,新兵比班长年龄大、学历高,属于年龄和学历"倒挂"的,也是大学生士兵入伍后才有的新情况。

　　在新兵连时,杨瑞在三班当班长,莫根茂在二班,杨瑞那时就注意到,莫根茂有些傲气,喜欢较真,动不动跟人家理论。然而这个大学生并不是卖嘴皮的,干活不惜力,好像浑身是劲。炮兵挖助坑,莫根茂抢起镐头,砸到地上当当响,炮班长大为羡慕,这样的兵不到炮排来,可惜了,绝对是个好炮手。几个班长都想要他。也许是扬其所长,莫根茂被分到六班,干侦察指挥专业,这是炮兵的眼睛,也是炮兵中最难的。莫根茂不懂就问,很快成了业务尖子,时常直率地给班长提建议。

　　杨瑞的好处是心胸开阔,不摆班长架子,与莫根茂相处像兄弟。一般新兵不敢多说,莫根茂就敢,杨瑞喜欢他有什么就说什么。杨瑞说,我们班有个新兵叫李浩,每次训练考核最后一个,我急了,你不能拉全班的后腿啊。莫根茂对我说,你的训练方法,不要跟我们一样,换个方式分开讲,训练效果可能更好。

　　莫根茂说,李浩为什么训练跟不上?就是反应慢,不求甚解。我知道班长急,可是光急不行啊。李浩高中没读完,数学考不及格,训练计算要用三角函数,他当然弄不明白。我耐心地教他,为什么要这样做,不理解的话,程序可能弄反掉。我观察，新兵跟不上，班长就数落，老当着大家的面说，就不合适了。光用激将法，李浩压力大，脑子更糊涂了。我和李浩结对子，晚上讨论一小时计算方法。我告诉班长，改变一个人的弱项有个过程，要细心引导和逐步累积，量变才能引起质变。

写到这里，不妨记下我刚看到的一则报道：济南人才市场招聘会上，一位90后大学生来到某公司招聘摊位前，向招聘负责人直接提出——我不想干一般员工，想当总经理助理。招聘人员询问求职者个人条件，得知对方是今年刚毕业的大学生，没有任何工作经验。听说要从基层干起，大学生扬长而去。在招聘人员哭笑不得的背后，却是此类大学生与现实脱节的自我评估，也就是说，没有根的树，能长多高？

相比之下，大学生士兵从最基层的岗位开始干起，无论今后做什么，必将受益一生。如莫根茂所言，部队使我意识到，读了几年大学心浮气躁，有些恃才傲物的感觉，以为自己出自名校，干什么都能行。事实上，有些小事我都不一定做得好。古人不是有句名言吗：一屋不扫，何以扫天下？节奏紧张的军营给了我一个舞台，让我学会扫自己的屋子，从最细微处做人和做事。虽然单调，也不乏单调中的充实。

永远是一个兵

在复旦大学校园里，笔者采访了正在读研的谢子雨与唐三勇。2005 年 12 月，同为复旦大学本科生的他们应征入伍，到某摩步旅当兵。2007 年 12 月，在完成两年的义务兵服役期后，他们回到母校复旦大学，继续就读他们的学业。他们至今保持普通一兵的习惯，按时早起，叠被成块，打水扫地，就像生活在连队一样。

谢子雨，曾任某部摩步一营二连副班长。2006 年 6 月参加集团军"岗位练精兵"比武考核，荣获轻机枪手专业第一名，荣立三等功。

当时谢子雨入伍才几个月，领导自然没考虑让新兵参加比武。他却找连长毛遂自荐，我要参加比武！连长一口回绝，集团军训练尖子比武，一个新兵上阵有多大胜算？谢子雨软缠硬磨，连长终于答应他当一名"替补队员"。

那是最炎热的盛夏，太阳像蒸笼晒得人冒油，站着不动也会汗流满面。一起担当替补的其他战友吃不消了，悄悄提醒谢子雨：别傻练了，咱们是候补的，比武肯定上不了场。谢子雨却说，是替补就准备替补，上不上都得练！

谢子雨根本不像个书生，他的一身军装早已汗透，立姿据枪一练就是两个多小时，卧姿据枪趴在砂石地上不动就是大半天。肘部蹭破皮，手腕磨出泡，神态仍然专注认真。几轮淘汰筛选，谢子雨名次排前，最终成为正式选手。

比武场不分老兵新兵，谢子雨的眼中只有目标。轮到轻机枪精度射击比武选手上场，突然间天空昏暗，暴雨骤降，能见度下降。而此时，黑白靶又换成了暗绿色靶，这对每个选手都是个严峻的考验。瓢泼大雨中，身处 1 号靶位的谢子雨卧倒、架枪，动作干净利落，雨水顺着帽檐不停往下滴，他趴在地上纹丝不动，全神贯注，沉着冷静地瞄准击发。一阵枪声过后，报靶员报告：1 号靶 10 发子弹，命中 87 环。

随后隐显目标射击、应用射击和夜间射击三个课目，谢子雨在 40 多名选手参加的轻机枪专业射击比武中技压群雄，一举夺冠。这位 80 后大学生的事迹登上《解放军报》，而在他看来，赢得比赛，不过是赢得了士兵的资格。

谢子雨把当兵当作人生的"另一所大学"，他把复旦大学校训"博学而笃志，切问而近思"记在笔记本扉页。他研读军事书籍记下近 5 万字训练笔记，他总结出"一个做到位、两个无意识、三个要注意"的轻机枪射击要诀在全旅推广，他建议给每支枪建立"误差档案"，使连队射击优秀率提高了 6 个百分点。

从文弱书生到精武标兵，谢子雨实现了人生的一次跨越。谁也不会想到，他是在母亲陪读下才读完中学的，参军前和许多 80 后大学生一样，连衣服、被子都不会洗，更不用说吃什么苦。在军队这个大熔炉里，谢子雨长大了。

谢子雨退伍回复旦的第二年，获得了学校最高荣誉奖——"校长奖"。每年复旦数万师生，经过严格的筛选，只有两个人有这样的殊荣，谢子雨是有史以来得奖的第一个退伍兵。"校长奖"评语中有这样一段话："坚持早起、打水扫地，看似平凡，实不简单，踏踏实实干好每件小事，才能办成大事成就大业。"

唐三勇，曾在摩步四营十连换过 5 个岗位：步枪手、火箭筒手、炊事员、给养员、军械员。他凡事爱琢磨，靠着钻劲他考上复旦，也靠着钻劲他干一行精一行。担任步枪手，他实弹射击考核成绩名列全连第一；担任火箭筒手，他研究风速对弹道的影响，摸索纠正偏差的绝招，两次实弹射击均命中目标；担任轻机枪副手，时间虽短悟性极高，很快掌握了轻机枪在射击和战术中运用的要领，与老兵相比毫不逊色。连队伙食一度不好，唐三勇向连长建议，对值班炊事员实行群众满意度测评。有人对唐三勇开玩笑，让你到炊事班干行不行？怎么不行？我去！他当真向连里申请当炊事员。

唐三勇觉得，只要连队的事，就是大事。他不懂饭菜怎么做，买来《烹饪技术指南》、《家常菜 100 例》，边看边向其他炊事员学，掌握了 40 多种大锅菜的烹饪技术，而且多有创新。他做的红烧鸡腿色香味俱全，被大家誉为"连菜"。

给养员是连队的半个管家，需要懂营养懂财会，连队将此重任交给了唐三勇。他愉快上任，翻出连队近半年的食谱定量分析，制订食谱前到班排征求意见，把一周伙食调理得丰富多彩。旅后勤生活服务中心领导夸赞：十连每次报来的食谱精细准确，很专业。他保证连队按时开饭，每天清晨 5 点多起床，第一个到生活服务中心领牛奶、豆浆和早点，上午 9 点又准时去拉回 100 多公斤的蔬菜、肉蛋。

忙碌一个冬天，唐三勇的耳朵、双手生了冻疮，连长心疼地说，真是委屈你这个大学生了。他回答：没啥，活不都要有人干嘛！

连队每次评优秀士兵，唐三勇都高票当选。他把战友当知心朋友，从来没有大学生的架子，不过他的大学生底子，又叫大家不能不佩服。无论他做什么，都做得像模像样，而且总政举办的全军"学党章、知党章、用党章"知识竞赛，他是入选南京军区代表队中的唯一战士，荣获全军第一名，光荣地立了二等功。

唐三勇如今在复旦读的是新闻专业研究生。他当兵最大的收获，就三个字：不后悔。他对我说：大学可以再念，当兵只有一回。我喜欢听老人家谈人生感悟，他们会说后悔当初没做哪件事。我就想，如果不当兵可能后悔一辈子，这样的后悔别发生在自己身上。当兵的机会来了，我就抓住它，不要给人生留下遗憾。

2008 年暑假过后，刚过 21 岁生日的彭立超在厦门大学读大三了。清新和煦的海风，细密平展的沙滩，根须垂落的老榕树，以及线条现代的教学楼群，每天都让来自中原的彭立超感受到身心的愉悦。依山傍海的厦门大学，真的就像一个景色优美的大花园。而夹着书本匆匆走过的彭立超，则像一只扑向花蕊丛中的蜜蜂，贪婪地汲取着知识的养料。他的人生目标简单而明确，就是本科期间更快地拿下双学位。

1987年7月出生的彭立超，2006年以优异成绩考入厦门大学医学专业。当一名穿上白大褂戴着听诊器的专家，能为病人解除痛苦，是彭立超的志向。而陈嘉庚创办的这所大学早已名扬海内外，彭立超参观陈嘉庚事迹纪念馆，这位爱国华侨以贫寒出身经商成功到倾囊助学的传奇经历，给彭立超以极大的震撼。在经济腾飞的时代不能当经济的门外汉啊，厦大允许在校生读第二学位，他就报考了经济学专业。拿到双学士的攻读资格固然不易，拿满双学位的学分更为不易，他要投入双倍的努力。

大学生彭立超这么争气，是彭家父辈的骄傲。彭立超父母都是大学生，国有大油田的技术骨干，像大多数响应基本国策的家庭那样，只生了这么一个宝贝孩子，也就给予了所有的呵护，寄托了所有的希望。彭家就这么个独苗，当然希望他读完大学，然后向更高的学位冲击，做一个医生或教授那样的新时代人才。

然而，父母没想到，暑假回学校两个月后，2008年11月，一听说招收在校大学生入伍，而且以大三学生为主，彭立超就在征召的范围之内，他当即跑到学校武装部报了名，接受祖国的挑选。他向同学郑重宣布，我要当兵去。同学都说，真的假的，你真敢想啊。谁也不相信他会选择当兵，因为大家看好他的学业，又不是读不下去，难道前功尽弃吗？彭立超却说，书可以回来再读，当兵的机会只有一次。

正在攻读双学位的彭立超，竟然先斩后奏，突然告诉身在河南的父母，他要报名当兵去。父母一下子没转过来，这小子不是读书读得好好的吗，怎么会突发奇想？他们一连几天都在商量，该劝阻还是该支持？彭立超个性独立，不管你们支持还是反对，他决心已定，就像一只风筝挣脱线的束缚，飞向它想飞的方向。

彭立超说，他虽然是个男孩，父母管得严，从小很乖的，到初中个头蹿高了，心也有些野了，不愿意再受父母的束缚。他迷上电脑游戏，经常周末泡网吧，一待就是半夜，和父母顶顶撞撞。到高中感受到紧张的氛围，准备高考的冲刺阶段，他突然开窍了。像所有懂事晚的男孩一样，他一旦把电脑游戏的迷劲转到课本上，脑子好使得很，学习成绩直线上升，高一进校成绩是 256 名，到高三进入年级前十。

他的爷爷和外公都当过兵，他在家看他们的照片特崇拜，可是自己吃过苦的爷爷和外公，都不愿意他再当兵，考不上大学的才当兵呢，你要好好读书。彭立超却不以为然，大学生为什么不能当兵？许多西方国家都规定大学生要当兵呢！彭立超在大一时，就留意到在校大学生入伍这件事，只是厦门大学有规定，从高年级中招收，低年级没份儿，他挺遗憾的，而大三能报名当兵，他当然不能放过这个机会。

尤其让彭立超感兴趣的，是择优录取的竞争性。厦门大学 2008 年大学生当兵只有 6 个名额，很快就有 30 人报名，层层筛选的过程中，每个报名者都可能被刷掉，并非一报名就能录取，比社会上公开招聘的把关还要严格。热血青年不怕竞争，怕的是没有竞争。彭立超说，如果我一报名就被录取，那太缺乏刺激了，30 人中取 6 个，对我反而有吸引力。优胜劣汰，公开竞争，他要凭自己的实力战胜对手。

大学生当兵又是另一种考试，考题是在分数之外的，比如最大的"拦路虎"是体能，你考出再高的分数，没有一个强壮的体魄，如何经得起摸爬滚打？那几天，他天天一大早起床，在校园林荫道上跑步，跑一段就跑不动了，只好走走，接着再跑。俯卧撑，也只能撑几个。自己给自己喊加油，他差得太远啦。

经过自己的不懈努力，彭立超没被淘汰，终于留在 6 人之列，收到了入伍通知书。

2008 年 12 月，彭立超以大三在校生的资历，从厦门大学应征入伍，即将告别散漫随意的校园生活，彭立超对于未知的军营充满了期待。

彭立超所略知一二的部队生活，大多来自于电视电影的生动情节。他知道，那是一种艺术的表现，与真实的军营也许还有距离。他晚上坐在宿舍的电脑前，从网上查阅一些当兵的资料，看到当过兵的人发帖子，说的感受五花八门，甚至天差地别。在彭立超他们这一届之前，厦门大学也有退伍回来继续读书的大学生，学校组织7个脱下军装的老兵，与将要走的新兵见面座谈，彭立超急切地提了一大堆问题。

彭立超说，后来我真的到部队了，才发现在学校时的幼稚，当初向老兵请教的问题，都是鸡毛蒜皮，提不到点子上，因为不了解部队。无非就是问，在部队苦不苦啊？他们说，不会累死人的，坚持下去就挺过来了。然后问他们，吃饭习惯吗？他们说，别人能吃的，自己也能吃；也没什么大不了的。最后说到伙食怎么样，他们的回答不一样，有的说很好，有的说很差，我心里没底，怎么相差这么大呢！

不过，彭立超成为军人的向往并没有改变。就在座谈会近距离接触的不长时间里，他敏锐地捕捉那些从部队回来的老兵的气息，他们明显就比在校学生要成熟很多，礼节礼貌，谈吐举止，一看就是经过摔打磨炼的，书生气很淡了，男人味很足了。彭立超记得，有一个建筑系的学长，比他大两届，曾在集团军侦察连当过侦察兵，他的眼神跟别人不一样，目光非常犀利，神情非常沉稳，同学们都挺佩服他。

彭立超说，我就觉得，在当兵的义务面前，大学生和高中生初中生一样，责无旁贷。不是说，每个公民都有保卫祖国的义务嘛！

没想到，彭立超分到装甲部队某团，一个营的新兵大多是大专生，只有他一个人是本科生，一不留神，他就成了大家关注的焦点。

彭立超曾经和同班小李闲聊，谈到了入伍的动机。

小李问：你是名牌大学生，为啥来部队吃苦？

彭立超说：我当兵一是尽义务，二是锻炼自己。

小李乐了：你当兵就为尽义务，别开玩笑！

彭立超说：怎么一说尽义务，你就不信呢？

小李直摇头笑，把彭立超笑急了，他扳着指头说："第一，厦门市民服役两年有 2 万 4 千元优抚金，我工作两年怎么也能赚到这个钱；第二，在校生当兵可免学费，可我家庭条件还不错，没必要为省这点学费来吃苦……"

听了彭立超的话，小李点头了，似乎弄明白了。

让彭立超郁闷的是，小李的想法在战友中很有普遍性，类似的话题一而再再而三地出现，只不过对话者是其他人。当兵尽义务，没有什么奇怪的呀。大学生怎么啦，大学生也是适龄青年，有了知识不是更应该报效国家吗？

彭立超满腔热忱地穿上军装，新兵的日子给他一个"下马威"，这身军装虽然是军人的标志，但不能马上缩短老百姓到军人的距离，他收起大学生的自尊心，和所有新兵一样经受紧张训练的考验。班长的眼神带钩，一眼就看出他的破绽。

全班集合，班长点名：彭立超！

彭立超挺起胸：到！

班长：回答不响亮！彭立超！

彭立超脸红脖子粗：到！

彭立超给我看他写的日记。大学生似乎格外敏感，容易受到伤害，彭立超不在乎他的面子，也就使抗打击的承受力百倍地增强了。

2008 年 12 月 25 日 天气晴朗，但心情不好。上午队列训练被班长批评一顿，训军姿时，就是偶尔微微动了动，班长就忍受不了，说训练前提过要求，而我不把他的话当回事。班长是不是对我有意见？有点想不通。

2008 年 12 月 26 日 出过早操，班长看我没精打采，问我哪里不舒服，我骗他说肚子有些疼，他要送卫生队，我说不用，一会儿就好没事。他看出我有心事，我说出昨天军姿被批的事，他让我明白，纪律高于一切。

2008 年 12 月 30 日 明天是元旦，要放三天假。可是却高度紧张，因为急促的紧急集合哨音。下午战略教育，副连长讲解军队节日不忘战备的传统，告诉我们，随时可以拉紧急集合。七短一长的哨音终于响起，原先设想的行动方案毫无意义，一切都变得杂乱无章。我不记得怎么打好背包的。集合完毕，排长指示我们跑两圈，天啊，刚跑到半圈背包就松了，只好抱着被子跑，牙刷牙膏之类的不停地往外掉。回到连队门前，发现拖鞋只剩下了一只。从没这么狼狈过，看到老兵们结实漂亮的背包，羞愧难当！

2009 年 1 月 1 日 今天元旦。班长通知大家打电话，还可以去服务社，连队组织会餐，足足十个菜。一点也高兴不起来，放假不意味着放松，打背包和叠被子一起练。打背包，叠被子，再打背包，再叠被子，一天下来，手上裂了好几条口子，打背包终于驾轻就熟，希望下次紧急集合能打翻身仗。

2009 年 1 月 5 日 一次跑三公里。读了 15 年的书，除了上体育课，锻炼还是太少，体能底子薄。突然跑三公里头晕胸闷，双腿灌了铅。到终点两腿一软，跪在草地上就吐了。体能好的战友超过我两圈，下楼每一步都是煎熬。我告诉自己，只是乳酸堆积过多，没事。咬牙坚持跑早操，一上午过去，好像舒服很多。

2009 年 1 月 23 日 三公里终于及格了，14 分 16 秒。有战友问我哪个学校的，我说厦门大学，他流露出钦佩的目光，说你能干啊，领导都喜欢。虽然我为自己的母校骄傲，但我不希望因为大学生而受人关注，更希望因为工作上表现突出而关注我。一般情况下，人家如果不问，我不会主动说起的。我认为初中生也好，大学生也罢，穿上军装都是一样的，都应该按条令条例严格要求，不搞特殊，当个好兵。

2009 年 1 月 24 日 明天就是大年三十，战备方案和方案演练。这一次，我没慌乱，打好背包，紧跟着班长冲出门——我竟是第一个冲出来的新兵！

　　彭立超在笔记本上写下了厦门大学校训的八个字：自强不息，止于至善。彭立超向我解释："自强不息"语出《周易·乾》"天行健，君子以自强不息"，意指积极向上、奋发图强、永不懈怠。"止于至善"语出《礼记·大学》"大学之道，在明明德，在亲民，在止于至善"，意指通过不懈努力，达到尽善尽美。

　　彭立超说，我从小性格叛逆，都是自己做决定，惹得父母不高兴，就像这次决定当兵，没跟他们商量，报了名才打电话告诉他们，反正他们同意不同意，我都要来。好在他们一般不干涉我的选择，这些年他们也知道，我做的决定不会离谱。我到部队干得不错，没给他们丢脸，他们能理解支持了，说我像个男子汉。

　　大概因为我是独生子吧，被父母看作"掌上明珠"，读书的时候我以为理所当然。青春期性格中有叛逆的因子，上中学的阶段最极端。在家里母亲偶尔说我几句，我嫌烦，顶撞，然后离家出走，窝在学校宿舍周末不回家，叫父母急得够呛，那时体会不到父母是为我好。我填写高考志愿，就想选一所离家远的大学，美其名曰好男儿志在四方，其实就是不喜欢有人管我，到一个父母看不到管不到的地方。

　　说来挺可笑，已经读到大学，想问题还是天真。我来部队想锻炼自己，反正离父母更远，干出样子来给父母看看。没想到，手机上缴了，父母没法管了，但部队管得更厉害，相比之下，父母管得根本不算严。军人讲组织纪律，不听也得听，有一套成熟的管理制度，一盘散沙怎么行。想想我在家真的不懂事，现在很想念父母，每周都打电话回家，问候父母，当然也交流思想。离的远了，反而更亲了。

　　彭立超喜欢训练场上的阳刚率性，当兵的嘛，就得练出军人的虎虎生威，把身上老百姓的痕迹，一点点地磨掉。那天班长分配工作，喊到彭立超的名字，却给了他一个与训练无关的任务——打扫卫生间。从来没吃过这样的苦啊，彭立超拎着拖把，站在卫生间愣了半天。等他花了最大的力气，拖净地板上的泥巴和脚印，辛辛苦苦地打扫完毕，班长过来验收毫不客气："标准太低！地板要拖得能反光！"

彭立超二话没说，返工。

此后，他每天打扫卫生间3次，从被动应付、消极抵触，到哼着小曲，苦中有乐。用手拧拖把，拿刷子刷尿碱，每一个缝隙都不放过。一向挑剔的班长，连声称赞这个大学生不错。班里其他战友，都对他竖起大拇指。

彭立超说，就当作一次磨炼吧，学会一件事要做就做到最好。我来部队是保卫祖国的，做这些打扫卫生之类的小事，到底有没有意义？我现在认为是有意义的，因为我不做，也要有人做，跟是不是大学生没关系。部队是一个运转很精确的机器，我们在部队做的任何小事，都是为机器更好地运转，同样有意义。

毕竟是大学生，连里扬其所长，彭立超当上了计算兵。他在专业训练中的痴迷，叫人不得不服。一次训练算题比赛，团里规定算错一道题，要做30个俯卧撑。刚成为计算兵的彭立超"马失前蹄"，一共算错6道——180个俯卧撑！

班长怕他吃不消，就说：你做100个就行了。

彭立超不干，凭啥让我少做？别人能做，我也能做！他硬是咬牙做完180个俯卧撑。中午吃饭，手臂疼得拿筷子也哆嗦。

部队进入某山区野营拉练，炮四班构筑工事碰到坚硬岩石，进度迟缓拖了全连的后腿，在发令所的彭立超赶过来帮忙。炮四班当然希望能增加人手，班长覃军启一看是彭立超，马上说：你还是别管了，这种活你这个大学生干不了！

彭立超眼睛一瞪：你怎么知道我干不了！

彭立超把衣袖一挽，轮起十字镐，砸得岩石直冒火星。他甩开膀子和战友奋战4小时，构工进度终于赶到了最前面。看他满脸汗渍，虎口震裂了，炮四班班长覃军启拍拍他的肩膀：没想到你小子重活也能干得那么好！

等到实弹演习那一天，彭立超既紧张又兴奋。昼夜温差很大的恶劣环境，一身汗一身泥的艰苦训练，终于到了检验的时刻。当时师首长在前方观察点，随机指定目标，他说打哪个就打哪个，要求一分钟炮弹出膛。这时连队快反系统突然与营里失去联络，营长连长急得上火，简直要骂人了，说你彭立超搞什么嘛。

彭立超急中生智，临时想招，保证了连队火炮正常发射。他觉得不是他的问题，回来以后找原因，营长说他推卸责任。他说了没人信，就从连部查到营部，结果发现系统故障出在营部。连夜排除，第二天实弹射击，就很顺利，打了个"满堂红"。

大学生聪明，大学生执著，不看脸色行事，只向真理投降。于是，从师、团领导到基层官兵，都记住了这个叫彭立超的大学生士兵。

耳听为虚，眼见为实。父母骑着山地自行车，从河南老家千里迢迢来到某地军营，看望彭立超。见到朝思暮想的儿子，一个文弱书生变成一个强健男儿，父母欣喜不已：变黑了，变壮了，也有气质了，兵没白当！

当兵前的彭立超不爱说话，跟父母更没什么话可说。这次和父母说起当兵的感受，居然滔滔不绝：不少人以为当兵失去了许多，其实隐性的收获更大。彭立超过得很充实，他总结当兵的收获：坚定的理想信念、科学的生活规律、坚强的执行力、平静的工作心态、真挚的战友情谊、和谐的人际关系……

父母欣慰地说，你的路走对了！

时任彭立超所在团政委的张庆文告诉我，彭立超担任炮一班班长，已经获得众多荣誉，先后被评为"训练标兵"、"学习成才先进个人"和"优秀士兵"，荣立三等功并光荣入党。他也有些纠结，在读大学生不回校续读，就拿不到学位。假如他留队，就肯定没学位。提干的话，还要进军校，读出来26岁了，可人家读军校22岁就毕业了。他想把本科硕士博士都读完，部队需要的话，再回来！

2011年初，我接到彭立超的电话。他说，我退伍回校继续读双学位课程了，送老兵的情景，我一辈子也忘不了。无论走的留的，每个人都流泪了。我告诉他们，我再回校园，也会每天按时起床跑步，被子还要叠成豆腐块……我还大声地说，我们当过兵的人永远是兄弟，我走到哪里永远是6连的兵！

勇敢源自使命

岁月如流水般匆匆流逝，在最年轻的时候，谁不希望去做最重要的事情？而什么是最重要的事情，每个人都有自己的解读，也都有自己的答案。

我之前已经写到过担任实兵演习任务的大学生军官，深深为一种堪称勇士的无畏气概所折服。本来这几个部队提供的线索，只是优秀的地方大学生军官，当我得知组成铁血军人的行列中，也有90后的大学生士兵，就萌生了采访他们的念头。最艰苦的训练和最无情的约束，在90后看来，这是最重要的事情吗？

在那个屡获殊荣的特种作战部队，我认识了张聪伟，2009年12月入伍的大学生士兵。他出生于1990年，福建师范大学的大一学生，到部队时只有19岁。当兵的日子刚一年半，他如同一个老练的军人腰杆儿挺直，浑身发散着经受磨炼后的茁壮气息，只是一笑就露出雪白牙齿，表情里带有几份羞涩，似乎在提醒我，他的同学还在读大学呢。

正值90后的青葱年龄，能考入福州大学城，让同龄人好生羡慕，而张聪伟听说部队征召大学生士兵，就毫不犹豫地报了名，入伍动机单纯得不可思议。他说，我是个人的意愿比较强烈，因为喜欢看那些刀光剑影的战争影视片吧，到部队体验一番的冲动积累很久了，就想什么时候自己也能一身军装那么帅气就好啦。

穿上军装的张聪伟确实很帅气，然而军人不是演员，训练并非游戏，他在收获帅气的同时，也开始正视帅气所蕴涵的意义，所谓帅气就是阳刚，承载着绝不可懈怠的责任。他挺自豪地告诉我，当兵以后的经历太多了，从新兵连到老兵连，从刚开始的入伍基本科目到后来的单兵技能训练，包括射击、格斗、战术、攀登、武装五公里越野、海训、总部组织的能力达标考核、高强度训练的徒步拉练……

我问起收获，他说太多了，整个人都重新成长了一次吧。

"就说心态吧，当兵前的松散到部队里的紧张，我和其他新兵一样需要一个适应的过程。我开始有一种莫名的焦虑感，还会失眠。以前倒在枕头上就呼呼地睡，从来不做梦，可是训练这么累，晚上却翻来覆去地睡不着。"

为什么睡不着，是心事重吗？

"主要是怕自己睡过头，起不来，而且在部队是吹起床哨，声音小，不像在家里可以用闹钟，怕跟不上大部队的节奏。"

是不是就不敢睡觉了？

"也不是不敢睡，有时睡到半夜突然醒来，再次入睡就比较难，躺很久才能再次入睡，刚睡着就吹起床哨了。好像不是正常情况下的那种睡眠状态，白天就打不起精神。班长知道了，让我放松，把所有的心事都抛开。别看班长学历没我高，道理却比我懂，给我这个大学生上了一堂心理课，放下了才能拿得起。"

现在呢？还会睡不着啊？

"早就放下啦，适应期的心态调整最要紧。说到底，新兵的焦虑，还是性格的脆弱，而放下私心杂念，才会有军人的坚强。在新兵连我把这个问题解决了，后来再没出现过类似的问题。现在不是睡不着，而是睡不够。"

他记得，第一次扛着枪跑三公里，真的跑不动，跑得整个脸都发白了，拼命跑还是落在队伍的最后面。曾经也闪过念头，可能我真的不行，想到过放弃，因为以前在学校根本没搞过这么大强度的训练，当时三公里的目标对我而言，简直遥不可及，不敢去想象。但当兵的路是自己选的，一向不服输的人，哪里情愿轻易放弃呢。每次的跑步训练，总是咬牙坚持下来。我们同年兵在谈心的时候，都认可这样一句话，"自己选择的路，即使是跪着也要把它走完。"每当想到这句话的时候，就会鼓励自己继续坚持下去，坚持就是胜利。只是付出，并不想结果，但结果还是在付出之后降临了。新兵连结束前的考核，跑三公里的成绩叫其他战友刮目相看，他感到了从未有过的自信。

到老兵连，训练课目不断增加，其中三公里上升到五公里，考核是家常便饭。无论是以班为单位，还是以排为单位，哪一个人都不是一个个体，而代表着一个团队一个集体。他坚持不掉队，而且关心身边的战友，跑不动的就拉一把。不让一个人掉队，这是军人战斗力的磨炼，拼的是个人意志，也是集体意识。

他记得，到大海中乘风破浪，夏季的海训绝没有那么浪漫。他当兵前就会游泳，虽然不是很规范，总算不是秤砣，不过在家乡游的是河塘，在学校游的是游泳池，到大海中游泳想也没想过。部队海训要求游蛙泳，主要为了节省体力。

我问，海训的要求是多少米？

他说，10000米，这是赤臂的。

在他的印象中，海训对于一个军人的意志是一种强化。以前自己会游泳，认为有信心能够把蛙泳学好，但是在现实中才知道不是那么一回事，在游泳池训练总是喝了一肚子的水。几天下来生长出畏惧心理，一听说游泳训练就担忧发憷。硬着头皮跳进水里，长时间的训练纠正动作，蛙泳学会了，速度和耐力都逐步地提高，久而久之对水的畏惧心理慢慢退去。后来部队开到海边驻训，真正下海也能跟得上队伍。

我问，考核10000米要多长时间啊？

他说，2个多小时吧，接近3小时。

这是一个普通士兵的训练标准，其强度可想而知。赤臂 10000 米之后，进行武装泅渡训练，达标 5000 米。张聪伟在内的这支部队被称作"海上蛟龙"，每个人都练就一身在海中生存战斗的硬功夫，辉煌背后有太多的艰辛。

我与张聪伟交谈，可以感受到 90 后同龄人少有的坚韧。军事训练吃再多的苦头，在他看来，并不值得大惊小怪。比如训练攀登技能，班长对他的关照，就是让他多爬几趟，汗比别人流得多一些。他默默接受，觉得自己素质基础毕竟薄弱，必须多练才会有所提升。累得要死也要继续练，最累的时候继续坚持效果最好。

我说，越累的时候效果越好，有这种说法吗？

他说，如果用社会上通行的眼光衡量，可能认为不科学，不可取。不过我亲身的经历告诉我事实确实如此，就像跑步一样，只有每次在最疲惫最痛苦的时候继续坚持下去，才能一点一点地取得进步，这是一样的道理啊。

他的自信，还在于身体强健的同时，思想也更成熟了。节假日和朋友同学电话聊天，他们有什么想不开的，他就给他们或多或少提些建议，不像以前一样无从下手——他归结于判断和处置事情的能力得到了明显的锻炼。

我听来新鲜，你能给同学什么样的建议？

他说，就是勇于面对吧。当兵前，我最怕负责任了，有什么难题，能绕开则绕开，能省事就省事，就想轻轻松松、舒舒服服过日子。到部队，每一个兵都有自己的位置，你遇到多大的难题，都要自己想方设法解决，因为无可逃避，即使没有条件也要自己创造条件解决。并且，你要瞻前顾后，把事情考虑得周全，不再一味地好高骛远。我觉得，学到这一点真的很可贵，对我以后的人生之路会有很大的帮助。

他伸出双手，张开五指，我看到他的手掌侧面有伤疤，还有厚厚的硬茧。他告诉我，这都是训练留下来的。我问他疼吗，他说早就不疼了。我又问他今后的打算，义务兵的服役期是两年，今年底他就到期了，是回大学继续读书吗？他说他不回学校了，还想在部队，提不了干争取转士官，当兵没当够呢……

和张聪伟一样，王家欣也是 90 后的大一学生，从集美大学入伍的。他出生于 1992 年，2010 年 12 月走进军营，当时刚满 18 岁。我采访他时，他还是个第一年的上等兵，平头圆脸，眉目俊朗，嘴角带着淳朴的笑意，但他坐下来的笔直身姿，望着我的专注眼神，说话的一板一眼，都透出了一股子军人的气质。

王家欣父亲是个老兵，转业到一个美丽的海滨城市，对部队生活怀有难以割舍的感情，非常认同军营是人生的熔炉。王家欣是独生子女，像许多家庭一样，长辈给了他许多的呵护和疼爱。父亲喜欢钓鱼、爬山，总是把他带在身边，让他顶着大太阳流汗，一到周末就喊他起床跑步，信奉一种粗放的养儿方式。因此，他长成了一个阳光而敦实的男孩。也许从小就听父亲讲当兵往事，他对军人有着热切的向往。

2010 年夏季，王家欣高中毕业就想当兵，但高考在即，他和同学一起走进了考场。考入集美大学，这个大男孩要在大学校园里度过四年时光，拿到本科学历再说。没想到部队征召大学生士兵，这个消息触动了他那颗不安分的心。

我想报名当兵去，他有些忐忑不安地告诉父母。因为家里刚为他考上大学庆贺过，改变顺顺当当读完大学的生活轨迹，家里人会同意吗？让他高兴地是，父亲毕竟当过兵，不但很赞同，而且开心地说，好啊，像个老兵的后代。

我问他，你们班有几个人当兵？他说报名的人不少，这中间有人退出，有人体检不过关，最后接到入伍通知书的，就我一个。

得知王家欣要当兵，同班同学一片惊叹声，大家当面说他有勇气，只有跟他关系铁的哥们儿，悄悄对他当头一瓢凉水：你真的太傻啦，你又不是考不上大学，放着好好的大学的日子不过，非要到部队去受那份罪。他说，傻就傻吧，总要有人尽义务啊。他带着一腔热血和青春激情，来到了向往已久的军营。

就在王家欣刚当兵的那些天，中央电视台正在热播一部名叫"我是特种兵"的电视剧，年轻主角的铿锵有力的语言叫他热血沸腾："特种兵没有到不了的地方，没有完成不了的任务。"真刀真枪，出生入死，那才过瘾呢。

然而他真的来到雄壮激昂的连队，却觉得跟想象中的神秘与传奇有莫大的差距。比如队列集合，一个军姿站得腰酸背痛头晕眼花；比如整理内务，一个被子叠得要像豆腐块；比如纪律严格，去一趟军人服务社买块肥皂都要请假。想不通，他找班长排长理论，我们不是特种兵吗，应该像军营宣传画那样，披星戴月在丛林里生存，肩扛圆木在泥水中扑打，怎么尽干些细细碎碎不起眼的杂事，这有什么用呢？

有用，当然有用，班长排长对他说，你们是新兵，什么叫新兵，就是还带有老百姓的习性，得一点一点地打磨，打下一个扎实的基础，然后像老兵那样投入专业课目的训练，这就好比铁疙瘩铸成钢坯，才是炼钢的好料啊。

于是，他豁然开朗，从枯燥无味的军营日子里嚼出了味道，由抵触而变为接纳。也许因为是独生子女，又在班排学历最高，他对其他同龄战友不冷不热，似乎总是保持一段距离。直到那天连队组织三公里越野比赛，以班为单位较量。那时他所在的班除了班长，一共有 8 个新兵。他们相约，跑的时候谁不行就拉谁一把。他跑在前头，回头看到胖乎乎的王建保，上气不接下气，已经落到了最后，就放慢脚步，和小王并排跑，鼓励战友坚持。见小王实在撑不住了，他干脆伸出两手，推着小王的背，一直往前推。每次小王节奏慢下来，他的推劲就大些。到了终点，小王说家欣谢谢你，就哭了。

9 个班比赛，他们取得了第四名。他懂得了父亲口中说的那种战友之情，那是一种把自己完全交出去的感觉。汗流浃背的战友拥抱在一起，无论是跑在前面的，还是跑在后面的，从来没有这么亲密，大家的泪流在一块，哭着高唱：团结就是力量，团结就是力量，这力量是铁，这力量是钢，比铁更硬，比钢还强……

我在采访王家欣的那天，他参加特种兵的伞训刚从野外回来，还沉浸在高空跳伞的兴奋之中。毕竟是大学生，王家欣在理论学习阶段掌握很快，物理学知识让他对跳伞动作原理一点就通，接下去是跳伞动作的操练，从动脑到动手的过渡却不那么简单。懂得为什么这么做是一回事，能不能做到位又是一回事。

我问他伞训中哪个动作最难。

我以为他会说操纵伞降的要领，一个细微的差错也许就会带来危险。然而他说，最难的是叠伞。刚开始叠伞的时候，感觉新鲜挺带劲的，但是新鲜感过了，就觉得很烦躁，特别是顶着大太阳叠伞的时候，每天都做着重复的步骤，叠好打开，叠好打开！对你的意志是一个极大的挑战，直到跳伞前一天也一样。

我说，为什么要一再反复地叠伞？

他说，只有熟能生巧，才能掌握叠伞的最佳手法。

我说，落地以后伞也要马上叠好吗？

他说，落地以后收伞放进伞包就可以了。

也就是说，叠伞是高空跳伞前的一个训练课目。教员告诉他，跳伞前一天你把伞叠好了，晚上睡觉你都会觉得踏实。教员还说新兵跳伞有"三多"：跳伞前尿多，上了飞机汗多，降落以后话多。第一次登上直升机，第一次从 800 米高空跳下，第一次打开自己叠过的伞，哪个不紧张呢？大家都是一样的心情。上飞机后一句话都不说，太沉闷了，他看到一个战友竖起大拇指，传递一种信心，他马上把这个手势接过来，向身边的战友竖起大拇指。手势和信心一起在传递着，打破了机舱里的沉闷气氛。

直升机飞临伞降空域，舱门打开，跳！头戴钢盔，身背伞具，纵身一跃。他和战友像鸟一样在空中飞翔，嘭，伞花绽开，徐徐飘降。在陆地上模拟无数次的伞降动作，落地后随即展开战斗队形的姿势，此时已是成竹在胸，干净利索。

我问他怕不怕。

他说不怕，很自豪。

敢跳伞的，都是勇敢者。

他并不是空降兵，也要伞降实跳，这是新时代军人的训练课目，与父辈当兵时的纯粹步兵、纯粹的千里拉练，已经天壤之别。

多了一手克敌制胜的本领，既是军力强盛的体现，也是军人素质的提升。普通一兵感受到的军事变革，给他生命中注入了雄性的刚强。

在某装甲团驻地，我采访了开朗直率的大学生士兵杨礼旗。这位颇有文采的90后，2009 年 12 月入伍前是上海财经大学的大一学生。

他出生在一个教师之家，父母对他的学习一直抓得很紧，终于高考中榜，他以高分超出一本的成绩被上海财经大学录取，从四川老家到上海大城市读书，让父母感到脸上特别光彩。跨进大学门才三个月，征召大学生士兵，他想也没想就报了名，回过头再打电话跟四川老家的父母说，父母一听就急了，说你别头脑发热，还是念完大学再说吧。上海的亲戚约他到家里吃饭，一大家人劝他打消不切实际的想法。

然而，他有他的坚持。

他告诉我，杨礼旗这个名字是他自己改的，向国旗敬礼，他觉得年轻人，就应该报效祖国。他的眼睛有些近视，只有在校大学生入伍，才可能达标。家人告诫他部队管理严格，而他却想通过部队改变自己。原因说来也简单，他是一个独生子女，离开家到大学，环绕着舒适放松的因子，缺乏的恰恰是艰苦的磨炼。为期两年的义务兵，就不该有大学生的份儿吗？在保卫祖国的行列中，理应有我们的位置啊！

一个好军人必定是一个好男儿。

尽管有些书生意气，但杨礼旗入伍前在班会上的表白，激动了来自天南地北的同学。杨礼旗收到了一份礼物，一只透明的玻璃瓶，里面是一张张彩色的纸，写着亲切的祝福。他印象最深的，有个同学写的一首诗嵌入了他的名字：杨门自古出虎将，礼邦亦需雄兵防，旗旌阵阵长歌送，锣鼓欢天过大江。

全班同学为他送行，把他看作全班的代表。

他说，90 后大学生，总要有人来当兵。

杨礼旗所在的装甲团，刚参加过一场"红蓝军对抗"的实兵演练，在高技术信息条件下双方打得难解难分，他们作为"红军"最后取得了胜利。这支部队班排最普通的士兵中，已经有相当多的 90 后士兵。他激动地写下了一篇感言《为90 后喝彩》，在全团每周一次的"士兵大讲堂"上作了这样的演讲：

我想所有人都不会忘记，那天师长慷慨激昂、饱含深情地在誓师动员大会上说道："透过你们稚嫩而刚毅的脸庞，我看到此次参战的主体是90后，我看到了这支部队的未来和希望！"是啊，当初我们这些蓄着长发、打着耳钉、叛逆自负的懵懂少年们，如今身着戎装，手握钢枪，成为前辈心中的未来和希望。我们如何才能不辜负前辈的重托和希望呢？我们只有在训练中不断磨砺自己，锻炼自己，挑战自己，超越自己，才能证明自己不是垮掉的一代，才能证明自己不是担当不了大任的一代！

作为90后的一员，我们经常听到别人说：你们是蜜罐中泡大的一代，吃不得苦，受不了累；你们是温室中长大的一代，经不得风，见不了雨。90后在不少人脑海中是这样一个形象：叛逆，不够安分；孤独，不善团结；懒惰，不求上进；软弱，不太坚强；自负，不够谦虚。但现在，我毫不犹豫充满自信地告诉他，看看我们在军旅生涯中的表现吧，虽然我们赶上了物质充裕的时代，但前辈的艰辛我们一刻都不曾忘记；虽然我们面对着多元化思潮的冲击，但爱国的信念我们永远都不会改变！

我采访杨礼旗时，听他讲述了一个大学生到部队后的蜕变。也许是独生子女的自我，也许是大学生的孤傲，入伍前他在周围赞扬中长大，很难看到别人的优点，也很难正视自己的缺点。部队让他懂得珍惜集体的荣誉，懂得欣赏别人的优秀。他和我说得最多的，就是他身边的同龄战友，虽然学历没他高，口才没他好，但在那些近似实战的血与火的考验面前，这些好兄弟毫不含糊，没一个是孬种。

他说，90后上等兵徐春瑞在侦察分队的尖刀班，那是一次隐秘的长途奔袭，徐春瑞和战友要穿越"蓝军"防御阵地，抵达敌后纵深区域。任何可能行走的小路都有严密防守，荆棘密布的灌木丛，沟深坡陡的险滩地，他们像幽灵一样无声穿梭着。突然有队员低声警告，前方有敌情，迅速隐蔽。徐春瑞一个箭步冲进密林，一根又长又硬的刺扎进脚底，右脚落地一刹那疼痛钻心。他小心脱掉鞋袜，咬紧牙忍着痛拔出刺，简单包扎一下，又和战友趟过齐腰深的河水，穿过密不透光的树林，翻过蓝军设置的层层障碍，终于成功地插入敌后，发出一组组精准的侦查信息。当战斗结束的消息从电台中传出时，徐春瑞右脚所有的疼痛好像在一瞬间全部爆发了，一下子瘫倒在地。当班长和战友关切地询问他，小心翼翼地帮他脱掉鞋袜，大家顿时傻了眼，只见他整个脚掌都变成了紫黑色，瘀血和脓水浸透了战靴，而他默默坚持着，不曾喊一声疼，没有落下半步！

他说，90 后坦克驾驶员高文平，不但是 1990 年出生的，就连体重也稳稳站在 90 公斤线上！只要他往驾驶室一坐，空间就显得格外狭窄，汗水也像自来水一样哗哗往外冒，战友们平常开玩笑说，只要你一上车，坦克消耗一升油，你流掉半斤汗。演习那天特别闷热，车内温度至少接近 40 度，从凌晨 5 点坦克编队到下午演习结束，他始终牢记一条规定，演习当中驾驶员必须关窗操作，连中午攻防转换的导调人员不在场，他都不曾伸手去打开离头顶仅 20 厘米的驾驶窗，哪怕只开一条缝，透透一丝微风，吸一口新鲜的空气。在这十几个小时当中，对于 90 公斤的他是多大的挑战！不知道他流了多少汗水，吸进了多少火药气味，但所有人都知道他操控自如，过壕沟，穿树林，辟通路，他驾驶的 408 单车第一个冲上了 139 高地。演习结束后，由于体内水分流失过多，体力严重透支，还是同车的战友从外面打开车窗门，才把 90 公斤的他从里面拖了出来。

他说，这就是我们军事过硬、作风过硬的 90 后战友。演习中这样的故事太多了，是什么样的精神在鼓舞着他，是什么样的意志在支撑着他？是坚决完成任务的战斗精神，是合格军人的钢铁一般的意志。想到他们，我觉得什么苦都不在话下了。正是这场以实战为标准的演习，让我们 90 后完成了由量变到质变的跨越。

在他这篇演讲稿《为 90 后喝彩》中，我还读到了这样一段话：

"年轻的我们哪一个不是怀着成功的梦想，年轻的我们哪一个不是怀着远大的志向？！我们走进军营，穿上军装，凝聚一生的荣光。我们可以骄傲地说，我们参加了对抗，我们打败了蓝军，我们实现了自己的价值！我们可以骄傲地说，我们不叛逆，守纪是我们的特征；我们不懒惰，勤奋是我们的品质；我们不软弱，顽强是我们的本色；我们不自负，好学是我们的优势；我们不孤独，集体是我们的港湾！"

正是青春的激情感动了我。

如何看待这些90后大学生士兵？我也听到了种种担忧。这个装甲团的政委马荣根是高中毕业后考军校，然后从排长一步步提升，后来考上国防大学硕士生的。他对我说，我们初次穿上军装时也只有二十出头，也就是像今天90后的年龄，当年我们的领导也这样为我们担心，这些年轻人行不行啊？！长江后浪推前浪，今天我们到了领导岗位上，对待90后也同样要相信他们，允许人家成长，谁没有年轻过？

90后大学生士兵，这一张张年轻的履历，就是勇敢者的证明。他们走进军营所欠缺的，并不是学识，而是意志。青春激荡，似乎与同龄人迷恋的时尚元素无关，与买房买车实现物质需求的个人奋斗无关，与所有的浪漫、放任、轻狂、不羁等色彩无关。今天可以做一个坚强的对手，明天就能做一个生活的强者。

于是，我放弃了对于部队在演练中紧贴实战、自我苛求的生动描述，只记住了营区墙上的一句话："进来是块铁，出去是块钢。"

2013 年初，我像长途跋涉似的写作已进入了最后冲刺阶段。在以往一天天的采访的日子里，我用我的目光，试图理解当代军人，以及军人所组成的特殊群体。知道我打算写大学生军人，关心我写作的朋友问我，今天的军人在军营中日复一日，都在做什么？或者说，他们是什么人组成的，都从哪里来，他们也是最有才华的人吗？

还记得 2008 年，"5·12"汶川大地震骤然发生，我曾与作家同行奔赴四川灾区采访。在惨不忍睹的一片片废墟上，我时常看到一个个身着迷彩服的身影。同样青春年华，同样血肉之躯，许多人往更安全的地方跑，他们却往最危险的地方去。冒着余震奋不顾身拯救生命的军人，被老百姓含泪叫作"救命恩人"！

也就是在汗水与泪水汇聚的难忘日子里，我在采访救援大军和受灾群众的同时，也采访了许多疲惫而坚毅的军人。记得在没有星光的微寒的夜晚，两边是余震不断哗哗作响的山坡，我挤在一个军用帐篷里，和三天三夜没合眼的大学生连长倾心交谈。他告诉我，他用所学的心理学知识，为他的战士解除内心的恐惧。非战争的军事行动，没有炮火硝烟却仍然险象环生，严峻地考验着每一个军人的灵魂。

在我们国家的大灾大难面前，总会有军人毫不犹豫地冲在前面。一旦有战争袭来，他们无疑是一道坚固的屏障。没有任何一个群体像军人那样，以无价的牺牲为存在的基调，随时准备着，为祖国、为民族、为百姓，上！

然而，我们环顾四周，平时和平氛围里的人们忙忙碌碌，大多似乎与军人没有太多关系，也很少关注军人的话题。这也很正常。在这不太平的世界上，许多国家战火不断人民流离失所，而中国民众却有远离战争的幸运。

和平是对军人最好的奖赏。

时光进入 2009 年，时隔新中国开国大典 60 周年，长安街上国庆阅兵的电视转播万众瞩目，排山倒海的雄壮气势令人难忘。与之相匹配，这支军队的军官队伍素质不同凡响，具有大学本科以上的学历，如今已是进入军官队伍必备的"通行证"，而少数优秀士兵提干必须进军事院校深造，取得相当的同等学历。

外电敏锐地捕捉到了中国军队的质的飞跃。

英国 BBC 中文网评价："通过这次阅兵，外界所能看到的主要是中国军事实力的'硬件'，在这些高技术、信息化武器的背后，中国军队近年来一个值得注意的变化恰恰是'软件'，也就是军队科研队伍的扩大和官兵素质的提高。据当年公布的统计，目前中国军队干部大学本科以上学历的达 72.4%，研究生学历的达 12.3%，这些数字明显高于中国一般非军事行业干部的教育水平。"

2011 年深秋，我置身于薄雾萦绕的某地山区训练场。直升机盘旋，坦克穿插，装甲运兵车开进，准确命中目标的隆隆炮弹声此起彼伏，一场大规模的"红蓝对抗"的军事演习如火如荼。在伪装网遮蔽的双方指挥车里，各路信息迅速汇集，随着指挥员下达的指令，数字化的指挥系统在高速运转。许多新装备的现代化元素，带着高科技的含量，也带着根本性的变革，注入了近似实战环境的磨炼过程。

演习结束之后，我采访这些戴着贝雷帽汗如雨下的年轻官兵，和大学生军官、和 80 后 90 后士兵探讨"模拟战争"的感受。没有人怀疑，新式武器装备已经改变了传统的军队面貌，新一代军人应对新的挑战充满自信。我更感动的，是他们在训练中所表现出来的勇敢无畏，他们坚定地告诉我，军人，就要准备打仗！

笔者采访的背景，正是中国军队的内在的变革。看起来不动声色，锋芒收敛，却聚集着一旦出击就势不可当的雷霆万钧之力。

然而，不好战、不畏战，并不等于不备战，一天又一天的临战状态毕竟与常人不同。今天的社会变得如此现实，平头百姓都在朝着小康奔走，成为军人的大学生有着怎样的得失观？他们还撑得起军人这个响亮的称谓吗？

我采访覃文强时，他刚从北京回到部队营地。

2011 年 4 月 24 日晚，"水木清华"百年校庆文艺晚会，清华大学主楼前广场已是沸腾的海洋。来自世界各地的 5 万校友欢聚清华园，不乏名流荟萃群星闪烁。偌大电子屏幕为背景的舞台上，回荡起清华精神的深情追述："100 年前，这一个在铁蹄和蹂躏下诞生的婴儿，在庚子赔款的余款养育下成长起来的儿童，从出生那天起，她身上挥之不去的国耻的烙印，时刻提醒着她的学子们自强不息。"

这台晚会激起全场感情的一大高潮，也是让所有人最感动的段落，是一个既没有明星也没有炫舞的节目：屏幕上一棵参天大树郁郁葱葱，20 名"军中清华人"身着戎装，从将军到研究员，从青年校尉到上等兵，精神焕发地站成一排。

一个军礼，一声"向母校报告"！

第 17 个向前一步的军人，是一个来自野战部队的基层指挥员，他用粗犷的嗓音，动情地向曾经哺育他的清华汇报：

"2004 年毕业于清华大学水利水电工程系，南京军区某集团军红四连连长，全军优秀指挥军官，覃文强，向母校报告！"

与那些声名遐迩的院士校友相比，与身居高位的省部级校友相比，像覃文强这样的"军中清华人"收获了更多的热烈掌声。

我能感觉到，在这些"我愿以身许国"的国防领域校友中间，上尉覃文强并不出众，但他作为一个清华校友，同样感受到了骄傲和自豪。

给母校交出了一份铿锵有力的答卷。

到基层部队采访这些大学生军人，我的情感时常处在兴奋状态。军队所体现的战斗意志与文化特质，不时让我耳目一新，让我丢掉原先的陈旧印象。使军队朝气蓬勃的，是逐步现代化的武器装备，更是具有高学历的一代军人。

这样一支具有中国特色的人民子弟兵，从不起眼的孱弱到没人敢小瞧的强大，曾经有过一次次不畏敌手的辉煌功勋，也曾经有过一次次正视缺憾的重新出发。在新时期改革开放的汹涌大潮中，中国军队把目光投向世界投向未来战场，以壮士断腕的勇气改变军人成分，在现代化与知识化的征程上实现自我超越。

然而，今天的社会变得如此现实，百姓都在朝着小康奔走，当代军人仍然在锤炼着英雄的气概，他们仍然无愧于军人这个响亮的称谓。

我的着眼点是新时期以来的入伍大学生，涵盖了改革开放以来不同的时段：从身兼要职的将军、年富力强的校尉，到80后90后的士兵。

其实，大学生与军队之间，既有适应，也有冲突。一方面，是大学生适应军队，摒弃校园里的学生味，为成为一个坚毅军人而"补钙"。另一方面，大学生的现代知识结构，带着活跃思维和创新意识，也给今天的军队注入了旺盛活力。一位硕士团长真诚地对我说，我提醒自己，也告诉我周围的人，你可能看不惯这些大学生，但你有没有想过，也许是我们落后了，明天会证明他们是对的。

如果我们说，有国才有家，那么还要补一句，有兵才有国。即使是注入了更多的科技含量，陪伴这些军人的，不会是悠闲自在随意逍遥，仍然像一颗待发的子弹，单调而重复地坚守，丝毫不容松懈。每逢双休日或节假日，同龄人可以与亲人团聚，而他们却不能享受最简单的幸福，一如既往地驻守在自己岗位上……

与光荣、威武、阳刚同在，对人民军队有着深切的认同感，我在他们身上看到了一种延续半个多世纪的军人精神所在。当中国人在世界上站起来的时候，一支英勇善战的人民军队，是结束百年屈辱的重要因素。跟普遍追求物质利益的社会目标相反，艰苦环境中守护和平保卫国家，军人的付出时常无法用物质衡量。

真正的军人，在和平岁月是低调的。按规定，军人在公众场所大多着便装，他们的操练与勤劳，自然在人们日常生活的视线之外。但他们坚定地站在自己的位置上，几乎天天与战争结缘，无形的战争之弦一直紧绷着！

军人与商人并不搭界，而且军人这一行恰恰最不能用钱来衡量，有意思的是，世界上商界成功人士，偏偏就是从军营里走出来的：美国沃尔玛公司山姆·沃尔顿是军人出身，目前在全球开设 6000 多家商场，员工 180 万人；美国麦当劳公司创始人雷·克洛克也曾是军人，现有 1 万多家连锁店；美国肯德基公司创始人哈兰·山德士，更是以上校的形象扬名天下，全球 1 万多家餐厅，中国就有上千家……

曾有人对《国外历史名人传》收录的 432 人做了梳理，其中 214 人有过军旅生涯，几乎占了 50%。在漫漫军旅征战中锻炼和熏陶的，岂止是"运筹帷幄之中，决胜于千里之外"的军事家，也有不少政治家、科学家、文学家。

如果说国际大亨毕竟离我们太远，那么让我们看看靠近我们的佼佼者吧：万科集团创始人王石、联想集团总裁柳传志、华为集团总裁任正非、华远集团董事长任志强、杉杉集团董事长郑永刚，以及海尔集团的张瑞敏、中粮集团的宁高宁、三九集团的赵新先、双星集团的汪海、苏泊尔集团的苏增幅，等等，这些董事长或总裁都曾经是一名军人，因此有人说，是军队成就了这些当今中国最顶级的企业家。

据相关资料显示，中国本土企业家队伍中，有军人背景的占 30% 以上，珠江三角洲和长江三角洲经济发达地区，则高达 60% 以上。

当我们看到，分享着改革开放的物质成果的大学生，有的只知道用一张成绩单向父母交代，并不能适应激烈的竞争和社会生存的压力。心理承受能力脆弱，失恋之后便轻言自杀的，有之；学历一步步地提高，人格却不曾成长，连脏衣服袜子都打包回家的，有之；大学毕业去单位面试，拉着父母陪同，因为不知道如何面对陌生人，也有之。呼唤大学生走出温室，经受更多的挫折教育，事关整个民族的未来。

我的许多感受已经写进了人物故事之中。如果只让我说一句，我要说的是，军人不是天生的。新闻记者已经写得很多了，而我作为报告文学作家，更关注人物事迹之外的寻常故事，甚至是无法写进事迹材料的边角碎片。我想告诉读者，这些一身戎装的大学生军人，他们是如何从老百姓成长为一名合格军人的。

采访过程中，文学行家挚友的点拨让笔者感念。我知道，报告文学选题极为重要，写这样一个并不前沿也不猎奇的选题，有它的文学价值吗？《中国作家》杂志萧立军副主编对我的批评向来多于表扬，却对我写大学生军人很感兴趣，提出了中肯的修改意见。著名评论家朱向前教授热情地鼓励我把这个题目做好，打一口深井。昆仑出版社图书编辑部郭米克主任坦率的直言给了我很多启示。

感谢中国作家协会将此作列入重点扶持作品项目；

感谢《中国作家》杂志 2012 年 7 月号头条首发；

感谢我的家乡江苏省作协和南京市文联、作协一如既往的关注；

感谢华艺出版社领导与责编所付出的辛勤劳动；

感谢部队各级领导的重视与支持。

还要感谢本书所有的采访对象，感谢他们的信任，感谢他们的坦诚，使我得以感受他们与常人一样的喜怒哀乐，感受他们不同于常人的顽强坚韧。

2013 年 2 月的一个大雪天，我接连写作数日而心烦意乱，干脆拎着手提电脑，躲进金陵古城的一家书吧，换个环境校对这部书稿。周末的书吧人不多，窗外雪花纷飞飘落，屋檐一片洁白。屋内温暖如春，光线柔和，舒缓的乐曲回荡萦绕。桌前一杯清茶，随意无线上网。我知道，我身边的人都很忙，街头的人也都脚步匆匆，这不过是平常的一天，没有诗意的一天，像往日一样有开心有烦恼有向往。

此时此刻，那些不为人知的军营，那些不为人知的军人，在我的笔下又有了别样的意义。已经是分享小康鼓励打拼的和平年代，大学生从军的单个身影更值得敬重。远离父母，远离亲人，远离同龄人的物质环境，肩负着公民的职责，也肩负着国家安危与百姓幸福。大学生群体在军队的成长，每一个人都有自己的故事。从老百姓到军人的历程，那些属于个体的甘苦与体验，或许带给我们更多的启示。

他们值得一写，军队的尚武的氛围如同一把雕刻刀，对于一个人的重塑是全方位的。充满英雄气概的军人之魂，流淌在他们血液里，足以支撑他们驰骋疆场，也足以使这支军队时时更新，时时准备着，静待祖国的一声号令……

2012 年初夏三稿
2013 年早春修订

图书在版编目（CIP）数据

淬火青春：大学生从军报告 / 傅宁军著 . -- 北京：
华艺出版社, 2013.4
ISBN 978-7-80252-420-0

Ⅰ . ①淬…　Ⅱ . ①傅…　Ⅲ . ①报告文学－作品集－中
国－当代　Ⅳ . ① I25

中国版本图书馆 CIP 数据核字 (2013) 第 062455 号

淬火青春
——— 大学生从军报告

著　　者：傅宁军
责任编辑：郑　实　郑再帅　殷　芳
装帧设计：姚　洁
出版发行：华艺出版社
社　　址：北京市海淀区北四环中路 229 号海泰大厦 10 层
电　　话：010-82885151
邮　　编：100083
电子信箱：huayip@vip.sina.com
网　　站：www.huayicbs.com
印　　刷：三河市双峰印刷装订有限公司
开　　本：1/16
字　　数：300 千字
印　　张：21
版　　次：2013 年 4 月第 1 版
印　　次：2014 年 10 月第 4 次印刷
书　　号：ISBN 978-7-80252-420-0
印　　数：35001—40000 册
定　　价：34.60 元